ullstein

DANIEL COLE

HANGMAN

DAS SPIEL DES MÖRDERS

THRILLER

Aus dem Englischen von
Conny Lösch

Ullstein

Besuchen Sie uns im Internet:
www.ullstein-buchverlage.de

MIX
Papier
FSC® C083411

Ungekürzte Ausgabe im Ullstein Taschenbuch
1. Auflage Dezember 2019

Titel der englischen Originalausgabe: *Hangman*
(Trapeze/Orion, London)
Umschlaggestaltung: zero-media.net, München
Titelabbildung: Getty Images / © Jorg Greuel
Satz: LVD GmbH, Berlin
Gesetzt aus der Sabon
Druck und Bindearbeiten: CPI books GmbH, Leck
ISBN 978-3-548-06035-4

»Und wenn es *doch* einen Gott gibt?

Und wenn es *doch* einen Himmel gibt?
Und eine Hölle?
Und was, wenn … was, *wenn* … wir *alle*
längst dort sind?«

PROLOG

Mittwoch, 6. Januar 2016
9.52 Uhr

»Es gibt keinen Gott. Punkt.«

Detective Chief Inspector Emily Baxter betrachtete sich in dem verspiegelten Fenster des Vernehmungsraums, lauschte möglichen Reaktionen ihres Publikums nebenan auf diese unpopuläre Wahrheit.

Nichts.

Sie sah furchtbar aus: eher wie fünfzig als fünfunddreißig. Dicke schwarze Fäden hielten ihre Oberlippe zusammen, spannten beim Sprechen und erinnerten sie an Dinge, die sie lieber vergessen hätte, alte und neue. Die Schürfwunde auf ihrer Stirn wollte nicht heilen, ihre gebrochenen Finger waren geschient, und unter ihrer leicht feuchten Kleidung verbargen sich noch mindestens ein Dutzend weitere Verletzungen.

Demonstrativ gelangweilt drehte sie sich zu den beiden Männern um, die ihr am Tisch gegenübersaßen. Keiner von beiden sagte etwas. Sie gähnte und fuhr sich mit den unversehrten Fingern durch ihr langes braunes, leicht verfilztes Haar, dem die drei Tage Trockenshampoo anzusehen waren. Dass Special Agent Sinclair ihre letzte Antwort ganz offensichtlich nicht gefiel, war ihr egal. Der beeindruckend glatzköpfige Amerikaner notierte etwas auf einem Blatt mit aufwendigem Briefkopf.

Atkins, der Kontaktbeamte von der Metropolitan Police, wirkte neben dem elegant gekleideten Ausländer eher unscheinbar. Baxter hatte die vorangegangenen fünfzig Minuten größtenteils damit verbracht, zu überlegen, welche Farbe sein beiges Hemd ursprünglich einmal gehabt haben mochte. Seine Krawatte saß locker, als hätte ein menschenfreundlicher Henker sie ihm gebunden – leider bedeckte sie nicht den relativ frischen Ketchupfleck.

Atkins verstand das Schweigen als Stichwort und schaltete sich ein:

»Das muss Thema einiger recht *interessanter* Gespräche mit Special Agent Rouche gewesen sein«, bemerkte er.

Atkins lief Schweiß seitlich am rasierten Schädel herunter. Grund waren die Lampen und die heiße Heizungsluft, die bereits vier Paar verschneite Stiefelabdrücke auf dem Linoleumboden in dreckige Pfützen verwandelt hatte.

»Soll heißen?«, fragte Baxter.

»Das soll heißen, dass laut seiner Akte …«

»Scheiß auf seine Akte!«, unterbrach Sinclair Atkins. »Ich habe mit Rouche zusammengearbeitet und weiß ganz sicher, dass er ein gläubiger Christ ist.«

Der Amerikaner blätterte in einem mit Einlegeblättern fein säuberlich unterteilten Ordner zu seiner Linken und entnahm ihm ein Dokument mit Baxters Handschrift. »Genau wie Sie, jedenfalls geht das aus den Unterlagen hervor, mit denen Sie sich auf Ihre aktuelle Stelle beworben haben.«

Er hielt Baxters Blick stand, kostete es aus, die streitsüchtige Frau eines Widerspruchs überführt zu haben. Jetzt da er bewiesen hatte, dass sie in Wirklichkeit denselben Glauben hatte wie er und ihn lediglich hatte provozieren wollen, war seine Welt wieder im Lot. Baxter jedoch guckte so gelangweilt wie zuvor.

»Ich bin der Überzeugung, dass Menschen im Allgemeinen Idioten sind«, fing sie an, »und viele davon hängen der irrigen Vorstellung an, es gäbe einen Zusammenhang zwischen hirnloser Gutgläubigkeit und einem gefestigten Moralverständnis. Mir ging es eigentlich nur um die Gehaltserhöhung.«

Sinclair schüttelte angewidert den Kopf, als wollte er seinen Ohren nicht trauen.

»Dann haben Sie gelogen? Das spricht allerdings auch nicht gerade für ein gefestigtes Moralverständnis.« Er lächelte dünn, machte sich weiter Notizen.

Baxter zuckte mit den Schultern:

»Sagt aber *einiges* über hirnlose Gutgläubigkeit.«

Sinclairs Lächeln verschwand.

»Wollen Sie mich bekehren oder was?«, fragte sie, konnte der Versuchung nicht widerstehen, die Geduld ihres Gegenübers weiter zu strapazieren. Plötzlich sprang Sinclair auf und beugte sich über den Tisch.

»Ein Mann ist tot, Chief Inspector!«, brüllte er.

Baxter zuckte nicht mit der Wimper.

»Viele sind tot … nach allem, was passiert ist«, murmelte sie, aber dann wurde auch sie wütend, »und aus unerfindlichen Gründen verschwenden *Sie* und Ihre Leute Ihre Zeit mit der einzigen Person, die den Tod verdient hat!«

»Wir fragen«, schaltete Atkins sich ein, versuchte die Situation zu entschärfen, »weil neben der Leiche entsprechende Hinweise gefunden wurden … religiöser Art.«

»Die können von jedem x-Beliebigen stammen«, sagte Baxter.

Die beiden Männer warfen sich einen Blick zu, dem sie entnahm, dass es noch mehr gab, das sie ihr nicht mitteilen wollten.

»Haben Sie Informationen darüber, wo Special Agent Rouche sich aktuell aufhält?«, fragte Sinclair sie.

Baxter schnaubte: »Soviel ich weiß, ist Agent Rouche tot.«

»Wollen Sie wirklich dabei bleiben?«

»Soviel ich weiß, ist Agent Rouche tot«, wiederholte Baxter.

»Sie haben also seine Lei…«

Die vierte Person an dem kleinen Tisch, die Psychologin Dr. Preston-Hall, bei der Metropolitan Police in beratender Funktion tätig, räusperte sich laut, und Sinclair verstummte, verstand die unausgesprochene Warnung. Er lehnte sich zurück und machte eine Geste in Richtung des verspiegelten Fensters. Atkins kritzelte etwas in sein Notizbuch und schob es Dr. Preston-Hall zu.

Sie war eine gepflegte Frau Anfang sechzig, deren teures Parfüm lediglich eine zarte Blütenduftnote setzte, ohne den überwältigenden Gestank der durchnässten Schuhe zu übertünchen. Sie hatte mit ihrer unangestrengten Autorität bereits deutlich gemacht, dass sie die Vernehmung sofort beenden würde, sollte sie den Eindruck haben, die Befragung sei der Genesung ihrer Patientin abträglich. Langsam nahm sie das mit Kaffee bekleckerte Notizbuch und las die Mitteilung mit der Miene einer Lehrerin, die eine Geheimbotschaft ihrer Schüler abgefangen hat.

Fast die gesamte Stunde über hatte sie geschwiegen und offensichtlich auch jetzt nicht das Bedürfnis, etwas zu sagen, denn sie schüttelte nur den Kopf.

»Was steht da?«, fragte Baxter.

Die Therapeutin ignorierte sie.

»Was steht da?«, fragte Baxter erneut und wandte sich an Sinclair: »Stellen Sie Ihre Frage.«

Sinclair wirkte verunsichert.

»Stellen Sie Ihre Frage«, verlangte Baxter.

»Emily!«, fuhr die Therapeutin sie an. »Kein Wort, Mr. Sinclair.«

»Fragen Sie einfach«, ermunterte Baxter ihn mit raumgreifender Stimme. »Die Station? Sie wollen mich nach der Station fragen.«

»Die Vernehmung ist beendet!«, verkündete Dr. Preston-Hall und erhob sich.

»Fragen Sie!«, fiel Baxter ihr laut ins Wort.

Sinclair beschloss, die Gelegenheit zu ergreifen und sich über die Konsequenzen hinterher Gedanken zu machen:

»Sie haben ausgesagt, dass Sie Special Agent Rouche für tot halten.«

Dr. Preston-Hall riss empört die Hände hoch.

»Das war keine Frage«, sagte Baxter.

»Haben Sie ihn tot gesehen?«

Zum ersten Mal merkte Sinclair, dass Baxter stockte, doch anstatt sich darüber zu freuen, hatte er ein schlechtes Gewissen. Bei der Erinnerung an die U-Bahn-Station wurde ihr Blick glasig.

Als sie flüsternd antwortete, brach ihr die Stimme:

»Ich hätte ihn doch gar nicht erkannt, oder?«

Erneut herrschte angespannte Stille, als den Anwesenden bewusst wurde, wie irritierend dieser schlichte Satz war.

Schließlich platzte Atkins mit einer halbdurchdachten Frage heraus: »Wie kam er Ihnen vor?«

»Wer?«

»Rouche.«

»Inwiefern?«

»In emotionaler Hinsicht.«

»Wann?«

»Als Sie ihn zum letzten Mal gesehen haben.«

Sie dachte kurz über ihre Antwort nach, dann lächelte sie aufrichtig:

»Erleichtert.«

»Erleichtert?«

Baxter nickte.

»Es scheint, als hätten Sie ihn sehr gerngehabt«, fuhr Atkins fort.

»Nicht besonders. Er war intelligent, ein sehr fähiger Kollege ... trotz seiner *offensichtlichen* Macken«, setzte sie hinzu.

Sie beobachtete Sinclairs Reaktion aus ihren großen braunen Augen, die durch das starke Make-up noch betont wurden. Er biss sich auf die Lippen und schaute erneut in den Spiegel, als wollte er denjenigen hinter der Scheibe, der ihm diese Aufgabe zugeschoben hatte, zum Teufel wünschen.

Atkins übernahm jetzt die Vernehmung. Unter seinen Achseln hatten sich dunkle Schweißflecken gebildet. Ohne dass er es gemerkt hatte, waren beide Frauen jeweils einige Zentimeter unauffällig mit ihren Stühlen zurückgerutscht, um dem Geruch halbwegs zu entgehen.

»Sie haben das Haus von Agent Rouche durchsuchen lassen«, sagte er.

»Das ist richtig.«

»Also haben Sie ihm nicht vertraut.«

»Nein.«

»Und auch jetzt fühlen Sie sich ihm gegenüber in keiner Weise zu Loyalität verpflichtet?«

»In keiner Weise.«

»Erinnern Sie sich an das Letzte, das er zu Ihnen gesagt hat?«

Baxter wirkte unruhig: »Sind wir nicht fertig?«

»Fast. Beantworten Sie bitte die Frage.«

Er blieb sitzen, der Stift schwebte über dem Notizbuch.

»Ich möchte jetzt gehen«, sagte Baxter zu ihrer Therapeutin.

»Natürlich«, erwiderte Dr. Preston-Hall scharf.

»Gibt es einen Grund, weshalb Sie diese *einfache* Frage

nicht beantworten können?« Sinclairs Worte durchschnitten den Raum, sie hatten etwas Anklagendes.

»Na schön«, Baxter wirkte wütend. »Ich antworte.« Sie dachte kurz nach, beugte sich dann über den Tisch und fixierte den Amerikaner mit ihrem Blick.

»Es ... gibt ... keinen ... Gott«, sagte sie boshaft grinsend.

Sinclair erhob sich abrupt und ließ dabei seinen Metallstuhl geräuschvoll zu Boden krachen, dann stürmte er aus dem Raum. Atkins schleuderte seinen Stift über den Tisch.

»Toll«, seufzte er müde. »Danke auch für Ihren Einsatz, Detective Chief Inspector. *Jetzt* sind wir fertig.«

Fünf Wochen zuvor …

KAPITEL 1

Mittwoch, 2. Dezember 2015
6.56 Uhr

Der zugefrorene Fluss knirschte, als würde er sich unter der funkelnden Metropole im Schlaf umdrehen. Im Eis gefangene und vergessene Schiffe, versanken nach und nach im Schnee. Das Festland war vorübergehend mit der Inselstadt vereint.

Als die Sonne über den überladenen Horizont kroch und die Brücke in orangefarbenes Licht tauchte, fiel ein dunkler Schatten auf das Eis weiter unten: Zwischen einem der imposanten Torbögen hatte sich über Nacht etwas in dem Geflecht aus mit Schnee gepuderten Stahlseilen verfangen.

Verheddert und verdreht, wie eine Fliege nach dem verzweifelten Versuch, sich selbst aus dem Spinnennetz zu befreien, hing der tote Körper von William Fawkes im Gegenlicht der Sonne …

KAPITEL 2

Dienstag, 8. Dezember 2015
18.39 Uhr

Die Nacht drückte an die Fenster von New Scotland Yard, die Lichter der Stadt verschwammen hinter den beschlagenen Scheiben.

Seit ihrer Ankunft am Morgen hatte Baxter, abgesehen von zwei kurzen Pinkelpausen und einem Gang zur Materialkammer, ihr schrankgroßes Büro in der Abteilung für Mord und Schwerstkriminalität nicht verlassen. Sie starrte den Papierstapel an, der sich bedenklich hoch am Rand ihres Schreibtischs neben dem Papierkorb auftürmte, und musste dabei ihren Impuls unterdrücken, ihm einen kleinen Stups in die richtige Richtung zu geben.

Mit vierunddreißig war sie eine der jüngsten weiblichen Chief Inspectors bei der Metropolitan Police überhaupt, allerdings hatte sie mit dieser rasanten Karriere weder gerechnet noch sich besonders darüber gefreut. Dass eine leitende Position frei geworden und sie auf diese Stelle befördert worden war, lag einzig und allein an dem Ragdoll-Fall und der Festnahme des berüchtigten Serienkillers.

Ihr Vorgänger, Chief Inspector Terrence Simmons, war aus gesundheitlichen Gründen vorzeitig in den Ruhestand getreten, wobei allgemein vermutet wurde, dass der Commissioner ihm die Entscheidung mit der Drohung erleichtert hatte, ihn zu feuern, sollte er sich nicht freiwillig aus dem aktiven Dienst verabschieden – eine durchaus übliche Verfahrensweise, um die Öffentlichkeit zu besänftigen: Man opferte Unschuldige.

Baxter schloss sich der Einschätzung ihrer Kollegen an. Sie war entsetzt darüber, ihren Vorgänger als Sündenbock missbraucht zu sehen, letztlich jedoch erleichtert, dass nicht sie selbst hatte dran glauben müssen. Von alleine wäre sie nicht auf die Idee gekommen, sich auf die frei gewordene Stelle zu bewerben, aber der Commissioner hatte ihr gesagt, sie könne den Job haben, wenn sie ihn haben wolle.

Jetzt schaute sie sich in ihrer Spanplattenzelle um, betrachtete den schmutzigen Teppichboden und den verbeulten Aktenschrank (Gott weiß welch wichtige Dokumente für immer in der untersten Schublade, die sich nicht mehr öffnen ließ, begraben lagen), und fragte sich, was zum Teufel sie sich eigentlich dabei gedacht hatte.

Im Hauptbüro wurde gejubelt. Baxter bemerkte es gar nicht, denn inzwischen widmete sie sich einem Beschwerdebrief. Einem gewissen Detective Saunders wurde vorgeworfen, er habe den Sohn des Beschwerdeführenden mit obszönen Begriffen bedacht. Sollte Baxter Zweifel gehabt haben, so höchstens hinsichtlich der Harmlosigkeit des angeblich verwendeten Schimpfworts. Sie begann, eine offizielle Antwort zu formulieren, verlor aber bald die Lust, zerknüllte das Schreiben und warf es Richtung Papierkorb.

Verhalten klopfte es an der Tür, dann kam eine unscheinbare Beamtin hereingehuscht. Sie sammelte Baxters rings um den Papierkorb verstreute Fehlwürfe ein, entsorgte sie und demonstrierte anschließend ihr rekordverdächtiges Jenga-Talent, indem sie ein weiteres Schreiben oben auf den wackeligen Papierturm legte.

»Tut mir leid, wenn ich störe«, sagte sie, »aber Detective Shaw hält gleich seine Rede. Ich dachte, Sie wollen vielleicht dabei sein.«

Baxter fluchte laut und legte ihren Kopf auf den Schreibtisch.

»Geschenk!«, fiel es ihr mit einem Stöhnen wieder ein.

Die nervöse junge Frau wartete betreten auf weitere Anweisungen. Kurz darauf verließ sie, unsicher, ob Baxter überhaupt noch wach war, leise den Raum.

Baxter erhob sich widerwillig und ging in das Hauptbüro, wo sich eine Gruppe um Detective Sergeant Finlay Shaws Schreibtisch versammelt hatte. Ein zwanzig Jahre altes Plakat, das Finlay irgendwann einmal selbst für einen längst vergessenen Kollegen gekauft hatte, war an der Wand befestigt worden:

»Schade, dass du gehst!«

Neben ihm stapelten sich unappetitliche Donuts aus dem Supermarkt. Die »Reduziert«-Aufkleber auf der Verpackung wiesen darauf hin, dass der Inhalt in weniger als drei Tagen ungenießbar sein würde.

Höfliches Gelächter begleitete die heiser, mit schottischem Akzent vorgetragene Drohung des Detective, Saunders vor seinem Eintritt in den Ruhestand doch noch mal richtig eine reinzuhauen. Jetzt lachten alle, obwohl beim letzten Mal eine Nasen-OP und zwei Disziplinarverfahren die Folge gewesen waren und Baxter stundenlang Formulare hatte ausfüllen müssen.

Sie hasste das: so peinlich, so aufgesetzt, ein so lahmer Abschied nach Jahrzehnten im Dienst, nach so vielen brenzligen Situationen und schrecklichen Erinnerungen, die sich nicht auslöschen ließen. Baxter stand etwas abseits und lächelte ihrem Freund aufmunternd zu. Er war der letzte wahre Verbündete, den sie hier noch hatte, das einzig verbliebene freundliche Gesicht. Jetzt hörte er auf, und sie hatte ihm nicht mal eine Karte gekauft.

In ihrem Büro klingelte das Telefon.

Sie beachtete es nicht, sah zu, wie Finlay kläglich scheiterte, so zu tun, als sei die Flasche Whisky, für die zusammengelegt worden war, seine Lieblingsmarke.

Am liebsten trank er Jameson – genau wie Wolf.

Baxter verlor sich in Gedanken, erinnerte sich daran, wie sie Finlay auf einen Drink eingeladen hatte, als sie sich das letzte Mal nach Feierabend getroffen hatten. Fast ein ganzes Jahr war das her. Er hatte gesagt, er habe es nie bedauert, nicht ehrgeizig zu sein. Er hatte sie gewarnt, dass die Rolle als DCI nicht das Richtige für sie sei und der Job sie langweilen und frustrieren würde. Sie hatte nicht auf ihn gehört. Finlay hatte nicht begriffen, dass sie weniger auf eine Beförderung aus war als auf Ablenkung – Veränderung … ein Entkommen.

Erneut klingelte das Telefon in ihrem Büro, und sie schaute böse zu ihrem Schreibtisch. Finlay las die vielen Varianten von »Schade, dass du gehst« vor, die die Kollegen auf die Gemeinschaftskarte geschrieben hatten. Vorne drauf waren Minions abgebildet, da anscheinend jemand irrtümlich geglaubt hatte, Finlay möge sie.

Baxter sah auf die Uhr, sie wollte zur Abwechslung mal nicht zu spät Feierabend machen.

Finlay legte die Karte schmunzelnd beiseite und begann mit seiner rührenden Abschiedsrede. Er wollte sich so kurz wie möglich fassen, da er nie gerne öffentlich gesprochen hatte.

»Aber mal ganz im Ernst, danke. Ich war schon dabei, als das funkelnagelneue New Scotland Yard eröffnet wurde, die meisten von euch haben da noch in den Windeln gesteckt …«

Er machte eine Pause, hoffte, wenigstens einer würde lachen. Sein Vortrag war schrecklich und er hatte gerade seinen besten Scherz versemmelt. Aber er machte trotzdem weiter, wusste, dass es nur noch bergab gehen konnte.

»Der Laden hier und die Leute waren für mich immer mehr als ein Job, ihr seid so was wie meine zweite Familie.«

Eine Frau in der ersten Reihe fächelte sich Tränen aus den Augen. Finlay versuchte sie anzulächeln und ihr zu signalisieren, dass er ebenso empfand und zumindest eine vage Ahnung davon hatte, wer sie überhaupt war. Er blickte wieder auf, suchte die einzige Person, an die seine Abschiedsrede wirklich gerichtet war.

»Ich hatte das Vergnügen, einige von euch hier reinwachsen zu sehen«, er merkte, das auch seine Augen jetzt brannten, »hab beobachtet, wie aus aufmüpfigen Auszubildenden starke, unabhängige, schöne und tapfere junge Frauen ... und Männer wurden«, ergänzte er hastig aus Angst, offenbahrt zu haben, wem seine Rede in Wirklichkeit galt. »Es war mir ein großes Vergnügen, mit euch arbeiten zu dürfen, und ich bin *wirklich* stolz auf euch ... Danke.«

Er räusperte sich und lächelte seine applaudierenden Kollegen an, entdeckte endlich auch Baxter. Sie stand hinter der halbgeschlossenen Tür in ihrem Büro am Schreibtisch und telefonierte wild gestikulierend. Er lächelte erneut, dieses Mal traurig, als sich die Menge auflöste und er seine Sachen alleine packte, um die Räumlichkeiten für immer zu verlassen.

Erinnerungen holten ihn ein, während er die Fotos einpackte, die seit Jahren an seinem Arbeitsplatz gestanden hatten – vor allem ein zerknittertes und vergilbtes Bild nahm seine Gedanken gefangen:

Weihnachtsfeier im Büro. Finlay mit Papierkrone auf dem spärlichen Haar, sehr zur Belustigung seines Freundes Benjamin Chambers, der einen Arm um Baxter gelegt hatte. Wahrscheinlich handelte es sich um das einzige Foto überhaupt, auf dem sie tatsächlich lächelte. Und ebenfalls mit dabei, kläglich gescheitert bei dem Versuch, Finlay hochzuheben, Will … Wolf. Sorgfältig verstaute er das Bild in seiner Jackentasche und packte seine restlichen Sachen ein.

Auf dem Weg nach draußen zögerte Finlay. Er hatte es nicht richtig gefunden, den vergessenen Brief, den er ganz hinten in seiner Schreibtischschublade entdeckt hatte, mitzunehmen. Er überlegte, ob er ihn liegenlassen oder zerreißen sollte, schließlich legte er ihn doch in die Kiste zu den anderen Sachen und ging zu den Aufzügen.

Vermutlich war er ein weiteres Geheimnis, das er würde hüten müssen.

* * *

Um 19.49 Uhr saß Baxter immer noch an ihrem Schreibtisch. Sie hatte alle zwanzig Minuten eine SMS geschickt, sich für ihre Verspätung entschuldigt und versprochen, so schnell wie möglich Schluss zu machen. Commander Vanita war nicht nur schuld daran, dass sie Finlays Abschiedsrede verpasst hatte, jetzt sabotierte sie auch noch ihre erste echte Abendverabredung seit Monaten. Vanita hatte darauf bestanden, dass Baxter bis zu ihrem Eintreffen bliebe.

Die beiden Kolleginnen hatten nicht viel füreinander übrig. Vanita, das medientaugliche Aushängeschild der Metropolitan Police, hatte sich offen gegen Baxters Beförderung ausgesprochen. Sie hatten bei den Ragdoll-Morden zusammengearbeitet, und Vanita hatte dem Commissioner hinterher erklärt, Baxter sei streitsüchtig, rechthaberisch und habe ein Autoritätsproblem. Ganz zu schweigen davon, dass sie sie immer noch für den Tod eines der Opfer verantwortlich machte. Baxter hielt

Vanita im Gegenzug für eine PR-versessene Schlange, die schon beim ersten Anzeichen von Schwierigkeiten nicht gezögert hatte, Simmons als Sündenbock hinzustellen.

Zu allem Überfluss erhielt Baxter jetzt auch noch eine automatische E-Mail aus dem Archiv, die sie zum x-ten Male daran erinnerte, dass Wolf noch immer mehrere Akten zurückzugeben habe. Sie überflog die lange Liste, dachte wieder an ein paar der Fälle.

Bennett, Sarah: die Frau, die ihren Ehemann im Swimmingpool ertränkt hatte. Baxter war ziemlich sicher, dass ihr die Akte im Besprechungsraum hinter den Heizkörper gerutscht war.

Duboid, Leo: Was zunächst nach einer schlichten Messerstecherei ausgesehen hatte, hatte sich allmählich als einer der kompliziertesten, mehrere Abteilungen betreffenden Fälle der vergangenen Jahre entpuppt – Drogenschmuggel, illegaler Waffen- und Menschenhandel.

Wolf und sie hatten viel Spaß damit gehabt.

Sie bemerkte Vanita, die mit zwei anderen Personen im Schlepptau das Hauptbüro betrat, was ihre Hoffnung, vor 20 Uhr gehen zu können, augenblicklich schmälerte. Sie machte sich nicht die Mühe aufzustehen, als Vanita bei ihr hereinspazierte und sie so routiniert freundlich begrüßte, dass sie es ihr beinahe abgekauft hätte.

»DCI Emily Baxter, Special Agent Elliot Curtis vom FBI«, stellte Vanita vor und warf ihr dunkles Haar in den Nacken.

»Ist mir eine Ehre, Ma'am«, sagte die große schwarze Frau und streckte Baxter eine Hand entgegen. Sie trug einen maskulinen Anzug, hatte die Haare so streng zurückgebunden, dass man dachte, sie hätte sich den Schädel rasiert, und war nur minimal geschminkt. Obwohl sie wie Anfang dreißig aussah, vermutete Baxter, dass sie jünger war.

Ohne sich von ihrem Stuhl zu erheben, gab sie Curtis die

Hand, während Vanita ihr den anderen Gast vorstellte, der sich scheinbar sehr viel mehr für den verbeulten Aktenschrank interessierte als für die Person, deren Bekanntschaft er machen sollte.

»Und das ist Special Agent …«

»Wie *special* kann so ein Agent sein, frage ich mich«, fiel Baxter ihr ins Wort, »wenn jetzt schon zwei hier stehen?«

Vanita überging die Bemerkung:

»Wie gesagt … Special Agent Damien Rouche von der CIA.«

»Rooze?«, fragte Baxter.

»Rouch?«, versuchte Vanita es noch einmal, war jetzt aber selbst unsicher geworden.

»Ich denke, es heißt Rouche, wie ›whoosh‹«, fügte Curtis hinzu und wandte sich hilfesuchend an den Betreffenden.

Baxter machte ein verdutztes Gesicht, als der zerstreut wirkende Mann sie höflich lächelnd mit einem Fistbump begrüßte und sich anschließend wortlos auf einen Stuhl pflanzte. Sie schätzte ihn auf Ende dreißig. Er war glattrasiert, seine Haut teigig und die Tolle im graumelierten Haar fast schon herausgewachsen. Grinsend warf er einen Blick auf den schiefen Papierturm zwischen ihnen und dann auf den erwartungsfroh darunter harrenden Papierkorb. Die beiden obersten Knöpfe seines weißen Hemdes waren offen, dazu trug er einen abgenutzten, aber gut sitzenden marineblauen Anzug.

Baxter wandte sich an Vanita und wartete.

»Curtis und Rouche sind heute Abend aus den Staaten eingetroffen«, sagte Vanita.

»Alles klar«, erwiderte Baxter geduldiger als beabsichtigt. »Ich hab's heute Abend allerdings ein bisschen eilig, also …«

»Darf ich, Commander?«, fragte Curtis Vanita höflich, dann wandte sie sich an Baxter. »Chief Inspector, Sie haben natürlich von dem Toten gehört, der vor knapp einer Woche gefunden wurde. Also …«

Baxter zuckte ahnungslos mit den Schultern, noch bevor Curtis richtig losgelegt hatte.

»New York … Brooklyn Bridge?«, fragte Curtis erstaunt. »Hing an den Metallstreben? Der Fall war weltweit in den Nachrichten.«

Baxter musste ein Gähnen unterdrücken.

Rouche kramte in seiner Jackentasche. Curtis erwartete, dass er etwas hervorzog, das ihnen weiterhalf, stattdessen riss er eine Familienpackung Jelly Babies auf. Als er ihren wütenden Gesichtsausdruck sah, bot er ihr welche an.

Curtis beachtete ihn nicht weiter, öffnete ihre Tasche und zog eine Akte hervor. Sie entnahm einige vergrößerte Fotos, die sie vor Baxter auf den Schreibtisch legte.

Plötzlich dämmerte ihr, weshalb die beiden sich auf den weiten Weg gemacht hatten, um mit ihr zu sprechen. Das erste Foto war unten von der Straße aus aufgenommen worden. Vor den Lichtern der Stadt zeichnete sich die Silhouette eines Körpers ab, der dreißig Meter weit oben an den Stahlseilen hing. Die Gliedmaßen waren zu einer unnatürlichen Pose verzerrt.

»Wir haben es noch nicht öffentlich gemacht, aber der Name des Opfers ist … William Fawkes.«

Einen Augenblick lang verschlug es Baxter den Atem. Sie hatte sich sowieso schon ganz elend gefühlt, weil sie nichts gegessen hatte, aber jetzt fürchtete sie, ohnmächtig zu werden. Ihre Hand zitterte, als sie die Umrisse der verzerrten Gestalt berührte. Sie spürte die Blicke der anderen, die sie beobachteten und möglicherweise erneut Zweifel hegten an Baxters ungenauer Darstellung der dramatischen Ereignisse am Ende der Ermittlungen zu den Ragdoll-Morden.

Curtis fuhr mit neugieriger Miene fort.

»Aber nicht *der* William Fawkes«, sagte sie langsam und zog das oberste Foto vom Stapel. Das Bild eines nackten, übergewichtigen und ihr nicht bekannten Opfers in Großaufnahme war zu sehen.

Baxter hielt sich die Hand vor den Mund, sie war noch zu erschüttert, um etwas zu erwidern.

»Er hat für P. J. Henderson gearbeitet, die Investment Bank, verheiratet, zwei Kinder … anscheinend will uns jemand damit etwas sagen.«

Baxter hatte die Fassung so weit wiedererlangt, dass sie die verbliebenen Fotos durchschauen konnte, auf denen der Tote aus allen möglichen Blickwinkeln zu sehen war. Ein Körper, keine Nähte. Ein nackter Mann Mitte fünfzig. Der linke Arm baumelte herab, das Wort »Köder« war mit tiefen Schnitten in die Brust geritzt. Schließlich gab sie die Fotos Curtis zurück.

»Köder?«, fragte sie und sah von einem Agenten zum anderen.

»Vielleicht verstehen Sie jetzt, dass wir Sie informieren wollten«, sagte Curtis.

»Nicht wirklich«, erwiderte Baxter, die schon fast wieder sie selbst war.

Fassungslos wandte sich Curtis an Vanita:

»Ich hätte eigentlich erwartet, dass Ihre Abteilung, mehr als jede andere, bemüht sein würde …«

»Wissen Sie, mit wie vielen Nachahmungstätern wir es im vergangenen Jahr nach den Ragdoll-Morden in Großbritannien zu tun hatten?«, unterbrach Baxter sie. »Sieben … von denen ich weiß, dabei gebe ich mir wirklich Mühe, möglichst nichts davon mitzubekommen.«

»Und beunruhigt Sie das nicht?«, fragte Curtis.

Baxter sah nicht ein, weshalb ihr diese spezielle Gräueltat größeres Kopfzerbrechen bereiten sollte als die fünf anderen, die sie allein an jenem Vormittag auf den Tisch bekommen hatte.

Sie zuckte mit den Schultern: »Freaks sind Freaks.«

Rouche hätte sich beinahe an einem Jelly Baby mit Orangengeschmack verschluckt.

»Hören Sie, Lethaniel Masse war ein hochintelligenter, einfallsreicher und sehr umtriebiger Serienkiller. Die anderen sind kranke Typen, die Tote verunstalten, bevor sie festgenommen werden.«

Baxter fuhr ihren Computer herunter und packte ihre Tasche, um zu gehen:

»Vor sechs Wochen habe ich einer ein Meter großen Ragdoll Smarties geschenkt, als sie an Halloween vor meiner Haustür stand. Irgend so ein Lackaffe mit Baskenmütze hatte die Idee, ein paar tote Tiere zusammenzuflicken. Das Ding steht jetzt in der Tate Modern und wird täglich von unzähligen Besuchern bewundert und zwar von Lackaffen mit Baskenmütze.«

Rouche lachte.

»Irgendein krankes Arschloch hat sogar eine Fernsehsendung draus gemacht. Die Ragdoll ist Allgemeingut, sie ist überall, und wir müssen lernen, damit zu leben«, schloss sie.

Sie wandte sich an Rouche, der in seine Tüte Jelly Babies stierte.

»Spricht der nicht?«, fragte Baxter Curtis.

»Er hört lieber zu«, erwiderte diese leicht verbittert, als hätte sie nach nur einer Woche der Zusammenarbeit bereits die Nase voll von ihrem exzentrischen Kollegen.

Baxter sah wieder Rouche an.

»Wurden die verändert?«, murmelte er schließlich, den Mund voller Farben, weil ihm bewusst wurde, dass alle drei Frauen auf seinen Gesprächsbeitrag warteten.

Baxter stellte erstaunt fest, dass der CIA-Agent mit makellosem englischem Akzent sprach.

»Wie was verändert?«, fragte sie und hörte genau hin, falls er so gesprochen hatte, um sie zu verarschen.

»Jelly Babies«, sagte er und pulte sich etwas aus den Zähnen. »Die schmecken nicht mehr wie früher.«

Curtis fuhr sich verlegen und frustriert über die Stirn. Baxter hob die Hände und sah Vanita ungeduldig an.

»Ich muss noch wohin«, sagte sie freiheraus.

»Wir haben Anlass zu der Vermutung, dass es sich nicht um einen harmlosen Nachahmungstäter handelt, Chief Inspector«, beharrte Curtis und zeigte auf die Fotos, um das Gespräch wieder in die richtigen Bahnen zu lenken.

»Da haben Sie recht«, sagte Baxter. »*Nicht* mal das. Es wurde nichts zusammengeflickt.«

»Es gab aber noch einen zweiten Mord«, blaffte Curtis, um dann wieder in ihren professionellen Tonfall zurückzufallen. »Vor zwei Tagen. Der Tatort war … *günstig* insofern, als wir verhindern konnten, dass Informationen an die Medien gelangen, zumindest vorläufig. Realistisch betrachtet gehen wir aber nicht davon aus, dass wir in der Lage sind, der Welt einen Fall dieser …« Sie sah Rouche hilfesuchend an.

Nichts.

»… dieser Art länger als einen weiteren Tag vorzuenthalten.«

»Der *Welt*?«, fragte Baxter skeptisch.

»Wir haben eine kleine Bitte an Sie«, sagte Curtis.

»Und eine große auch«, ergänzte Rouche, der mit leerem Mund noch akzentfreier sprach.

Baxter bedachte Rouche mit einem Stirnrunzeln, Curtis ebenso. Dann sah Vanita Baxter warnend an, bevor diese dazu kam, etwas darauf zu erwidern. Rouche, schon um der Ausgewogenheit willen, sah Vanita warnend an, und Curtis wandte sich erneut an Baxter:

»Wir möchten Lethaniel Masse vernehmen.«

»Deshalb wurden sowohl FBI wie auch CIA eingeschaltet?«, fragte Baxter. »Amerikanischer Mord – britischer Verdächtiger. Na schön, tun Sie, was Sie nicht lassen können«, erwiderte sie schulterzuckend.

»Natürlich in Ihrer Anwesenheit.«

»Ganz bestimmt nicht. Aus welchem Grund sollten Sie mich dort brauchen? Sie können auch alleine Fragen von einer Karte ablesen ... ich glaube fest an Sie.«

Der sarkastische Unterton entlockte Rouche ein Grinsen.

»Natürlich werden wir Ihnen, sofern es in unserer Macht steht, sehr gerne behilflich sein, nicht wahr, Chief Inspector?«, sagte Vanita, die Augen vor Wut weit aufgerissen. »Die freundschaftlichen Beziehungen sowohl zum FBI wie auch zur CIA sind uns sehr wichtig und ...«

»Herrgott!«, platzte es aus Baxter heraus. »Na schön. Ich komme mit und halte Händchen. Und wie lautet jetzt die kleine Bitte?«

Rouche und Curtis sahen einander an, und selbst Vanita trat verlegen von einem Fuß auf den anderen, bevor jemand es wagte, erneut das Wort zu ergreifen.

»Das war ... die kleine Bitte«, sagte Curtis schließlich leise.

Baxter sah aus, als wollte sie jeden Moment explodieren.

»Wir wollen mit Ihnen den Tatort sondieren«, fuhr Curtis fort.

»Fotos?«, fragte Baxter heiser.

Rouche schob seine Unterlippe vor und schüttelte den Kopf.

»Ich habe Ihre vorübergehende Versetzung nach New York bereits vom Commissioner genehmigen lassen und werde Sie persönlich während Ihrer Abwesenheit vertreten«, teilte Vanita ihr mit.

»Da haben Sie sich aber ganz schön was vorgenommen«, erwiderte Baxter schnippisch.

»Ich komme schon klar ... *irgendwie*«, für einen kurzen, seltenen Moment gewährte Vanita einen Blick hinter ihre professionelle Fassade.

»Das ist lächerlich! Was zum Teufel glauben Sie eigentlich, was ich auf der anderen Seite der Welt zu einem Fall beitragen kann, der in keinerlei Zusammenhang zu meiner sonstigen Arbeit steht?«

»Gar nichts«, erwiderte Rouche ehrlich und entwaffnend. »Das ist absolute Verschwendung unser aller Zeit ... unserer Zeit ... äh, unser aller Zeiten?«

Curtis übernahm wieder:

»Ich denke, mein Kollege wollte sagen, dass die amerikanische Öffentlichkeit diesen Fall anders sieht als wir. Dort wird man an die Ragdoll-Morde hier denken, die Ähnlichkeit mit den Morden bei uns erkennen und verlangen, dass die Person, die den Ragdoll-Killer überführt hat, sich auch dieses Mal wieder auf die Jagd nach den neuen Monstern macht.«

»Dem Monster ... wieso Monster*n*?«, fragte Baxter.

Diesmal runzelte Rouche die Stirn. Die Kollegin hatte mehr verraten, als zu diesem frühen Zeitpunkt verabredet gewesen war. Der darauffolgenden Stille entnahm Baxter, dass Curtis sich wieder im Griff hatte.

»Dann geht es also nur um PR?«, fragte Baxter.

»Mag sein«, sagte Rouche grinsend, »aber ist das nicht bei allem so, was wir tun, *Chief Inspector*?«

KAPITEL 3

Dienstag, 8. Dezember 2015
20.53 Uhr

»Hallo? Tut mir leid, ich bin viel zu spät«, rief Baxter aus dem Flur, trat ihre Stiefel in die Ecke und ging ins Wohnzimmer. Die Küchentür war geöffnet, und zusammen mit der kalten Luft drang eine Vielzahl köstlicher Düfte in den Raum. Aus dem iPod-Lautsprecher in der Ecke dudelte die belanglose Musik des Singer-Songwriters, der in dieser Woche bei Starbucks beworben wurde.

Der Tisch war für vier Personen gedeckt, die flackernden Teelichter tauchten den Raum in orangefarbenes Licht, das Alex Edmunds' schwer zu bändigende rote Haare noch intensiver leuchten ließ. Ihr schlaksiger ehemaliger Kollege stand verlegen da, eine leere Bierflasche in der Hand.

Obwohl Baxter selbst recht groß war, musste sie sich auf die Zehenspitzen stellen, um ihn zu umarmen.

»Wo ist Tia?«, fragte sie ihren Freund.

»Telefoniert mit dem Babysitter … schon wieder«, erwiderte er.

»Em? Bist du das?«, rief eine Stimme aus der Küche.

Baxter schwieg. Sie war viel zu erledigt, um sich für Hilfsdienste in der Küche rekrutieren zu lassen.

»Ich hab Wein hier!«, ergänzte die Stimme gutgelaunt.

Das lockte sie dann doch in die Vorzeigeküche, in der mehrere hochwertige Pfannen und Töpfe bei gedämpftem Licht vor sich hin blubberten. Ein Mann in elegantem Hemd mit langer Schürze wachte über alles, rührte gelegentlich um oder drehte die Temperatur höher. Sie ging zu ihm und drückte ihm ein Küsschen auf die Lippen.

»Hab dich vermisst«, sagte Thomas.

»Hast du nicht was von Wein gesagt?«, erinnerte sie ihn.

Er lachte und schenkte ihr ein Glas aus einer bereits geöffneten Flasche ein.

»Danke. Das brauche ich jetzt«, sagte Baxter.

»Bedank dich nicht bei mir. Der ist von Alex und Tia.«

Sie hoben ihre Gläser Richtung Edmunds, der in der Tür stand, anschließend trat Baxter an die Arbeitsfläche, um Thomas beim Kochen zuzusehen.

Acht Monate zuvor hatten sie sich in der Rushhour kennengelernt, als die Londoner U-Bahn mal wieder bestreikt wurde. Thomas hatte sich eingemischt, als Baxter unangemessenerweise einen Mitarbeiter festnehmen wollte, der für höhere Löhne und sichere Arbeitsbedingungen demonstrierte. Er hatte ihr klargemacht, dass sie sich theoretisch des Straftatbestands der Entführung schuldig machen würde, sollte sie tatsächlich darauf bestehen, dem Herrn in der reflektierenden Sicherheitsweste Handschellen anzulegen und ihn gegen seinen Willen zu zwingen, gemeinsam mit ihr die zehn Kilometer nach Wimbledon zu Fuß zurückzulegen. Stattdessen hatte sie dann Thomas verhaftet.

Thomas war ein sanfter und anständiger Mann. Er war so gutaussehend, wie auch sein Musikgeschmack okay war, und er war zehn Jahre älter als sie. Er bot ihr Sicherheit. Er wusste, wer er war und was er wollte: ein geordnetes, angenehm ruhiges und behagliches Leben. Außerdem war er Anwalt. Sie musste grinsen bei dem Gedanken daran, wie sehr Wolf ihn gehasst hätte. Häufig fragte sie sich, ob es gerade das war, was sie an Thomas so anziehend fand.

Das elegante Townhouse, in dem das Abendessen stattfand, gehörte ihm. Er hatte Baxter in den letzten Monaten mehrfach gebeten, zu ihm zu ziehen. Obwohl sie begonnen hatte, einige Sachen dort zu lassen, und sie sogar gemeinsam das Schlafzimmer frisch gestrichen hatten, hatte sie es kategorisch abgelehnt, ihre Wohnung in der Wimbledon High Street aufzugeben, und hielt weiterhin Echo dort, ihre Katze, um immer wieder nach Hause fahren zu können.

Die vier Freunde setzten sich zum Essen. Sie genossen es ebenso sich die Geschichten, die sie sich erzählen, die mit zunehmendem Zeitabstand vielleicht ungenauer, dafür aber amüsanter geworden waren. Sie interessierten sich gegenseitig für die Antworten auch auf die banalsten Fragen zu ihren Jobs, zur richtigen Art Lachs zuzubereiten und zum Kinderkriegen. Edmunds hielt Tias Hand, als er von seiner Versetzung ins Betrugsdezernat berichtete und immer wieder betonte, dass er jetzt viel mehr Zeit mit seiner wachsenden Familie verbringen konnte. Als man sie nach ihrer Arbeit fragte, verzichtete Baxter darauf, den Besuch ihrer Kollegen aus Übersee und die lästige Aufgabe zu erwähnen, die sie am darauffolgenden Morgen erwartete.

Um 22.17 Uhr schlief Tia auf dem Sofa. Thomas war zum Aufräumen in die Küche verschwunden und hatte Baxter und Edmunds im schwindenden Licht der flackernden Teelichter am Tisch sitzen lassen. Letzterer war inzwischen auf Wein umgestiegen und hatte ihre Gläser aufgefüllt.

»Und wie ist es so im Betrugsdezernat?«, fragte sie leise, schaute zum Sofa, um sich zu vergewissern, dass Tia wirklich schlief.

»Hab ich dir doch gesagt … toll«, sagte Edmunds.

Baxter wartete geduldig.

»Was? Alles gut«, sagte er und verschränkte trotzig die Arme.

Baxter schwieg weiter.

»Die sind da ganz okay. Was soll ich dazu sagen?«

Als sie mit seiner Antwort immer noch nicht zufrieden war, musste er schließlich grinsen.

Sie kannte ihn einfach viel zu gut.

»Es ist arschlangweilig. Aber es ist nicht so … nicht so, dass ich es bedaure, nicht mehr bei der Mordkommission zu sein.«

»Klingt aber so«, meinte Baxter. Jedes Mal, wenn sie sich sahen, versuchte sie, ihn zu überreden zurückzukommen.

»Aber ich hab jetzt viel mehr vom Leben. Ich habe sogar Zeit für meine Tochter.«

»Reine Verschwendung«, sagte Baxter und meinte es ernst. Offiziell hatte sie den berüchtigten Ragdoll-Killer überführt. Inoffiziell aber hatte Edmunds den Fall gelöst. Nur er allein hatte im Gegensatz zu ihr und den anderen im Team das ganze Netz aus Lügen und Betrügereien durchschaut.

»Ich sag dir was, wenn du mir eine Stelle als Detective mit einer Arbeitszeit von neun bis fünf anbietest, dann unterschreib ich noch heute Abend den Vertrag«, grinste Edmunds und wusste, dass das Gespräch damit beendet war.

Baxter gab sich geschlagen und trank ihren Wein, Thomas klapperte weiterhin geschäftig in der Küche.

»Morgen geh ich zu Masse«, erzählte sie freiheraus, als wäre der Besuch von Serienkillern etwas ganz Alltägliches für sie.

»Was?!« Edmunds prustete den Angebots-Sauvignon aus. »Wieso?«

Er war der Einzige gewesen, dem sie anvertraut hatte, was wirklich an dem Tag geschehen war, an dem sie Lethaniel Masse festgenommen hatte. Keiner von ihnen beiden wusste genau, woran Masse sich erinnerte. Er war brutal zusammengeschlagen worden und beinahe gestorben, aber sie hatte immer Angst gehabt, dass er doch noch mehr erinnerte und sie ohne weiteres ruinieren konnte, sollte er dies in seinem psychotischen Gehirn beschließen.

Baxter erzählte ihm von ihrem Gespräch mit Vanita und den »Special« Agents und dass sie dazu verdonnert worden war, die beiden nach New York zu begleiten.

Edmunds hörte ihr schweigend zu und wurde zusehends ungehaltener, je mehr sie erzählte.

»Ich dachte, das alles sei vorbei«, sagte er, als sie fertig war.

»Ist es ja auch. Das ist nur wieder ein Trittbrettfahrer, genau wie die anderen.«

Er schien sich nicht so sicher zu sein.

»Was?«

»Du hast gesagt, dem Opfer hat man das Wort ›Köder‹ in die Brust geritzt.«

»Ja?«

»Ein Köder für wen? Das ist die Frage.«

»Du denkst, ich bin gemeint?«, schnaubte Baxter verächtlich.

»Der Typ kennt Wolfs Namen, und jetzt, siehe da, wirst du auch noch mit reingezogen.«

Baxter lächelte ihren Freund liebevoll an.

»Das ist nur ein Trittbrettfahrer, wie die anderen. Du musst dir keine Sorgen um mich machen.«

»Mach ich aber.«

»Kaffee?«, fragte Thomas für beide überraschend. Er stand in der Tür und trocknete sich die Hände an einem Küchenhandtuch.

»Schwarz, bitte«, sagte Edmunds.

Baxter lehnte dankend ab, und Thomas verschwand wieder in der Küche.

»Hast du was für mich?«, flüsterte sie.

Edmunds schien sich unbehaglich zu fühlen. Mit Blick zur geöffneten Küchentür zog er widerwillig einen weißen Umschlag aus der Tasche seines Jacketts, das hinter ihm auf der Stuhllehne hing.

Er legte ihn auf seine Seite des Tisches und versuchte zunächst, sie zum ungezählten Mal zu überreden, ihn nicht anzunehmen.

»Du brauchst das nicht.«

Baxter griff nach dem Umschlag, aber Edmunds schob ihn noch weiter von ihr weg.

Sie schnaubte.

»Thomas ist ein guter Mann«, sagte er leise. »Du kannst ihm vertrauen.«

»*Du* bist der Einzige, dem ich vertraue.«

»Du wirst niemals eine richtige Beziehung mit ihm haben, wenn du so weitermachst.«

Als sie aus der Küche Geschirrklappern hörten, schauten beide zur Tür. Baxter stand auf, entriss Edmunds den Umschlag und setzte sich genau in dem Augenblick wieder, als Thomas mit dem Kaffee ins Zimmer kam.

Als Edmunds Tia kurz nach 23 Uhr sanft wach rüttelte, entschuldigte sie sich tausendfach. Beim Verabschieden vor der Haustür umarmte Edmunds Baxter.

»Tu dir selbst einen Gefallen und mach ihn nicht auf«, flüsterte er ihr ins Ohr.

Sie drückte ihn, antwortete aber nicht.

Kaum waren die beiden gegangen, trank Baxter ihren Wein aus und zog ihren Mantel an.

»Du willst doch jetzt nicht gehen, oder?«, fragte Thomas. »Wir haben uns kaum gesehen.«

»Echo wird hungrig sein«, sagte sie und zog ihre Stiefel an.

»Ich kann dich nicht fahren. Ich hab zu viel getrunken.«

»Ich nehme ein Taxi.«

»Bleib doch.«

Sie beugte sich so weit vor, wie sie konnte, blieb mit den nassen Stiefeln aber auf der Fußmatte stehen. Thomas schenkte ihr einen Kuss und ein enttäuschtes Lächeln.

»Gute Nacht.«

* * *

Kurz vor Mitternacht öffnete Baxter die Tür zu ihrer Wohnung. Da sie nicht im Geringsten müde war, fläzte sie sich mit einer Flasche Rotwein aufs Sofa. Sie schaltete den Fernseher ein, zappte wahllos hin und her, und als sie nichts fand, scrollte sie die Liste ihrer bereits gestreamten Weihnachtsfilme runter.

Schließlich entschied sie sich für *Kevin allein zu Haus 2,* da es ihr eigentlich egal war, ob sie während des Films einschlief oder nicht. Der erste Film war insgeheim einer ihrer absoluten Lieblingsfilme, den zweiten hielt sie für eine uninspirierte Kopie. Man hatte den uralten Fehler gemacht zu glauben, die Fortsetzung würde erfolgreicher und besser, wenn man dieselbe Geschichte einfach nach New York City verlagerte.

Sie schenkte sich den Rest Wein ins Glas und sah Macaulay Culkin halbherzig dabei zu, wie er fröhlich mehrere Mordversuche unternahm. Dann fiel ihr der Umschlag in ihrer Manteltasche wieder ein. Als sie ihn in der Hand hielt, dachte sie an Edmunds' Bitte, ihn nicht zu öffnen.

Acht Monate lang hatte er seine Karriere aufs Spiel gesetzt und seine Befugnisse im Betrugsdezernat überschritten, indem er Baxter jede Woche mit detaillierten Angaben über Thomas' Finanzen versorgte und dessen Konten auf verdächtige und betrügerische Vorgänge überprüfte.

Sie wusste, dass sie zu viel von ihm verlangte. Und sie

wusste, dass er Thomas für einen Freund hielt, dessen Vertrauen er missbrauchte. Aber sie wusste auch, weshalb Edmunds es trotzdem für sie tat und auch weiterhin tun würde. Er wollte, dass sie glücklich war. Seit sie zugelassen hatte, dass Wolf aus ihrem Leben verschwand, zehrte die Frage, wem sie überhaupt vertrauen konnte, so sehr an ihren Kräften, dass Edmunds überzeugt war, sie würde Thomas verlassen, wenn er ihr nicht permanent Beweise für die Integrität ihres neuen Freundes vorlegte.

Sie warf den ungeöffneten Umschlag auf den Sofatisch vor sich und versuchte, sich auf den Film zu konzentrieren. Als die Haare eines der Banditen mit einer Fackel in Brand gesetzt wurden … roch sie verbranntes Fleisch. Und erinnerte sich an die Schmerzensschreie der Opfer.

Der Mann im Fernsehen zog seinen verletzten Kopf aus dem Klo und machte anschließend weiter, als wäre nichts gewesen.

Alles war gelogen, man durfte niemandem vertrauen.

Sie trank ihr Glas in drei großen Zügen leer und riss den Umschlag auf.

KAPITEL 4

Mittwoch, 9. Dezember 2015
8.19 Uhr

London war über Nacht eingefroren.

Die Wintersonne schien schwach und weit entfernt, ein verhaltenes kaltes Licht, das dem frostigen Morgen nichts anhaben konnte. Baxters Finger wurden schon ganz taub, als sie draußen in der Wimbledon High Street stand und darauf wartete, abgeholt zu werden. Sie sah auf die Uhr: zwanzig Minuten Verspätung – die Zeit hätte sie auch vor einer heißen Tasse Kaffee in ihrer gemütlichen Wohnung verbringen können.

Sie hüpfte auf der Stelle, um sich warm zu halten, die kalte Luft in ihrem Gesicht brannte. Sie war sogar so weit gegangen, die alberne Bommelmütze mit den dazu passenden Handschuhen anzuziehen, die Thomas ihr auf dem Camden Lock Market gekauft hatte.

Das Gehwegpflaster war mit einer glitzernden Silberschicht überzogen, auf der die Leute ängstlich vorwärtswankten in dem Bewusstsein, dass sie sich jederzeit die Beine brechen konnten. Sie beobachtete zwei Männer, die sich über die Straße anschrien – die Dunstwolken, die sie mit ihrem Atem erzeugten, stiegen wie Sprechblasen über ihre Köpfe.

Als ein Doppeldeckerbus an der Ampel hielt, entdeckte sie sich auf dessen beschlagenen Scheiben. Verlegen zog sie sich die knallorangefarbene Mütze vom Kopf und stopfte sie in die Tasche. Über ihrem Spiegelbild zog sich Werbung mit einem vertrauten Gesicht um das Fahrzeug:

Andrea Hall: *Die Bauchrednerpuppe. Botschaften eines Mörders*

Sie war ganz offensichtlich nicht zufrieden mit dem Reichtum und dem Ruhm, der ihr durch das Leid anderer zugeflossen war, als sie im Zuge der Ragdoll-Morde als Nachrichtensprecherin darüber berichtet hatte. Nun war Wolfs Ex tatsächlich auch noch so anmaßend, eine autobiographische Darstellung der Ereignisse zu veröffentlichen.

Als der Bus wieder anfuhr, lächelte Andrea von dem riesigen Foto auf Baxter herunter. Sie wirkte jünger und attraktiver denn je, trug ihre auffälligen roten Haare so modern kurz, wie Baxter es sich nie getraut hätte. Bevor Andreas selbstgefällige Visage außer Reichweite rollte, öffnete Baxter ihre Tasche, nahm ihre Lunchbox heraus, holte den entscheidenden Bestandteil ihres Tomatensandwichs heraus und ließ diesen zu ihrer Zufriedenheit auf dem blöden Riesengesicht der blöden Riesenfrau explodieren.

»Chief Inspector?«

Baxter zuckte zusammen.

Sie hatte den großen schwarzen Transporter gar nicht gesehen, der hinter ihr an der Bushaltestelle gehalten hatte. Schnell ließ sie ihre Lunchbox wieder in ihrer Tasche verschwinden, drehte sich um und sah Special Agent Curtis, die sie besorgt anschaute.

»Was machen Sie da?«, fragte Curtis vorsichtig.

»Ach, nur …« Baxter verstummte, hoffte, der tadellosen und professionellen jungen Frau würde dies als Erklärung ihres ungewöhnlichen Verhaltens genügen.

»… einen Bus mit Gemüse bewerfen?«, half Curtis ihr auf die Sprünge.

»Genau.«

Als Baxter sich dem Transporter näherte, öffnete Curtis die Schiebetür. Das geräumige Innere hinter den getönten Scheiben kam zum Vorschein.

»*Amerikaner*«, flüsterte Baxter leise und verächtlich.

»Wie geht's uns denn heute Morgen?«, fragte Curtis höflich.

»Keine Ahnung, wie's *uns* geht, aber *ich* frier mir den Arsch ab.«

»Oh, verzeihen Sie bitte die Verspätung, wir hatten nicht mit so viel Verkehr gerechnet.«

»Das ist London«, sagte Baxter nüchtern.

»Rein mit Ihnen.«

»Sicher, dass genug Platz ist?«, fragte Baxter sarkastisch und stieg ungelenk in das Fahrzeug. Das cremefarbene Leder knarzte, als sie sich auf einem der Sitze niederließ. Sie fragte sich, ob sie darauf hinweisen sollte, dass das Leder und nicht sie das Geräusch gemacht hatte, beruhigte sich dann aber damit, dass es wohl jedem Mitfahrenden beim Hinsetzen so erging.

Dann grinste sie Curtis an.

»Verzeihung sagt man«, meinte die Amerikanerin, schloss die Tür und rief dem Fahrer zu, wohin sie wollten.

»Heute kein Rouche?«, fragte Baxter.

»Wir sammeln ihn unterwegs auf.«

Während sie dank der Heizung allmählich auftaute, fragte Baxter sich trotzdem noch fröstelnd, weshalb die beiden Agenten nicht auf die Idee gekommen waren, Zimmer in ein und demselben Hotel zu buchen.

»Daran werden Sie sich gewöhnen müssen, fürchte ich. In New York liegt ein halber Meter Schnee.« Curtis kramte in ihrer Aktentasche und zog eine schicke schwarze Wollmütze heraus, ähnlich der, die sie selbst trug. »Hier.«

Sie gab sie Baxter, die sich darüber freute, bis sie entdeckte, dass vorne auf der Mütze dick und fett in gelben Buchstaben »FBI« stand – eine scharfschützenfreundlichere Zielmarkierung konnte es kaum geben.

Sie warf sie Curtis zurück.

»Danke, aber ich hab selbst eine«, sagte sie, holte die orangefarbene Augenkrankheit wieder aus ihrer Tasche und zog sie sich über den Kopf.

Curtis zuckte mit den Schultern und sah aus dem Fenster auf die vorüberhuschende Stadt.

»Haben Sie ihn seitdem noch mal gesehen?«, fragte sie schließlich. »Masse?«

»Nur vor Gericht«, erwiderte Baxter und versuchte zu erraten, wohin sie fuhren.

»Ich bin ein bisschen nervös«, grinste Curtis.

Einen Augenblick lang war Baxter wie gebannt von dem perfekten Filmstarlächeln der jungen Agentin. Dann bemerkte sie den makellosen, dunklen Teint, sie konnte nicht einmal sagen, ob sie sich dafür überhaupt hatte schminken müssen. In einem Anflug von Unsicherheit fingerte Baxter an ihren Haaren herum und starrte aus dem Fenster.

»Masse ist schließlich eine lebende Legende«, fuhr Curtis fort. »Ich habe gehört, sein Fall ist schon in der Akademie Thema. Ich bin sicher, eines Tages wird sein Name in einem Atemzug mit Bundy und John Wayne Gacy genannt. Es ist … es ist eigentlich eine Ehre, oder? Auch wenn das vielleicht nicht der passende Ausdruck ist …«

Baxter sah die junge Frau mit großen, wütenden Augen an.

»Dann überlegen Sie sich einen passenden Ausdruck«, blaffte sie. »Dieser kranke Scheißkerl hat einen meiner Freunde ermordet und verstümmelt. Glauben Sie, das wird ein Spaß? Glauben Sie, Sie bekommen ein Autogramm?«

»Ich wollte Ihnen nicht zu nahe …«

»Sie verschwenden Ihre Zeit. Sie verschwenden *meine* Zeit. Und Sie verschwenden die Zeit dieses Mannes«, sagte Baxter und zeigte auf den Fahrer. »Masse kann nicht mal sprechen. Erst neulich habe ich gehört, dass sein Unterkiefer immer noch runterhängt.«

Curtis räusperte sich und setzte sich aufrecht hin.

»Ich möchte mich für meine Bemerkung entschuldigen …«

»Sie können sich entschuldigen, indem Sie den Mund halten«, sagte Baxter und beendete das Gespräch.

Den Rest der Fahrt über schwiegen die beiden Frauen. Baxter betrachtete Curtis' Spiegelbild im Fenster. Sie schien weder wütend noch empört zu sein, nur frustriert über ihre unüberlegte Bemerkung. Baxter sah, dass sie lautlos die Lippen bewegte, als wollte sie eine Entschuldigung einstudierten oder sich auf den nächsten unvermeidbaren Wortwechsel vorbereiten.

Baxter bekam allmählich ein schlechtes Gewissen wegen ihres Ausbruchs und erinnerte sich an ihre ungezügelte Freude, nur anderthalb Jahre zuvor, als sie die Ragdoll zum ersten Mal gesehen hatte. Wie ihr bewusstgeworden war, dass sie in etwas Ungeheuerliches hineingeraten war, und wie sie sich ausgemalt hatte, inwiefern sich dies auf ihre Karriere auswirken würde. Sie wollte gerade etwas sagen, als das Fahrzeug um eine Ecke bog und in einem grünen Vorortviertel vor einer großen Doppelhaushälfte hielt. Sie hatte keine Ahnung, wo sie überhaupt waren.

Verwirrt starrte sie auf das Pseudo-Tudor-Gebäude, das gleichzeitig heimelig und verwahrlost wirkte. Beeindruckende Unkrautgewächse wucherten in den tiefen Rissen der steilen Auffahrt. Eine weihnachtliche Lichterkette ohne Stromanschluss klammerte sich verzweifelt an die Rahmen der stumpf gewordenen Fenster, träge stieg Rauch aus einem Schornstein, der von einem Vogelnest verstopft war.

»Komisches Hotel«, bemerkte sie.

»Rouches Familie lebt hier«, erklärte Curtis. »Ich glaube, ab und zu kommen sie ihn besuchen, und er fährt her, so oft er kann. Er hat mir erzählt, in den Staaten lebt er vorwiegend in Hotels. Das bringt unser Job wohl mit sich. Man bleibt nie wirklich lange an einem Ort.«

Rouche kam aus dem Haus und aß eine trockene Scheibe Toast. Er schien mit dem frostkalten Morgen zu verschmelzen: Sein weißes Hemd und der blaue Anzug passten zu den Wolkenfetzen, die über den Himmel zogen, seine silbrigen Haarsträhnen glitzerten wie der vereiste Asphalt.

Curtis stieg aus, um ihn zu begrüßen, als er ihnen mit dem Toast voran über die Auffahrt entgegen schlitterte.

»Verdammt noch mal, Rouche!«, beschwerte sie sich.

»Was Größeres habt ihr wohl nicht gefunden?«, hörte Baxter ihn ironisch fragen, bevor beide einstiegen.

Er setzte sich Baxter gegenüber ans Fenster und bot ihr an, von seinem Frühstück abzubeißen. Er grinste, als er die orangefarbene Bescherung auf ihrem Kopf bemerkte.

Der Fahrer parkte aus und fuhr los. Curtis war mit Papierkram beschäftigt, während Baxter und Rouche die an ihnen vorbeiziehenden Gebäude betrachteten, die aufgrund des vibrierenden Motors zu einem einzigen unentschlüsselbaren Gebilde verwackelten.

»Gott, ich *hasse* diese Stadt«, entfuhr es Rouche, als sie den Fluss überquerten und sein starrer Blick auf die beeindruckende Aussicht fiel. »Der Verkehr, der Lärm, der Dreck, die Menschenmassen, die sich wie kurz vor einem Herzinfarkt durch die verstopften Verkehrsadern schieben. Alles, was sich einigermaßen in Reichweite befindet, ist mit Graffiti beschmiert.«

Curtis lächelte Baxter entschuldigend an, während Rouche fortfuhr:

»Erinnert mich irgendwie an meine Schulzeit: an *die* Party bei dem reichen Jungen zu Hause. Die Eltern sind nicht da, und in ihrer Abwesenheit werden die wertvollen Kunstgegenstände und Wände der preisgekrönten Architektenvilla verschandelt und beschmiert, um sie dem trivialen Leben derer anzupassen, die so etwas niemals schätzen werden.«

Es herrschte eine angespannte Stille zwischen ihnen. Der Transporter bewegte sich im Schneckentempo auf eine Kreuzung zu.

»Also, ich finde London toll«, sagte Curtis begeistert. »So viel Geschichte überall.«

»Also, *eigentlich* muss ich Rouche recht geben«, sagte Baxter. »Wie Sie ganz richtig gesagt haben: Geschichte überall. *Sie* sehen den Trafalgar Square: *Ich* sehe die winzige Gasse gegenüber, wo wir die Leiche einer Prostituierten aus der Mülltonne gefischt haben. *Sie* sehen das Parlamentsgebäude: *Ich* sehe eine wilde Verfolgungsjagd mit Booten auf der Themse, deretwegen ich … was Wichtiges verpasst habe … das ich nicht hätte verpassen dürfen. Das ist nun mal so, trotzdem ist das hier meine Heimat.«

Zum ersten Mal seit sie losgefahren waren, löste Rouche den Blick vom Fenster, um Baxter aufmerksam zu betrachten.

»Und wann sind Sie aus London weggezogen, Rouche?«, fragte Curtis, die anders als die anderen beiden die friedliche Stille offenbar nicht als wohltuend empfand.

»2005«, erwiderte er.

»Muss schwer sein, auf Dauer so weit von Frau und Kind entfernt zu leben.«

Rouche schien nicht in der Stimmung, darüber zu reden, antwortete aber trotzdem widerwillig.

»Ist es auch. Aber solange ich einmal täglich ihre Stimmen höre, sind sie nie wirklich weit weg.«

Baxter rutschte verlegen auf ihrem Platz hin und her, die aufrichtige Gefühlsäußerung war ihr ein bisschen peinlich, was Curtis mit ihrem unnötigen und falschen »Ooooch!« noch schlimmer machte.

Sie stiegen auf dem Besucherparkplatz des Gefängnisses Belmarsh aus und gingen von dort zum Haupteingang. Die beiden Agenten mussten ihre Waffen abgeben und sich Fingerabdrücke abnehmen lassen, dann wurden sie durch die Sicherheitstüren, die Röntgenkontrolle und den Metalldetektor geschleust sowie einer persönlichen Leibesvisitation unterzogen. Schließlich warteten sie auf den Gefängnisdirektor.

Rouche wirkte angespannt, als er die Umgebung musterte, Curtis entschuldigte sich, um »kurz auszutreten«. Wenig später war nicht zu überhören, dass er leise *Hollaback Girl* von Gwen Stefani vor sich hin sang.

»Geht's noch?«, fragte Baxter.

»'tschuldigung.«

Baxter betrachtete ihn einen Augenblick lang argwöhnisch.

»Ich singe immer, wenn ich nervös bin«, erklärte er.

»Nervös?«

»Ich mag keine abgeschlossenen Räume.«

»Wer mag die schon?«, erwiderte Baxter. »Das ist genauso, als würde man es nicht mögen, ins Auge gepikt zu werden: Ist doch selbstverständlich. Völlig sinnlos, so was überhaupt laut auszusprechen, niemand möchte irgendwo eingesperrt sein.«

»Danke für das Verständnis«, grinste er. »Apropos Nervosität, wie geht es *Ihnen*?«

Sie staunte, dass er ihre Unruhe spürte.

»Immerhin hätte nicht viel gefehlt, und Masse hätte Sie …«

»Umgebracht?«, half Baxter ihm. »Ich erinnere mich. Aber mit Masse hat das nichts zu tun, ich hoffe nur, Gefängnisdirektor Davies arbeitet nicht mehr hier. Er hat nicht viel für mich übrig.«

»Für *Sie*?«, fragte Rouche, was eigentlich, wie er (vergeblich) gehofft hatte, bestürzt hätte klingen sollen.

»Ja, für *mich*«, wiederholte Baxter fast schon eingeschnappt.

Was gelogen war. Baxters Beklommenheit rührte natürlich daher, dass ihr eine persönliche Begegnung mit Masse bevorstand: nicht aufgrund dessen, wer er war, sondern was er wissen und möglicherweise verraten könnte.

Nur vier Menschen kannten die Wahrheit, wussten, was sich im Gerichtssaal des Old Bailey zugetragen hatte. Sie hatte damit gerechnet, dass Masse ihrer hastig formulierten Version der Ereignisse widersprechen würde; tatsächlich aber hatte er nie Einspruch gegen ihre Aussage eingelegt. Und mit der Zeit wagte sie zu hoffen, dass seine Verletzungen, die er nach dem Kampf mit Wolf davongetragen hatte, zu schwer waren, um sich an ihr beschämendes Geheimnis zu erinnern. Jeden Tag hatte sie sich gefragt, ob die Vergangenheit sie einholen würde, und jetzt fürchtete sie, ihr Glück allzu sehr auf die Probe zu stellen, indem sie sich mit der einzigen Person, die sie im Handumdrehen vernichten konnte, an einen Tisch setzte.

In diesem Augenblick bog Direktor Davies um die Ecke. Sein Gesichtsausdruck veränderte sich schlagartig, als er Baxter wiedererkannte.

»Ich hole Curtis«, flüsterte sie Rouche zu.

Sie blieb an der Tür zum Toilettenraum stehen, weil sie Curtis' Stimme von drinnen hörte. Baxter schien das eigenartig, da sie ihre Handys bei der Sicherheitskontrolle doch hatten abgeben müssen. Vorsichtig drückte sie die schwere Tür auf, bis sie die junge amerikanische Agentin sehen konnte, die mit sich selbst im Spiegel sprach:

»Keine *dämlichen* Bemerkungen mehr. *Denk* gefälligst nach, bevor du den Mund aufmachst. Du darfst dir vor Masse keine Fehler erlauben. ›Selbstvertrauen erfordert, dass andere einem vertrauen.‹«

Baxter klopfte laut und riss die Tür auf, Curtis erschrak.

»Der Direktor ist so weit«, verkündete sie.

»Komme.«

Baxter nickte und kehrte zu Rouche zurück.

Der Direktor führte die Gruppe zum Hochsicherheitstrakt.

»Wie Sie wohl wissen, hat Lethaniel Masse sich vor seiner Festnahme durch Detective Baxter langwierige Verletzungen zugezogen«, sagte er in dem Bemühen, freundlich zu sein.

»Detective Chief Inspector«, korrigierte sie ihn alles andere als entgegenkommend.

»Er hatte verschiedene chirurgische Eingriffe am Kiefer, der wahrscheinlich nie mehr voll funktionsfähig sein wird.«

»Aber wird er dann unsere Fragen beantworten können?«, wollte Curtis wissen.

»Nicht zusammenhängend, nein. Deshalb habe ich eine Dolmetscherin hinzugezogen, die während der Vernehmung anwesend sein wird.«

»Und die übersetzt unverständliches Genuschel ins Englische?«, konnte Baxter sich nicht verkneifen zu fragen.

»Gebärdensprache«, antwortete der Direktor. »Masse hat sie innerhalb weniger Wochen nach seiner Ankunft hier gelernt.«

Die Gruppe wurde durch eine weitere Sicherheitstür nach draußen in den auf unheimliche Weise verlassen wirkenden

Freizeitbereich geleitet. Über das Lautsprechersystem wurde eine verschlüsselte Nachricht durchgegeben.

»Wie macht sich Masse so als Häftling?«, fragte Curtis betont interessiert.

»Vorbildlich«, erwiderte der Direktor. »Wenn sich doch nur alle so ausgezeichnet verhalten würden. Rosenthal!«, rief er einem jungen Mann am anderen Ende eines kleinen Fußballplatzes zu, woraufhin dieser auf sie zugerannt kam, dabei beinahe ausrutschte. »Was ist los?«

»In Block 3 gibt's eine Schlägerei, Sir«, keuchte der junge Mann. Einer seiner Schnürsenkel hatte sich gelöst und schleifte über den Boden.

Der Direktor seufzte.

»Ich fürchte, Sie werden mich entschuldigen müssen«, sagte er zu der Gruppe. »Wir hatten diese Woche einige Neuzugänge, und in der Eingewöhnungsphase gibt es immer ein paar Kinderkrankheiten zu überstehen. Rosenthal hier wird Sie zu Masse bringen.«

»Zu Masse, Sir?«, der junge Mann schien sich wenig für seinen Auftrag zu begeistern. »Natürlich.«

Der Direktor eilte davon, während Rosenthal sie zu dem Gefängnis im Gefängnis führte, das erneut von Mauern und Zäunen umgeben war. Als sie das erste Sicherheitstor erreichten, klopfte er hektisch seine Taschen ab und wollte schon wieder umkehren.

Rouche tippte ihm auf die Schulter und gab ihm seine ID-Karte.

»Die haben Sie da hinten fallen lassen«, sagte er freundlich.

»Danke. Der Chef würde mich im wahrsten Sinne des Wortes umbringen, wenn ich die schon wieder verloren hätte …«

»Nicht wenn einer der geflohenen Massenmörder, für die

Sie zuständig sind, Sie zuerst erwischt«, warf Baxter ein, woraufhin der junge Mann knallrot anlief.

»Tut mir leid«, sagte er, ließ sie passieren und brachte sie zu weiteren Sicherheitskontrollen und Leibesvisitationen.

Er erklärte, dass der Hochsicherheitstrakt in zwölf Einzelzellen unterteilt sei und Wärter hier nur maximal drei Jahre arbeiten durften, bevor sie wieder zurück ins Hauptgebäude versetzt wurden.

Die beigefarbenen Wände und Türen innen passten zu den terracottafarbenen Fußböden. Geländer, Türen und Treppen waren rot gestrichen. Über ihren Köpfen, zwischen den Laufgängen, waren Netze gespannt, die in der Mitte durchhingen. Hier sammelten sich Müll und andere, aerodynamischere Gegenstände.

Im Gebäude war es erstaunlich still, da die Gefangenen sich noch in ihren Zellen befanden. Ein weiterer Wärter führte sie in einen Raum im Erdgeschoss, in dem eine sehr unauffällig gekleidete Frau mittleren Alters bereits auf sie wartete. Sie wurde ihnen als die Gebärdensprachenexpertin vorgestellt. Anschließend erläuterte der Wärter die eigentlich selbstverständlichen Vorschriften, bevor er endlich die Tür aufschloss.

»Denken Sie dran, wenn Sie etwas brauchen, ich bin direkt hier draußen«, betonte er zweimal, dann stieß er die Tür auf, und sie sahen die beeindruckende Gestalt, die ihnen den Rücken zukehrte.

Baxter konnte das Unbehagen des Wärters in Gegenwart des berüchtigtsten Häftlings der Anstalt spüren. Masse trug einen dunkelblauen Overall, seine Handschellen waren mit einer langen Kette an einem Metalltisch befestigt, und über eine weitere Kette mit den Fußfesseln verbunden, die am Betonboden fixiert waren.

Auch wenn er sich nicht umdrehte, als sie hereinkamen,

sondern ihnen weiterhin die tiefen Narben auf seinem kahlen Schädel zuwandte, so legte er doch den Kopf in den Nacken und schnupperte neugierig in die Luft, sog sie ein.

Die beiden Frauen sahen einander verunsichert an, während Rouche sich selbstlos auf den Platz setzte, der dem verurteilten Mörder am nächsten war.

Obwohl es Masse wegen seiner Fesseln und Ketten unmöglich war, den Raum zu verlassen, fühlte sich Baxter wie eingesperrt, als sich die schwere Tür hinter ihnen schloss und sie sich langsam dem Mann gegenübersetzte, der trotz seiner Gefangenschaft immer noch eine solche Bedrohung für sie darstellte.

Während Masse beobachtete, wie sie sich im Raum umsah, überall hinschaute, nur um dem Blickkontakt mit ihm zu entgehen, verzog sich sein zerstörtes Gesicht zu einem halbseitigen Grinsen.

KAPITEL 5

Mittwoch, 9. Dezember 2015
11.22 Uhr

»Das war vollkommene Zeitverschwendung«, seufzte Baxter, als sie erneut den Innenhof des Hochsicherheitstrakts betraten.

Masse hatte während Curtis' halbstündigem Monolog nicht einmal versucht, auch nur eine einzige Frage zu beantworten. Es war, als hätte man ein Tier im Zoo besucht. Masse war nur vom Namen her anwesend gewesen – ein gebändigter und bezwungener Schatten des sadistischen Ungeheuers, das ihr nachts noch immer den Schlaf raubte und sich von einem Ruf nährte, dem er nicht mehr gerecht wurde.

Wolf hatte ihn gebrochen – an Körper und Seele.

Sie konnte nicht mit Gewissheit sagen, ob er seine Aufmerksamkeit immer wieder auf sie gerichtet hatte, weil er wusste, was sie getan hatte, oder weil sie diejenige war, der das Verdienst zugeschrieben wurde, ihn festgenommen zu haben. So oder so war sie heilfroh, als es vorbei war.

Rosenthal hatte »in der Blase« auf sie gewartet, dem Raum des Sicherheitspersonals am Ende des Zellengangs, und kam ihnen jetzt entgegen.

»Wir müssen Masses Zelle gründlich durchsuchen«, wies Curtis ihn an.

Der noch unerfahrene Wärter wirkte unsicher.

»Ich ... äh ... weiß der Direktor davon?«

»Spinnen Sie?«, fragte Baxter Curtis völlig außer sich.

»Ich muss Baxter recht geben«, sagte Rouche, »würde es aber natürlich höflicher formulieren. Masse hat nichts damit zu tun. Wir sollten uns anderswo einbringen.«

»Auf Grundlage dessen, was wir bislang gesehen haben, würde ich dem zustimmen«, fing Curtis diplomatisch an, »wir müssen uns dennoch an die strikt festgelegte Verfahrensweise halten, und daher kann ich diese Einrichtung erst verlassen, wenn wir ohne auch nur den Schatten eines Zweifels eine Beteiligung von Masse an den jüngsten Taten ausschließen konnten.«

Sie drehte sich erneut zu Rosenthal um: »Masses Zelle ... bitte.«

* * *

Dominic Burrell oder »Der Rausschmeißer«, wie er von den Insassen und Wärtern genannt wurde, hatte einen ihm völlig Fremden erschlagen, nur weil der den Fehler gemacht hatte, ihn »komisch« anzusehen. Den Großteil seiner Haftstrafe hatte er in Block 1 abgesessen, war aber kürzlich in den Hochsicherheitstrakt verlegt worden, nachdem er zwei Wärter ähnlich grundlos attackiert hatte. Trotz seiner eher weniger beeindruckenden Körpergröße von gerade mal einem Meter achtundsechzig wurde er allgemein wegen seines Rufs und seiner Leidenschaft für Bodybuilding gemieden.

Von seiner Zelle aus beobachtete er, wie die Gruppe aus dem Erdgeschoss nach oben zu Masses leerer Zelle, direkt gegenüber seiner eigenen, geführt wurde. Während der Durchsuchung des knapp zwei mal drei Meter großen Raums verlor er das Interesse und beschäftigte sich weiter damit, den Stoff seiner Matratze in lange Streifen zu zerreißen, wofür er einen rasiermesserscharfen Plastikkeil verwendete, den er aus geschmolzenen Lebensmittelverpackungen hergestellt hatte.

Als er hörte, wie die Wärter die erste Zellentür öffneten, damit sich die Häftlinge zum Mittagessen anstellten, drehte er die Matratze wieder um und wickelte sich den Stoff so um die Taille, dass man ihn unter der Kleidung nicht sah. Im Gang sah er Masse als übernächsten vor sich in der Schlange. Kaum war der Wärter weitergegangen, schob er sich an dem Mann unmittelbar vor sich vorbei. Offensichtlich kannte dieser seinen Ruf und trat ohne zu protestieren beiseite.

Auf Zehenspitzen flüsterte Burrell Masse ins Ohr: »Lethaniel Masse?«

Masse nickte, blickte aber unverwandt geradeaus, um nicht aufzufallen.

»Ich soll eine Botschaft überbringen.«

»Wa i de Booschaff?«, lallte Masse unter Schmerzen.

Den Wärter im Blick, legte Burrell Masse eine Hand fest auf die Schulter und zog ihn sachte an sich heran, bis seine Lippen die feinen Härchen an seinem Ohr berührten:

»Du.«

Als Masse den Kopf drehte, legte der Rausschmeißer ihm seinen gewaltigen Arm um die Kehle und zog ihn rückwärts in eine leere Zelle. Den Vorschriften gemäß blieben die Männer davor und dahinter in der Schlange, niemand griff ein oder machte das Gefängnispersonal auf den Kampf aufmerksam.

Durch die geöffnete Tür sah Masse einem der Männer in der Schlange direkt in die Augen, doch der blieb einfach dort stehen und sah zu, wie Masse gewürgt wurde. Er wollte rufen, aber das wenige unzusammenhängende Genuschel, das er durch seinen übel zugerichteten Kiefer hervorbrachte, genügte nicht, um die Aufmerksamkeit einer Person auf sich zu ziehen, die hätte helfen können.

Kurz fragte Masse sich, ob der korpulente Mann ihn vergewaltigen wollte, da er ihm das T-Shirt zerriss, doch dann spürte er die Klinge in seiner Brust und begriff, dass er sterben würde.

Er hatte es erst einmal gespürt – dieses ihm unvertraute Gefühl von Angst, das sich mit einer perversen Faszination mischte, denn endlich konnte er nachvollziehen, was seine unzähligen Opfer in ihren letzten Momenten erlebt haben mussten, wie hilflos sie sich in seinen Händen gefühlt hatten.

* * *

Curtis, Baxter und Rouche hatten den Befehl erhalten, die ergebnislose Durchsuchung von Masses Zelle einzustellen und zu gehen, bevor die Gefangenen nach der Mittagspause zurückkehren würden. Als die Türen im ersten Stock aufgingen, hatte Rosenthal sie ins Erdgeschoss und in den Innenhof begleitet. Fast hatten sie das rote eiserne Tor erreicht, als die ersten schrillen Pfiffe über ihnen zu hören waren.

Es war schwierig zu erkennen, was vor sich ging. Drei Wärter versuchten offensichtlich, in eine Zelle zu gelangen, wobei ihnen johlende Gefangene den Weg versperrten. Weitere Pfiffe mischten sich mit panischen Hilferufen, die immer aufgeregter wurden und ohrenbetäubend laut durch das leere Gebäude hallten. Auch die Gefangenen in den Zellen im Erdgeschoss trugen geräuschvoll zu der Kakophonie bei.

»Ich bringe Sie erst mal raus«, sagte Rosenthal so tapfer, wie er es vermochte. Er schob seinen Ausweis in das Lesegerät an der Wand: ein blinkendes rotes Licht antwortete ihm. Er versuchte es erneut. »Scheiße!«

»Gibt's ein Problem?«, fragte Baxter, die die Ereignisse oben im Blick behielt.

»Der Trakt wurde abgeriegelt, wir kommen nicht raus.« Panik ergriff ihn.

»Na schön. Was ist im Fall einer Abriegelung zu tun?«, fragte Rouche den jungen Mann ruhig.

»Ich weiß … ich weiß … nicht«, stammelte er.

Das Pfeifkonzert wurde immer unerbittlicher, die Rufe immer lauter.

»Die Blase?«, schlug Baxter vor.

Rosenthal sah sie aus weit aufgerissenen Augen an und nickte.

Der Lärm oben schwoll weiter an, jemand wurde über das Geländer gehoben und in den Innenhof geworfen. Der halbnackte Körper verfing sich im Netz, zerriss es an einer Seite und blieb nur wenige Meter von ihnen entfernt hängen.

Curtis schrie auf, zog damit die Aufmerksamkeit der Männer oben auf sich.

»Wir müssen hier weg. Sofort!«, sagte Baxter, erstarrte dann, als sich der vermeintlich Tote plötzlich in einer abrupten und unnatürlichen Bewegung auf sie zubewegte.

Sie brauchte einen Augenblick, um zu begreifen, dass die verknoteten Stoffstreifen, die sich über das zerrissene Netz zogen, dem blutenden Opfer um den Hals gewickelt waren. Dann spannte sich der improvisierte Strick und riss den Toten in die Höhe, als ein zweiter, muskulöserer Körper neben ihm herunterkrachte.

»Er lebt noch!«, keuchte Rosenthal entsetzt, als das menschliche Gegengewicht verzweifelt um sich trat, weil ihm die fransige Schlinge ganz allmählich die Luft zum Atmen nahm.

»Los! Los! Los!«, befahl Baxter und schob Curtis und Rosenthal hinter Rouche her, der die Tür zur Blase fast schon erreicht hatte.

»Aufmachen!«, rief er.

Die Pfiffe verstummten nach und nach, während das Gebrüll der Männer immer lauter wurde. Von irgendwo oben war ein markerschütternder Schrei zu hören, dann fiel eine brennende Matratze in den Innenhof. Das Chaos stachelte die aufgebrachten Häftlinge weiter an wie frisches Blut die Fressgier von Haien.

Als sie die Tür zur Blase erreichten, war bereits der erste Häftling an dem kaputten Netz heruntergeklettert.

»Aufmachen!«, schrie Rouche, hämmerte wie wahnsinnig gegen die Stahltür.

»Wo ist Ihre Karte?«, fragte Baxter Rosenthal.

»Die funktioniert hier nicht. Die Tür muss von innen geöffnet werden«, keuchte er.

Weitere Häftlinge wagten sich jetzt an den gefährlichen Abstieg ins Erdgeschoss, während der erste bereits mit einem blutverschmierten Sicherheitsausweis wahllos Zellen öffnete.

Rouche rannte an ein Panzerglasfenster, durch das er einen Wärter sah.

»Wir sind Polizisten!«, schrie er durch die undurchdringliche Scheibe. »Öffnen Sie die Tür!«

Der erschrockene Mann schüttelte den Kopf und formte mit den Lippen die Worte: »Ich kann nicht. Tut mir leid«, und zeigte auf die herannahende Gruppe der gefährlichsten Männer des Landes.

»Öffnen Sie die Tür!«, schrie Rouche.

Baxter stellte sich zu ihm ans Fenster.

»Was jetzt?«, fragte sie so ruhig wie möglich.

Sie konnten nirgendwohin.

Von oben kam ein riesengroßer Häftling geklettert. Er trug die Uniform eines Gefängnismitarbeiters, die lächerlich klein an ihm wirkte. Die Hosen endeten auf halber Höhe seiner Schienbeine und unter dem Hemdsaum lugte sein Bauch hervor. Die Aufmachung hatte beinahe etwas Komisches, wären nicht die frischen Kratzspuren in seinem Gesicht gewesen.

Curtis hämmerte gegen die Tür, flehte die Beamten verzweifelt an.

»Der wird nicht aufmachen«, sagte Rosenthal und ließ sich an der Wand zu Boden sacken. »Er kann nicht riskieren, dass die mit uns reinstürmen.«

Die Aufständischen kamen jetzt auf sie zugerannt, musterten Rouche und Rosenthal mit hasserfüllt lodernden Blicken und die Frauen gierig. Rouche packte Baxter am Arm und stieß sie in eine Ecke hinter sich.

»Hey!«, schrie sie und versuchte ihn abzuwehren.

»Bleibt hinter uns!«, rief er den Frauen zu.

Rosenthal schien das *uns* erst zu verstehen, als Rouche ihm auf die Füße half.

»Auf die Augen zielen«, schrie Rouche den vor Angst erstarrten jungen Mann an, wenige Sekunden bevor die Meute sie umzingelt hatte.

Baxter trat wie wild um sich. Überall Hände und verächtliche Gesichter. Eine starke Pranke packte sie an den Haaren und zerrte sie einen knappen Meter weit mit sich fort. Doch als ein zweiter Mann dazukam und sich mit ihrem Angreifer um sie prügelte, gelang es ihr, sich wieder zu befreien.

Sie wich zurück an die Wand, suchte Curtis, als der kräftige Arm erneut nach ihr griff. Aus dem Nichts tauchte Rosenthal auf, sprang dem tätowierten Mann auf den Rücken und bohrte ihm einen Finger tief in ein Auge.

Plötzlich gingen die Lampen aus.

Geblieben war das unheimliche Licht des knisternden Feuers in der Mitte des Innenhofs, die Umrisse der beiden Toten baumelten darüber wie nach einer Hexenjagd.

Dann gab es einen lauten Knall. Der Raum füllte sich mit Rauch. Dann ein weiterer Knall.

Männer in Kampfausrüstung mit Schutzmasken traten durch das Stahltor am anderen Ende des Gebäudes. Die Häftlinge schlugen die Hände vor die Augen und suchten Deckung, wie in die Flucht geschlagene Hyänen, die sich in alle Richtungen zerstreuen.

Baxter entdeckte wenige Meter von sich entfernt Curtis bewusstlos und kroch auf sie zu.

Sie bedeckte die FBI-Agentin, deren T-Shirt zerrissen war. An ihrem Kopf bildete sich bereits eine Riesenbeule, ansonsten schien ihr aber nichts passiert zu sein.

Nasen- und Mundschleimhaut brannten Baxter, und sie schmeckte CS-Gas, das langsam zu ihnen vordrang. Im schwindenden Licht erkannte sie geisterhafte Gestalten, die in dem Dunst um das Feuer herum ausschwärmten, und freute sich über den Schmerz in ihren Atemwegen, denn er bedeutete, dass sie noch lebte.

* * *

Nach vierzigminütigen Augenbädern in der Krankenabteilung durfte Baxter endlich zu Rouche und Direktor Davies. Rouche, der sich schneller wieder erholt hatte als seine beiden Kolleginnen, hatte Baxter bereits während der Behandlung mit den neuesten Nachrichten versorgt und auf den aktuellen Stand gebracht.

Sie wussten, dass es sich bei einem der toten Gefangenen um einen Mann namens Dominic Burrell handelte. Der andere war Masse. Anhand der Aufnahmen aus den Überwachungskameras hatte sich bestätigt, dass Burrell Masse ermordet und sich anschließend selbst das Leben genommen hatte.

Curtis war bei Bewusstsein, aber noch immer völlig erschüttert, Rosenthal dagegen hatte ein gebrochenes Schlüsselbein, war ansonsten aber bester Stimmung.

Jetzt da Baxter wieder sehen konnte, vermutete sie, dass Rouche schwerer verletzt war, als er zugeben wollte. Er hinkte und schien sehr kurzatmig. Auch fiel ihr auf, dass er sich an die Brust fasste, wenn er glaubte, dass ihn niemand sah.

Der Tatort sei, versicherte der Direktor, nachdem die Häftlinge wieder in ihren Zellen waren, nicht verändert worden. Anschließend erklärte er so höflich wie möglich, dass die Gefangenen nirgendwo anders hinkönnten und im Hochsicherheitstrakt der gewohnte Betrieb wiederaufgenommen werden müsste, auch wenn zwei Leichen von der Decke baumelten. Je schneller sie erledigten, was auch immer zu erledigen war, desto besser.

»Ich bin bereit, wenn Sie es sind«, sagte Baxter, die jetzt mit ihren blutunterlaufenen Augen ein kleines bisschen wahnsinnig wirkte. »Sollen wir auf Curtis warten?«

»Sie hat gesagt, wir sollen ohne sie weitermachen.«

Sie wunderte sich ein wenig darüber, dass die FBI-Agentin freiwillig eine Tatortbegehung verpasste, beschloss aber, es auf sich beruhen zu lassen.

»Dann wollen wir mal.«

* * *

Baxter und Rouche starrten zu den beiden Leichen empor, die zwei Meter voneinander entfernt über ihren Köpfen baumelten. Baxter fiel auf, dass Rouche sich erneut an die Brust fasste. Es war ihnen gelungen, den leitenden Detective davon zu überzeugen, ihnen den Tatort für fünf Minuten zu überlassen, bevor er mit seinem Team die Ermittlungen dort übernahm.

Durch die verschiedenen Sicherheitsschleusen und das Fehlen von Fenstern, die sich öffnen ließen, und auf diese Weise vor dem Einfluss der Elemente geschützt, hingen die beiden Körper surreal still. Sie waren den unterschiedlichen Enden zwar, aber mit demselben aus Stoff geknoteten Strick aufgeknüpft worden, der im ersten Stock um das Geländer geschlungen worden war.

Baxter empfand den makabren Anblick als viel zu verstörend, um zu merken, dass ihr eine Last von den Schultern fiel: Was auch immer Masse gewusst oder nicht gewusst hatte, war jetzt völlig unerheblich.

Sie war vor ihm sicher.

»Genau in dem Moment, in dem wir Curtis erklären, dass ihr Fall und mein Fall nichts miteinander zu tun haben, stellt sich heraus, dass sie sehr wohl was miteinander zu tun haben«, sagte Baxter beiläufig. »Köder«, las sie laut. Die grob in Masses Brust geritzten Buchstaben sahen jetzt, wo das Blut bereits gerann, fast schwarz aus. »Genau wie bei dem anderen Toten.«

Sie ging ein Stück weiter, um Dominic Burrells muskulösen Körper in Augenschein zu nehmen. Auch er war bis zur Hüfte nackt und trug eine geritzte Botschaft auf der Brust.

»›Puppe‹«, las sie. »Das ist aber neu, oder?«

Rouche zuckte unverbindlich mit den Schultern.

»*Oder?*«, fragte Baxter erneut.

»Ich denke, wir sollten mit Curtis sprechen.«

* * *

Baxter und Rouche gingen erneut in die Krankenabteilung zu Curtis, der es inzwischen deutlich besserging. Tatsächlich war sie bereits dabei, einen gutaussehenden, in Zivil gekleideten Mann Ende dreißig zu vernehmen, deren dunkelbraunes, nicht ganz schulterlanges Haar ein bisschen zu jugendlich frisiert war.

Da Rouche nicht stören wollte, ging er Kaffee holen. Baxter hatte weniger Skrupel.

»Geht's Ihnen gut?«, fragte sie Curtis, die verärgert wirkte, weil sie sie mitten im Satz unterbrochen hatte.

»Ja. Danke«, erwiderte sie kurz angebunden, aber so höflich wie möglich.

Als Baxter fragend auf den attraktiven Mann zeigte, kam sie sich vor wie zwischen zwei Supermodels – aus der Nähe betrachtet, sah er noch besser aus, als es aus drei Metern Entfernung vom Eingang aus den Anschein gehabt hatte.

»Das ist …«, setzte Curtis zögerlich an.

»Alexei Green«, half der Mann lächelnd. Er stand auf und schüttelte ihr fest die Hand.

»Und Sie sind natürlich die berühmte Emily Baxter. Ist mir eine Ehre.«

»Ebenfalls«, erwiderte Baxter unsinnigerweise.

Da sie rot zu werden drohte, entschuldigte sie sich hastig und eilte Rouche nach.

Fünf Minuten später war Curtis noch immer völlig in ihr Gespräch vertieft. Wenn Baxter nicht alles täuschte, schien die sonst so sittenstrenge Agentin sogar ein bisschen zu flirten.

»Wissen Sie was?«, sagte Rouche. »Scheiß drauf. Sie müssen möglichst schnell auf den aktuellen Stand gebracht werden, jetzt umso mehr. Wir gehen raus und reden.«

Sie traten in den kalten, aber sonnigen Nachmittag. Baxter zog ihre Bommelmütze über.

»Wo soll ich anfangen?«, begann er leicht verunsichert. »Der Banker William Fawkes, der an der Brooklyn Bridge hing …«

»Hätten Sie was dagegen, wenn wir ihn ab jetzt einfach ›den Banker‹ nennen?«, fragte Baxter.

»Kein Problem … einer seiner Arme hing herunter, weshalb wir glauben, dass der Killer sein Werk nicht beendet hat. Diese

Theorie wird durch Augenzeugen unterstützt, die ausgesagt haben, jemand oder etwas sei von der Brücke in den East River gefallen.«

»Kann man so was überleben?«, fragte Baxter und zog sich die Mütze tiefer ins frierende Gesicht.

»Nein«, erwiderte Rouche entschieden. »Erstens: Da geht es fast hundert Meter tief runter. Zweitens: An dem Abend waren es in New York minus neun Grad, der Fluss war zugefroren. Drittens und das ist das Entscheidende: Am nächsten Morgen wurde die Leiche angeschwemmt. Und Sie werden nicht glauben, was in ihre Brust geritzt war ...«

»Puppe«, sagten sie einstimmig.

»Wir haben also zwei tote Opfer, jeweils mit demselben eingeritzten Wort auf der Brust, dazu zwei tote Killer mit einem anderen Wort, und das auf beiden Seiten des Atlantik?«, fasste Baxter zusammen.

»Nein«, sagte Rouche und schob sich die kalten Hände unter die Achseln. »Sie vergessen den, den wir bislang geheim halten konnten, den eigentlichen Grund, weshalb wir Sie eingeschaltet haben, damit Sie uns bei den Ermittlungen helfen.«

»Dann haben wir hier Opfer und Killer Nummer drei?«

»Mord und Selbstmord genau wie heute«, präzisierte Rouche.

Baxter schaute erstaunt: »Gibt's schon Theorien?«

»Nur dass wahrscheinlich alles noch viel schlimmer wird, bevor irgendwas besser werden kann. Schließlich jagen wir Gespenstern hinterher.«

Rouche kippte den Rest seines faden Kaffees auf den Boden. Er zischte und dampfte wie Säure. Rouche schloss die Augen, drehte den Kopf in die Sonne und dachte laut nach:

»Wie fängt man Killer, die längst tot sind?«

KAPITEL 6

Mittwoch, 9. Dezember 2015
19.34 Uhr

Baxter gelang es, Thomas' Haustür mit dem Kinn zu öffnen, und stolperte mit einem Katzenkorb in der einen und einer vollgepackten Waitrose-Tüte in der anderen in den Flur. »Ich bin's!«, rief sie, erhielt aber keine Antwort.

Da unten Licht brannte, wusste sie, dass Thomas zu Hause war. Der Fernseher plapperte leise vor sich hin, als sie in die Küche stapfte und dabei schmutzige Fußabdrücke hinterließ. Nachdem sie die Einkaufstüte ab und den Katzenkorb auf den Tisch gestellt hatte, schenkte sie sich ein großes Glas Rotwein ein.

Dann ließ sie sich in einen der Sessel fallen, trat ihre Stiefel in die Ecke, massierte sich die schmerzenden Füße und starrte in den dunklen Garten. Abgesehen von dem beruhigenden Summen der Heizung, die immer wieder ansprang, und dem gedämpften Plätschern der Dusche oben, war es herrlich still im Haus.

Sie zog die Familienpackungen Monster Munch und Cadbury's Buttons aus der Tüte, wurde dann aber von ihrem geisterhaften Spiegelbild in der schwarzen Fensterscheibe abgelenkt. Ihr wurde bewusst, dass sie sich gerade zum ersten Mal seit den Ereignissen am Vormittag im Spiegel betrachtete. Sie machte eine Bestandsaufnahme der vielen Schrammen in ihrem Gesicht und am Hals, die lange, nässende Schürfwunde auf ihrer Stirn verbuchte sie dabei als Kratzer. Sie schauderte bei der Erinnerung daran, wie die Hände sie gepackt und über den Boden geschleift hatten, wie hilflos sie sich gefühlt und einen Angreifer nach dem nächsten mit Tritten abgewehrt hatte, nur damit es unmittelbar darauf von einem weiteren attackiert zu werden.

Sie hatte immerhin zweimal geduscht, bevor sie ihre Wohnung verlassen hatte, und fühlte sich trotzdem immer noch schmutzig. Müde rieb sie sich das Gesicht und fuhr sich mit den Fingern durch das noch feuchte Haar, dann schenkte sie sich Wein nach.

Zehn Minuten später betrat Thomas im Bademantel die Küche.

»Hey, mit dir hab ich heute Abend gar nicht gerech…« Er verstummte, als er die Wunden in ihrem Gesicht sah, eilte auf sie zu und setzte sich neben sie. »Du lieber Gott! Geht's dir gut?«

Er nahm eine ihrer fettigen Chipshände und drückte sie. Baxter zwang sich, dankbar zu lächeln, machte sich allerdings gleich wieder los und hob ihr Weinglas an den Mund als Vorwand dafür, nicht berührt werden zu wollen.

»Was ist passiert?«, fragte er.

Thomas war ein stets ruhiger, zurückhaltender Mensch, abgesehen von seinem grenzwertigen und übertriebenen Beschützerinstinkt in Hinblick auf Baxter. Als sie das letzte Mal mit einer kaputten Lippe nach Hause gekommen war, hatte er seinen Einfluss als Anwalt geltend gemacht, um dem Übeltäter die Zeit in der Untersuchungshaft so unangenehm wie möglich zu machen und dafür zu sorgen, dass er anschließend die Höchststrafe erhielt.

Tatsächlich überlegte sie einen Augenblick, ob sie sich ihm anvertrauen sollte.

»Gar nichts«, lächelte sie gequält. »Hab mich im Büro in einen Streit eingemischt. Besser, ich wär einfach gegangen.«

Sie sah, dass Thomas sich beruhigte, sich mit der Version zufriedengab, dass ihr niemand absichtlich hatte weh tun wollen.

Obwohl er furchtbar gerne mehr erfahren hätte, spürte er Baxters Widerwillen, ausführlicher zu erzählen, und griff in die Chipstüte. »Vorspeise, Hauptspeise oder Nachtisch?«, fragte er und zeigte auf die Tüte.

Sie tippte auf die geöffnete Weinflasche: »Vorspeise.«

Zeigte auf die riesige Tüte Monster Munch: »Hauptspeise.«

Und nahm zum Schluss die Tüte mit den Schoko-Buttons: »Nachtisch.«

Thomas sah sie verliebt an und sprang auf.

»Ich koch dir was.«

»Nein, alles gut. Ich hab gar keinen richtigen Hunger.«

»Nur ein Omelette. Dauert keine fünf Minuten«, sagte er und legte sich schon alles zurecht, um ein Notfallessen zu zaubern. Dann entdeckte er den Katzenkorb auf dem Küchentisch. »Was ist da drin?«

»Der Kater«, erwiderte Baxter unwillkürlich, wobei sie hoffte, dass es sich auch tatsächlich so verhielt: Echo war für ihre Verhältnisse ungewöhnlich still, seit sie angekommen waren.

Plötzlich fiel ihr ein, dass es vielleicht höflicher gewesen wäre, Thomas erst zu fragen, ob er sich in Baxters Abwesenheit um ihr Haustier kümmern könnte, anstatt einfach unangemeldet damit aufzukreuzen. Doch dann fiel ihr ein, dass sie ihm ja auch gar nicht gesagt hatte, zumindest nicht laut, dass sie verreiste.

Sie hatte wirklich keine Lust, sich zu streiten.

»Sosehr es mir auch immer wieder ein Vergnügen ist, Echo zu sehen«, setzte er bereits mit leicht verändertem Tonfall an, »frage ich mich doch, wie es kommt, dass er beschlossen hat, an einem so kühlen Abend quer durch die Stadt zu reisen?«

Baxter wurde klar, dass sie es ebenso gut einfach hinter sich bringen konnte.

»Ich wurde bis auf weiteres in die Staaten versetzt, um mit dem FBI und der CIA an einem sehr prominenten Mordfall zu arbeiten. Morgen früh fliege ich nach New York, und ich habe keine Ahnung, wann ich wiederkomme.«

Sie ließ das erst mal bei ihm sacken.

Thomas war sehr still geworden.

»Sonst noch was?«, fragte er.

»Ich hab Echos Futter vergessen, das heißt, du müsstest welches besorgen. Und vergiss nicht, ihm seine Medizin zu geben.« Sie kramte in ihrer Tasche, dann schüttelte sie das Döschen in ihrer linken Hand: »Vorne …«, und dann das Döschen in ihrer rechten: »Hinten.«

Sie sah, wie Thomas die Zähne aufeinanderbiss und die Pfanne auf den Gasherd knallte. Öl zischte und spritzte aus dem Antihaft-Modell aus der Jamie-Oliver-Produktpalette.

Baxter stand auf: »Ich muss mal telefonieren.«

»Ich mache dir gerade was zu essen!«, fauchte Thomas sie an und ließ geriebenen Käse in die Pfanne regnen.

»Ich will dein dämliches Wutomelette nicht«, fauchte sie zurück und verzog sich nach oben, um ungestört mit Edmunds zu sprechen.

* * *

Edmunds war gerade angepinkelt worden.

Tia hatte den Wickeldienst übernommen, während er sich ein frisches Hemd anziehen ging. Er trug gerade das beschmutzte Kleidungsstück zur Waschmaschine, als sein Handy klingelte.

»Baxter?«, fragte er und wusch sich dabei die Hände.

»Hey«, begrüßte sie ihn lässig. »Hast du kurz Zeit?«

»Klar.«

»Also, interessanter Tag …«

Edmunds lauschte aufmerksam, während sie ihm ausführlich von ihrem Besuch im Gefängnis berichtete. Außerdem gab sie die knappen Informationen weiter, die sie von Rouche draußen auf dem Gelände erhalten hatte.

»Eine Sekte?«, lautete sein Vorschlag, als sie fertig war.

»Scheint tatsächlich die schlüssigste Erklärung zu sein. Die Amerikaner haben ganze Abteilungen, die sich ausschließlich mit religiösen Sekten und sektenähnlichen Vereinigungen beschäftigen, und die sagen allerdings, dass die Morde zu keiner der Gruppen passen, die sie überwachen.«

»Die Sache mit dem ›Köder‹ gefällt mir überhaupt nicht. Jemanden umzubringen, der genauso heißt wie Wolf, ist das eine, aber dass es jetzt auch noch Masse erwischt hat, ist schon was ganz anderes. Mir kommt es so vor, als wäre die Botschaft für dich bestimmt, und wenn das so ist: Dann steckst du mittendrin. Du gibst denen genau das, was sie wollen.«

»Kann sein, ist nicht ausgeschlossen, aber was soll ich sonst tun?«

»Alex!«, rief Tia aus dem Schlafzimmer.

»Ich komme gleich!«, rief Edmunds zurück.

Die Nachbarin von nebenan hämmerte gegen die Wand.

»Jetzt hat sie mich auch angepinkelt!«, schrie Tia.

»Okay!«, rief Edmunds frustriert zurück.

Wieder hämmerte die Nachbarin, dieses Mal so heftig, dass ein Familienfoto vom Regal krachte.

»Tut mir leid«, sagte er zu Baxter.

»Kann ich dich wieder anrufen, wenn ich mehr weiß?«, fragte sie.

»Natürlich. Aber sei vorsichtig da drüben.«

»Keine Sorge, ich bin rund um die Uhr auf der Puppen-Hut«, versicherte sie ihm.

»Ich denke, wir sollten uns eigentlich eher Sorgen darüber machen, wer die Fäden in der Hand hält«, sagte Edmunds todernst.

* * *

Kaum war Baxter unten an der Treppe angelangt, wusste sie, dass ein Streit mit Thomas unvermeidbar war. Der Film im Fernseher stand auf Pause. Andrea war mitten in ihrem Bericht erstarrt, und die Schlagzeile am unteren Bildschirmrand lautete:

Ragdoll-Killer nach Besuch durch Chief Inspector tot.

Sie *hasste* diese Frau.

»Du warst heute bei Lethaniel Masse?«, fragte Thomas leise von irgendwoher im Raum.

Baxter schnaubte und trat ins Wohnzimmer. Thomas saß im Sessel und trank, was vom Rotwein übrig war.

»Mhm«, nickte Baxter, als wäre es ganz unwichtig.

»Das hast du mir gar nicht erzählt.«

»Ich wüsste nicht, weshalb«, erwiderte sie schulterzuckend.

»Nein. Warum auch? Warum eigentlich?!«, schrie Thomas und stand auf. »Genauso wie du nicht weißt, wieso du mir erzählen solltest, dass es heute einen Aufstand dort gegeben hat?«

»Damit hatte ich doch gar nichts zu tun«, log sie.

»Bullshit!«

Baxter war ein kleines bisschen erschrocken. Thomas fluchte sonst nie.

»Du tauchst hier auf, völlig lädiert, blutest ...«

»Das sind nur ein paar Kratzer.«

»... besuchst den gefährlichsten Mann des Landes, riskierst dein Leben und begibst dich unter völlig unberechenbare Häftlinge!«

»Ich habe keine Zeit für so was«, sagte Baxter und holte ihren Mantel.

»Natürlich hast du die nicht«, schrie Thomas frustriert und lief ihr in die Küche nach. »Du musst ja morgen den Flieger nach New York erwischen, was du mir *ebenso wenig* erzählt hast.« Er hielt inne. »Emily. Ich verstehe nicht, wieso du das Gefühl hast, dass du mir solche Sachen nicht anvertrauen kannst«, sagte er leise.

»Können wir darüber reden, wenn ich wieder da bin?«, fragte sie in einem ebenso ruhigen Ton wie er.

Thomas sah sie einen langen Augenblick an, dann gab er sich geschlagen und nickte, als sie ihre Stiefel anzog.

»Kümmer dich um Echo«, sagte sie.

Sie stand auf und ging in den Flur. Thomas lächelte, als sie die Mütze und die Handschuhe überzog, die er ihr eigentlich eher aus Spaß gekauft hatte. Es war ihm ein Rätsel, warum diese Frau, die sich gerade eine Haarsträhne aus dem Gesicht blies und dadurch die Bommel auf ihrem Kopf hüpfen ließ, einen so hervorragenden Ruf bei den wenigen Kollegen genoss, die sie ihm erlaubt hatte kennenzulernen.

Sie griff nach dem Türknauf.

»Was um Himmels willen ist das für ein Fall, bei dem du aushelfen sollst?«, platzte es aus ihm heraus.

Sie wussten beide, dass dies mehr als nur eine beiläufige Frage war: Es war die inständige Bitte, sich ihm zu öffnen, eine Chance, ihm zu beweisen, dass von nun an alles anders werden würde. Es war die Frage, ob sie jemals eine gemeinsame Zukunft haben würden.

Sie drückte ihm ein Küsschen auf die Wange.

Hinter ihr fiel die Tür ins Schloss.

* * *

Rouche wurde von *Air Hostess* von Busted auf seinem Handy geweckt. Er ging so schnell dran, wie er konnte, nur damit der nervige Klingelton verstummte.

»Rouche«, meldete er sich heiser flüsternd.

»Rouche, hier ist Curtis.«

»Alles in Ordnung?«, fragte er eilig.

»Mir geht's gut. Ich hab hoffentlich deine Familie nicht geweckt, oder?«

»Nein«, gähnte er und ging runter in die Küche. »Keine Sorge, die verschlafen den größten Krach. Was gibt's?«

»Ich weiß nicht mehr, ob wir dich morgen um halb sieben oder um sieben abholen wollten.«

»Um sieben«, erwiderte Rouche freundlich, sah auf die Uhr.

Es war 2.54 Uhr.

»Okay«, murmelte sie. »Ich hab gedacht, vielleicht war's auch halb sieben.«

Rouche vermutete, dass dies nicht der wahre Grund war, weshalb sie zu nachtschlafender Zeit anrief. Als sie schwieg, setzte er sich in bequemer Position auf den kalten Boden.

»Ein ganz schön aufregender Tag«, sagte er. »Tat gut,

nach Hause zu kommen und mit jemandem darüber zu sprechen.«

Er schwieg, um seiner Kollegin die Gelegenheit zu geben, auf das Stichwort zu reagieren.

»Ich ... äh ... ich hab eigentlich niemanden«, gab sie schließlich zu.

Sie sprach so leise, dass er sie kaum verstand.

»Du bist weit weg von zu Hause«, wollte er sie trösten.

»Das hat eigentlich ... ich hab auch sonst niemanden.«

Er wartete darauf, dass sie fortfuhr.

»Der Job hat einfach Vorrang vor allem anderen, ich hab nicht die Zeit, um eine Beziehung zu pflegen. Ich hab den Kontakt zu fast all meinen Freunden verloren.«

»Was sagt denn deine Familie dazu?«, fragte er und hoffte, in kein Fettnäpfchen getreten zu sein.

Curtis seufzte schwer. Er zuckte zusammen.

»Die würden sagen, dass ich den richtigen Arbeitseifer habe. Ich hab einfach nur den falschen Job.«

Rouche setzte sich anders hin, damit ihm nicht zu kalt wurde. Dabei stieß er eine kaputte Schranktür um, die einen Stapel Fliesen zu Fall brachte und im gesamten schmutzigen Raum verteilte.

»Scheiße.«

»Was war das?«, fragte Curtis.

»Tut mir leid. Wir renovieren gerade die Küche, hier herrscht ziemliches Chaos«, sagte er. »Erzähl mir von deiner Familie.«

Sie redeten weiter, über nichts Bestimmtes, bis Curtis' gemurmelte Antworten ausblieben. Eine Weile lauschte er ihren flachen Atemzügen und kaum hörbaren Schnarchlauten. Er fand das Geräusch am Ende eines so traumatischen Tages fast surreal friedlich.

Schließlich legte er auf.

Er war zu müde, um sich noch einmal auf den beschwerlichen Weg nach oben zu machen, lehnte stattdessen den Kopf an den Schrank, schloss die Augen und schlief inmitten zerbrochener Kacheln auf dem blanken Boden im Herzen seines Zuhauses ein.

KAPITEL 7

Donnerstag, 10. Dezember 2015
14.16 Uhr

14:16 12-10-2015 -5 °C/23 °F

Vom warmen Rücksitz hinten im Wagen des FBI sah Baxter die Zahlen auf dem Armaturenbrett unheilvoll blinken. Sie schaute auf ihre Armbanduhr und merkte, dass sie vergessen hatte, sie im Flugzeug umzustellen, denn darauf war es immer noch 19.16 Uhr. Sie musste die Durchsage verpasst haben. Alle drei hatten sie in der Nacht vor der Abreise kaum oder schlecht geschlafen und das während des siebeneinhalbstündigen Flugs nachgeholt.

Die Fahrt vom Flughafen nach Manhattan ging nur quälend langsam voran. Der Verkehr schob sich mit Schrittgeschwindigkeit durch die Straßen, die Fahrzeuge schlitterten und rutschten im Schneematsch.

Baxter war als Jugendliche zweimal in New York gewesen. Sie hatte alle üblichen Sehenswürdigkeiten abgehakt, die filmkulissenreife Skyline bewundert und erfahren, wie es sich anfühlte, sich im Zentrum der Welt zu befinden, wo sich Menschen aus allen Ecken und Enden der Erde auf einer nur drei Kilometer breiten Insel drängten. Jetzt war sie einfach nur müde und wollte nach Hause.

Rouche saß still neben ihr. Er hatte dem Fahrer vorgeschlagen, die Strecke über die Brooklyn Bridge in die Stadt zu nehmen. Als sie sich dem zweiten riesigen steinernen Pfeiler näherten, zeigte er auf die Stelle, wo die Leiche des Bankers gehangen hatte:

»Er war an Handgelenken und Knöcheln gefesselt gewesen und hing zwischen diesen beiden Streben links und rechts. Er schwebte über den Leuten, die unten vorbeigingen. Ein böses Omen über dem Einfallstor in die Stadt, für die ganze Welt sichtbar, eine Vorahnung der Schrecken, die all jene ereilen, die es wagen, diese Schwelle zu übertreten.«

Der Wagen wurde in Schatten getaucht, als sie unter dem Torbogen durchfuhren.

»Können wir uns bitte einfach an die gesicherten Fakten halten«, bat Curtis vom Beifahrersitz aus. »So wie du redest, wird mir ganz unheimlich.«

»Auf jeden Fall ist er, wie schon gesagt, nicht fertig geworden. Der Killer war gerade dabei, den linken Arm an den äußeren Streben zu befestigen, als er den Halt verlor, durchs Eis krachte und ertrank«, erklärte Rouche. »Ganz schön ärgerlich, wahrscheinlich hat er sich in den Arsch gebissen.«

Die Pietätlosigkeit, mit der Rouche den tödlichen Sturz des Killers abtat, überraschte Baxter, so dass sie trotz ihrer schlechten Laune grinsen musste.

Rouche konnte es sich nicht verkneifen, zurückzugrinsen: »Was?«

»Nichts«, sagte sie, starrte weiter aus dem Fenster auf die eisige Stadt. »Sie haben mich nur gerade an jemanden erinnert. Das ist alles.«

Der Zustand auf den Straßen verschlimmerte sich, je weiter sie sich von der Midtown entfernten. Als sie Washington Heights erreichten, lagen riesige Schneehaufen links und rechts an den Straßenrändern. Sie fungierten als Bumper wie auf einer Bowlingbahn, Fahrzeuge prallten dagegen und wurden dann wieder zurück in die Spur geführt.

Baxter war nie nördlich des Central Park gewesen. Dieselben breiten Straßen kreuzten sich in regelmäßigen Abständen, aber die Gebäude standen hier bescheiden in Reih und Glied und erlaubten der tiefstehenden Wintersonne, sich auszubreiten, anstatt sich zwischen lichtraubenden Wolkenkratzern hindurchzustehlen. Der Anblick erinnerte sie an ein Museumsdorf, in das sie einmal als Kind mit ihren Eltern gefahren war: eine Spielzeugversion von New York City.

Kurz nachdem der Fahrer sanft an eine Parkuhr herangerutscht war, wurde der nostalgische Vergleich schon wieder zunichtegemacht.

Ein großes weißes Zeltdach war seitlich über dem Eingang des 33rd Precinct angebracht worden und ein Beamter mit schneeweißem Haar tat Dienst in doppelter Funktion als Sicherheits- und Verkehrsverantwortlicher. Als sie ausstiegen, versuchte er albernerweise, die Fahrer der schlitternden Fahrzeuge von der Absperrung wegzulenken, die sich weit bis auf die Straße zog.

»Wie schon erwähnt, ist es uns aufgrund des Fundorts gelungen, den Fall geheim zu halten«, erklärte Curtis Baxter, als sie das Gebäude durch den provisorisch überdachten Eingangsbereich betraten.

Unter dem Zeltdach war auf der Hauptfassade des Gebäudes das blaue Logo des New York Police Department zu sehen, darunter mehrere Doppeltüren. Wenige Meter rechts vom Eingang streckte sich die hintere Hälfte eines Dodge 4×4 aus dem Gebäude. Dahinter ragte ein zwölf Zentimeter dicker Betonpfeiler wie ein kaputter Zahn aus dem Boden. Auch ohne sich dem Fahrzeug zu nähern, konnte Baxter das dunkle getrocknete Blut erkennen, das sich großzügig auf dem cremefarbenen Polster verteilte.

Zwei Polizeibeamte kamen durch eine der Doppeltüren und gingen an dem Ort der Zerstörung, der jetzt Teil ihres Arbeitsplatzes geworden war, vorbei wie an einer unliebsamen innenarchitektonischen Veränderung, der sie nicht zugestimmt hatten.

»Lassen Sie mich Ihnen berichten, was wir bislang wissen«, sagte Curtis und zog das knallgelbe Band um das Fahrzeug herunter.

»Was dagegen, wenn ich solange telefoniere?«, fragte Rouche.

Sie wirkte ein bisschen erstaunt.

»Ich weiß das alles schon«, erklärte Rouche.

Curtis entließ ihn mit einer Handbewegung, und er ging nach draußen. Die beiden Frauen waren unter sich.

»Hey, bevor wir uns ins Thema vertiefen, wollte ich doch noch mal fragen: Geht es Ihnen gut?«

»Gut?«, fragte Baxter argwöhnisch.

»Ja. Nach gestern.«

»Wunderbar.« Baxter zuckte mit den Schultern, als könnte sie sich gar nicht erinnern, was Curtis meinte. »Also, der Wagen in der Mauer …«, half sie Curtis auf die Sprünge und lenkte das Gespräch von privaten Fragen ab.

»Unser Opfer heißt Robert Kennedy, zweiunddreißig, verheiratet, seit neun Jahren im Polizeidienst, seit vier als Detective.«

»Und der Killer?«

»Eduardo Medina. Mexikanischer Einwanderer. Hat in der Küche des Park Stamford Hotel auf der Upper East Side gearbeitet. Und bevor Sie fragen: Nein, wir konnten keine Verbindung zwischen ihm und Kennedy finden, auch nicht zwischen den anderen Killern oder den anderen Opfern oder zu den Ragdoll-Morden … jedenfalls *noch* nicht.«

Rouche steckte sein Handy wieder weg, als er hereinkam. Er stellte sich zu Baxter, als Curtis in die Mitte des Zelts trat.

»Wir haben Material aus den Überwachungskameras …«

»Von der Schule gegenüber«, unterbrach Rouche sie. »Verzeihung. Machen Sie weiter.«

»Also, auf den Filmen der Überwachungskameras sehen wir Medina oben an der West 168th parken und Kennedys bewusstlosen Körper vom Rücksitz ziehen. Der Kamerawinkel war nicht günstig, aber wir können mit einiger Sicherheit sagen, dass er in diesen fünf Minuten einen bereits gezeichneten Kennedy unter einem Bettlaken zur Fahrzeughaube gezerrt und daran festgebunden hat. Ein Strick pro Extremität, genau wie bei der Leiche auf der Brücke.«

Baxter betrachtete das Autowrack. Ein dicker Strick schlängelte sich über die Trümmer bis zum Hinterrad.

»Medina zieht sich nackt aus, in seine Brust ist das Wort ›Puppe‹ geritzt, er zieht das Laken von Kennedy weg, dann gibt er Gas, rast über den Jumel Place, und jetzt müssen wir dem Wetter wirklich dankbar sein, denn er nimmt die Kurve zu schnell«, Curtis zeigte die Flugbahn des Wagens an, »verliert die Kontrolle und knallt, anstatt durch den Haupteingang zu rasen, gegen die Mauer. Beide sterben beim Aufprall.«

»Aber sonst wurde niemand verletzt«, ergänzte Rouche.

Sie folgten Curtis nach drinnen, zwängten sich an dem Wagen vorbei und traten über kaputtes Mauerwerk in ein Büro. Das vordere Ende des Fahrzeugs war bis zu der völlig zerstörten Windschutzscheibe eingedrückt. Einzelteile und Staub verteilten sich in einem Umkreis von zehn Metern im ganzen Raum, der – trotz des Trümmerfelds in der Ecke – relativ unberührt wirkte.

Baxter starrte auf die mit Klebestreifen markierten Umrisse eines Körpers.

»Wollen Sie mich *verarschen*?«, flüsterte sie ungläubig. »So kann man einen Tatort auch verunreinigen. Wir sind doch nicht in einem *Nackte Kanone*-Film.«

Beine und Torso klebten fest am Boden, Arme und Kopf zogen sich bis auf den eingedrückten Kühler.

»Lassen Sie's gut sein«, sagte Rouche. »Die Kollegen mussten unter sehr ungewöhnlichen Bedingungen arbeiten.«

»Wir sollten außerdem die Position der Leiche nicht überbewerten«, sagte Curtis. »Kennedy war ein Kollege, und deshalb werden Sie sicher verstehen, dass man ihn so schnell wie möglich von diesem Ding heruntergezogen und versucht hat, ihn zu reanimieren. Während die Kollegen noch damit beschäftigt waren, hat einer der Berufsanfänger die Position markiert.«

»Sind wir sicher, dass weder Medina noch einer seiner Angehörigen sich wegen was auch immer an der Polizei rächen wollte?«, fragte Baxter skeptisch.

»Gefunden haben wir nichts«, erwiderte Curtis. »Ich weiß. Eigentlich ergibt es keinen Sinn, wo er sich doch so offensichtlich große Mühe gegeben hat, die gesamte NYPD gegen sich aufzubringen. Jedermann weiß, wenn man einen Polizisten tötet, bekommt man die Rache des gesamten Polizeiapparats zu spüren. Egal, ob dahinter eine Sekte, eine ruhmsüchtige Gruppierung aus dem Internet oder ein Ragdoll-Fanclub steckt, sich einen Cop vorzuknöpfen, war vermutlich das Dümmste, was die hätten machen können. Was auch immer die vorhaben, damit haben sie es sich zehnmal schwerer gemacht.«

Baxter fiel etwas ein, das Edmunds am Vorabend zu ihr gesagt hatte.

»Jemand zieht im Hintergrund die Fäden«, sagte sie, »koordiniert diese Morde, verwendet die Täter wie Marionetten für seine eigenen Zwecke. Wir wissen, dass die Opfer nicht zufällig ausgewählt wurden, denn die anderen beiden stehen in Zusammenhang mit der Ragdoll. Jetzt haben wir drei Morde zu bearbeiten. Und absolut keine Ahnung, wer dahinterstecken könnte, wo sich diese Leute aufhalten oder was sie wollen. Und sie sind alles andere als dumm.«

»Aber warum erklären sie der Polizei den Krieg?«, fragte Rouche gebannt.

»Ja, warum?«

Mehrere laute Stimmen erfüllten den abgesperrten Bereich unter dem Zeltdach.

»Special Agent Curtis?«, rief jemand.

Baxter und Rouche folgten Curtis zurück durch das Loch in der Wand. Ein Reporterteam baute gerade seine Ausrüstung auf, musterte begierig den Tatort. Curtis ging weg, um mit einer Gruppe von Leuten in schwarzen Anzügen zu sprechen.

»Sieht aus, als wären Sie jetzt dran«, flüsterte Rouche Baxter zu. Er zog eine fertig gebundene Krawatte aus der Tasche und streifte sie sich über den Kopf. »Wie fühlt man sich so als offizielles Gesicht einer Pressekampagne?«

»Halten Sie den Mund. Die können mich gerne dabei filmen, wie ich meinen Job mache, aber die dürfen sich gleich verpissen, wenn …«

»Rouche?« Ein übergewichtiger Mann, der sich aus Curtis' Gruppe löste, rief ihn. Er trug eine massige gesteppte Winterjacke, die seiner ohnehin recht voluminösen Silhouette nicht gerade schmeichelte. »Damien Rouche?«, fragte er, grinste breit und streckte ihm eine Wurstfingerhand entgegen.

Rouche zog hastig den Knoten seiner Krawatte fester und wirbelte herum, dabei sah er ungewöhnlich gut aus:

»George McFarlen«, grinste er, schaute vorwurfsvoll auf

den FBI-Ausweis am Hals des Mannes. »Du verdammter Überläufer!«

»Sagt der britische CIA-Agent!«, lachte er. »Dann warst du's also, der in den Gefängnisaufstand geraten ist, oder wie?«

»Ich fürchte, ja … aber irgendjemand da oben hat wohl eine schützende Hand über mich gehalten.«

»Amen«, nickte McFarlen.

Baxter verdrehte die Augen.

»Hey, schießt du noch?«, fragte der Mann Rouche.

»Eigentlich nicht, nein.«

»Nein! Das ist aber *verdammt* schade.« McFarlen wirkte aufrichtig enttäuscht, als er sich umdrehte und an Baxter wandte. »Dieser Kerl hier hält bis heute den CIA-Rekord auf fünfzig Meter!«

Baxter nickte und ließ ein unverbindliches Brummen folgen.

Da er ihr geheucheltes Interesse durchschaute, wandte sich McFarlen erneut an Rouche:

»Lebt deine Familie immer noch in England?« Der aufdringliche Mann wartete die Antwort nicht ab. »Wie alt ist deine Tochter jetzt? Ist sie nicht im selben Alter wie meine Clara: sechzehn?«

Rouche öffnete den Mund …

»Was für ein Alter.« McFarlen schüttelte den Kopf. »Es geht nur noch um Jungs und Zickereien. Ich schlage vor, du tauchst eine Weile hier unter und fährst erst zurück, wenn sie zwanzig ist!«

Unangemessen schallendes Lachen hallte über den Tatort, der Mann schien seine eigene Bemerkung sehr witzig zu finden. Rouche lächelte höflich, erhielt einen gutgemeinten Klaps auf die Schulter, der ihm Tränen in die Augen trieb, und McFarlen watschelte davon.

Baxter zuckte zusammen, als Rouche sich eine Hand auf die schmerzende Brust presste.

»Ich bin ziemlich sicher, dass das den Tatbestand der Körperverletzung erfüllt«, scherzte sie.

Curtis kam, um sie zu holen. Sie stellte Baxter Special Agent Rose-Marie Lennox vor, die vor Ort für den Fall zuständig war. Die hagere Frau schien beim FBI so was wie das Gegenstück zu Vanita zu sein: eine Bürokratin, die sich aber als einsatzbereite Mitarbeiterin ausgab, mit der obligatorischen Pistole, sollte jemand auf die Idee kommen, ihr das Kopiergerät aus dem Büro zu klauen.

»Wir sind Ihnen alle so dankbar für Ihre Hilfe«, schleimte Lennox.

»Okay«, sagte eine Reporterin und platzierte sich vor der Kamera. »Kamera läuft in drei, zwei, eins ...«

»Moment mal. Was?«, fragte Baxter.

Sie wollte weggehen, doch Lennox packte sie sanft am Arm, während die Reporterin die Ereignisse öffentlichkeitskompatibel zusammenfasste. Schließlich stellte sie Lennox vor, die ihre ausgezeichnet einstudierten Aussagen aufsagte.

»... ein schrecklicher und brutaler Anschlag auf einen unserer Kollegen. Ich denke, ich spreche für die gesamte Belegschaft, wenn ich sage, dass wir nicht ruhen werden, bis ... kann bestätigen, dass wir prüfen werden, ob ein Zusammenhang zwischen diesem Mord und dem Vorfall auf der Brooklyn Bridge eine Woche zuvor sowie dem Tod von Lethaniel Masse gestern besteht ... wir werden eng mit der Londoner Metropolitan Police zusammenarbeiten, die uns freundlicherweise Chief Inspector Emily Baxter an die Seite gestellt hat, ihres Zeichens verantwortlich für die Festnahme von ...«

Baxter verlor das Interesse und drehte sich zu Rouche und Curtis um, die noch immer das Wrack begutachteten. Sie beobachtete, wie Curtis Rouche zu sich rief und ihm etwas an der Fahrertür zeigte, dabei überhörte sie die Frage der Reporterin:

»Was?«

»Chief Inspector«, wiederholte die Frau mit dem falschesten Lächeln, das Baxter je hatte ansehen müssen. »Was können Sie uns über die Szene hier im Hintergrund berichten? Woran arbeiten Sie derzeit?« Sie gestikulierte mit trauriger Miene, die noch weniger überzeugte als ihr falsches Lächeln, in Richtung der Trümmer hinter sich. Der Kameramann hielt wieder auf Baxter.

»Na ja«, seufzte sie und gab sich keinerlei Mühe, ihre Verachtung zu verbergen. »Eben war ich noch dabei, den Mord an einem Polizisten aufzuklären, und *jetzt* stehe ich aus mir unerfindlichen Gründen wie eine Idiotin hier und quatsche mit Ihnen.«

Verlegenes Schweigen.

Lennox sah wahnsinnig wütend aus und die barsche Antwort schien auch die Reporterin aus dem Konzept zu bringen, der jetzt keine Anschlussfrage mehr einfiel.

»Dann lassen wir Sie am besten weiterarbeiten, Chief Inspector. Vielen Dank«, Lennox lächelte beschwichtigend und legte ihr sanft eine Hand auf den Arm. Baxter ging schulterzuckend davon. »Wie Sie sehen«, sagte die leitende Ermittlerin zu der Reporterin, »haben wir uns die abscheuliche Tat sehr zu Herzen genommen und wollen jetzt einfach nur möglichst schnell herausfinden, wer dafür verantwortlich ist.«

* * *

Lennox verabschiedete das Nachrichtenteam, dann rief sie Curtis zu sich nach draußen. Sie überquerten die Straße und lehnten sich an den Zaun des Highbridge Park. Während der

Gehweg völlig vereist war, lag ab hier unberührter pulvriger Schnee. Lennox zündete sich eine Zigarette an.

»Ich hab gehört, was im Gefängnis passiert ist«, sagte sie. »Alles in Ordnung? Dein Vater würde mir den Kopf abreißen, wenn dir was zustößt.«

»Danke der Nachfrage, aber mir geht's gut«, log Curtis. Sie war genervt, weil ihr trotz aller Anstrengungen, sich zu beweisen, immer noch eine Vorzugsbehandlung aufgrund ihrer Familie zuteilwurde.

Lennox hatte den Unterton offenbar mitbekommen, denn sie beschloss fortzufahren.

»Diese Baxter ist ein Kotzbrocken, oder?«

»Sie lässt sich nur keinen Blödsinn gefallen«, erwiderte Curtis. Dann wurde ihr bewusst, dass sie unbeabsichtigt ihre Vorgesetzte beleidigt hatte. »Wobei du natürlich keinen Blödsinn erzählt hast, ich meinte nur …«

Lennox tat die Bemerkung mit einer Rauchwolke ab.

»Sie ist stark und schlau«, sagte Curtis.

»Ja, das habe ich befürchtet.«

Curtis wusste nicht genau, was Lennox damit sagen wollte.

Obwohl sie in ihrem ganzen Leben noch nie eine Zigarette angefasst hatte, schien die wärmende Glut des brennenden Tabaks, die durch die eiskalte Luft tanzte, plötzlich verlockender als je zuvor.

Lennox drehte sich zu dem Baseballplatz am Fuße des verschneiten Hügels um.

»Sie ist eine Touristin«, erklärte sie Curtis. »Mehr nicht. Wir schieben sie noch ein paarmal vor die Kameras, machen ein paar Fotos mit ihr, damit die Öffentlichkeit zufrieden ist, dann setzen wir sie ins Flugzeug nach Hause.«

»Ich glaube wirklich, sie könnte uns helfen.«

»Ich weiß, dass du das denkst, aber hinter den Kulissen geht immer sehr viel mehr vor sich, als es äußerlich den Anschein hat. So wie der Mord an Officer Kennedy ein direkter Angriff gegen das NYPD ist, dazu gedacht, dass die Öffentlichkeit die Autoritäten hinterfragt, so stellt auch Baxters Anwesenheit eine Bedrohung für uns dar.«

»Verzeihung, ich kann nicht folgen«, sagte Curtis.

»Das NYPD, das FBI und die CIA arbeiten alle zusammen an dem Fall und kommen kein Stück weiter. Wir brauchen Baxter, um zu zeigen, dass wir nichts unversucht lassen, gleichzeitig müssen wir aber dafür sorgen, dass sie wieder verschwindet, bevor die Metropolitan Police ein Verdienst an der Lösung des Falls beanspruchen kann. Wenn wir angegriffen werden, müssen wir Stärke demonstrieren. Wir müssen der Welt beweisen, dass wir mit unseren Problemen alleine klarkommen. Leuchtet dir das ein?«

»Ja, Ma'am.«

»Gut.«

Einige Schulkinder hinterließen tiefe Fußstapfen im Park. Andere hatten bereits gefährlich nah eine Schneeballschlacht begonnen.

»Mach ganz normal weiter«, wies Lennox Curtis an. »Nimm Baxter überallhin mit, aber solltet ihr auf wichtige Hinweise stoßen, weiht ihr sie nicht ein.«

»Könnte schwierig werden.«

»Das haben Arbeitsanweisungen manchmal so an sich«, erwiderte Lennox schulterzuckend. »Außerdem wird es nur ein paar Tage dauern. Nach dem Wochenende schicken wir sie nach Hause.«

* * *

Während der Abwesenheit von Curtis hatte einer der Polizeibeamten Baxter und Rouche Kaffee gebracht. Und unaufgefordert versucht, ihnen Mut zu machen.

»Ihr werdet die Schweine schnappen, die das getan haben.«

Baxter und Rouche nickten, und der zornige Mann war zufrieden und zog wieder ab. Obwohl das Zelt den Wind abschirmte, lagen die Temperaturen dennoch unter null, und allmählich merkten sie es.

»Hätten Sie Lust, heute Abend was mit Curtis und mir essen zu gehen, vorausgesetzt, wir haben Zeit dazu?«, fragte Rouche.

»Ich, *ähhh*, weiß nicht. Ich muss noch telefonieren.«

»Ich kenne so eine kleine urige Pizzeria im West Village. Da geh ich immer hin, wenn ich in New York bin. Das hat schon Tradition.«

»Ich …«

»Ach, kommen Sie. Bis heute Abend sind wir alle drei total erledigt und am Verhungern. Essen müssen Sie so oder so«, lächelte Rouche.

»Na schön.«

»Gut. Dann reserviere ich uns einen Tisch.«

Er nahm sein Handy und ging die Liste seiner Kontakte durch.

»Ach, hab ich ganz vergessen zu fragen«, sagte Baxter. »Was haben Sie und Curtis an der Fahrertür gefunden?«

»Hm?«

Rouche hielt sich das Handy ans Ohr.

»Als ich das Interview da gerade eben versaut habe, hatte ich den Eindruck, dass Sie beide was gefunden haben.«

»*Das?* Ach, nichts«, sagte er.

In der Pizzeria ging jemand ans Telefon, und Rouche schlenderte davon.

KAPITEL 8

Donnerstag, 10. Dezember 2015
23.13 Uhr

Curtis saß in der Falle.

Mit erhobener Waffe sah sie sich in dem schäbigen Hotelzimmer um, ob sich irgendwo etwas bewegte. Am liebsten hätte sie Rouche gerufen, aber sie bezweifelte, dass er sie überhaupt hören würde, und außerdem wollte sie dem Eindringling nicht auf diese Weise ihren genauen Standort verraten. Ihr hämmerte der Puls in den Ohren, ihr Herz raste, sie starrte zur Tür, die nur wenige Meter entfernt und doch vollkommen außer Reichweite war.

Sie wusste, dass sie es einfach drauf ankommen lassen musste.

Sie hatte bereits ihre Nachtwäsche angezogen: ein »My Little Pony«-Trägeroberteil, knallgrüne Shorts und dicke Wollsocken. Ganz langsam kroch sie über das Bett, und griff nach ihrer Anzugjacke über der Stuhllehne.

Um sich Mut zu machen, holte sie einmal tief Luft, dann sprang sie vom Bett und schleuderte den Flipflop, mit dem sie um sich geschlagen hatte, hinter sich. Sie kämpfte mit dem Schloss, riss die Tür auf und flog hinaus in den Flur, wobei die Tür hinter ihr zufiel.

Sie berappelte sich und klopfte leise an die Tür zum

Nachbarzimmer. Rouche machte auf, er wirkte ebenfalls ein wenig derangiert. Die Kombination aus Jetlag und zu viel Wein beim Essen hatte bei ihnen allen dreien Spuren hinterlassen.

Er betrachtete seinen Besuch kurz und rieb sich die müden Augen, versuchte sich zu konzentrieren.

»Ist das ein ›My Little Pony‹-Schlafanzug?«

»Ja«, keuchte Curtis.

Er nickte: »*Okay.* Wolltest du reinkommen?«

»Nein. Danke. Eigentlich wollte ich nur fragen, ob du dich mit Spinnen auskennst.«

»Spinnen?« Rouche zuckte mit den Schultern. »Na klar.«

»Komm bloß nicht auf die Idee, das Ding auf ein Blatt Papier krabbeln zu lassen und draußen auszusetzen, so dass es wieder reinkriecht. Ich will, dass du sie totmachst … erledigst«, wies sie ihn an.

»Verstehe«, sagte Rouche, nahm einen Schuh und seinen Zimmerschlüssel.

»Das Vieh ist *viel* zu groß, damit ist nicht zu spaßen«, fuhr Curtis fort, sie war dankbar für seine Hilfsbereitschaft.

Plötzlich wirkte Rouche verunsichert: »Wieso, wie groß ist sie denn?«

* * *

Baxter hatte es geschafft, ihr kariertes Schlafanzugoberteil mit der Innenseite nach außen anzuziehen, die dazu passende Hose trug sie verkehrt herum.

Sie trank noch schnell ein großes Glas bitter schmeckendes Leitungswasser, hörte nervige Gäste auf dem Gang mit Türen knallen. Sie ließ sich aufs Bett fallen, die Zimmerdecke schien sich leicht zu bewegen, wovon ihr schlecht wurde. Die Geräusche der Stadt drangen durchs Fenster. Sie griff blindlings nach ihrem Handy, suchte Edmunds' Namen und wählte die Nummer.

»Was?«, schrie Edmunds und saß in dem Moment kerzengerade im Bett.

Leila schrie in ihrer Wiege in einer Ecke des Zimmers.

»Wie spät ist es?«, stöhnte Tia, die gerade erst wieder eingeschlafen war. Nachdem er sich orientiert hatte, merkte Edmunds, dass sein Telefon unten klingelte. Er schaffte es, die Treppe des kleinen Hauses hinunter, entdeckte Baxters Namen auf dem Display und ging dran:

»Baxter? Alles in Ordnung?«

»Ja, gut, alles bestens«, lallte sie.

»Ist es Emily?«, rief Tia von oben, während Leila weiter weinte.

»Ja«, erwiderte Edmunds mit seinem besten Bühnenflüstern, aus Rücksicht auf ihre übellaunige Nachbarin.

»Ich glaube, dein Baby schreit«, teilte Baxter ihm hilfsbereit mit.

»Ja, wissen wir, danke. Sie ist vom Klingeln des Telefons aufgewacht«, sagte er, »wir alle.«

»Um zwanzig nach sechs?«, fragte sie und verstummte. »*Oh*, weißt du, was ich gemacht hab?«

»Verkehrt herum gerechnet?«, riet Edmunds.

»Ich hab verkehrt herum gerechnet.«

»Offensichtlich.«

»Die Uhrzeit, meine ich.«

»Ja, ich weiß. Baxter, bist du blau?«

»Nein, auf keinen Fall. Ich hab nur ein bisschen zu viel getrunken.«

Tia kam auf Zehenspitzen die Treppe runter, Leila im Arm, die sich endlich wieder beruhigt hatte.

»Komm ins Bett«, signalisierte sie Edmunds lautlos.

»Gleich«, flüsterte er zurück.

»Tut mir echt leid«, sagte Baxter mit schlechtem Gewissen. »Ich wollte dich nur auf dem Laufenden halten, was den Tatort betrifft, den ich heute besichtigt habe.«

»Welchen?«, fragte Edmunds.

Tia machte ein wütendes Gesicht.

»Ein Detective wurde lebendig vorne auf die Kühlerhaube eines Geländewagens gebunden und gegen die Wand einer Polizeiwache gefahren.«

Edmunds war hin- und hergerissen.

»Ich ruf dich morgen früh wieder an«, sagte Baxter. »Morgen früh bei dir. Nein! Morgen früh bei mir … Moment mal …«

»Nein, schon okay«, Edmunds lächelte Tia um Verzeihung bittend an. »Erzähl's mir jetzt.«

* * *

»Wo hast du sie zuletzt gesehen?«, fragte Rouche mit seinen Schuhen bewaffnet und im Bewusstsein der Tatsache, dass seine Füße jetzt beunruhigend nackt waren.

»Ich glaube, sie ist unter den Schrank gehüpft«, sagte Curtis von dem vermeintlich sicheren, weil erhöhten Bett aus.

»Gehüpft?«

»Na ja, gesprungen eben.«

»Gesprungen?«

Er wurde unsicher.

»Nein, eher so, wie nennt man das denn bei Spinnen, wenn sie galoppieren?«

»Galoppieren?«, sagte er in einer höheren Tonlage und schob sich gleichzeitig langsam Richtung Schrank. Dabei ließ er den Boden nicht aus den Augen, um gegen einen Angriff aus dem Hinterhalt gewappnet zu sein.

»Vielleicht sollten wir Baxter holen?«, schlug Curtis vor.

»Ich krieg das schon hin!«, fauchte Rouche. »Wir brauchen Baxter nicht. Ich will nur sicher sein, dass ich nicht danebenschlage.«

Curtis zuckte mit den Schultern.

»Ich hatte heute noch gar keine Gelegenheit, mich richtig bei dir zu bedanken«, sagte sie ein bisschen verlegen.

»Mir danken?«

»Wegen gestern Abend.«

»Jederzeit«, sagte er aufrichtig und drehte sich um, um sie anzulächeln. Aber Curtis hatte die Augen erschrocken aufgerissen.

Langsam folgte Rouche ihrem Blick über den Boden. Eine riesige Spinne von der Größe einer Untertasse saß vor ihm auf dem Teppich.

Er erstarrte.

»Hol Baxter«, flüsterte er.

»Was?«

Plötzlich flitzte das Tier direkt auf ihn zu. Rouche schrie, ließ den Schuh fallen und rannte zur Tür.

»Hol Baxter!«, brüllte er, als beide gemeinsam in den Gang stürzten.

* * *

Um Tia und Leila nicht zu stören, war Edmunds tapfer in den eiskalten Regen hinausgetreten und barfuß quer durch den matschigen kleinen Garten zum Schuppen gelaufen. Er schaltete das schwache Licht ein und rieb seinen Laptop trocken.

Der Wi-Fi-Empfang war gut genug, so dass er die Nachrichten und eine Straßenkarte von Manhattan aufrufen konnte.

Baxter berichtete ihm daraufhin lallend, aber ausführlich von den jüngsten Ereignissen.

»Ich verstehe es nicht«, seufzte Edmunds.

Baxter war enttäuscht. Sie hatte sich daran gewöhnt, Unmögliches von ihrem besten Freund zu erwarten.

»Ich bleibe bei der Sektentheorie. Es gibt keine andere Erklärung.«

Es klopfte an Baxters Tür.

»Tut mir leid. Warte mal.«

Edmunds lauschte den entfernten Stimmen, während er sich noch ein bisschen mehr Platz freiräumte.

»Hey. Oh, du telefonierst.«

»Ja.«

»Wir haben ein kleines Problem in Curtis' Zimmer.«

»Nichts Schlimmes.«

»Ach, wir kriegen das schon hin.«

»Nein, nein, ich kann gerne kommen. Darf ich zuerst fertigtelefonieren?«

»Klar. Danke.«

»Dauert nur ein paar Minuten.«

Eine Tür schlug zu. Geraschel, dann war Baxters Stimme lauter denn je zu hören.

»Tut mir leid, die einzige Verbindung, die wir gefunden haben, ist die von zwei Opfern zur Ragdoll.«

»Und das ist praktisch keine«, sagte Edmunds. »Ein Opfer hieß zufällig genauso wie Wolf, und das andere war der echte Ragdoll-Mörder. Logisch ist das nicht.«

»Das heißt, wir sollten uns besser erst mal auf die Mörder konzentrieren. Wir wissen, dass es irgendwo eine Verbindung geben muss.«

»Zu den Puppen«, sagte Edmunds. »Das sehe ich auch so. Es lässt sich absolut unmöglich vorhersagen, wer das nächste

Opfer sein wird, solange wir nicht wissen, was die, die dahinterstecken, eigentlich wollen, und das werden wir niemals verstehen, wenn wir den Zusammenhang nicht kennen.«

»Warum sind die Medien so wichtig, warum wollen sie, dass die Welt ihnen zuhört, und sagen dann nichts?«

»Meine Vermutung ist, dass ihnen zuhören nicht genügt. Sie wollen die ungeteilte Aufmerksamkeit der ganzen Welt. Die Sache wird eskalieren.«

»Vielleicht sehe ich das falsch, aber du scheinst darüber nicht unbedingt enttäuscht zu sein«, kommentierte Baxter Edmunds' aufgeregten Tonfall.

»Schick mir morgen früh alles, was ihr über die Killer habt, ich seh's mir an. Und Baxter, bitte sei vorsichtig. Denk dran: *Köder.*«

»Mach ich.«

»Hast du mit Thomas gesprochen?«

»Nein.«

»Warum nicht?«

»Wir haben uns gestritten, bevor ich gefahren bin.«

»Worüber?«

»Irgendwas.«

Edmunds seufzte: »Mach es nicht mit deiner Bockigkeit kaputt.«

»Danke für den Tipp. Ehrlich. Du wärst ein toller Eheberater.«

Er war nicht sicher, ob Tia ihr in dieser Hinsicht recht geben würde.

»Gute Nacht.«

»Nacht.«

Edmunds legte auf. Es war 4.26 Uhr, aber er war hellwach und fror. Er sah sich in dem unaufgeräumten Schuppen um und fing an, sein Werkzeug zu sortieren. Bevor der Fall nicht restlos aufgeklärt war, würde er den Schuppen möglicherweise noch öfter benutzen müssen.

* * *

Baxter schlief fest auf Curtis' Bett.

Curtis und Rouche saßen in Alarmbereitschaft links und rechts von ihr, jederzeit bereit, mit den provisorischen Waffen zuzuschlagen, die sie zusammengesucht hatten. Obwohl Rouche ihr nicht hatte erlauben wollen, die schwere Bibel aus der Nachttischschublade als Wurfgeschoss zu missbrauchen, waren sie bestens ausgerüstet mit zwei Paar Schuhen, einem Flipflop, einer Dose Haarspray und zwei Schusswaffen (mit denen sie das Ungeheuer allerdings nur bewerfen wollten, falls die Situation völlig außer Kontrolle geriet).

Baxter war zu nichts zu gebrauchen gewesen. Sie war ungeduldig ins Zimmer geplatzt, hatte die Situation erfasst und sich sofort in die »Sicherheitszone« aufs Bett gerettet. Anschließend hatte sie ihre Stiefel weggekickt und war innerhalb weniger Minuten eingeschlafen.

»Noch einen?«, fragte Rouche und legte die winzige Flasche auf den Haufen auf dem Bett.

»Warum nicht?«, erwiderte Curtis und trank ihre ebenfalls aus.

Rouche stieg auf einen Stuhl, öffnete die Minibar und holte zwei Drinks heraus.

»Prost«, sagte er.

Sie stießen an und nahmen jeweils einen Schluck.

»Hast du's niemals satt?«, fragte Curtis.

»Das hier?«, fragte Rouche mit dem Schuh in der Hand.

»Nicht das hier. Ganz allgemein, beschissene Hotelzimmer, zerknitterte Klamotten, das Alleinesein.«

»Du teilst doch gerade mit zwei anderen das Bett«, entgegnete er.

Sie lächelte traurig.

»Nein«, sagte er. »Aber wenn ich es satthätte, glaube ich kaum, dass ich es noch sehr viel länger machen könnte.«

»Es muss so schwer für dich sein, von Frau und Tochter getrennt zu leben.«

»Und trotzdem mach ich's. Wenn du keine Verpflichtungen hast und es dir trotzdem schon schwerfällt ...«

»Es fällt mir nicht schwer!«, fuhr Curtis ihn an.

»Tut mir leid. Ich hab mich schlecht ausgedrückt.«

»Ich hab nur ... wird das Leben immer so sein?«

»Wenn du's nicht änderst, schon«, erklärte Rouche.

Curtis schleuderte einen Schuh knapp an seinem Kopf vorbei. Er hinterließ einen Abdruck auf der gelblichen Tapete und störte Baxter im Schlaf.

»'tschuldigung, war bloß ein Schatten«, sagte sie schulterzuckend.

»Es macht mir nichts aus, also wirf ruhig noch einen Schuh nach mir, wenn ich dir zu nahe treten sollte, aber wenn du dein Leben ruinierst, nur um zu beweisen, dass du die richtige Entscheidung getroffen hast, dann beweist du gar nichts.«

Curtis nickte nachdenklich.

»Baxter hat ihre Schlafanzughose verkehrt herum an«, sagte sie wenig später.

»Allerdings«, sagte Rouche, ohne überhaupt hinzusehen.

Baxter schnarchte leise. Curtis sah sie einen Augenblick lang an, dann flüsterte sie:

»Die Chefin hat gesagt, wir sollen sie aus allem Wichtigen raushalten.«

»Wieso?«

Curtis zuckte mit den Schultern.

»Sie soll sowieso nur noch ein paar Tage hierbleiben.«

»Schade. Ich mag sie ganz gerne.«

»Ich auch.«

»Ruh dich aus«, sagte er. »Ich halte die Stellung.«

»Bist du sicher?«

Rouche nickte. Fünf Minuten später schlief Curtis tief und fest neben ihm, und weitere zehn Minuten später war auch er eingenickt.

* * *

Curtis' Wecker klingelte um 6 Uhr. Als sie die Augen aufschlugen, wirkten alle drei, nach der gemeinsam auf Curtis' Bett verbrachten Nacht, ein kleines bisschen verwirrt.

»Morgen«, krächzte Rouche.

»Morgen«, antwortete Curtis und streckte sich.

Baxter hatte keine Ahnung, was eigentlich los war.

»Ich geh duschen«, verkündete Rouche.

Er stand auf und ging zur Tür. Abrupt blieb er stehen, starrte zu Boden und stöhnte.

»Was?«, fragte Curtis.

Vorsichtig ging sie zu ihm, stellte sich neben ihn und schaute auf die plattgedrückte Leiche auf dem Teppichboden.

»Baxter muss beim Reinkommen draufgetreten sein«, schmunzelte er erschöpft.

Er riss ein paar Blatt Klopapier ab und hob das Beweisstück auf, dann spülte er ihre erste erfolgreiche gemeinsame Festnahme ins Klo.

Allmählich sah es doch gar nicht so schlecht aus.

KAPITEL 9

Freitag, 11. Dezember 2015
9.07 Uhr

Lennox tippte sachte mit dem Finger auf eine der drei Stichwortkarten, die sie vor Baxter ausgebreitet hatte:

Darüber möchte ich nicht spekulieren.
Ich kann bestätigen, dass das korrekt ist.
Nichts deutet darauf hin.

Baxter beugte sich ein bisschen näher an das kleine Mikrophon heran, das erwartungsvoll auf dem schwarzen Stoff stand, der über die Tischreihe gebreitet worden war, um ihr ein offizielleres Aussehen zu verleihen:

»Ich fürchte, darüber möchte ich nicht spekulieren.«

Sie nahm Lennox' fast unhörbaren Tadel wahr, während ein anderer Reporter dem Mann neben ihr eine Frage stellte. Lennox kritzelte eine kurze Notiz auf ein Blatt und schob es ihr zu, wobei sie aussah, als lausche sie völlig gebannt der Antwort des Deputy Assistant Director.

Baxter brauchte einen Augenblick, um die krakelige Schrift zu entziffern:

Sagen Sie niemals »ich fürchte«

Normalerweise hätte dies genügt, damit sie, ungeachtet der Journalisten und Kameras, die jede einzelne ihrer Bewegungen verfolgten, wütend aus dem Raum stürmte. Doch dieses Mal biss sie sich auf die Zunge und blieb sitzen.

Bei der Pressekonferenz sollte die Identität des verstorbenen Detective bestätigt, den wüsten Spekulationen und Verschwörungstheorien im Internet entgegengewirkt und offiziell verkündet werden, dass es tatsächlich einen Zusammenhang zwischen den Morden an dem »Banker«, Lethaniel Masse und Detective Robert Kennedy gab.

Baxter konzentrierte sich nicht. Sie regte sich noch immer über die handschriftliche Notiz auf und zerriss sie demonstrativ vor Lennox' Augen, die ihrerseits allmählich ans Ende ihrer ausufernden Erläuterungen gelangte:

»… und unserer Kollegen von der anderen Seite des Atlantik wie zum Beispiel Detective Chief Inspector Baxter hier neben mir.«

Als sie fertig war, wurde ein junger Mann in einem billigen Anzug für seine Aufmerksamkeit belohnt, die Hand gehoben zu haben, bevor jemand anders es tat.

Lennox zeigte auf ihn.

»Also, Chief Inspector, was glauben Sie, ist das Motiv hinter all diesen Morden?«, fragte er.

Alle im Raum warteten gespannt auf Baxters Antwort.

Lennox tippte unnötigerweise erneut auf eine Stichwortkarte.

»Darüber möchte ich nicht spekulieren«, las Baxter.

»Ein Zeuge aus dem Gefängnis hat ausgesagt, den beiden Toten hätte man Worte in die Brust geritzt, ›Puppe‹ und ›Köder‹«, fuhr der Mann fort, anscheinend nicht bereit, sich mit der knappen, unverbindlichen Antwort abspeisen zu lassen. »Fotos von der Brooklyn Bridge lassen vermuten, dass der Tote dort ähnlich verstümmelt war. Können Sie bestätigen, dass alle bislang entdeckten Leichen auf diese Weise gekennzeichnet waren?«

Lennox zögerte einen Augenblick und legte dann den Finger auf eine andere Karte. Obwohl sie sich wunderte, befolgte Baxter die stumme Anweisung:

»Ich kann bestätigen, dass das korrekt ist«, sagte sie.

Plötzlich erhob sich im Saal lautes Gemurmel. Baxter entdeckte Curtis und Rouche ganz hinten an der Wand und fühlte sich durch deren Anwesenheit gestärkt. Curtis nickte ihr kollegial zu, während Rouche ihr fröhlich zwei nach oben gestreckte Daumen entgegenhielt, worüber sie lächeln musste.

»Und Chief Inspector! Chief Inspector!«, rief der Mann in die verhaltene Unruhe hinein, setzte sein Glück mit einer dritten Frage aufs Spiel. »Darf ich in Anbetracht der Tatsache, dass ein Polizist, ein gewisser William Fawkes, und der Ragdoll-Killer jeweils mit dem Wort ›Köder‹ versehen waren, davon ausgehen, dass Sie und Ihre Kollegen die Möglichkeit in Betracht ziehen, dass diese Botschaften tatsächlich für Sie bestimmt sind?«

Augenblicklich wurde es totenstill in dem Saal voller ungeduldiger Journalisten – alle warteten gespannt, was sie auf die, das musste man dem Kollegen lassen, ziemlich gute Frage antworten würde.

Lennox schob ihr die »Nicht spekulieren«-Karte vor die Nase. Natürlich, was sonst?, dachte Baxter verbittert. Lennox würde kaum zugeben, dass man Baxter um den halben Globus gezerrt und dadurch in Gefahr gebracht hatte.

»Das ist lediglich eine von vielen Möglichkeiten, denen wir derzeit nachgehen«, sagte sie. Wobei sie mit »wir« natürlich Edmunds meinte.

Lennox wirkte leicht verärgert darüber, dass Baxter vom Kartentext abgewichen war, schien aber zufrieden mit deren professioneller und präziser Antwort.

»Chief Inspector Baxter!«, rief jemand aus der ersten Reihe.

Als Baxter die Frau unwillkürlich ansah, verstand diese das als Aufforderung aufzustehen und ihr eine entwaffnend direkte Frage zu stellen:

»Wird es weitere Morde geben?«

Baxter erinnerte sich an ihr Gespräch mit Edmunds in der vorangegangenen Nacht. Lennox tippte erneut auf die »Nicht spekulieren«-Karte.

»Ich …« Baxter zögerte.

Lennox drehte sich in Richtung Baxter und tippte vehementer. Ganz hinten im Saal machte Curtis eine besorgte Miene und schüttelte den Kopf. Selbst ohne das Drehbuch zu kennen, soufflierte Rouche ihr lautlos die Worte: »Darüber möchte ich nicht spekulieren.«

»Chief Inspector? Wird es weitere Morde geben?«, fragte die Frau erneut, alle anderen im Raum blieben ganz still.

Baxter dachte an das offizielle Pressestatement, das nach Masses Festnahme herausgegeben worden war: Die verwässerte Geschichte, die sie hatte erzählen müssen, um sich selbst zu retten und Wolfs Verstrickung in den Fall zu erklären.

So viele Leichen und so viele Lügen.

»Ich denke, der Fall wird eskalieren … ja.«

Während alle im Saal aufsprangen, sie mit Fragen und Blitzlicht bombardierten, spürte Baxter, dass sich auch die Köpfe links und rechts zu ihr umdrehten. Offensichtlich hatte sie sich in ihrer Annahme getäuscht, dass die Öffentlichkeit ausnahmsweise mal die Wahrheit hören wollte.

Die Erkenntnis war deprimierend, dass alle von leeren Versprechungen und unaufrichtigen Beschwichtigungen lebten. Vielleicht hatten die PR-Schlangen recht: Die Leute ließen sich lieber hinterrücks überfallen, als sich darauf vorzubereiten.

* * *

»Und das haben wir bislang.« Special Agent Kyle Hoppus führte sie an eine der zehn chaotischen weißen Tafeln an den Wänden. »Das sind unsere Killer.«

Marcus Townsend

Brooklyn Bridge
39 Jahre alt/US-Bürger, weiß

- Ehemaliger Finanzmakler
- Bankrott nach Börsencrash 08
- Phasenweise obdachlos
- Finanzieller Link zum Opfer?
- 2007 Ermittlungen wegen Insiderhandels gegen ihn
- Rachefeldzug gegen die Polizei?

Eduardo Medina

Polizeiwache
33rd Precinct
46 Jahre alt/Lateinamerikaner

- Koch im Park Stamford Hotel
- Probleme mit der Einwanderungsbehörde: Familie lebt größtenteils noch in Mexiko
- Rachefeldzug gegen die Behörden?

Dominic »der Rausschmeißer« Burrell

Belmarsh Prison
28 Jahre alt/britischer Staatsbürger, weiß

- Festnahme 2011 wegen Mordes
- Seit vier Jahren in Haft
- Inwiefern kann ein Zusammenhang zu Ragdoll-Morden bestehen, wenn nicht im Gefängnis Kontakt aufgenommen wurde?
- Laut Besucherverzeichnis sieht er einmal pro Woche seinen Psychiater, seine Angehörigen an den Geburtstagen.
- Offensichtlich ein Rachefeldzug gegen die Polizei.

Das New Yorker FBI-Büro befand sich im dreiundzwanzigsten Stock eines enttäuschend banalen Gebäudes unweit des Broadway. Abgesehen von dem für New York typischen unverputzten Mauerwerk, hätte Baxter auch bei New Scotland Yard zurück sein können: die gleichen weiß getünchten hohen Decken, der gleiche blaue Stoff, mit dem die Trennwände zwischen den Schreibtischen bespannt waren, und der gleiche nicht besonders strapazierfähige Teppichboden.

Hoppus ließ den Anwesenden kurz Zeit, um die wenigen Informationen zu lesen, die nicht durchgestrichen oder überschrieben worden waren. Baxter fand ihn in Anbetracht seiner leitenden Position erstaunlich liebenswürdig.

»Nachdem wir alle möglichen Verbindungen zwischen den Mördern und ihren Opfern sowie den Mördern und Opfern einerseits und den Ragdoll-Morden andererseits geprüft und ausgeschlossen haben, konzentrieren wir uns jetzt auf die Tatsache – wie Sie der Aufstellung entnehmen können –, dass alle unsere Killer hinreichend Grund hatten, die Polizei zu hassen«, erklärte Hoppus.

»Ein Team beschäftigt sich derzeit noch ausschließlich mit deren finanzieller Situation, ein anderes durchsucht die Computer und prüft die Verbindungsnachweise der Mobiltelefone, aber um ehrlich zu sein: Wir kommen kaum weiter. Es gibt keine eindeutigen religiösen oder politischen Überzeugungen, möglicherweise außer bei Medina, der sowohl Katholik wie auch eingefleischter Anhänger der Demokraten ist, was für die große Mehrheit der mexikanischen Einwanderer aber ebenso gilt. Abgesehen von Burrell, hat keiner der Täter eine gewalttätige Vorgeschichte. Soweit wir feststellen konnten, haben sich diese Menschen nicht gekannt und zuvor nie Kontakt zueinander gehabt«, endete er.

»Und trotzdem haben sie innerhalb weniger Tage drei aufeinander abgestimmte Morde begangen«, dachte Rouche laut. »*Gruselig.*«

Hoppus antwortete nicht, bedachte Curtis aber mit einem Blick, der die Frage enthielt, weshalb sie diesen eigenartigen Menschen mitgebracht hatte.

»Ob ich wohl eine Kopie der Akten bekommen könnte?«, fragte Baxter und ließ lieber unerwähnt, dass sie diese einmal um die halbe Welt an einen Kollegen im Betrugsdezernat schicken wollte, der offiziell gar nicht an den Ermittlungen beteiligt war.

»Selbstverständlich«, erwiderte Hoppus ein klein wenig kurz angebunden. Anscheinend fühlte er sich auf den Schlips getreten, weil sie wohl glaubte, etwas darin finden zu können, das seinem gesamten Team entgangen war.

Rouche trat näher an die Tafel heran, um die drei kleinen Fotos zu betrachten, die über den Namen hingen. Bei Burrell war es das offizielle Polizeifoto, das direkt nach seiner Festnahme aufgenommen worden war. Townsend trug ein T-Shirt mit einem Rouche bekannten Logo.

»War Townsend bei *Streets to Success*?«, fragte Rouche.

»Ja, das war er«, erwiderte Hoppus, der sich mit Curtis und Baxter unterhielt.

»Immer noch?«, fragte Rouche.

Hoppus schaute verwirrt: »Er ist tot.«

»Ich meine zum Zeitpunkt seines Todes. War er da ausgestiegen oder noch dabei?«

»Noch dabei.« Hoppus war eine gewisse Verärgerung anzuhören.

»Hmmm.« Rouche widmete sich wieder der Tafel.

Bei einem anderen Fall hatte er gelernt, dass *Streets to Success* sich der Aufgabe widmete, den immer zahlreicheren Obdachlosen der Stadt zu helfen. Dieses Projekt stand Menschen, die von der Welt längst im Stich gelassen worden waren, mit Rat und Tat zur Seite, vermittelte ihnen Unterkünfte, Ausbildungsplätze und Jobs. Ein bewundernswertes Unterfangen. Trotzdem war es nicht einfach, sich vorzustellen, wie der hagere, fast gespenstisch wirkende Mann auf dem Foto je wieder einen Weg in die Gesellschaft zurückfinden sollte.

Rouche hatte genug Junkies erlebt und glaubte, einer Person ansehen zu können, ob sie nach Drogen süchtiger war als nach dem Leben.

Er betrachtete das Bild von Eduardo Medina. Unten in der Ecke, an der unsauberen Schnittkante, sah man noch ein Stück von einem anderen Kopf. Medinas Körperhaltung zeigte, dass er die Arme um diese Person gelegt haben musste, er sah sehr glücklich aus.

»Was wird jetzt aus seiner Familie?«, platzte Rouche heraus und unterbrach Hoppus damit erneut.

»Wessen?«

»Medinas.«

»In Anbetracht der Tatsache, dass das Arschloch einen Polizisten kaltblütig ermordet hat, würde es mich sehr wundern, wenn sein Sohn, der mit ihm hier gelebt hat, nicht mindestens ausgewiesen wird und der Rest seiner Familie und seine Verwandten eine lebenslange Einreisesperre erhalten.«

»Dann sind die also richtig gefickt durch das, was er getan hat«, fasste Rouche zusammen.

»Das halte ich noch für untertrieben«, erwiderte Hoppus und wandte sich erneut an Curtis.

»Aber bis zu dem Mord hat er alles für sie getan, was er konnte?«

Hoppus zuckte sichtlich verärgert zusammen und wandte sich jetzt frontal Rouche zu.

»Davon gehe ich aus. Er hatte immer lange Schichten im

Hotel, hat seiner Familie Geld geschickt, und er wollte seine Tochter in die Staaten holen.«

»Klingt für mich nicht nach einem bösen Buben«, sagte Rouche.

Der sonst so umgängliche Hoppus wurde rot vor Zorn.

»O Gott«, entfuhr es Curtis im Flüsterton.

»Ein *böser Bube*?«, fauchte Hoppus, der dem CIA-Agenten jetzt seine ungeteilte Aufmerksamkeit schenkte, obwohl dieser sich noch mit dem Foto beschäftigte. »Dieser Mann hat einen Polizisten auf die Kühlerhaube eines Geländewagens gebunden und ihn gegen eine Wand gefahren!«

»Sie haben mich missverstanden«, erwiderte Rouche gut aufgelegt. »Ich habe nicht gesagt, dass er nichts Schlimmes gemacht hat. Es hat nur den Anschein, als wäre er kein böser Mensch gewesen.«

Als Hoppus' Kollegen den Wutausbruch ihres Chefs bemerkten, wurde es unheimlich still im Büro.

»Ich muss Rouche recht geben«, sagte Baxter schulterzuckend. Sie ignorierte Curtis, die ein Gesicht machte, als hätte man sie schändlich hintergangen.

»Medina ist unsere beste Option, wenn wir herausfinden wollen, was wirklich passiert. Burrell war so oder so ein Stück Scheiße. Townsend war völlig fertig und kann auf der Straße Kontakt zu Gott weiß wem gehabt haben. Medina dagegen hat hart gearbeitet und sich um seine Familie gekümmert. Bei ihm müsste eine plötzliche Veränderung viel auffälliger gewesen sein als bei den anderen beiden.«

»Genau das meine ich«, murmelte Rouche.

»Na schön, ich hab's begriffen«, räumte Hoppus widerwillig ein, sah beide aber weiterhin nicht besonders freundlich an.

»Agent Hoppus wollte uns gerade erläutern, in welche Richtung noch ermittelt wird«, erklärte Curtis Rouche, in dem Versuch, alle wieder einzufangen.

Er wandte seinen Blick von der Tafel und trat zu ihnen.

»Unsere Techniker haben die jüngsten Internetchroniken nach Begriffen wie ›Marionette‹, ›Puppe‹, ›Masse‹, ›Ragdoll‹ und ›Köder‹ durchsucht, zumindest bis zur Pressekonferenz heute Vormittag, danach sind die Suchmaschinen erst mal durchgedreht. Natürlich sind auch Foren und Seiten aufgetaucht, auf denen Leute irgendwie mitzumischen versuchen.«

»Kranke Schweine«, brummte Baxter.

»Da kann ich Ihnen nur recht geben«, sagte Hoppus. »Wir registrieren die IP-Adressen von allen, die diese Seiten aufsuchen, und überwachen die betreffenden Personen, sollten sie weiter dort aktiv sein. Falls sich jemand dorthin verirrt, der tatsächlich mit den Fällen zu tun hat.«

»So schrecklich das klingt«, fing Curtis an, »aber im Prinzip warten wir doch auf eine weitere Leiche, oder?«

»Damit sollten wir allerdings nicht an die Öffentlichkeit treten. Aber ja, wir tappen vollkommen im Dunkeln«, pflichtete Hoppus ihr bei. Einer von Hoppus' Agenten trat zu ihnen.

»Verzeihen Sie die Störung, Sir. Special Agent in Charge Lennox ist mit Reportern unten. Sie hat darum gebeten, Chief Inspector Baxter ausleihen zu dürfen.«

»Lasst mich in Ruhe!«, seufzte Baxter frustriert.

Der junge Mann schien kurz zu befürchten, Lennox diese Botschaft überbringen zu müssen.

»Sieh's mal so, im Vergleich zum letzten Auftritt kann's eigentlich nur besser werden«, merkte Rouche vergnügt an.

Curtis nickte ermutigend.

»Wie war das? ›Im Prinzip warten wir auf eine weitere Leiche‹?«, fragte Baxter. Sie wandte sich an den jungen Mann: »Okay, Sie gehen voran.«

»Das war ein Witz, *oder?*«, fragte Hoppus und sah ihr nervös hinterher.

* * *

Baxter spürte ihr Handy vibrieren, während sie in Gedanken noch einmal dieselben unverbindlichen Antworten auf dieselben unverbindlichen Fragen durchging, die sie bereits einige Stunden zuvor heruntergespult hatte.

Obwohl sie kein Fan von Wolfs Exfrau war, so fand sie doch, dass die unerträglich einfallslosen Journalisten, mit denen sie es bislang hier zu tun bekommen hatte, in Andrea Halls Schule der schamlosen Panikmache noch den ein oder anderen Trick hätten lernen können.

Obwohl sie sich ägerte, schon wieder für eine PR-Übung abgezogen zu werden, merkte sie dabei auch, dass sie sich darauf freute, anschließend wieder zu Rouche und Curtis zu stoßen. Die Ermittlungen im Ragdoll-Fall hatten sich gerade mal etwas über zwei Wochen hingezogen, und trotzdem war sie, aus zahlreichen Gründen, die sie sich nicht unbedingt gerne eingestehen wollte, mit einem Gefühl der Leere daraus hervorgegangen: Es waren zu viele Fragen offengeblieben. Die unverhoffte Fortsetzung jetzt hatte ihr als Detective neue Energie gegeben. Sie kam sich nützlich vor, war Teil eines Teams. Und begriff darüber hinaus, dass sie es eigentlich bereute, die Beförderung zum Detective Chief Inspector angenommen zu haben.

Derselbe junge Mann, der Baxter abgeholt hatte, versuchte nun, das live geführte Interview zu unterbrechen:

»Special Agent in Charge«, flüsterte er aufgeregt.

Lennox machte weiter mit ihrem üblichen Gelaber.

»Agent Lennox«, versuchte er es erneut.

Baxter sah, dass der junge Mann unschlüssig war, was zu

tun sei, da sich seine Vorgesetzte nicht stören ließ und unbeirrt mit ihrem perfekten Vortrag fortfuhr.

»Lennox!«, bellte Baxter vor laufender Kamera. »Ich glaube, der Mann hat Ihnen was zu sagen.«

»Ihnen auch, Chief Inspector«, ergänzte dieser dankbar.

»Die Pflicht ruft«, lächelte Lennox in die Kameras.

Sie entfernten sich ein gutes Stück von den Reportern, die sie genau beobachteten.

»Was kann denn unmöglich warten, bis ich fertig bin?«, zischte sie den jungen Mann wütend an.

»Ich dachte, es wäre besser, wenn Sie wüssten, was los ist, wo es schon der Rest der Welt weiß«, erklärte er.

»Und was ist los?«

»Es hat einen weiteren Mord gegeben, wieder ein Polizist.«

KAPITEL 10

Freitag, 11. Dezember 2015
17.34 Uhr

Detective Constable Aaron Blake hatte seinen Partner in dem Chaos verloren. Zusammen hatten sie es geschafft, halb London mit ihrer improvisierten Verkehrsumleitung lahmzulegen, hatten sechs Fahrstreifen von der Mall in die sehr viel schmalere Marlborough Road umgelenkt und gehofft, dass die Fahrzeuge dort auf wundersame Weise Platz finden würden. Die Situation wurde auch dadurch nicht besser, dass sich eine Decke aus eisigem Nebel über die Stadt gesenkt hatte. Blake hatte bei seiner Ankunft noch den hell erleuchteten Buckingham Palace vor dem dunklen Himmel erkannt. Jetzt konnte er keine anderthalb Meter mehr weit sehen.

Die milchige Luft erhielt durch das Blaulicht der Notfallfahrzeuge eine überirdische Färbung. Der Nebel hatte Blakes dunkles Haar feucht gemacht und seine vier Lagen Kleidung durchnässt. Er blendete den Lärm aus, den die festgesetzten Autofahrer machten, und kehrte vorsichtig tastend zum Tatort zurück. Dabei orientierte er sich an den Scheinwerfern eines Feuerwehrwagens.

»Blake!«, rief Saunders seinen Kollegen, als dieser wie ein drittklassiger Zauberkünstler aus dem Nebel auftauchte. Auch er war durchnässt, sein blondes Haar, das ihm an seinem überheblichen Gesicht klebte, von einem unnatürlichen Orange.

Baxters erste Entscheidung nach ihrer Beförderung zum Chief war, die beiden, mit denen sonst niemand arbeiten wollte, zum Team zu machen. Keiner von beiden hatte sich darüber gefreut. Saunders war bekannt dafür, dass er der großmäuligste, vulgärste und chauvinistischste Beamte in der Abteilung für Mord und Schwerstkriminalität war, wohingegen Blake als feiger und hinterhältiger Intrigant galt.

»Bist nicht zufällig unterwegs der Spurensicherung begegnet?«, fragte Saunders mit Cockney-Akzent.

»Soll das ein Witz sein?«, erwiderte Blake. »Teilweise konnte ich nicht mal mehr die Straße sehen.«

»Verfluchte Scheiße, das ist doch eine absolute Lachnummer.«

Blake war kurz abgelenkt, als mehrere Meter von Saunders entfernt ein goldenes Etwas, begleitet von Hufeklappern, vorbeischwebte.

»Was jetzt?«, keuchte Saunders und zog sein klingelndes Handy aus der Tasche: »Chief?«

Baxter hatte Vanita auf dem Weg zum Büro angerufen. Sie war überrascht, ihre Vorgesetzte so ruhig und entschieden zu erleben, wo sie jetzt die Leitung an einem *echten* Tatort übernehmen musste und sich nicht mehr hinter ihrem Schreibtisch verstecken konnte. Vanita hatte die wenigen bereits bekannten Einzelheiten grob umrissen und Baxter darüber informiert, wer sich vor Ort befand, und ihre Sorge damit nicht unbedingt geschmälert.

»Saunders, würden Sie mir bitte einen Lagebericht liefern?«, fragte Baxter von der anderen Seite des Atlantik aus.

Sie saß an einem leeren Schreibtisch und suchte Stift und Papier.

»Absolute Oberscheiße«, lautete die knappe, aber präzise Antwort. »Haben Sie gesehen, was wir hier in London für ein Wetter haben? Völlig absurd. Man sieht nicht mal die Hand vor Augen. Männer schleichen sich mit Pferden von hinten an mich heran, tauchen plötzlich aus dem Nebel auf. Das ist hier wie in scheiß Sleepy Hollow.«

»Haben Sie den Tatort gesichert?«, fragte Baxter.

Ein durchdringender Pfeifton war zu hören.

»'tschuldigung, bleiben Sie dran …« Saunders' Stimme entfernte sich: »Na toll! Noch ein Polizeiwagen! Was genau glauben Sie, dort ausrichten zu können, was den anderen zwei Dutzend Einheiten nicht gelungen ist? … Genau, Sie mich auch!«

»Saunders!«

»Ja, 'tschuldigung.«

»Haben Sie den Tatort gesichert?«

»Die Jungs von der Feuerwehr waren zuerst hier und haben ihr Ding gemacht. Aber klar, wir haben irgendwo Absperrband gezogen, das keiner sehen kann.«

»Wer ist alles da?«

»Die ganzen Arschgeigen. Alle: zwei Feuerwehrwagen, mindestens drei Krankenwagen. Die Streifenwagen kann ich schon gar nicht mehr zählen, irgendwas im zweistelligen Bereich. Ich hab mit ein paar Leuten vom MI5 gesprochen, den Royal Horsemen, sogar einem alten Knacker von der RSPCA, der hier eine Weile rumgerannt ist. Die von der Spurensicherung treiben sich anscheinend auch irgendwo rum, aber wir haben sie noch nicht gefunden.«

»Hauptsache, der Tatort ist gesichert. Vanita ist gleich da«, erklärte Baxter ihm. »Ist Blake bei Ihnen?«

Sie konnte Blake genauso wenig leiden wie Saunders, bekam im Allgemeinen aber Sinnvolleres aus ihm heraus als aus Letzterem.

»Ja, Augenblick … Blake! Die Chefin will dich sprechen … ja, *dich*. Was fingerst du dir in den Haaren rum? Sie kann dich nicht sehen. Nicht mal *ich* kann dich sehen!«

Am anderen Ende der Leitung raschelte es.

»Chief?«, fragte Blake, das nasskalte Display an seiner Wange. Er starrte in den eisigen Nachthimmel und war plötzlich überwältigt von einem surrealen Gefühl, das ganze Chaos unten hinter sich gelassen zu haben und mit dem Kopf in einer Wolke zu stecken.

»Ich möchte, dass Sie den Tatort abgehen und mir ganz *genau* beschreiben, was Sie sehen.«

Blake, unbeeindruckt, befolgte die Anweisung und duckte sich unter dem Absperrband hindurch, das um das verkohlte Autowrack gezogen war. Er schaltete seine Taschenlampe ein. Der diffuse Lichtstrahl fing den dunklen Qualm ein, der noch immer aus dem Wrack drang. Er verfing sich in weißen Nebelschwaden, stieg auf und verschmutzte die bittere Nacht.

»Okay. Ich befinde mich auf der Mall, da, wo der Palast ist, vor mir steht ein vollkommen ausgebrannter Polizeiwagen, mehr oder weniger mitten auf der Straße.« Als er näher herantrat, knirschten Scherben und Plastikteile unter seinen Füßen. »Zwei Leichen, eine auf dem Fahrer-, eine auf dem Beifahrersitz. Zeugen haben Rauch aus dem Wagen aufsteigen sehen, als er vom Trafalgar Square hier einbog. Sekunden später war's schon das Inferno.«

An diesem Punkt hätte Blake normalerweise irgendeinen geschmacklosen Witz gerissen oder eine unanständige Bemerkung gemacht. Aber die unheimliche Atmosphäre, die Ungeheuerlichkeit dieses vierten Mordes und der groteske Anblick, der sich ihm bot, hatten ihm einen seltenen Moment von Professionalität beschert. Er wollte seinen Job gut machen.

»Wie nah war der Wagen am Palast?«, fragte Baxter.

»Nicht besonders nah. Ich würde sagen, wir sind ungefähr zwei Drittel der Strecke entfernt, es ist ja eine ziemlich lange Straße. Trotzdem sollten wir davon ausgehen, dass der Palast das Ziel gewesen wäre, hätte sich das Feuer nicht so schnell ausgebreitet.«

»Erzählen Sie mir mehr über die Toten.«

Er hatte gewusst, dass das kommen würde. Die Fahrzeugtüren standen weit offen, da die Feuerwehrleute nach weiteren Personen im Wageninneren gesucht hatten. Blake hielt sich die Nase zu und ging neben den verkohlten Überresten in die Knie.

»Die sind äh … in keinem guten Zustand.« Er würgte, konnte sich aber nicht übergeben. »O Gott. Der Gestank ist …« Wieder musste er würgen.

»Ich weiß«, sagte Baxter verständnisvoll. »Was können Sie sehen?«

Rußiges Wasser tropfte von dem freigelegten Fahrgestell und erstarrte zu seinen Füßen in einer teerartigen Pfütze. Er leuchtete mit seiner Taschenlampe ins Wageninnere.

»Ich kann definitiv Benzin riechen, sehr viel Benzin. Kann nur der Tank gewesen sein, aber aufgrund der Zeugenaussage würde ich vermuten, dass der Innenraum damit getränkt wurde. Wir haben einen Mann auf dem Fahrersitz.«

Er leuchtete die Leiche von oben bis unten ab. Der Strahl verharrte nervös auf dem Oberkörper und wanderte dann zu dem bis auf den Knochen verbrannten Schädel.

»Knapp unter eins achtzig, sehr schlank, nackt von der Hüfte aufwärts. Der ganze Körper ist vollständig verbrannt, abgesehen von einem Bereich auf der Brust, der anscheinend nichts abbekommen hat.«

»Puppe?«, fragte Baxter, obwohl sie die Antwort bereits kannte.

»Es muss eine Art flammenbeständigen Lack oder so auf die Schnittwunden aufgetragen worden sein«, meinte Blake und lenkte den Strahl der Taschenlampe auf das wenige, was von dem anderen Körper übrig war. »Für die Frau auf dem Beifahrersitz gilt dasselbe: nackt von der Hüfte aufwärts, das Wort ›Köder‹ ist gerade so noch lesbar. Sieht frisch aus. Sie trägt einen unserer Dienstgürtel und schwarze Stiefel, wir sind ziemlich sicher, dass es Constable Kerry Coleman ist. Jedenfalls ist es ihr Streifenwagen, und sie hat seit knapp einer Stunde auf keinen Funkversuch mehr reagiert.«

Hinter Blake knirschte es. Er drehte sich um und sah Saunders, der das Absperrband anhob, um das Team der Spurensicherung durchzulassen.

»Die Spurensicherung ist eingetroffen«, sagte er zu Baxter. Er stand auf und ging vom Wagen weg. »Soll ich Ihnen später Bescheid sagen, was die gefunden haben?«

»Nein. Vanita wird jeden Moment eintreffen, berichten Sie ihr. Ich bin morgen wieder da.«

»Na schön.«

»Und Blake …«

»Ja?«

»Gut gemacht.«

Er entschied, sich auf das Kompliment zu konzentrieren, weniger auf das Erstaunen, das ihr anzuhören war.

»Danke.«

Baxter riss die Seite mit ihren Aufzeichnungen aus dem Notizblock und kehrte zu den anderen in Lennox' Büro zurück. Sie gab Blakes Tatortbeschreibung wieder und diskutierte anschließend über das Muster, das sich allmählich abzuzeichnen begann. Die britischen Morde spiegelten die amerikanischen, fanden nur zeitversetzt statt: Auf beiden Seiten des Atlantik gab es jeweils ein Ragdoll-Opfer, und nun hatte man auch in England, was die Anzahl der toten Polizisten anging, gleichgezogen.

»Ich muss zurück«, erklärte Baxter Lennox. »Ich kann nicht hierbleiben, wenn direkt vor meiner Haustür Kollegen ermordet werden.«

»Das verstehe ich«, sagte Lennox freundlich. Sie war nur allzu froh, einen guten Vorwand zu haben, Baxter früher als geplant nach Hause zu schicken.

»Es ist derselbe Fall«, führte Rouche aus, »ob du hier ermittelst oder dort.«

»Ich kann nicht bleiben.«

»Ich lasse einen Flug für Sie buchen«, sagte Lennox schnell, bevor noch jemand auf die Idee kam, Baxter zum Bleiben zu überreden.

»Heute Abend?«

»Ich werde mein Bestes tun.«

»Danke.«

»Nein, Chief Inspector«, sagte Lennox und streckte ihr die Hand entgegen, »ich habe zu danken.«

* * *

Baxter hatte für den darauffolgenden Morgen einen Flug zurück nach Großbritannien. Im Verlauf des Nachmittags hatte sie mehrfach mit Vanita und auch zweimal mit Edmunds telefoniert. Sogar Thomas hatte sie eine Nachricht auf dem Anrufbeantworter hinterlassen, ihm mitgeteilt, dass sie nach Hause kommen würde. Sie kam sich deshalb unglaublich offen und aufmerksam ihrem Freund gegenüber vor.

Trotz der Schwierigkeiten, die verbrannten Überreste zu identifizieren, hatte das Team in London nicht lange gebraucht, um den Namen des Mörders von Constable Coleman zu ermitteln: Patrick Peter Fergus. Sein unbeschädigtes Mobiltelefon war in einem weggeworfenen Rucksack gefunden worden.

Das GPS-System, mit dessen Hilfe die Disponenten den verschiedenen Einheiten die Aufgaben zuteilten, hatte offenbart, dass Colemans Fahrzeug einen ungeplanten Zwischenstopp in Spring Gardens eingelegt hatte. Das umstrittene »Big Brother«-System der Hauptstadt mit genauen Zeit- und Ortsangaben hatte sich dieses Mal als sinnvoll erwiesen. Neun unterschiedliche Überwachungskameras hatten Teile des erschreckend unspektakulären Mordes aufgezeichnet.

Ein weißhaariger Mann in Jeans und Poloshirt war mit einer großen Tasche Whitehall heruntergekommen. Während er an einem Fußgängerübergang wartete, hielt Constable Colemans Wagen an der Ampel. Anstatt die Straße zu überqueren, war der Mann an ihren Wagen getreten, hatte an die Scheibe geklopft und freundlich lächelnd auf die ruhige Nebenstraße gezeigt.

Bauarbeiten auf beiden Seiten der Straße hatten den Fußgängerverkehr deutlich eingeschränkt, und so hatte niemand gesehen, wie der Mann sich ruhig gebückt und einen Backstein aufgehoben hatte. Als Constable Coleman ausstieg, hatte er ihr damit den Schädel eingeschlagen, sie anschließend um den Wagen herumgetragen und sie auf den Beifahrersitz gesetzt. Anhand des Materials aus den verschiedenen Kameras war auch zu erkennen, was sich im Inneren des Fahrzeugs abgespielt hatte: Man sah das Messer, die feuer- und hitzebeständige Tinktur, den Benzinkanister – das alles hatte der Mann zuvor unschuldig in der Tasche durch die Menschenmenge getragen.

Baxter zitterte nach ihrem Telefonat mit einem der Detectives von der Nachtschicht. Vanita hatte gleich für den nächsten

Morgen eine Pressekonferenz anberaumt, um die Identität der ermordeten Kollegin bekanntzugeben, davon abgesehen aber von keinerlei neuen Entwicklungen zu berichten. Das Team der Kriminaltechniker hatte das sichergestellte Handy genau untersucht und nichts von Bedeutung gefunden. Die so offenkundige Beliebigkeit des Mordes, wie sie sich anhand des Filmmaterials darstellte, ließ die Suche nach möglichen Verbindungen oder Hinweisen in Constable Colemans Leben sinnlos erscheinen. Sie war einfach nur zur falschen Zeit am falschen Ort gewesen, hatte dem Mann, der sich vorgenommen hatte, einen Polizisten zu ermorden, eine Gelegenheit geboten.

Baxter stand draußen vor dem Reade Street Pub in Tribeca. Die altmodische, gemütliche Bar war bekannt dafür, dass viele FBI-Agenten hier verkehrten, und gehörte daher zu einem der wenigen Orte der Stadt, an dem alle stets bemüht waren, sich gut zu benehmen. Curtis' Kollegen hatten sie überredet, nach Dienstschluss noch etwas mit ihnen trinken zu gehen. Sie hatte daraufhin Baxter und Rouche so lange ein schlechtes Gewissen gemacht, bis diese sich bereit erklärt hatten mitzukommen.

Baxter dachte, dass sie besser wieder reingehen sollte, hatte es aber eigenartigerweise als entspannend empfunden zu sehen, wie der Abend allmählich den Spätnachmittag umfing, die Fenster der Stadt hell zu leuchten begannen, als wären es unzählige Lichterketten. Ein eiskalter Seufzer entfuhr ihren Lungen, dann trat sie erneut ein, wo Wärme, Musik und heiseres Gelächter sie begrüßten.

Rouche und Curtis standen in einer großen Gruppe an der Bar. Der Lauteste von ihnen erzählte eine Geschichte, Curtis lächelte verlegen.

»Also, sie kommt aus dem Apartmentblock, von oben bis unten voll mit Schnee, zerrt diesen Dealer am Schlafittchen raus, im anderen Arm hat sie einen kleinen Scottiehund.« Alle lachten an der richtigen Stelle, und der Mann nahm einen Schluck aus seiner Flasche. »Wir haben Fernsehkameras dabei, und sämtliche Nachbarn filmen mit ihren Handys. Über uns fliegt sogar ein Helikopter. Und was macht sie?«

Er sah Rouche an, als würde er tatsächlich von ihm erwarten, dass er riet, für welche der unendlich vielen Möglichkeiten Curtis sich entschieden hatte.

Er zuckte mit den Schultern.

»Sie geht direkt zu unserem Assistant Director, übergibt ihm das arme Tier, so dass er jetzt auch total voll ist mit dem ganzen Zeug, und sagt: ›Ich behalte den Hund!‹«

Die Kollegen kriegten sich kaum noch ein vor Lachen.

»Ah! Ha-ha!« Rouche tat belustigt.

»Versteht ihr, als der kranke Arsch die Sirenen gehört hat, hat er versucht, dem Hund die gesamten zwei Kilo zu füttern. Die Chefin hat die ganze Nacht beim Tierarzt gesessen und gewartet, bis er endlich das Beweismaterial auskackt!« Er sah Rouche direkt in die Augen: »Und rate mal, wie sie ihn genannt hat?«

Pause. Er machte es wieder. Rouche war kurz davor, ihm zu erklären, dass er es nicht wissen konnte, da er schließlich keine hellseherischen Fähigkeiten besaß. Wäre dies der Fall gewesen, wäre er gar nicht erst in die unangenehme Situation geraten, antworten zu müssen:

»Koks … Kokain … oder … Koksköter?« Er wollte kein Spielverderber sein.

Betretene Stille folgte auf seine Antwort.

»Dusty«, sagte der Mann, als hätte Rouche ihm gerade eine reingehauen.

»Sie hat ihn Dusty genannt.«

Als Rouche Baxter kommen sah, entschuldigte er sich und eilte ihr entgegen, um sie abzufangen.

»Ich lade dich auf ein Getränk ein«, sagte er und führte sie ans andere Ende der Bar.

Sie hatte keinerlei Einwände: »Rotwein.«

»Klein? Groß?«

»Groß.«

Rouche bestellte.

»Die Filmaufnahmen von dem Mord an der Polizistin haben mir wirklich zugesetzt«, sagte er, als sie auf die Rückkehr des Barmannes warteten. »Dadurch, dass es so wenig brutal war, fand ich es noch abstoßender ... nicht, dass ich sie hätte leiden sehen wollen«, setzte er rasch hinzu. »Nur ...«

»... dass es so einfach war«, beendete Baxter den Satz. Ihr ging es genauso. »Man sucht sich irgendwen von der Straße aus, ganz egal wen, haut ihm fest genug auf den Schädel, und zack ist er tot.«

»Genau«, nickte Rouche und reichte dem Barmann seine Kreditkarte. »Sie hatte überhaupt keine Chance, oder? Es war so willkürlich ... einfach eine günstige Gelegenheit.«

Sie nahmen jeder einen Schluck von ihren Drinks.

»Curtis und ich bringen dich morgen früh zum Flughafen«, sagte er.

»Das ist nicht nötig.«

»Wir bestehen aber drauf.«

»Na ja, wenn ihr drauf besteht.«

»Cheers«, sagte Rouche und hob sein Glas.

»Cheers«, erwiderte Baxter, und ihre Anspannung legte sich, als sie den Rotwein auf der Zunge schmeckte.

* * *

Baxter brauchte ein paar Versuche, bis es ihr gelang, die Schlüsselkarte in den Schlitz zu schieben. Kaum war sie in ihrem Zimmer, kickte sie die Schuhe in die Ecke, warf ihre Tasche aufs Bett, schaltete die Nachttischlampe ein und schwankte zu dem winzigen Fenster, um es zu öffnen.

Sie konnte es kaum abwarten, aus ihren Arbeitsklamotten zu kommen, und zog auf dem Weg ins Badezimmer ihre elegante Hose aus. Als sie ihre Bluse halb aufgeknöpft hatte, klingelte ihr Handy. Sie kletterte aufs Bett, um es aus der Tasche zu ziehen, zögerte aber, als sie sah, dass es eine SMS von Thomas war.

»Wieso zum Teufel bist *du* denn noch wach?«, fragte sie sich laut, bevor sie merkte, wie spät es war und dass sie eigentlich schon vor Stunden hätte schlafen sollen.

Freue mich, dich wiederzusehen. Ich glaube, Echo hat Flöhe. x

»Selber Flöhe«, murmelte sie genervt.

Auf die Idee, dass er sich über eine Antwort freuen würde, kam sie nicht. Aber ihr fiel wieder ein, dass sie Edmunds die Dateien über die Killer, die Hoppus ihr hatte zukommen lassen, weiterleiten wollte. Sie tippte eine unzusammenhängende E-Mail an Edmunds, schaffte es, in gerade mal sechzehn Wörter elf Tippfehler einzubauen, hängte die Dateien an und klickte auf Senden.

Als sie das Handy zur Seite legte, fiel ihr die hässliche Narbe ins Auge, die die Innenseite ihres rechten Oberschenkels zierte. Eine bleibende Erinnerung an den Ragdoll-Fall, an Masse … und an Wolf. Sie konnte sich nicht daran gewöhnen.

Sie schauderte, fuhr geistesabwesend mit den Fingern über die erhabene Hautstelle. Sie bekam Gänsehaut bei dem Gedanken an die Kälte, die sie damals empfunden hatte. Keine milde, frische Brise, wie sie der Winter von draußen hereintrug, sondern eine wahrhaftige Kälte, die sie bis ins Mark erstarren ließ. So etwas hatte sie nie zuvor erlebt. Erneut sah sie vor sich, wie das warme Blut aus ihrem Körper herausfloss und ihre Temperatur schlagartig abfiel.

Sie stand auf, um das Fenster zu schließen, und zog dann so schnell wie möglich ihre Schlafanzughose an in der Hoffnung, diesen Teil von sich, den sie so sehr ablehnte, wieder zu vergessen.

KAPITEL 11

Samstag, 12. Dezember 2015
7.02 Uhr

Baxter hatte fünfmal auf den Schlummerknopf geschlagen, bevor sie es aus dem Bett geschafft hatte. Zugunsten des Zähneputzens verzichtete sie aufs Duschen, stopfte ihre Sachen in ihren Koffer und legte schnell noch etwas Make-up auf. Dann trat sie einigermaßen präsentabel nur zwei Minuten zu spät in den Gang hinaus und stellte fest, dass sie als Erste fertig war.

Weniger als eine Minute später drang ein kraftloses Stöhnen aus Rouches Zimmer. Das Schloss knackte laut, und er kam herausgestolpert. Er sah entschieden mitgenommen aus. Sie vermutete, dass er in seinem zerknitterten Anzug geschlafen hatte. Offensichtlich hatte er versucht, sein widerspenstiges Haar in den Griff zu bekommen, das sich jedoch erfolgreich verweigert hatte, und obwohl er eine Sonnenbrille trug, musste er die Augen vor der Beleuchtung im Gang abschirmen.

»Morgen«, krächzte er und schnupperte unter seine Achseln.

So wie er das Gesicht verzog, würde sie wohl keine Umarmung zum Abschied bekommen.

»Wie kommt es, dass du so …?« Rouche hielt inne, wollte nichts sagen, was falsch verstanden werden könnte.

»So …?«, flüsterte Baxter, der bewusst war, dass in den Nachbarzimmern vielleicht noch Leute schliefen.

Sie fragte sich, ob er möglicherweise hinter seiner Sonnenbrille eingeschlafen war.

»Na ja«, brachte er schließlich raus. Die Seminare über sexuelle Belästigung am Arbeitsplatz, deren Besuch für die gesamte Abteilung Pflicht gewesen war, waren anscheinend doch keine Zeitverschwendung gewesen.

»Übung«, erwiderte Baxter. »Viel zu viel Übung. Die Sonnenbrille setzt aber auch einen sehr hübschen Akzent. *Raffiniert.*«

»Hab ich mir auch gedacht«, nickte Rouche, merkte dabei allerdings, dass er dies den Rest des Tages vermeiden sollte.

»Aber wozu soll die gut sein? Draußen sind es minus fünf Grad.«

»Zum Autofahren«, entgegnete Rouche defensiv. »Um nicht geblendet zu werden.«

»Wovon?«, hakte Baxter skeptisch nach.

In diesem Augenblick ging die Tür zu Curtis' Zimmer auf, und die makellose Agentin trat in den Gang hinaus, das Handy fest ans Ohr gepresst. Stets professionell hatte sie sich den Abend über an einer einzigen Flasche Bier festgehalten und die Kneipe um 21 Uhr verlassen. Sie hatte sich bei ihren Kollegen verabschiedet und war noch kurz zu Baxter und Rouche gegangen, die versteckt an einem kleinen Tisch am Fenster gesessen hatten. Leider waren die beiden zu diesem Zeitpunkt bereits beim dritten Getränk angelangt, hatten sich gerade noch etwas zu essen bestellt und es überhaupt nicht eilig zu gehen.

Sie nickte Baxter zu, musterte ihren derangierten Kollegen anschließend lange und verärgert, schüttelte den Kopf und ging zum Lift.

Rouche sah Baxter unschuldig an.

»Ob die Sonnenbrille geholfen hat?«, fragte sie hämisch grinsend und rollte ihren Koffer an ihm vorbei.

* * *

Man kam überein, dass es vermutlich das Beste wäre, wenn Curtis fuhr. Baxter saß hinten, Rouche auf dem Beifahrersitz. Er drehte das Fenster herunter und richtete das Heizungsgebläse voll aufgedreht auf sich. Kurz nach Verlassen des Hotels wurde ihr schwarzes FBI-Fahrzeug von einem Meer aus Taxis verschluckt, die immer langsamer fuhren und schließlich unbeweglich verharrten wie ein Tropfen trocknender gelber Farbe.

Der Polizeifunk rauschte im Hintergrund, jeder Bemerkung zwischen Disponent und den Kollegen draußen ging ein munterer Piepton voraus. Die Stadt, die niemals schläft, hatte, soweit Baxter dies beurteilen konnte, eine ganz besonders unruhige Nacht hinter sich, wobei sie zwischen den Zeilen lesen musste, da sie die Funkkürzel des NYPD nicht kannte. Curtis war so nett, ihr die interessanteren Durchsagen zu übersetzen.

In London war es bereits Mittag, und das Team hatte den Vormittag ausgezeichnet genutzt. Baxter hatte Einzelheiten zu dem jüngsten Täter erhalten und las Curtis und Rouche diese vor:

»Patrick Peter Fergus. Einundsechzig Jahre alt. Hat die vergangenen zweieinhalb Jahre für ein Unternehmen mit dem unbestimmten Namen Consumer Care Solutions Limited gearbeitet. Vorangegangene Zusammenstöße mit der Polizei: eine Kneipenschlägerei vor zirka dreißig Jahren. Die einzige lebende Verwandte ist seine demente Mutter draußen in Woking … *du lieber Gott!*«

»Was denn?«

»Er hat abends stundenweise als Weihnachtsmann gearbeitet und war gerade auf dem Weg zu einem Auftritt, als er scheinbar aus einer Laune heraus beschloss, stattdessen lieber eine unschuldige Polizistin zu ermorden.«

Rouche wirkte augenblicklich sehr viel nüchterner und drehte sich zu Baxter um:

»Ist das dein Ernst?«, fragte er.

»Bitte lass Andrea das nicht mitbekommen«, stöhnte sie. »Die Weihnachtsmorde. Ich seh's schon deutlich vor mir.«

Sie schaute aus dem Fenster, während sie sich stockend und jeweils nur wenige Meter am Stück am City Hall Park vorbeischoben. Der dunkelgraue Himmel über ihnen hatte seine Drohung, es schneien zu lassen, bislang noch nicht wahr gemacht. Ein grünes Schild verriet ihnen, dass sie sich langsam der Brooklyn Bridge näherten.

Sie erhielt eine SMS von Thomas und schüttelte ungehalten den Kopf: »Was denn jetzt?«

WANN KOMMST DU?
HAB EINGEKAUFT! x

Sie dachte gerade über eine Antwort nach, als sie von einer Durchsage in dem leise gedrehten Funkgerät abgelenkt wurde. Dabei war es nicht die Nachricht, die sie hatte aufhorchen lassen, sondern die aufgeregte Stimme der Disponentin.

In den dreißig Minuten, in denen Baxter mal hin- und mal weggehört hatte, hatte sie mitbekommen, wie die sehr professionelle Kollegin Einheiten zu einem schweren Fall von häuslicher Gewalt, einem toten Junkie und einem Mann geschickt hatte, der mit Selbstmord drohte. Zu keinem Zeitpunkt hatte sie anders als ruhig und gefasst geklungen, bis eben.

»Und was hast du vor, wenn du …«, setzte Rouche an, der nicht gehört hatte, was die beiden Frauen gehört hatten.

»Psst!«, fuhr Curtis ihn an, drehte das Funkgerät lauter, während sie um die Kurve und auf die Brücke fuhren.

»10–5«, gab eine leicht verzerrte Männerstimme durch.

»Er bittet sie, es zu wiederholen«, übersetzte Curtis Baxter zuliebe.

Wieder ertönte der muntere Piepton, der so gar nicht zu der kaum verhohlenen Besorgnis der Disponentin passte.

»42 Charlie: 10–10F …«

»Möglicherweise bewaffnet«, flüsterte Curtis.

»Haupthalle – Grand Central Terminal. Berichten zufolge wurde geschossen … 10–6.«

»Sie bittet ihn, sich bereitzuhalten«, sagte Curtis, als sie sich dem ersten steinernen Turm näherten, dem Tor zur Stadt, wo sie bereits einen Toten hatten bergen müssen.

Die Frau sprach jetzt schnell und aufgeregt:

»42 Charlie. 34 Junge. 34 David. 10–39Q …«

»Was ist das?«, fragte Baxter.

»Ich glaube, sie weiß noch nicht, was los ist, ruft aber schon mal Verstärkung.«

»Haupthalle – Grand Central Terminal. Berichten zufolge handelt es sich um einen Tät… bewaffnet … trägt eine Geisel … vermutlich tot.«

»Was?«, fragte Rouche.

»10–5?«, fragte einer der Kollegen über Funk, brachte in Zahlenform dasselbe Unverständnis zum Ausdruck.

»Eine tote Geisel ist keine Geisel«, sagte Rouche. »Das ist ein Toter.«

Was die Frau sagte, ergab keinen Sinn. Es war aber klar, dass sie den Kollegen weitere wichtige Einzelheiten mitteilen wollte, dies aber über den offenen Kanal nicht wagte, den jeder, der ein dreißig Dollar teures Abhörgerät besaß, mithören konnte.

»10–6 … Grand Central Terminal. 10–39Q … 10–10F … 10–13Z … 10–11C …«

»Jetzt wurde Alarm ausgelöst«, sagte Curtis. »Ein Kollege in Zivil braucht Verstärkung.«

»Täter bewaffnet. Schüsse wurden abgegeben!«, teilte die Disponentin unnötigerweise mit, ihr Sendegerät hatte die lauten Knallgeräusche übertragen. Sie lauschte dem nächsten Funkspruch: »Bestätigen Sie: 10–10S. Der Täter hat den Toten an sich gebunden.«

Rouche wandte sich an Curtis: »Festgebunden? Das ist einer von unseren, oder?«

Curtis schaltete die Sirene ein.

»Tut mir leid, Baxter, anscheinend musst du's doch noch ein bisschen länger mit uns aushalten«, sagte Rouche, bevor er sich zu Curtis umdrehte. »Wir müssen über die Brücke und … was machst du da?«

Curtis hatte gewendet, so dass sie jetzt drei stark befahrene Gegenspuren vor sich hatten. Sie schlängelte sich zwischen den Fahrzeugen hindurch, schrammte durch Lücken, die viel zu klein schienen. Am City Hall Park fuhr sie in die Fußgängerzone, die Händler und Touristen sprangen empört und wild gestikulierend zur Seite. Die Reifen drehten durch, als sie nach links rutschten und Curtis anschließend wieder nach rechts herumlenkte, um in einer Dunstwolke aus verbranntem Gummi auf den Broadway zu schwenken.

Selbst Baxter vergewisserte sich gleich zweimal, dass sie sich auch wirklich angeschnallt hatte. Sie drückte die SMS von Thomas weg und steckte ihr Handy ein, sah die bläuliche Stadt an den getönten Scheiben vorbeirasen. Sie würde ihm später beibringen, dass sie jetzt doch nicht nach Hause kam.

* * *

Wegen der Menschenmassen, die durch den Haupteingang auf die Straße drängten, musste Curtis den Wagen zweihundert Meter vor dem Bahnhof stehenlassen. Zu dritt rannten sie durch den stehenden Verkehr auf der 42nd den Evakuierungsdurchsagen vom Band entgegen. Sie kamen an drei Polizeiwagen vorbei, die in unterschiedlicher Entfernung von ihrem Zielort abgestellt worden waren, und eilten nun durch den Eingang in der Vanderbilt Avenue in das Gebäude.

Rouche lief vorneweg, bahnte sich einen Weg zwischen den ängstlichen Gesichtern hindurch. Währenddessen wurde ihm auf beunruhigende Weise bewusst, dass die Menschen nicht miteinander sprachen. Er entdeckte einen Beamten vom NYPD, der den Eingang zur Haupthalle bewachte, und kämpfte sich durch die schweigende Masse zu ihm vor.

Er zog seinen Ausweis aus der Tasche. »Rouche – CIA.«

Der junge Mann hielt sich einen Finger an die Lippen und zeigte durch das Tor, dann flüsterte er beinahe unhörbar:

»Er ist da vorne.«

Rouche nickte und passte seine Lautstärke an: »Wer hat die Leitung?«

»Plant.« Er zeigte den Gang hinunter. »Auf der Ostseite.«

Die drei begaben sich um das Gebäude herum auf die andere Seite der Haupthalle und stießen dort auf einen aufgeregten Kollegen, der über Funk mit der Zentrale sprach. Sein graumelierter Schnurrbart zuckte im Rhythmus seiner leise vorgetragenen Tirade.

»Haltet mich auf dem Laufenden«, sagte er, beendete den Funkverkehr und sah zu den Neuankömmlingen auf.

»Plant?«, fragte Rouche. Der Mann nickte. »Special Agent Rouche – CIA.« Er gestikulierte in Richtung seiner Kolleginnen: »Curtis – FBI. Baxter – hab ich jetzt keine Zeit zu erklären. Was wissen wir?«

Baxter gelang es, einen kurzen Blick in die Haupthalle mit der grünlich-blauen Decke als Himmel und der weitläufigen, jetzt menschenleeren Marmorfläche am Boden zu werfen. Sie suchte eilig das ab, was sie von der oberen Ebene sehen konnte, wo die Treppen hinauf zur Westgalerie zusammentrafen und einige letzte Stufen zu den drei riesigen Bogenfenstern führten.

Gebannt starrte sie auf die berühmte Messinguhr über dem Infoschalter in der Mitte ... plötzlich blitzte Haut auf, verzerrt durch die Scheiben des kleinen Häuschens, und war ebenso schnell wieder verschwunden. Baxter trat zurück, ihr Herz raste, sie hatte die Augen weit aufgerissen und war alarmiert. Was sie gesehen hatte, hatte ihr Angst gemacht.

»Vier Schüsse wurden abgegeben«, informierte sie Officer Plant, »nicht auf uns, alle an die Decke. Er ist ...« Plant starrte einen Augenblick ins Leere. »Er hat jemanden, einen Mann, der ... anscheinend ist er an ihn dran genäht.«

Pause.

»Würden Sie das bitte erläutern?«, bat Rouche und tat dabei so, als würde er sich einen x-beliebigen Verdächtigen beschreiben lassen.

»Ein toter weißer Mann ist mit mehreren Stichen an seinem Rücken befestigt.«

»Hat man ihm ›Köder‹ in die Brust geritzt?«

Plant nickte.

Rouche sah unwillkürlich zu Baxter.

»Hat er was zu Ihnen gesagt?«, fragte er den Beamten.

»Als ich eintraf, war er verzweifelt, hat geweint und vor sich hin gemurmelt, aber wir mussten uns zurückziehen, als er anfing, in die Luft zu schießen.«

»Und wissen wir, wie er hergekommen ist, in diesem ... *Zustand*?«

»Zeugen haben ihn vor dem Haupteingang aus einem Transporter steigen sehen. Ich habe die Angaben an die Zentrale weitergeleitet.«

Rouche nickte: »Gut. Wo sind Ihre Männer?«

»Einer auf der Westseite, einer oben, zwei an den Bahnsteigen, sie achten darauf, dass die Leute in den Zügen bleiben.«

»Okay«, sagte Rouche nach kurzer Überlegung. Er zog sein zerknittertes Jackett aus und löste seine Schusswaffe aus dem Holster. »Wir machen das folgendermaßen: Sie sagen Ihren Männern, dass sie unter gar keinen Umständen auf den Verdächtigen schießen sollen.«

»Aber was, wenn er …«, fing Plant an.

»Unter *keinen* Umständen. Verstanden?«, wiederholte Rouche. »Er ist *viel* zu wichtig.«

»Rouche, was zum Teufel hast du eigentlich vor?«, fragte Curtis und schaute entsetzt, als er seine Handschellen nahm und seine Hände aneinanderfesselte.

»Tun Sie's *jetzt*«, befahl Rouche Plant und ignorierte sie.

»Ich lasse dich da nicht reingehen«, sagte sie.

»Hör zu«, flüsterte Rouche, »glaub mir, mir gefällt der Plan noch weniger als dir, aber Tote können wir nicht festnehmen. Vielleicht ist das unsere einzige Chance, dahinterzukommen, was hier vor sich geht. Jemand muss da raus. Jemand muss mit ihm reden.«

Curtis sah Baxter an, hoffte auf Unterstützung.

»Kann sein, dass er dich erschießt, bevor du den Mund aufmachst«, sagte Baxter.

»Guter Einwand«, sagte Rouche. Er dachte kurz über die Alternativen nach. Ungelenk zog er sein Handy heraus und wählte Curtis' Nummer. Nachdem er es auf Freisprechen geschaltet hatte, ließ er es wieder in seine Hemdtasche fallen. »Achte darauf, dass die Leitung frei bleibt.«

»Legt los«, sagte Plant zu einer Stimme in seinem Ohr. »10-4.« Er drehte sich zu Rouche um. »Die E. S. U. ist in drei Minuten hier mit dem ganzen Programm.«

»Das heißt, in vier Minuten ist er tot«, sagte Rouche. »Ich geh da jetzt rein.«

»Nein!«, flüsterte Curtis, griff nach ihm, ohne ihn jedoch zu fassen zu bekommen.

In der riesigen Halle hob Rouche seine gefesselten Hände über den Kopf und näherte sich sehr langsam der Uhr in der Mitte. Abgesehen von dem Evakuierungsaufruf, der alle dreißig Sekunden zu hören war, waren seine hallenden Schritte das einzige wahrnehmbare Geräusch.

Sie waren alleine.

Da er den Mann, von dem er so dringend Antworten benötigte, nicht erschrecken wollte, pfiff er die erstbeste Melodie, die ihm in den Sinn kam.

Curtis hielt ihr Handy für alle hoch. Rouches Schritte auf dem Marmorboden waren durch den Lautsprecher des Telefons leicht zeitverzögert und verzerrt hörbar. Fast rechnete sie jeden Augenblick mit einem Schuss.

»Pfeift er da wirklich Shakira?«, fragte Plant, der inzwischen ernsthaft an der geistigen Zurechnungsfähigkeit des Mannes zweifelte, dessen Befehle er befolgte.

Curtis und Baxter zogen es vor, nicht zu antworten.

Rouche hatte die halbe Strecke bis zur Uhr zurückgelegt. Die große Fläche aus glänzendem Marmor schien jetzt wie ein Meer, auf dem er trieb. Als er sich noch in sicherem Abstand befunden hatte, war ihm die Entfernung gar nicht so groß vorgekommen. Er entdeckte einen Kollegen, der ängstlich von der Seite aus zusah, was nicht unbedingt zu Rouches Beruhigung beitrug, als er sich dem Horror näherte, der ihn erwarten mochte.

Am Infohäuschen in der Mitte hörte Rouche auf zu pfeifen und zögerte … er stand vor einem Toten. Ungefähr zwanzig Schritte entfernt. Er war vollkommen nackt, das Wort ›Köder‹ blutete auf seiner Brust, sein Kopf hing nach vorne herunter, als wollte er das grob eingeritzte Tattoo selbst entziffern. Rouches Blicken verborgen weinte ein anderer Mann dahinter. Er hauchte dem übel zugerichteten Leichnam dadurch Leben ein, seine Schultern zuckten mit jedem Schluchzen.

Ohne Zweifel war es das Entsetzlichste, was Rouche je gesehen hatte.

»Okay … nein, danke«, murmelte Rouche, den plötzlich der Mut verließ. Er machte auf der Stelle kehrt und wollte zurückgehen, als ihn eine verzweifelte Stimme ansprach.

»Wer sind Sie?«

Rouche zuckte zusammen. Er seufzte schwer und drehte sich langsam wieder zu dem Toten um.

»Damien«, erwiderte Rouche. Er trat vorsichtig ein paar Schritte näher.

»Von der Polizei?«

»Sozusagen. Ich bin unbewaffnet und trage Handschellen.«

Rouche trat immer noch Schritt für Schritt näher, verwirrt darüber, dass der Mann sich nicht umgedreht und seine Behauptung überprüft hatte. Aber er starrte in den Himmel, war fasziniert von der Nacht zirka vierzig Meter weiter oben. Rouche folgte seinem Blick an die unglaubliche Decke mit den funkelnden Sternen und den Sternkonstellationen als golden schimmernde Figuren: Orion, Stier, Fische … Zwillinge.

Letztere waren nebeneinander sitzend dargestellt, fast ineinander verhakt. Vier Beine waren zu sehen, ohne dass sich feststellen ließ, welches zu welchem Bruder gehörte: eine einzige, unzertrennliche Einheit.

Rouche begriff, dass er sich jetzt nur noch wenige Schritte von der Nachbildung des Sternzeichens entfernt befand. Er spürte, wie ihm bittere Galle in die Kehle stieg, als er den »Toten« zwischen keuchenden Atemzügen leise wimmern hörte.

»O Gott. Die Geisel lebt«, flüsterte er so laut, wie es ihm möglich schien, und betete, dass ihn seine Kollegen hörten. »Wiederhole: Die Geisel lebt!«

Curtis' Hand zitterte, als sie sich an Plant wandte:

»Wir brauchen Rettungssanitäter. Und achten Sie darauf, dass die E. S. U. Bescheid weiß, bevor die den Bahnhof stürmen.«

Plant ging, um den Auftrag auszuführen.

»Wir sind zu weit weg«, sagte Baxter und war genauso schockiert wie Curtis. »Wenn was schiefgeht ... wir müssen näher ran.«

Curtis nickte: »Komm mit.«

Rouche befand sich jetzt auf einer Höhe mit dem gedoppelten Menschen. Neben den riesigen schwarzen Stichen, mit denen die Haut der falschen Zwillinge straff aneinandergenäht war, schien eine dünne Schicht dunkles Blut sie zu verbinden. Er zwang sich zu einem möglichst neutralen Gesichtsausdruck, bevor er schließlich die Person ansah, die für die Greueltat verantwortlich war.

Die Haut des Mannes war wächsern und blass, Tränen mischten sich trotz der Kälte mit Schweiß. Er war leicht übergewichtig und nackt, höchstens achtzehn Jahre alt, mit zerzaustem Kinderhaar wie die Zwillinge oben an der Decke. Das in seine Brust geritzte Wort schien verheilt und bereits Teil von ihm geworden zu sein. Sein übermüdeter Blick wanderte langsam vom Himmel herab zu Rouche. Trotz der geladenen Waffe in seiner Hand lächelte er freundlich.

»Was dagegen, wenn ich mich setze?«, fragte Rouche in dem Versuch, so wenig bedrohlich wie möglich zu erscheinen.

Als der Mann nicht reagierte, ließ Rouche sich langsam im Schneidersitz auf dem kalten Fußboden nieder.

»Wieso stellen Sie mir eine Frage und warten die Antwort nicht ab?«

Rouche sah instinktiv auf die Waffe in der zuckenden rechten Hand des Mannes.

»Ich kann nicht mit Ihnen sprechen. Ich … ich sollte es nicht«, fuhr er immer aufgewühlter fort. Er presste sich eine Hand aufs Ohr und sah sich in der leeren Vorhalle um, als hätte er etwas gehört.

»Ich komme mir unhöflich vor«, lächelte Rouche entschuldigend. »Ich habe Ihnen meinen Namen gesagt, aber ich habe mich nicht nach Ihrem erkundigt.«

Er wartete geduldig. Der Mann wirkte hin- und hergerissen und hielt sich, als hätte er Schmerzen, eine Hand an die Stirn.

»Glenn«, sagte er und brach in Tränen aus.

Rouche wartete weiter.

»Arnolds.«

»Glenn Arnolds«, wiederholte Rouche, damit seine Kollegen es hörten. Er hatte keine Ahnung, wie gut der Empfang war. »Zwilling«, sagte er im Plauderton und starrte zur Decke hinauf. Ihm war bewusst, dass er ein hohes Risiko einging, indem er das Thema anschnitt, aber ihnen lief die Zeit davon.

»Ja«, sagte Glenn. Trotz der Tränen lächelte er und gönnte sich einen weiteren Blick in die Sterne. »Für mich ist es immer Nacht.«

»Was bedeutet das für Sie: Zwilling zu sein?«

»Alles.«

»Inwiefern?«, fragte Rouche interessiert. »Alles, was Sie sein wollen?«

»Das ich bin. Wozu er mich gemacht hat.«

Der »Tote«, der der leeren Halle zugewandt war, stieß ein gequältes Stöhnen aus. Rouche flehte ihn insgeheim an, jetzt nur nicht das Bewusstsein wiederzuerlangen, denn er konnte sich nicht vorstellen, wie sich jemand jemals von dem Trauma erholen sollte, aufzuwachen und an eine andere Person genäht worden zu sein.

»Er?«, fragte Rouche. »Wer ist *er*?«

Glenn schüttelte schwer atmend heftig den Kopf. Er knirschte mit den Zähnen und presste sich eine Hand an die Stirn.

»Können Sie das hören?!«, brüllte er Rouche an, der ruhig blieb, nicht wusste, wie nach Ansicht des Mannes die korrekte Antwort lauten musste. Schließlich schienen die Beschwerden nachzulassen. »Nein ... darüber kann ich mit Ihnen nicht reden. Auf keine Fall über ihn. Ich bin *so* dumm! Deshalb hat er mir gesagt, dass ich einfach reingehen und es tun soll!«

»Schon okay, okay. Vergessen Sie, dass ich gefragt habe«, sagte Rouche beruhigend. Er war kurz davor, den Namen der Person zu erfahren, die im Hintergrund die Fäden zog. Ein falsches Wort würde allerdings genügen, und er hätte eine Kugel im Kopf. Angehörige des Notfallkommandos flitzten an den Eingängen vorbei, sie umstellten die Halle. »Er wollte, dass Sie einfach reingehen und *was* tun?«

Glenn hörte die Frage nicht einmal, weil er so laut schluchzte und sich Vorwürfe machte, so schwach zu sein. Dabei hob und senkte er unbewusst die Waffe.

Rouche verlor ihn.

»Ist das Ihr Bruder?« Rouche hob verzweifelt die Stimme, zeigte auf das Opfer, das immer lauter wimmerte.

»Nein, noch nicht«, antwortete Glenn. »Aber er wird es werden.«

»Wann?«

»Wenn uns die Polizisten befreien.«

»Befreien?«, fragte Rouche. »Sie meinen *töten*?«

Glenn nickte. Ein roter Punkt tauchte jetzt auf seiner nackten Brust auf. Rouche folgte ihm mit dem Blick, bis er auf seiner Stirn verharrte.

»Niemand will Sie töten, Glenn«, log er.

»Sie werden es tun. Er hat gesagt, dass sie's tun werden. Sie müssen es tun … jetzt, wo wir einen von euch umgebracht haben.«

Unwillkürlich sah Rouche erneut auf die Waffe.

»Ich glaube nicht, dass Sie jemandem etwas tun wollen«, sagte Rouche zu dem verzweifelten Mann.

»Und wissen Sie, warum? Weil Sie's längst hätten tun können, aber Sie haben es nicht getan. Sie haben in die Luft geschossen, damit die Leute weglaufen, um sich zu retten. Nicht wahr?«

Glenn nickte und schien aufzugeben.

»Schon gut. Ich sorge dafür, dass Ihnen nichts geschieht. Legen Sie die Waffe weg.«

Einen Augenblick dachte Glenn nach, dann beugte er sich vor, fiel auf die Knie und schrie vor Schmerz, als einer der tiefen Stiche in seiner Haut aufriss. Der Mann auf seinem Rücken schrie ebenfalls, da er durch den Schmerz erneut zu Bewusstsein gekommen war. Er schlug um sich, zog an den verbliebenen Nahtstellen, die ihn mit dem anderen verbanden, während der rote Punkt über beide Körper tanzte.

Rouche sah, dass Glenn sich verraten fühlte, als er den Laser über seine Brust huschen sah.

Er wusste, was jetzt kam.

»Nicht schießen! Nicht schießen!«, schrie Rouche und rappelte sich wieder auf die Füße. Er machte einen Schritt auf die unfreiwilligen Zwillinge zu, der rote Punkt lag jetzt auf seinem eigenen hocherhobenen Arm, als könne er den Schuss des Kollegen blocken.

Glenn sah ein letztes Mal zu dem hinauf, der er werden wollte, dann richtete er seine Waffe auf Rouche.

»Nicht schießen!«, schrie Rouche erneut. Die Information war ihm so viel mehr wert als sein eigenes Leben.

Als Glenn wegen des um sich schlagenden Mannes das Gleichgewicht verlor, verwandelte ein lauter Knall den roten Punkt in ein blutiges Loch in seiner Stirn. Rouche hörte das Klacken des Gewehrs, das erneut, aber zu spät, geladen wurde, als der Sterbende noch einmal zielte.

Rouche schloss die Augen, hielt die Luft an, und auf seinem Gesicht zeigte sich die Andeutung eines Lächelns.

Der Schuss war ohrenbetäubend.

KAPITEL 12

Samstag, 12. Dezember 2015
11.23 Uhr

Der wässrige Automatenkaffee in Curtis' Händen war schon seit zwanzig Minuten kalt. Sie starrte ausdruckslos auf den Bildschirm des stumm geschalteten Fernsehers, dem es nicht gelang, sein potentielles Publikum von den Schmerzen und dem Elend abzulenken, die die Menschen hier in die Notaufnahme des NYU Langone Medical Centre geführt hatten. Baxter saß neben ihr, versuchte immer noch die kurze SMS zu formulieren, an der sie bereits seit einer halben Stunde tüftelte. Sie gab es auf und steckte ihr Handy ein.

»Ich glaube nicht, dass ich das noch lange machen kann«, murmelte Curtis. »Wenn er stirbt …«

Baxter hatte das Gefühl, etwas antworten zu müssen, wusste aber nicht, was. Sie hatte sich nie besonders gut als Schulter zum Ausheulen geeignet. Sie versuchte es mit einem mitfühlenden Lächeln, was zu helfen schien, da Curtis sie jetzt ansah.

»Ich hätte Rouche gar nicht da rausgehen lassen dürfen«, fuhr Curtis fort.

»War nicht deine Entscheidung«, sagte Baxter. »Er hat das selbst entschieden, ob es jetzt gut war oder schlecht.«

»Schlecht, ganz eindeutig schlecht.«

Baxter zuckte mit den Schultern:

»So was gehört zu unserem Job. Wir geraten immer wieder in solche abgefuckten Situationen und müssen Entscheidungen treffen.«

»Genau, und ich habe eine getroffen«, sagte Curtis. »Du klingst, als würdest du aus Erfahrung sprechen. Gibt es Entscheidungen, die du bereust?«

Auf eine so persönliche Frage war Baxter nicht gefasst gewesen. Sonst hätte sie sich verboten, an den Geruch von Möbelpolitur zu denken und daran, wie es sich anfühlte, wenn einem blutgetränkter Stoff an der Haut klebt, der Boden vibriert und das Sondereinsatzkommando hereinstürmt … oder an Wolfs knallblaue Augen.

»Baxter?«, fragte Curtis und riss sie aus der Erinnerung.

Sie wusste nicht genau, wie lange sie sich darin verloren und sich vorgestellt hatte, was gewesen wäre, hätte sie eine andere Entscheidung getroffen, wie lange sie selbstquälerisch diese Szenarien durchgespielt hatte … bis zum Happy End.

Sie lachte über sich selbst und ihre Naivität: Es gibt kein Happy End, niemals.

»Ich habe Entscheidungen getroffen, von denen ich nicht weiß und wahrscheinlich auch niemals erfahren werde, ob sie richtig waren«, sagte Baxter. »Man muss einfach damit leben.«

»Ob sie gut oder schlecht waren«, sagte Curtis.

Baxter nickte: »Genau.«

Die Frau an der Rezeption zeigte auf einen Arzt, der auf Baxter und Curtis zukam. Sie standen auf und folgten ihm in ein Privatzimmer.

»Wir konnten ihn nicht retten«, lautete gleich der erste Satz, den ihnen der aufgeregte Mann mit voller Wucht entgegenschleuderte.

Curtis ging hinaus, überließ Baxter den Rest. Als sie wieder ins Wartezimmer kam, war Curtis nirgendwo zu entdecken. Sie nahm ihr Handy aus der Tasche und hielt es sich ans Ohr:

»Rouche? Hier ist Baxter. Er hat's nicht geschafft. Wir müssen reden.«

* * *

Es war beinahe unmöglich, sich in Manhattan zu verlaufen, doch als Curtis ziellos über die 1st Avenue ging, hatte sie Mühe, die beste Strecke zum FBI-Büro zu finden. Ihr enzyklopädisches Wissen der Straßen, Gassen und Sehenswürdigkeiten auf dem riesigen Gebiet ringsum Midtown herum reichte nicht bis an die Grenzen der Insel.

Der unbeständige Himmel widerstand noch immer dem Drang, es schneien zu lassen, der bitterkalte Wind machte trotzdem allen das Leben schwer. Sie zog ihren Mantel fester um sich und ging weiter, war sicher, dass sie sich jeden Augenblick würde übergeben müssen. Sie spürte, wie das schlechte Gewissen innerlich an ihr nagte, eine konkrete und giftige Last, die sie am liebsten herausgeschnitten und auf dem Grund des Flusses versenkt hätte, den sie an den Kreuzungen aus dem Augenwinkel wahrnahm.

Sie hatte einen unschuldigen Menschen getötet.

Ihr Magen verkrampfte, als sie sich dies zum ersten Mal eingestand. Sie rettete sich in den dunklen Eingang einer Tiefgarage und übergab sich.

Als wäre es nicht sowieso schon der schlimmste Tag ihres Lebens gewesen, war sie nur wenige Minuten nachdem sie abgedrückt hatte mit Rouche aneinandergeraten, obwohl er sie zu dieser Maßnahme gezwungen hatte. *Er* hatte sich entschieden, Glenn Arnolds unbewaffnet und schutzlos gegenüberzutreten. *Er* war unerklärlicherweise dort geblieben, anstatt sich zurückzuziehen, als die Situation zu entgleiten drohte. Es war seine Schuld gewesen, dass sie vor einem unlösbaren Dilemma gestanden hatte: zusehen, wie ihr Kollege starb, oder das Risiko eingehen, einen Unschuldigen zu töten.

Und sie hatte ihre Entscheidung getroffen.

Es war das erste Mal gewesen, dass Curtis ihre Waffe im Einsatz abgefeuert hatte. Und als die Streberin, die sie war, hatte sie mit nur einem einzigen Schuss, einer einzigen Kugel gleich zwei Menschen das Leben genommen, da diese den Schädel von Glenn Arnolds durchschlagen, ihn sofort getötet und sich anschließend in den Hinterkopf seines Opfers gebohrt hatte. Hätte sie doch nur ein paar Millimeter höher gezielt.

Obwohl sie so dringend einen Freund und Trost gebraucht hätte, hatte Rouche sie angefahren, ihre Entscheidung sei falsch gewesen, denn sie habe damit die Ermittlungen verunmöglicht. Sie hätte ihn einfach sterben lassen sollen. Aus irgendeinem Grund machte ihr Rouches Reaktion mehr zu schaffen als alles andere.

Mit Tränen in den Augen nahm sie ihr Handy und wählte die Nummer, die jeder andere an ihrer Stelle unter »zu Hause« abgespeichert hätte. Auf ihrem Display stand *Familie Curtis privat*.

»Bitte, Mom, geh dran«, flüsterte sie.

»Senator Tobias Curtis«, meldete sich eine barsche, tiefe Stimme.

Curtis schwieg. Sie überlegte, ob sie auflegen sollte.

»Elliot? Bist du das?«, fragte der Senator. »Elliot?«

»Ja, Sir. Eigentlich hatte ich gehofft, mit Mom sprechen zu können.«

»Mit mir willst du wohl nicht sprechen?«, fragte er.

»Doch. Ich wollte nur …«

»Also, was jetzt? Willst du, oder willst du nicht?«

Tränen liefen Curtis über die Wangen. Sie brauchte jemanden zum Reden.

»Also?«

»Ich möchte bitte Mom sprechen«, sagte sie.

»Das geht nicht. Ich will nicht, dass du deine Mutter in so was mit hineinziehst. Glaubst du, ich weiß nicht, was passiert ist? Lennox hat mich sofort angerufen, als sie es erfahren hat. Eigentlich hättest du das selbst tun sollen.«

Curtis verspürte einen kurzen Moment der Erleichterung: Er wusste es schon. Sie bog um eine Ecke und nahm das Handy an das andere Ohr, um ihrer verfrorenen Hand eine Pause zu gönnen.

»Ich hab auf jemanden geschossen, Daddy ... tut mir leid. Sir.«

»Ist das Opfer tot?«, fragte der Senator leise.

»Ja.« Sie brach in Tränen aus.

»Herrgott nochmal, Elliot!«, schrie er. »Wie kannst du nur so leichtsinnig sein? Hast du auch nur die geringste Ahnung, was es für mich bedeutet, wenn die Presse Wind davon bekommt?«

»Ich ... ich ...«, stammelte Curtis. Dass ihr Vater sich derart wenig dafür interessierte, wie es ihr ging, machte ihr zudem schwer zu schaffen.

»Ich seh die Schlagzeilen schon vor mir: ›Minderbemittelte Tochter von US-Senator knallt Unschuldigen ab.‹ Ich bin fertig. Das weißt du, oder? Wegen dir bin ich fertig.«

Curtis nahm sich seine Worte so zu Herzen, dass sie kaum noch gehen konnte. Sie sackte auf eine vereiste Stufe und weinte ins Telefon.

»Reiß dich zusammen, verdammt noch mal«, blaffte er und seufzte. Dann fand er einen etwas ruhigeren und netteren Ton: »Tut mir leid. Elliot?«

»Ja?«

»Ich entschuldige mich. Das war alles ein ziemlicher Schock, und vielleicht habe ich überreagiert.«

»Schon okay. Tut mir leid, wenn ich dich enttäuscht habe.«

»Schon gut. Überlegen wir lieber, was als Nächstes zu tun ist. Lennox will mit dir absprechen, was du sagen sollst, um den Schaden für das FBI, für mich und für was auch immer von deiner Karriere noch zu retten ist, möglichst gering zu halten.«

»Was ist mit dem Mann, den ich getötet habe?«

»Nun, das lässt sich schlecht rückgängig machen«, sagte der Senator herablassend, als müsse er den Betreffenden bedauerlicherweise von der Liste derer streichen, denen er eine Weihnachtskarte schicken wollte. »Du tust und sagst, egal was Lennox von dir will, und wenn dein Team bei diesem ›Puppen‹-Unsinn weiterkommt oder jemanden festnimmt, dann sorgst du dafür, dass du diejenige bist, die als Heldin dasteht. Hast du mich verstanden?«

»Ja, Sir.«

»Gut.«

»Ich hab dich lieb.«

Die Verbindung wurde unterbrochen. Er hatte sie wohl nicht mehr gehört.

* * *

Jemand hatte Geburtstag. *Ständig* hatte jemand Geburtstag. Geburtstag war der Tag, an dem man kurzzeitig die prominenteste Person der ganzen Abteilung war und unter dem Druck sozialer Gepflogenheiten den Großteil eines Tagesverdienstes für Krispy Kremes ausgab.

Edmunds setzte sich wieder an seinen Schreibtisch, den obligatorischen Donut in der Hand, und bekleckerte beim Hineinbeißen die gesamte Tastatur mit was auch immer sich in dem Gebäck befand. Als er sich nach dem Papierkorb streckte, spürte er, dass sein Hemd unangenehm spannte. Seit er sich ins Betrugsdezernat hatte zurückversetzen lassen, hatte er sechs Kilo zugenommen. Obwohl er dank seiner schlaksigen Statur niemals wirklich übergewichtig wirkte, merkte er die überschüssigen Pfunde doch bei allem, was er tat.

Er starrte auf den Bildschirm mit den ausländischen Bankkonten, bis seine Augen glasig wurden. Er hatte seit fast einer Stunde praktisch nicht mehr gearbeitet, sondern nur zugesehen, wie sich draußen die Nacht über die Stadt senkte. Er war abgelenkt. Er wusste, dass Baxter ihm die Dateien zu den ersten drei Mördern an jenem Morgen geschickt hatte, aber wegen seiner zahnenden einjährigen Tochter und seiner unter Schlafmangel leidenden Frau sowie den stets ungelegenen Erfordernissen einer Vollzeitanstellung war er noch nicht dazu gekommen, einen Blick darauf zu werfen. Er wünschte, die Stunden würden schneller vergehen, bis er sich in seinen Schuppen zurückziehen und auf die Ermittlungen konzentrieren konnte.

Nach einem kurzen Blick ins Büro, um festzustellen, wo genau sich sein Chef gerade aufhielt, öffnete er die Website der BBC News, wo gerade die Berichte vom Grand Central Terminal aktualisiert wurden. Heimlich schaute er auf sein Handy, wunderte sich, dass er noch nichts von Baxter gehört hatte. Beim Lesen der Augenzeugenberichte wurde ihm erneut bewusst, wie sehr sich die Presse auf solch entsetzliche Geschichten stürzte, dabei gnadenlos übertrieb und vieles hinzudichtete. Trotzdem, sollte auch nur ein Fünkchen Wahrheit daran sein, gehörte der Vorfall zweifellos zum Verstörendsten, das er je gehört hatte.

Er konnte nicht länger widerstehen, öffnete seine E-Mails,

lud die Anhänge zu Baxters wirren Nachrichten herunter und machte sich an die Arbeit.

* * *

Rouche war am Grand Central geblieben, während Curtis und Baxter bei dem Toten, der an den ebenfalls toten Glenn Arnolds genäht war, hinten im Krankenwagen mitfuhren.

Nach seiner Nahtoderfahrung wollte Rouche nichts anderes als die Stimme seiner Frau hören. Er wusste, dass er sich in seiner Eile, den Ort des Geschehens zu verlassen und zu telefonieren, unmöglich gegenüber Curtis benommen hatte. Er schuldete ihr mehr als nur eine Erklärung.

Er war zu Fuß zum Krankenhaus gegangen und traf Baxter draußen vor dem Haupteingang. Wenige Minuten später hatten sie den FDR Drive überquert und saßen auf einer Bank mit Blick auf den East River.

»Wenn es darum geht, wie ich mich Curtis gegenüber benommen habe: Ich weiß«, fing Rouche an. »Ich bin ein Arsch. Ich lade euch beide zum Essen ein und entschuldige mich.«

»Darum geht's gar nicht.«

»Dann geht es darum, dass ich unbewaffnet da raus bin, um mit ihm zu sprechen?«

»Willst du sterben, Rouche?«, fragte Baxter ihn geradeheraus.

»Wie bitte?«, lachte er und machte ein verdattertes Gesicht.

»Ich mein's ernst.«

»Was? Nein! Hör mal, jemand musste da rausgehen und ...«

»Davon rede ich nicht.«

»Du meinst, weil ich denen gesagt habe, die sollen ihn nicht erschießen? Wir haben ihn lebendig gebraucht. Ich war *so* kurz davor, einen Namen aus ihm herauszubekommen.«

»Davon spreche ich auch nicht«, unterbrach Baxter ihn.

Sie verstummten, als ein Obdachloser einen Einkaufswagen hinter ihnen vorbeischob.

»Ich stand nicht neben Curtis, als sie vorgetreten ist und dich gerettet hat. Ich stand hinten an der Wand hinter dem Puppen-Mann, ich hab dich gesehen.«

Rouche wartete darauf, dass sie weiter ausführte, worauf sie hinauswollte.

»Ich habe dich lächeln sehen.«

»Lächeln?«

»Als er nach dem ersten Schuss nicht umgefallen ist und die Waffe auf dich gerichtet hat. Du hast die Augen zugemacht und gelächelt.«

»Zu viel Luft im Bauch?«, schlug Rouche vor.

»Ich weiß, was ich gesehen habe.« Sie sah ihn an, wartete auf eine Erklärung.

»Keine Ahnung, was ich sagen soll. Ich kann mich nicht erinnern, dass ich gelächelt habe. Ich wüsste eigentlich auch gar nicht, was es da zu lächeln gegeben hätte. Nein, wirklich. Ich versichere dir, ich will *nicht* sterben, versprochen.«

»Okay«, sagte Baxter. »Aber aus persönlicher Erfahrung kann ich dir sagen, wenn jemand anfängt, das eigene Leben leichtfertig aufs Spiel zu setzen, sind es meistens die anderen, die zum Schluss dran glauben müssen.«

Nach kurzer Stille verließ eine Taube ihren Ast auf dem tristen Baum hinter ihnen. Beide sahen sie ihr zu, wie sie Richtung Roosevelt Island und Queensboro Bridge flog.

»Ich hab's vermasselt heute«, sagte Rouche, noch immer auf den Fluss starrend. »Ich hätte früher merken müssen, dass der Mann noch lebt. Ein paar Sekunden, und alles wäre ganz anders gewesen.«

»Wie hättest du das merken sollen?«, fragte Baxter.

»Er hat geblutet.«

»Geblutet?«

»Aus ihm floss hellrotes Blut.« Frustriert über sich selbst, schüttelte Rouche den Kopf. Er drehte sich zu ihr um. »Tote bluten nicht.«

»Das muss ich mir merken«, versicherte sie ihrem Kollegen.

»Komm«, sagte Rouche. »Wir haben Arbeit vor uns.«

»Was für Arbeit? Arnolds hat uns nichts verraten.«

»Doch, hat er. Er hat uns immerhin verraten, dass es nicht seine Entscheidung war. Er hat Anweisungen erhalten, er wurde manipuliert. Das wirft Fragen bezüglich der anderen Täter auf, oder? Vielleicht sind das gar keine hingebungsvollen Mitglieder einer Phantasiesekte, sondern Menschen, die alle von einer einzigen Person so manipuliert wurden, dass sie getan haben, was sie getan haben.«

»Er«, sagte Baxter und erinnerte sich an das, was sie über den blechernen Handylautsprecher von der Unterhaltung mitbekommen hatte.

»Er«, nickte Rouche. »Wir sind alles ganz falsch angegangen. Ich denke, es gibt doch eine Verbindung zwischen unseren Mördern: Sie sind alle verletzbar, erpressbar, man konnte ihnen drohen. Wenn wir herausbekommen, womit, kommen wir vielleicht auch dahinter, wer in der Lage ist, sie auf diese Weise zu benutzen.«

»Und wo fangen wir an?«

»In Arnolds' Wohnung wurde eine Terminkarte gefunden. Er war bei einem Psychotherapeuten in Behandlung.«

»Auf jeden Fall schien er ein paar … Probleme zu haben«, sagte Baxter taktvoll.

»Und wer könnte uns besser erklären, was das für welche waren, als sein Therapeut?«

KAPITEL 13

Samstag, 12. Dezember 2015
14.15 Uhr

Curtis war nicht im Büro, als Baxter und Rouche dort eintrafen, und auf Anrufe hatte sie auch nicht reagiert. Unsicher, ob sie einfach nur länger Mittagspause machte, um wieder einen klaren Kopf zu bekommen, oder ob sie sich für den Rest des Tages freigenommen hatte, beschlossen sie erst mal, ohne sie weiterzumachen.

Die Adresse der Praxis, die Rouche sich auf den Handrücken notiert hatte, führte sie zu einem hochherrschaftlichen Gebäude auf der East 20th Street mit Blick auf den Gramercy Park. Sie stiegen die Stufen zwischen den imposanten Säulen eines reichverzierten Portikus hinauf.

Baxter kam sich ein bisschen underdressed vor, als sie den beeindruckenden Empfangsbereich durchquerten und gebeten wurden, Platz zu nehmen. Von den unzähligen Knöpfen an der Kaffeemaschine überfordert, schenkte Baxter sich ein Glas Wasser ein und setzte sich Rouche gegenüber. Klassische Musik machte die Stille erträglicher.

»Wir bringen Curtis im Hotel auf den aktuellen Stand«, erklärte ihr Rouche, mehr zu seiner eigenen Beruhigung als ihrer, da Baxter seit über fünf Minuten kein Wort mehr gesagt hatte. »Wahrscheinlich braucht sie einfach noch Zeit.«

»Vielleicht aber auch was ganz anderes«, sagte Baxter und sah sich vielsagend in den Räumlichkeiten um, in denen sie sich befanden.

»Hmmm.«

»Was? Könnte doch helfen.«

»Die werden ihr das bestimmt vorschlagen.«

»Hast du ein Problem damit?«, fragte Baxter ein kleines bisschen zu defensiv.

Als sich die Aufregung nach dem Ragdoll-Fall gelegt und sie lange genug Pause gemacht hatte, um das Geschehene zu verarbeiten, hatte sie selbst auch mit jemandem geredet. Sie hatte immer geglaubt, dass nur Schwächere als sie selbst auf diese Möglichkeit zurückgriffen. Menschen, die mit den Anforderungen des alltäglichen Lebens nicht klarkamen, aber da hatte sie sich getäuscht. Es war ihr sehr viel leichter gefallen, ihre Gefühle gegenüber einer fremden Person zum Ausdruck zu bringen als gegenüber jemandem, der sie tatsächlich kannte, über sie urteilen würde und eigentlich anderes von ihr erwartete. Über mehrere Sitzungen hinweg hatte sie allmählich gelernt, sich mit dem Tod eines ihrer engsten Freunde abzufinden: Benjamin Chambers, einem Mann, der für sie mehr ein Vater als ein Kollege gewesen war.

»Ich habe kein Problem damit, wenn andere das machen«, erwiderte Rouche. »Aber für mich ist das ganz bestimmt nichts.«

»Dann bist du eine zu starke Persönlichkeit, um überhaupt Probleme zu haben, oder wie?«, blaffte Baxter ihn an. Sie war sich bewusst, dass sie mit ihrer Reaktion zutiefst Privates offenbarte. »Du bist perfekt.«

»Ich bin alles andere als perfekt«, sagte Rouche ruhig.

»Glaubst du wirklich? Obwohl du deinen Kollegen befiehlst, dich sterben zu lassen, eine Freundin anschreist, die einen Unschuldigen getötet hat, um dich zu retten, und lächelst, wenn ein Irrer mit seiner Waffe auf dich zielt?«

»Nicht das schon wieder.«

»Ich sag ja nur, wenn hier jemand über seinen Psychoscheiß reden muss, dann du.«

»Bist du fertig?«, fragte Rouche.

Baxter verstummte, aus Angst, vielleicht eine Grenze überschritten zu haben. Sie blieben einen Augenblick schweigend sitzen, bis die Empfangsdame das Interesse verlor und aufhörte, sie böse anzustarren.

»Ich bete«, sagte Rouche, der zu seiner alten Liebenswürdigkeit zurückgefunden hatte. »Da war ich, als du im Krankenhaus warst. Da rede *ich* über meinen ›Psychoscheiß‹, *und zwar jeden Tag*, weil ich fürchte, dass ich vielleicht mehr zu bewältigen habe als jeder andere.«

Etwas in Rouches Tonfall verriet Baxter, dass er es ernst meinte.

»Du verstehst meine Bedenken falsch«, fuhr er fort. »Ich verurteile nicht die Person, die Hilfe sucht. Hilfe brauchen wir alle. Aber ich vertraue niemandem, der sich fürs Zuhören bezahlen lässt. Die Vorstellung, dass jemand da draußen alles über mich weiß, obwohl ich mir so eine Mühe gebe, es zu verschleiern, macht mir Angst. Und es sollte auch allen anderen Angst machen. *Niemand* darf eine solche Macht über einen haben.«

So hatte Baxter es noch nie betrachtet, sie hatte ihrer Therapeutin immer eine gewisse professionelle Distanz unterstellt. Machte sie sich etwas vor, wenn sie glaubte, Angehörige dieses Berufstands würden sich den Gesetzen und Anstandsregeln stärker verbunden fühlen als Baxter selbst, die regelmäßig dagegen verstieß? Hatte sie darüber hinwegsehen wollen, dass die Frau nicht nur gierige Ohren, sondern auch einen Mund besaß, so wie alle anderen auch?

Sie hatte gerade begonnen, jedes einzelne Gespräch, das sie je mit ihrer Therapeutin geführt hatte, in Gedanken noch einmal durchzugehen, als sie zu Dr. Arun gerufen wurden. Sein luxuriöses Büro war eine entspannte Version des Empfangsbereichs, neben dem Fenster wachte ein Baum. Dr. Arun bot ihnen Plätze an seinem aufgeräumten Schreibtisch an. Ein dicker Ordner lag darauf, beschriftet mit dem Namen Glenn Arnolds.

»Dürfte ich Ihre Ausweise sehen, bevor wir beginnen«, bat der Arzt höflich, aber bestimmt. Er hob die Augenbrauen, als er Baxters von der Metropolitan Police ausgestellten Ausweis las, hinterfragte ihn aber nicht. »Sie benötigen also Informationen über einen meiner Patienten. Ich nehme an, ich muss Ihnen nicht erklären, dass der Großteil des hier Dokumentierten unter die Schweigepflicht fällt.«

»Er ist tot«, platzte Baxter heraus.

»Oh!«, sagte Dr. Arun. »Tut mir sehr leid, das zu hören. Aber es ändert nichts an der Tatsache, dass …«

»Er hat jemanden ermordet«, fuhr Baxter fort. Strenggenommen stimmte das nicht ganz, war als Erklärung aber sehr viel einfacher als die Wahrheit.

»Verstehe.«

»… auf die möglicherweise widerwärtigste und verstörendste Art, die wir uns nur vorstellen können.«

»Verstanden«, sagte der Arzt und war in Gedanken sofort bei den entsetzlichen Berichten, die er aus dem Grand Central Terminal gehört hatte. »Okay. Was brauchen Sie?«

Als Glenn Arnolds zehn Jahre alt war, wurde bei ihm eine akute schizoaffektive Störung diagnostiziert, die durch den frühzeitigen Tod seines Zwillingsbruders im vorangegangenen Jahr ausgelöst worden war. Der Bruder war an einem Blutgerinnsel im Gehirn gestorben. Glenn lebte in der Erwartung, dass ihn jeden Augenblick dasselbe Schicksal ereilen würde, ein Eindruck, der durch seine häufigen schweren Kopfschmerzen noch verstärkt wurde. Er dachte, er könne jeden Augenblick sterben, während er gleichzeitig nie aufhörte, um seinen Zwillingsbruder zu trauern. Dadurch wurde er zunehmend zum Einsiedler und litt unter immer stärkeren Depressionen, betrachtete das Leben an sich als wertlos und flüchtig, so wie es das seines Bruders gewesen war.

Seine Anwesenheitsbilanz seit seiner Überweisung an die Gramercy Praxis drei Jahre zuvor war tadellos, und er hatte deutliche Fortschritte sowohl in den Einzel- wie auch in den Gruppensitzungen gemacht. Abgesehen von leicht depressiven Phasen, war es gelungen, die psychotischen Symptome medikamentös unter Kontrolle zu bringen. Insgesamt war Arnolds nie auch nur im Geringsten gewalttätig gegenüber anderen aufgetreten.

»Wie hat er Sie für Ihre Dienste entlohnt?«, wollte Rouche von dem Therapeuten wissen.

Baxter überlegte, ob er die Frage absichtlich so formuliert hatte, als wäre der Therapeut eine Prostituierte.

»Sieht nicht aus, als wärt ihr Jungs billig zu haben«, setzte er hinzu.

»Seine Krankenversicherung hat das übernommen«, erwiderte Dr. Arun mit lediglich einer Andeutung von Gekränktheit in der Stimme.

»*Sehr gute* Krankenversicherung. Ich glaube, als sein Zwillingsbruder starb, haben seine Eltern ihm die beste Krankenversicherung besorgt, die sie sich leisten konnten. Und da er seine Diagnose erst später erhielt …« Der Arzt beendete den Satz mit einem Schulterzucken.

»Ihrer ›professionellen Ansicht‹ nach …«

Baxter sah Rouche böse an.

»Wie kam Glenn Ihnen in den vergangenen Wochen vor?«, fragte Rouche.

»Wie bitte?«

»Gab es Anzeichen für einen Rückfall oder dass er seine Medikamente abgesetzt hatte?«

»Woher soll ich das wissen?«, fragte Dr. Arun verwirrt. »Ich bin ihm nie begegnet.«

»Was?«, fragte Baxter.

»Unsere erste Sitzung war für nächste Woche anberaumt. Tut mir leid. Ich dachte, das wüssten Sie. Ich habe Doctor Banthams Patientenliste übernommen. Er ist vergangenen Freitag aus der Praxis ausgeschieden.«

Baxter und Rouche sahen einander an.

»Vergangenen Freitag?«, fragte sie. »War die Kündigung geplant?«

»O ja, ich hatte vor gut zwei Monaten mein Bewerbungsgespräch.«

Baxter seufzte, da sie gedacht hatte, auf etwas gestoßen zu sein.

»Wir müssen trotzdem mit ihm reden«, sagte Rouche zu dem Arzt. »Meinen Sie, Sie könnten uns die Kontaktdaten heraussuchen?«

* * *

Unter beiden Telefonnummern, die ihnen die furchteinflößende Empfangsdame gegeben hatte, meldete sich niemand.

Außerdem hatte sie die Privatanschrift von Dr. Bantham in Westchester County ausgedruckt, ungefähr fünfzig Minuten mit dem Auto von Manhattan entfernt. Da das FBI Glenn Arnolds' Opfer noch nicht identifiziert hatte, Glenn Arnolds sich irgendwo zwischen der Leichenhalle im Krankenhaus und dem gerichtsmedizinischen Labor befand und Curtis nicht zu erreichen war, beschlossen sie, dem Arzt einen Besuch abzustatten und das Risiko einzugehen, die Fahrt nach Rye vergeblich anzutreten.

Baxter hatte keine großen Erwartungen, als sie Rouche den Weg erklärte:

»Wenn links der Golfplatz auftaucht, sollten wir jeden Augenblick Beaver Swamp Brook überqueren, dann ist es die nächste rechts auf der Locust Avenue.«

»Wunderbar.«

Sie bogen in eine idyllische Sackgasse ein. Nördlich der Stadt hatte es heftig geschneit. Mehrere Zentimeter Pulverschnee lasteten schwer auf den penibel geschnittenen Hecken, die die langen, freigeräumten Kiesauffahrten säumten. Perfekte Schneemänner standen stolz in weitläufigen Gärten, umgeben von vielen kleinen Fußabdrücken. Holzverkleidungen in unterschiedlichsten Farbtönen zierten die Häuser, verliehen der winterlichen Szene etwas entschieden Skandinavisches. Weniger als eine Stunde Autofahrt entfernt konnte man sich den Tumult am Times Square schon kaum noch vorstellen.

»Ich habe die Stadtplaner in Verdacht, dass sie den Ort geheim halten wollten«, sagte Rouche, als er nach Hausnummern Ausschau hielt. Er konnte nicht anders, als sich voller Neid vorzustellen, mit seiner Familie in einem dieser Anwesen zu wohnen. »Wie heißt das hier – Hundehaufenweg?«

Baxter lachte ebenso wie Rouche.

Am Ende der Straße bogen sie in eine Einfahrt ein, als die automatischen Sensoren, die zu einer Dreifachgarage führten, im Dämmerlicht ansprangen. Es sah nicht gut aus. Im Haus brannte kein einziges Licht, und anders als bei den Nachbarn bedeckte eine völlig unberührte Schneeschicht Auffahrt, Garten und den Weg zur Haustür.

Sie parkten und traten in den stillen Garten. In der leichten Brise hörte man die leisen Klänge eines Windspiels irgendwo auf einer Veranda, und in der Ferne raste ein Wagen über eine Straße. Baxter war erschrocken, wie kalt es war. Es kam ihr noch mehrere Grad kälter vor als in der Stadt. Die hohen Bäume, die sie umgaben, verloren mit jeder Sekunde an Farbe und Schärfe. Im schwindenden Licht knirschten sie laut auf die Haustür zu.

Rouche klingelte an der Tür.

Nichts.

Baxter trampelte durch ein Blumenbeet, um durch ein großes Fenster zu schauen. Eine nicht angeschlossene Lichterkette war am Rahmen befestigt und erinnerte sie an Rouches vernachlässigtes Zuhause. Sie kniff die Augen zusammen, sie brauchten einen Augenblick, um sich an die Dunkelheit zu gewöhnen. Sie glaubte, ein warmes Licht in einem anderen Raum zu erkennen.

»Kann sein, dass irgendwo eine Lampe brennt«, rief sie Rouche zu, der gerade an die Tür klopfte.

Sie trampelte über weitere Beete, bog um die Ecke und spähte durch das Fenster an der Seite, wo sie glaubte, das Licht gesehen zu haben. Aber jetzt war es im Haus vollkommen dunkel. Sie seufzte und kehrte zu Rouche zurück.

»Wahrscheinlich im Urlaub. Ist ja auch schon fast Weihnachten«, sagte sie.

»Wahrscheinlich.«

»Willst du's bei den Nachbarn versuchen?«

»Nein, heute nicht. Dafür ist es zu kalt. Ich lass eine Karte da, und morgen früh können wir telefonieren«, sagte Rouche, der bereits zum warmen Auto zurückging.

»*Außerdem* hast du uns für heute Abend ein Essen versprochen«, erinnerte Baxter ihn.

»*Vorausgesetzt*, wir finden Curtis. Zu dir war ich ja nicht gemein.«

»Ein bisschen schon.«

»Na gut«, grinste Rouche, »vielleicht ein bisschen.«

Sie stiegen wieder in den Wagen und drehten die Heizung auf. Rouche fuhr rückwärts die lange Auffahrt hinunter, orientierte sich an den Lichtern gegenüber. Rouche warf einen letzten Blick auf das Haus seiner Träume und lenkte den Wagen mit durchdrehenden Reifen über den Bordstein und zurück nach Manhattan.

Wenige Minuten später hatte die Nacht auch das letzte sterbende Licht geschluckt. Irgendwo im Inneren des leblosen Hauses kehrte das warme Leuchten zurück, brannte hell in der Dunkelheit.

Thomas wachte am Küchentisch auf, mit Echos Hinterteil an seinem Gesicht. Er richtete sich auf, als die Uhr am Herd auf 2.19 Uhr umsprang. Die Überreste des Essens, das er für Baxter und sich gekocht hatte, standen in der Mitte des Tisches neben seinem Handy: keine neuen Nachrichten, keine verpassten Anrufe.

Er hatte sich tagsüber über die jüngsten Entwicklungen in New York auf dem Laufenden gehalten und bereits vermutet, dass Baxter in irgendeiner Weise darin involviert war. Er hatte dem übermächtigen Drang widerstanden, sie anzurufen, nur um sich zu versichern, dass es ihr gutging, und sie wissen zu lassen, dass er da war, sollte sie jemanden zum Reden brauchen.

In den vergangenen Monaten hatte er gespürt, dass sie sich von ihm entfernte. Nicht dass er hätte behaupten können, sie sei je wirklich bei ihm gewesen. Es schien ihm, je mehr er versuchte, sie festzuhalten, umso stärker stieß er sie von sich ab.

Selbst Edmunds hatte ihn gewarnt, sie bloß nicht unter Druck zu setzen. Er hatte sich nie für einen bedürftigen Menschen gehalten, eigentlich eher das Gegenteil. Er war selbstbewusst und unabhängig. Aber die absurden Anforderungen, die Baxters Beruf an sie stellten, hatten ihn dauerhaft ängstlich werden lassen.

Klammerte er, wenn er wissen wollte, ob seine Freundin noch am Leben war?

Manchmal schlief sie ganze Nächte lang nicht, hielt sich tagelang nur mit Kaffee wach. Sie trieb sich in allen möglichen Gegenden der Stadt herum, zu allen möglichen Zeiten, in Gesellschaft der schlimmsten Individuen, die London zu bieten hatte. Sie hatte sich so sehr an die Schrecken gewöhnt, deren sie regelmäßig Zeugin wurde, dass sie unempfindlich dagegen geworden war. Und das machte ihm die größte Sorge: Sie fürchtete sich vor nichts.

Angst war gut. Durch sie blieb man auf der Hut, vorsichtig. Durch sie war man sicher.

Er stand auf, nahm den Teller, den er für Baxter beiseitegestellt hatte – nur für alle Fälle –, und kratzte das Essen in Echos Futterschale, wobei der Kater ihn ansah, als hätte er gerade einen herrlichen Berg Kekse verdorben.

»Gute Nacht, Echo«, sagte er, schaltete das Licht aus und ging ins Bett.

* * *

Die dunklen Ringe unter Edmunds' Augen sahen scheußlich aus, als durch das Licht seines Laptops auch noch Schatten darauf fielen. Er schaltete den Wasserkocher ein und musste seinen dicken Pulli ausziehen, weil sich der kleine Heizlüfter selbst übertraf. Wäre die Lampe, in deren Licht er arbeitete, nicht oben an einem Rasenmäher befestigt gewesen, hätte er sich einreden können, sich an einem glamouröseren Ort als in seinem baufälligen Gartenschuppen zu befinden.

Stunden hatte er damit verbracht, die Finanzen des Killers zu sichten. Blake war außerdem so freundlich gewesen, ihn auf dem Laufenden zu halten, was die Ermittlungen der Met in Bezug auf den einundsechzigjährigen Polizistenmörder und Brandstifter betraf – Patrick Peter Fergus. Das Ganze unter der Bedingung, dass Edmunds ein gutes Wort bei Baxter für ihn einlegte, was er selbstverständlich nicht tun würde.

Aufgrund seiner Inhaftierung hatte es nicht mehr als einige Minuten gedauert, Dominic Burrells Konten zu sichten. Vom ersten Killer ließ sich das allerdings nicht behaupten: dem Brückenspringer Marcus Townsend. Obwohl nur in Form einer unendlich langen Liste von Überweisungen und Kontoauszügen verfügbar, las sich die Geschichte seiner Finanzentwicklungen äußerst spannend. Edmunds konnte sie zurückverfolgen bis zu seinen ersten zaghaften Vorstößen in Bereiche des illegalen Handels und nachvollziehen, wie seine Dreistigkeit proportional zum Umfang seiner Konten gewachsen war.

Die Katastrophe war vorprogrammiert. Als die Transaktionen immer unverfrorener wurden, spürte Edmunds die Sucht hinter den nüchternen Zahlen, bis plötzlich Mitte 2007 Schluss war, das Schlimmste, was Townsend hätte machen können. Edmunds stellte sich die Szene vor: Die Polizei war in seinen Büros aufgetaucht, hatte Einsicht in die Bücher und Unterlagen verlangt, was ihm einen solchen Schrecken eingejagt hatte, dass er sich durch den drastischen Abfall seiner privaten Profite selbst belastete und in dem Versuch, sich zu retten, seine Schuld eingestand. Von da an verlief die Geschichte für Townsend tragisch: Ein Bußgeldbescheid nach dem nächsten verzehrte sein Vermögen, bis der Wert dessen, was ihm geblieben war, mit den Märkten weltweit in den Keller sank.

Er war ruiniert.

Bevor er sich die Konten von Eduardo Medina vornahm, rief Edmunds die Website der Initiative *Streets to Success* auf, der Townsend noch angehörte, als er den Toten an die Brooklyn Bridge band. Was er dort im Netz fand, war durchaus faszinierend: Obdachlose, die sich scheinbar viel zu weit von der Gesellschaft entfernt hatten, um je zu ihr zurückzukehren, erschienen in Hemd und Krawatte zu ihrem ersten Arbeitstag im neuen Job, was mit Fotos belegt wurde. Vielleicht war das der Grund, weshalb Edmunds länger auf der Seite verweilte, als er es normalerweise getan hätte.

In einer der Geschichten, die dort erzählt wurden, stieß er auf einen Link, der seine Aufmerksamkeit bannte. Er klickte ihn an und wurde zu einem anderen Teil der Website geleitet. Er hatte erst bis zum dritten Eintrag einer Liste gelesen, als er sich vor Aufregung seinen Kaffee über den Schoß kippte. Nach einem kurzen Blick auf die Uhr, rief er Baxter an.

Baxter schlief tief und fest. Sie hatten Curtis schließlich im Hotel wiedergefunden, wo Rouche sich aufrichtig bei ihr entschuldigt und sie sich zögerlich bereit erklärt hatte, mit ihnen essen zu gehen. Da sie nach dem ereignisreichen Tag alle drei erschöpft waren, hatten sie sich nicht viel später verabschiedet, um am nächsten Morgen früh anfangen zu können.

Baxter griff nach dem summenden Handy. »Edmunds?«, ächzte sie.

»Hast du geschlafen?«, fragte er ein kleines bisschen vorwurfsvoll.

»Ja! Komischerweise. Für dich mag das ja in Ordnung … Moment mal, nein. Wieso bist *du* denn noch auf?«

»Ich sehe mir die Dateien an, die du geschickt hast«, sagte er, als läge das auf der Hand.

Baxter gähnte.

»Geht's dir gut?«, fragte er.

Mit der Zeit hatte er kapiert, wie man mit Baxter reden musste. Wenn sie über die Ereignisse des Vormittags am Grand Central sprechen wollte, würde sie es tun. Wenn nicht, würde er ohnehin nur eine einsilbige Antwort erhalten, bis sie dazu bereit war.

»Ja.«

»Du musst mir noch ein paar Sachen besorgen«, sagte Edmunds.

»Ich weiß. Ich schick dir morgen das, was über die Mall und den Grand Central vorliegt.«

»Die Londoner Unterlagen hab ich schon.«

Sie wollte lieber gar nicht wissen, wie er daran gekommen war, und zog es vor, ihn nicht zu fragen.

»Ich brauche sämtliche Krankenakten von allen«, sagte Edmunds.

»Die Krankenakten? Okay. Suchst du was Bestimmtes?«

»Ich weiß nicht. Ist nur so eine Ahnung.«

Baxter vertraute Edmunds' Intuition mehr als ihrer eigenen.

»Besorg ich dir morgen. Ich meine, nachher.«

»Danke. Ich lass dich jetzt schlafen, gute Nacht.«

»Edmunds?«

»Ja?«

»Vergiss nicht, warum du aus dem Team ausgestiegen bist.«

Edmunds verstand, was sie meinte. Es war Baxters Art, ihm zu sagen, dass sie sich um ihn sorgte. Er musste grinsen.

»Mach ich nicht.«

KAPITEL 14

Sonntag, 13. Dezember 2015
7.42 Uhr

»Besessenheit!«

Baxter stand halbangezogen in ihrem Hotelzimmer, bedauerte, den Fernseher eingeschaltet zu haben. Dass die Morde bereits Diskussionsthema in einer der landesweit meistgesehenen Sendungen des Frühstücksfernsehens waren, war nicht weiter verwunderlich, aber mit diesem Gespräch wagten sich die Teilnehmer auf unbekanntes Territorium.

»Besessenheit?«, hakte einer der perfekt gekleideten Moderatoren bei dem stets streitlustigen Fernsehprediger nach.

»Ganz genau – Besessenheit«, nickte Pastor Jerry Pilsner jr., er sprach mit breitem Südstaatenakzent. »Das ist das Werk eines sehr, sehr alten Wesens, eines Geistes, der von einer zerstörten Seele in eine andere übergegangen ist, getrieben von der unersättlichen Gier nach Leid und Qualen, die er den Schwachen und Untugendhaften unterschiedslos auferlegt.«

»Es gibt nur eine Möglichkeit, uns zu schützen, einzig in Gott liegt unser Seelenheil!«

»Das heißt,«, setzte die Moderatorin vorsichtig an, »wir haben es mit *Geistern* zu tun?«

»Mit Engeln.«

Die Frau wirkte ratlos und wandte sich an ihren Kollegen, bedeutete ihm damit, dass er dran war, die nächste Frage zu stellen.

»Gefallene Engel«, präzisierte der Pastor.

»Und ...«, stockte der Moderator, »Sie sagen, dass diese gefallenen Engel ...«

»Nur einer«, unterbrach ihn der Pastor. »Dafür braucht es nur einen.«

»Also ... dieser gefallene Engel, wer auch immer das sein mag ...«

»Oh, ich weiß ganz genau, wer er ist«, warf der Befragte ein und brachte die Moderatoren damit vollständig aus dem Konzept. »Ich habe immer gewusst, wer es war. Ich kann Ihnen sogar seinen Namen nennen, wenn Sie möchten ... einen seiner Namen.«

Beide Moderatoren beugten sich erwartungsvoll vor, ganz im Bewusstsein der Tatsache, dass sie sensationsträchtiges TV-Gold produzierten.

»Asasel«, flüsterte der Pastor, kurz bevor die Sendung von einer Werbepause unterbrochen wurde.

Baxter merkte, wie sich ihr die Nackenhaare aufstellten, während die neuesten überzuckerten Süßigkeiten fröhlich und viel zu laut auf dem Bildschirm angepriesen wurden.

Der Pastor hatte seinen Standpunkt sehr engagiert vorgetragen, und fairerweise musste man ihm zugestehen, dass er immerhin eine Erklärung dafür hatte, wie die bizarren Morde miteinander zusammenhingen, und das war mehr, als die Met, das NYPD, das FBI und die CIA zustande gebracht hatten. Doch dann lief es ihr kalt über den Rücken, als die Nachrichtensendung fortgesetzt wurde und Filmaufnahmen von der weißen Holzkirche des Pastors gezeigt wurden, sie stand ganz einsam am Ende einer Schotterstraße, die sich quer durch riesiges, unbewirtschaftetes Ackerland zog.

Die Gemeinde hier kam aus drei Städten zusammen. Wie überirdische Erscheinungen strömten die Menschen in ihren besten Sonntagskleidern aus den umliegenden Wäldern herbei, um ihre Ansprüche auf Erlösung anzumelden. Die Menge umringte das fragile Gebäude, saugte jedes Wort des Predigers auf, der zu denen sprach, die errettet werden wollten.

Baxter empfand die Szene als zutiefst unheilvoll: Diese Menschen im amerikanischen Nirgendwo drängten sich wie Schafe aneinander, unterwarfen sich ihrem opportunistischen Hirten, der keinerlei Skrupel hatte, anderer Leute Elend zu missbrauchen, um seinen wahnhaften Bullshit zu verbreiten. Tatsächlich besaß er sogar die Frechheit, die Opfer, zwei ehrliche Polizisten, als »schwach und untugendhaft« zu bezeichnen.

O Gott, wie sie Religion hasste.

Es gelang ihr nicht, sich vom Bildschirm loszureißen, und so sah sie dem Pastor zu, wie der seinem Publikum und den unzähligen anderen, die vom gemütlichen Sofa zu Hause aus ihr Seelenheil bei ihm zu finden hofften, abschließend noch einige Gedanken zuteilwerden ließ.

»Wisst ihr, ich sehe euch brave Menschen heute hier, sehe mich selbst im Spiegel, und wisst ihr, was ich sehe?«

Die Versammelten hielten die Luft an, warteten.

»Sünder, ich sehe Sünder. Kein *Einziger* von uns hier ist vollkommen. Aber als ehrfürchtige Menschen vor dem Herrn setzen wir alles daran, uns zu bessern!«

Das Publikum applaudierte, zustimmendes Gemurmel, und hier und da wurde ein »Amen« dazwischengerufen.

»Aber dann«, fuhr der Pastor fort, »schaue ich weiter. Ich schaue in die Welt, in der wir leben, und wisst ihr, was ich fühle? Ich fühle Angst. Ich sehe *so* viel Hass, *so* viel Grausamkeit, *so* viel Boshaftigkeit.

Dürfen wir uns überhaupt hilfesuchend an die Kirche wenden? Wo doch erst neulich wieder ein Geistlicher – ein Mann, der vermeintlich eins ist mit Gott – einen siebenjährigen Jungen sexuell belästigt haben soll! Das ist kein guter Ort! Ich *liebe* meinen Gott, aber er ist *nicht* hier!«

Als Vollprofi unterbrach der Pastor den Blickkontakt zu seinem völlig gebannten Publikum und sprach direkt in die Kamera.

»Ich wende mich an all die Ungläubigen dort draußen, ich möchte, dass ihr euch fragt:

Und wenn es *doch* einen Gott gibt?

Und wenn es *doch* einen Himmel gibt?

Und eine Hölle?

Und was, wenn … was, *wenn* … wir *alle* längst dort sind?«

* * *

Baxter legte auf und seufzte schwer. Durch die teilweise undurchsichtige Scheibe konnte sie sehen, dass Lennox von ihrem Schreibtisch aufstand, um Curtis mit einer knappen Umarmung Mut zu machen, was diese zweifellos als unangenehm empfand. Anscheinend wollte Lennox sie doch nicht den Wölfen zum Fraß vorwerfen. Baxter versuchte sich vorzustellen, dass Vanita ähnlich fürsorglich mit ihr umging, und schüttelte den Kopf über den absurden Gedanken.

Sie hatte gerade ein fünfunddreißigminütiges Gespräch mit ihrer Vorgesetzten in London geführt. Nach den Ereignissen im Grand Central Terminal waren sie kaum dazu gekommen, das Geschehen vom Vortag zu besprechen. Nachdem Vanita sich vorschriftsmäßig besorgt nach Baxters Gemütszustand erkundigt hatte, hatte sie sie gebeten, alles noch einmal im Einzelnen mit ihr durchzugehen und mit dem Bericht der Amerikaner abzugleichen. Sie hatten außerdem über die Wahrscheinlichkeit gesprochen, dass ein ähnlich verstörender Mord in London bevorstehen könnte, und sich beide besorgt über das Ausbleiben von Fortschritten bei den Ermittlungen geäußert. Anschließend waren sie übereingekommen, dass Baxter vorläufig weiterhin als Vertreterin der Metropolitan Police in New York bleiben sollte, während Vanita selbst die Stellung in der Heimat hielt.

Baxter tippte eine kurze Nachricht an Thomas und wartete darauf, dass Lennox und Curtis endlich zum Ende kamen. Sie hatte ganz vergessen, ihm zu sagen, dass sie jetzt doch nicht nach Hause kam, und merkte, dass sie mit ihrer Bindungsstörung wohl kaum zur Verbesserung der Situation zwischen ihnen beigetragen hatte:

Hey. Wie geht's Echo? Später reden? ☺

Lennox kam aus ihrem Büro, dicht gefolgt von Curtis:

»Alle, die heute an den Morden arbeiten, bitte in den Besprechungsraum, ja?«

Über ein Drittel der Büroangestellten stand auf und drängte sich in den Raum, einige mussten draußen stehen bleiben und vom Gang aus zuhören, was ein bisschen an die Szene vor Pastor Jerry Pilsner juniors Kirche erinnerte. Baxter zwängte sich durch die Menge und stellte sich vorne zu Rouche, Curtis und Lennox. Rouche hatte die Namen der fünf Mörder auf die große weiße Tafel geschrieben:

US

1. Marcus Townsend
(Brooklyn Bridge)
Methode: Strangulation
Opfer: Ragdoll-Bezug

2. Eduardo Medina
(33rd Precinct)
Methode: Aufprall bei hoher Geschwindigkeit
Opfer: Polizist

5. Glenn Arnolds
(Grand Central)
Methode:?
Opfer:?

UK

3. Dominic Burrell
(Belmarsh Prison)
Methode: Erstechen
Opfer: Ragdoll-Bezug

4. Patrick Peter Fergus
(The Mall)
Methode: Stumpfe Gewalteinwirkung
Opfer: Polizist

»Sind alle da?«, fragte Lennox unsinnigerweise, da mehrere noch um die Ecke herum standen. »Gut. Für diejenigen, die die beiden noch nicht kennen: Das sind Detective Chief Inspector Baxter von der Metropolitan Police und Special Agent Rooch von der CIA.«

»Rouche«, korrigierte Rouche sie.

»Ruch«, versuchte sie es noch einmal.

»Spricht man das nicht Roach aus?«, fragte ein muskulöser Mann in der ersten Reihe.

»Nein«, sagte Rouche einigermaßen fassungslos darüber, dass der Mann ihn für dumm genug hielt, seinen eigenen Namen nicht korrekt auszusprechen, und jetzt gleich mehrere andere sich ein Vergnügen daraus machten, sich alle möglichen Verballhornungen auszudenken.

»Rooze?«

»Roze?«

»Rooshy?«

»Rouche«, korrigierte Rouche erneut höflich.

»Meine Nachbarin sagt Roach, da bin ich sicher«, beharrte der Mann in der ersten Reihe.

»Vielleicht heißt sie ja Roach?«, wandte Rouche ein.

»Der Name wird Rouche ausgesprochen«, erklärte Curtis den Anwesenden. »Wie Whoosh.«

»Okay! Okay!«, übertönte Lennox das Gemurmel. »Wenn wir bitte wieder zum Thema kommen könnten. Ruhe! Ich übergebe an Sie, Agent ... Rouche.«

Er erhob sich. »Also, das sind unsere Killer«, fing er an, zeigte auf die Tafel, »gut lesbar, übersichtlich, um sicherzugehen, dass wir uns alle auf demselben Informationsstand befinden. Kann mir jemand sagen, was wir daraus schließen dürfen?«, fragte er, als würde er zu einer Klasse Schulkinder sprechen.

Mrs. Roachs Nachbar räusperte sich:

»Die Dreckschweine haben zwei von uns umgebracht, und dafür werden wir sie drankriegen, das ist mal sicher!« Der dicke Mann beglückwünschte sich selbst für seinen eigenen Kommentar und fiel anschließend sogar klatschend mit ein, als ihm mehrere Kollegen applaudierten. »Kommt schon!«, rief er aufgeregt.

»Okay«, nickte Rouche geduldig. »Vielleicht geht's ein kleines bisschen konkreter?«

»Die Morde in New York und London weisen Parallelen auf.«

»Definitiv«, sagte Rouche, »und das bedeutet, dass wir jeden Augenblick mit einem Mord dieser Art in London rechnen müssen, was die Frage aufwirft: Warum? Aus welchem Grund möchte jemand diesen beiden Städten, aber auch *nur* diesen beiden den Krieg erklären?«

»Wegen der Börse?«, rief jemand.

»Konzentration von Reichtum?«

»Weil dort das Medieninteresse am größten ist?«

»All diesen Vermutungen müssen wir nachgehen«, sagte Rouche. »Okay. Was verrät uns die Aufstellung noch?«

»Die jeweilige Methode«, ertönte eine Stimme hinter der Wand. Die Beamtin schob sich nach vorne. »Die Methode war jeweils eine andere, was auf ein gewisses Maß an Eigenständigkeit schließen lässt. Ganz eindeutig bekommen diese Leute einen Auftrag, vielleicht auch einen Zeitrahmen, aber der Rest scheint ihnen selbst überlassen zu sein.«

»Ausgezeichnet!«, sagte Rouche. »Was uns zum nächsten Punkt führt: Wir müssen uns diese Personen als Individuen vornehmen. Glenn Arnolds wollte niemandem weh tun, nicht wirklich. Er wurde benutzt. Ich möchte, dass Sie sich in Fünferteams aufteilen. Jedes Team nimmt sich einen Killer vor. Ihre Aufgabe wird es sein, alles herauszubekommen, was möglicherweise als Ansatzpunkt dienen könnte. Auf Anhieb fällt mir ein: Townsend – Geld, Medina – Aufenthaltsstatus, Burrell – Strafvergünstigungen wie Drogen oder Unterbringung, Fergus – kranke Mutter, Arnolds – sein toter Bruder und sein Geisteszustand.«

Die Zuhörer machten sich aufmerksam Notizen.

»Außerdem hat Baxter um eine Kopie der Krankenakten von allen gebeten, die Sie ihr bitte so bald wie möglich zukommen lassen«, setzte er hinzu.

Rouche bemerkte den fragenden Blick, den Lennox Curtis zuwarf.

»Ich schaue, dass ich noch Verstärkung bekomme«, erklärte Lennox.

Rouche nickte dankbar.

»Falls Sie auf etwas stoßen«, sagte Rouche und wandte sich

erneut an die im Saal Versammelten, »kontaktieren Sie umgehend mich, Curtis oder Baxter. Gemeinsam werden wir so einen Überblick über den gesamten Fall bekommen und in der Lage sein, eventuelle Ähnlichkeiten oder Muster zu erkennen. Vielen Dank.«

Der Raum leerte sich.

Lennox trat zu Rouche, Baxter und Curtis: »Ich habe eine Reihe von Pressekonferenzen und Besprechungen anberaumt«, erklärte sie. »Möglicherweise werde ich Sie im Verlauf des Tages noch brauchen, Chief Inspector.«

Das hatte Baxter sich schon fast gedacht.

»Was haben Sie vor?«, fragte Lennox in die Runde.

»Wir fahren zuerst in die Gerichtsmedizin. Dort sind die beiden Leichen von gestern, und hoffentlich wurde bis dahin auch ... unser Opfer identifiziert«, sagte Rouche, der sich seine Formulierung in Gegenwart von Curtis genau überlegte. »Das Team Arnolds fahndet nach dem Therapeuten, befragt Freunde und Nachbarn und versucht, mehr über dessen frühere Praxis in Erfahrung zu bringen, wahrscheinlich werden wir uns später darum kümmern.«

»Sehr schön.« Lennox rief Curtis, die mit Baxter und Rouche den Raum verlassen wollte, noch einmal zu sich. »Wofür braucht sie die Krankenakten?«

»Keine Ahnung.«

»Dann finde es raus. Denk an unser Gespräch. Nach dem, was passiert ist, ist es jetzt wichtiger denn je, dass *wir* den Fall aufklären. Wenn sie euch etwas verheimlicht, setze ich sie ohne Skrupel in den nächsten Flieger nach Hause.«

»Verstanden.«

Lennox nickte und trat beiseite, damit Curtis ihren Kollegen nacheilen konnte.

* * *

»Dann hat Glenn Arnolds seine Medikamente also doch genommen?«, fragte Curtis verwirrt.

»Nein, aber er hat Medikamente genommen«, erwiderte die zierliche Frau vielsagend und schaute sie über den Rand ihrer Lesebrille hinweg an.

Curtis dachte daran, dass sie der gerichtsmedizinischen Pathologin bereits einige Male begegnet war. Stormy Day war schließlich kein Name, den man so leicht vergaß. Wenn sie es richtig erinnerte, war es ganz normal, in Gegenwart dieser Frau ein bisschen durcheinander zu sein. Stormy überreichte Curtis und Rouche eine Akte: Sie enthielt unter anderem die Ergebnisse des Bluttests, der im Rahmen der Autopsie vorgenommen wurde. Keiner von ihnen wurde schlau daraus.

Sie saßen im Empfangsbereich des OCME Hirsch Center for Forensic Services in der East 26th Street. Da es sich um eines von vielen Nebengebäuden der Klinik handelte, waren die beiden Leichen nur drei Ecken weiter aus der Notaufnahme des NYU Langone hierhergebracht worden. Sie trafen sich an diesem ungewöhnlichen Ort, da Rouche, was Curtis nicht wusste, angerufen und darum gebeten hatte, sie beide von der direkten Untersuchung der Leichen auszunehmen.

Hätte Curtis das gewusst, hätte sie sich auf den Schlips getreten gefühlt. So aber hatte er ihr die Erleichterung angesehen, als sie gebeten wurden, in dem hellen, luftigen Empfangsbereich Platz zu nehmen, anstatt in die abgedunkelten Labore im Herzen des Gebäudes zu der wächsernen Leiche des Mannes geführt zu werden, den sie erschossen hatte.

Baxter war noch nicht wieder zu ihnen gestoßen. Sie hatte noch nicht einmal das Büro verlassen, weil Lennox sie schon wieder für eine ihrer Pressekonferenzen »ausgeborgt« hatte.

Stormy zeigte auf das unverständliche Blatt in Curtis' Hand: »Ich weiß nicht, was genau er genommen hat, aber er hätte es *echt* nicht nehmen dürfen. *Echt nicht.* Die antipsychotischen Medikamente, die er verschrieben bekommen hatte, waren nicht nachweisbar, dafür aber Spuren von ETH-LAD und Benzodiazepinen.«

Curtis machte ein ratloses Gesicht.

»Zu den Nebenwirkungen von Benzodiazepinen gehören auch suizidale Neigungen.«

»Oh.«

»Und ETH-LAD ist so was wie der kleine Bruder von LSD. Möglicherweise die beiden schlimmsten Substanzen, die jemand mit Arnolds' Krankengeschichte nehmen kann: Halluzinationen, Realitätsverlust. Und das zusätzlich zu den Entzugserscheinungen. Der Mann muss in einem schlimmen Zustand gewesen sein. Kein Wunder, dass die Decke im Grand Central Terminal lebendig geworden ist!« Als sie merkte, dass es besser wäre, ihre Erfahrungen als Hippie einem weniger konservativen Publikum vorzubehalten, räusperte sie sich und fuhr fort: »Ich habe eine Blutprobe zu Quantico geschickt, damit die noch mal umfangreichere Tests durchführen, und darum gebeten, die anderen Medikamente sehen zu dürfen, die bei ihm zu Hause gefunden wurden.«

»Ich kümmere mich für Sie darum«, sagte Curtis und machte sich eine Notiz.

»Mehr hab ich eigentlich nicht über Arnolds, abgesehen von dem, was offensichtlich ist. Ehrlich gesagt, ist das eine ziemlich bizarre Situation. Normalerweise wäre seine Leiche am Tatort geblieben, aber aufgrund der besonderen Umstände wurde er im Krankenwagen abtransportiert und in der Notaufnahme von dem anderen losgeschnitten, dessen Blut und Gewebe überall an ihm kleben. Im Prinzip hat inzwischen halb New York City an ihm rumgefingert. Das Maß an Kontamination und postmortalen Eingriffen ist gelinde gesagt problematisch.«

»Was ist mit unserem Opfer?«, fragte Rouche.

»Noah French. Wurde vor zwei Tagen als vermisst gemeldet. Er hat an einem der Fahrkartenschalter im Grand Central gearbeitet.«

Rouche wirkte beeindruckt.

»Wir mussten keine Tests durchführen, um darauf zu kommen«, fuhr Stormy fort. »Er hatte eine Tätowierung auf dem Unterarm: K. E. F. 3. 6. 2012. Das musste ein Sohn oder eine Tochter sein. Wir haben die Initialen mit den eingetragenen Geburten im Großraum New York verglichen und ein Ergebnis bekommen.«

»Genial«, lächelte Rouche.

»Fand ich auch. Man hatte ihn sediert: Mit einer Art von Opiat. Die Einzelheiten stehen in der Akte.« Stormy wurde von etwas vorne am Empfang abgelenkt. »Gehört *sie* zu euch?«

Sie drehten sich um und sahen Baxter mit dem Mann am Empfang streiten, der offenkundig keine Ahnung hatte, wovon sie redete. Stormy ging hin, um die Situation zu entschärfen, bevor sie eskalierte.

Rouche wandte sich an Curtis:

»Wir haben eine echte Spur«, sagte er. »Wir *müssen* mit diesem Therapeuten sprechen.«

»Machen wir auch«, sagte Curtis.

Sie blätterte zu den Ergebnissen des Bluttests zurück und entnahm der Akte den Ausdruck.

Rouche schaute verwirrt.

»Äh, was machst du da?«, fragte er.

»Befehle befolgen.«

»Indem du Beweismaterial verschwinden lässt?«

»Indem ich unseren ersten Durchbruch in diesem Fall dem FBI und der CIA vorbehalte.«

»Mir ist nicht ... dabei ist mir nicht besonders wohl«, sagte Rouche.

»Glaubst du, mir etwa? Aber das ist hier nun mal Arbeit und kein Vergnügen.«

Stormy kam jetzt mit Baxter im Schlepptau zu ihnen. Curtis hielt noch immer das Blatt in der Hand:

»Versteck das.«

Sie steckte es Rouche zu, der es ihr wieder zurückgab:

»Ich will's nicht! Ich werde es ihr sagen.«

»Nein!«

Rouches Mantel hing über der Sofalehne. Curtis stopfte das zerknitterte Blatt in eine der Taschen, gerade als Baxter sich zu ihnen setzte. Sie ignorierte Rouches ungehaltenen Blick, während Stormy fortfuhr.

* * *

Baxter hatte Lennox zur Pressekonferenz begleitet, die anberaumt worden war, um Einzelheiten des Vorfalls im Grand Central Terminal bekanntzugeben. Sie war sowohl überrascht als auch beeindruckt davon, mit welcher Entschlossenheit Lennox dem Druck standhielt und den Namen des Agenten verschwieg, der für den Tod eines unschuldigen Menschen verantwortlich war. Sie hatte betont, der Einzige, dem etwas vorzuwerfen sei, sei der psychisch labile Mann, der eine ausweglose Situation geschaffen habe. Alle beteiligten Kollegen hätten sich dagegen heldenhaft und vorschriftsmäßig verhalten.

Lennox war schlau genug gewesen, ihre Agentin als Opfer darzustellen, und schon kurze Zeit später hatten die Journalisten einen weniger anklagenden Ton angeschlagen. Baxter hatte dazu beigetragen, indem sie auf Fragen nach Ermittlungsfortschritten erneut dieselben einstudierten Antworten heruntergerattert hatte.

Als sie schließlich gehen durfte, fand sie auf ihrem Handy verschiedene Nachrichten. Die Teams hatten die Krankenakten der Killer wie gewünscht weitergeleitet, kaum dass sie sie selbst erhalten hatten. Bislang hatte sie Informationen zu Eduardo Medina, Dominic Burrell und Marcus Townsend. Noch bevor sie sich auf den Weg in die Gerichtsmedizin machte, hatte sie sie an Edmunds weitergeleitet.

Edmunds schaute auf das Display seines Handys, das beim Empfang jeder der drei aufeinanderfolgenden E-Mails brummte. Als er Baxters Namen sah, stand er auf und ging auf die Toilette, schloss sich in eine der Kabinen ein und lud die Anhänge herunter. Rasch überflog er die erste Datei und hatte schon wenige Sekunden später gefunden, was er suchte. Er öffnete die zweite und fand wenige Seiten weiter dasselbe. Dann klickte er auf die dritte und begann zu lesen. Plötzlich leuchteten seine Augen. Er platzte aus der Kabine, verließ den Toilettenraum und eilte zum Aufzug.

Baxter, Rouche und Curtis hatten gerade die Unterredung mit der Pathologin beendet und wollten auf die First Avenue hinaus, als Baxters Handy klingelte. Wäre es jemand anders gewesen, hätte sie ihn ignoriert.

»Edmunds?«, meldete sie sich und trat einen Schritt von ihren Kollegen weg.

»Alle haben sich irgendeiner Art von Therapie unterzogen!«, begrüßte er sie aufgeregt.

»Wer?«

»Die Täter. Das ist der Zusammenhang! Ich war auf der Website *Streets to Success*, und da steht, dass den Leuten eine Therapie angeboten wird, um ihnen wieder auf die Beine zu helfen. Das hat mich zum Nachdenken gebracht. Aus meinen

Aufzeichnungen zu Patrick Peter Fergus geht hervor, dass er aufgrund der finanziellen Belastung durch seine kranke Mutter einen Zusammenbruch erlitten hat. Leuchtet ein, dass er sich Hilfe suchen wollte. Und rate mal, was?«

»Sag schon.«

»Auch Marcus Townsend hat das Angebot von *Streets to Success*, am Life Coaching teilzunehmen, angenommen. Eduardo Medina litt unter Depressionen, nachdem der Einwanderungsantrag seiner Tochter abgelehnt worden war, und er war am Abend vor dem Mord bei einem Treffen der Selbsthilfegruppe für Alkoholiker, und Dominic Burrell musste im Rahmen seines Rehabilitationsprogramms einmal wöchentlich an Sitzungen teilnehmen.«

Baxter grinste. Edmunds hatte sie noch nie enttäuscht:

»Glenn Arnolds hatte, wen wundert's, von Kindheit an schwere psychische Probleme«, sagte sie aufgeregt. »Wir waren sowieso auf der Suche nach seinem Therapeuten.«

»Dann strengt euch an, das sind fünf von fünf!« Edmunds hätte fast geschrien. »Okay. Du kannst es jetzt sagen.«

»Was soll ich sagen?«

»Dass du ohne mich aufgeschmissen wärst.«

Baxter legte auf.

Während des kurzen Telefonats hatte Curtis überlegt, wie sie es anstellen sollte, Baxter zu Lennox abzuschieben und alleine mit Rouche nach Westchester County zu fahren, um mit dem schwer auffindbaren Dr. Bantham zu sprechen. Als Baxter jetzt aber ungewohnt breit grinsend auf sie zukam, verdrängte sie den Gedanken wieder.

»Wir *müssen* den Therapeuten finden«, erklärte sie entschieden.

Rouche sah Curtis an und grinste.

KAPITEL 15

Sonntag, 13. Dezember 2015
12.22 Uhr

»Also, wenn ›Azaz‹ auf Hebräisch ›Macht‹ heißt und ›El‹ Gott, spricht einiges dafür, dass ›Asasel‹ in dieser Reihenfolge ›Macht über Gott‹ bedeutet. Und hier steht, dass Tiere, die als ›unheilvoll‹ gelten, wie Fledermäuse, Schlangen und Wildhunde, sich besonders als ›Gefäße für einen unsauberen Geist zwischen zwei Wirten‹ eignen.«

»Können wir *bitte* über etwas anderes sprechen?«, klagte Curtis vom Fahrersitz aus und setzte den Blinker, um von der Interstate abzufahren. »Allmählich macht ihr mir Angst.«

Rouche hatte einen der vielen Fernsehauftritte des umtriebigen Pastor Jerry Pilsner jr. an jenem Morgen gesehen und während der gesamten Fahrt den überirdischen Tatverdächtigen gegoogelt.

Baxter hatte sich die größte Mühe gegeben, währenddessen zu schlafen.

Sie fuhren jetzt über eine Landstraße. Die Zweige der kahlen Bäume sahen aus wie knorrige Finger, die nach einzelnen Fahrzeugen griffen.

»Okay, aber hört euch das mal an«, sagte Rouche aufgeregt und scrollte sein Handydisplay weiter runter.

Curtis schnaufte.

Wieder wach, wischte Baxter sich Spucke aus dem Mundwinkel.

»Gejagt vom Erzengel Raphael, wurde Asasel, der Gefallene, von der Last seiner geschwärzten Schwingen befreit und in die Finsternis der tiefsten Grube von Gottes Schöpfung geworfen. Begraben unter den spitzesten Steinen in der rausten und abgelegensten Wüste der Erde, blieb Asasel in einem von den Federn seines eigenen gerupften Kleids gesäumten Grabs liegen und sollte nie wieder das Licht erblicken, bis er am Tag des Endgerichts in einem Pfuhl aus Feuern brenne.«

»Vielen Dank auch«, gähnte Baxter.

»Ich hasse dich, Rouche«, sagte Curtis und schüttelte sich angesichts der unschönen Geschichte.

»Nur noch ein letztes kleines Stück«, bat Rouche und räusperte sich. »In der unendlichen Finsternis verfiel Asasel dem Wahnsinn, und da er sich von seinen Ketten nicht befreien konnte, löste er seinen Geist aus seinem gefesselten Körper, damit er für immer in Gestalt tausend verschiedener Seelen auf Erden wandele.«

Rouche legte sein Handy in den Schoß. »Jetzt finde ich's aber auch gruselig.«

Die ersten zarten Schneeflocken landeten sanft auf der Windschutzscheibe, als sie in Banthams vereiste Auffahrt bogen. Im Wetterbericht war von heftigem Schneefall später am Tag die Rede gewesen, und man hatte vor möglichen Schneestürmen in der Nacht und am Morgen gewarnt.

Während Curtis mit dem Blick Rouches Reifenspuren vom Vortag bis vor die Garage folgte, betrachtete Baxter das Haus, das auch heute noch genauso unbewohnt wirkte. Der einzige Unterschied war, dass Fußabdrücke in dem ansonsten unberührten Schnee auf dem Rasen zu sehen waren.

»Jemand war hier«, sagte sie hoffnungsfroh.

Curtis parkte, und sie traten hinaus in die Kälte. Vor dem Haus gegenüber entdeckte Rouche eine Nachbarin, die sie neugierig beobachtete. Er hoffte, dass sie sie in Ruhe lassen würde, aber sie kam bereits auf sie zugewackelt, zweimal wäre sie beinahe in der Auffahrt ausgerutscht.

»Geht ihr schon mal vor«, sagte er zu seinen Kolleginnen.

Curtis und Baxter gingen zur Haustür, während Rouche sich daranmachte, die neugierige Frau abzufangen, bevor sie für noch größere Verzögerungen sorgte, indem sie sich vor seinen Augen die Hüfte brach.

»Kann ich Ihnen helfen?«, murmelte er den typischen Satz vor sich hin, den alle Nachbarn als Vorwand benutzten, um sich einzumischen.

»Kann ich Ihnen helfen?«

»Wir suchen Dr. James Bantham«, sagte er und speiste sie mit einem Lächeln ab.

Unter den misstrauischen Blicken der Frau klingelte Curtis an der Tür. Die Nachbarin machte keinerlei Anstalten zu gehen.

»Ganz schön kalt geworden«, sagte Rouche und legte ihr damit diskret nahe, dass sie es wärmer haben könnte, wenn sie sich um ihre eigenen Angelegenheiten kümmerte.

Als im Haus niemand reagierte, klopfte Baxter laut.

»Das Haus ist gut gesichert«, bemerkte die Nachbarin bedeutungsschwer.

»Was Sie nicht sagen«, erwiderte Rouche und zog seinen Ausweis aus der Tasche. »Vor der Tür stehen drei Polizisten.«

Die Frau taute unverzüglich auf, auch wenn ihre blauen Hände aussahen, als könnten sie jeden Augenblick einfach abfallen.

»Haben Sie's auf dem Handy versucht?«, schlug sie vor und nahm ihr eigenes zur Hand.

»Ja.«

»Haben Sie denn aber auch Terris Nummer?«, fragte sie und hielt sich das Telefon ans Ohr. »Reizende Frau. Und die Kinder. Wir achten alle ein bisschen gegenseitig auf …«

»Ruhe!«, brüllte Baxter von der Haustür. Die Frau schaute empört. Baxter wandte sich an Curtis: »Hörst du das?«

Sie ging in die Hocke und öffnete den Briefkasten, aber das Geräusch hatte aufgehört.

»Wählen Sie noch mal!«, rief sie der neugierigen Nachbarin zu.

Wenige Sekunden später war erneut das leise Brummen eines vibrierenden Handys zu hören.

»Das Telefon ist im Haus«, rief Baxter Rouche zu.

»Oh«, sagte die Nachbarin. »Also, das ist eigenartig. Sie hat ihr Handy immer dabei, falls die Jungs sie brauchen. Sie muss zu Hause sein. Vielleicht ist sie im Bad.«

Rouche sah aufrichtige Besorgnis im Gesicht der Frau.

»Baxter! Hör noch mal genau hin«, rief er.

Er nahm sein Handy und wählte noch einmal die Nummer, über die er den Arzt am Tag davor zu erreichen versucht hatte. Sein Herz flatterte ein bisschen, als er darauf wartete, dass die Verbindung hergestellt wurde.

Baxter presste ihr Ohr an den schmalen Briefschlitz und lauschte angestrengt.

»Oh, the weather outside is frightful …«

Als das Weihnachtslied direkt hinter der Tür ertönte, fiel sie vor Schreck rückwärts auf den nassen Boden.

»But the fire is so delightful …«

Rouche drehte sich zu der bestürzten Frau um: »Gehen Sie!«

Er griff bereits nach seiner Waffe und rannte zum Haus.

Baxter, die immer noch am Boden saß, sah Curtis gegen das Schloss treten.

»And since we've no place to go …«

Curtis trat noch einmal. Dieses Mal schlug die Tür auf, wobei das Handy mit seinem feierlichen Klingelton unter einen beeindruckend großen Weihnachtsbaum schlitterte.

»FBI! Ist jemand zu Hause?«, überschrie sie die letzten Zeilen des Refrains.

Rouche und Baxter folgten ihr nach drinnen. Während die anderen beiden nach oben rannten, ging Baxter durch den Flur in die Küche.

»Dr. Bantham?«, hörte sie Rouche irgendwo oben rufen.

Im Haus war es warm. In der Mitte der riesigen Landhausküche standen vier halb leergegessene Teller, kalt und vergessen. Eine dicke Haut lag auf der grellorangefarbenen Suppe.

»Ist jemand zu Hause?«, schrie Curtis aus einem anderen Raum, während Rouche oben weiter herumtrampelte.

Baxter schaute auf die Brötchenreste, die neben drei der vier Schalen liegengeblieben waren, und dann auf den Boden, auf dem Krümel hier und da den Weg markierten, den ein Esser mit seinem Brötchen gegangen war. Sie folgte der Spur bis in den Flur an eine schmale Tür.

»Hallo?«, rief sie und zog die Tür vorsichtig auf. Dahinter entdeckte sie steile Holzstufen, die in die Dunkelheit hinabführten. »Hallo?«

Sie machte einen Schritt nach unten, um die Wand nach einem Lichtschalter abzusuchen. Das Holz knarzte unter ihrem bescheidenen Gewicht.

»Curtis!«, rief sie.

Sie nahm ihr Handy und schaltete die Taschenlampe dazu ein. Die Treppe wurde in hartes weißes Licht getaucht. Sie machte zwei weitere vorsichtige Schritte nach unten, ein wenig mehr von dem Kellerboden wurde nun erkennbar. Auf der nächsten Stufe trat sie auf etwas und knickte mit dem Knöchel um.

Sie fiel und landete unten an einer kalten Steinmauer.

»Baxter?«, hörte sie Curtis rufen.

»Hier unten!«, ächzte sie.

Sie lag still auf dem muffigen Boden, atmete Staub und Feuchtigkeit ein und begutachtete ihre Blessuren. Ein paar Prellungen hatte sie sich zugezogen, der Schorf auf ihrer Stirn war weg, und sie spürte ihren Knöchel im Stiefel pochen. Insgesamt schien sie aber glimpflich davongekommen zu sein. Ihr Handy lag zwei Stufen höher und beleuchtete das Brötchen, über das sie gestolpert war.

»Scheiße«, zuckte sie zusammen und setzte sich.

Curtis tauchte an der Kellertür auf: »Baxter?«

»Hi«, winkte sie nach oben.

Oben wurden schwere Schritte vernehmbar, als Rouche zu ihnen eilte.

»Alles in Ordnung?«, fragte Curtis. »Warum machst du dir denn kein Licht?«

Baxter wollte gerade etwas Schnippisches entgegnen, als Curtis an einer Schnur neben der Tür zog und es klick machte.

»Vielleicht hab ich was gefunden, das uns weiterhilft«, fing Curtis an, aber Baxter hörte nicht zu. Sie sah mit weitaufgerissenen Augen in die Dunkelheit, wagte nicht einmal mehr zu atmen. Die einsame staubige Energiesparbirne an der Decke tauchte den Keller nach und nach in ein gedämpftes Orange.

»Baxter?«

Baxters Puls beschleunigte um das Zweifache, als der Umriss, der dem Licht am nächsten war, Menschengestalt annahm und ein weiterer daneben auch. Beide Körper lagen mit dem Gesicht nach unten auf dem Boden, blutige Leinensäcke über die Köpfe gezogen. Baxter war dabei, sich aufzurappeln, als die Lampe ihre volle Leuchtkraft erreichte: Ihr Kampf- oder Fluchtinstinkt erwachte. Als sie auf die Knie kam, sah sie zwei weitere Leichen, identisch in ihrer Lage, dieselben blutverschmierten Säcke über den Köpfen, aber nur halb so groß wie die beiden anderen.

»Was ist?«, fragte Curtis eindringlich.

Voller Panik humpelte Baxter mit ihrem verstauchten Knöchel die Treppe hoch. Sie stürzte in den Flur, trat die Tür hinter sich zu und versuchte, wieder zu Atem zu kommen. Einen Fuß drückte sie fest gegen das Holz, als fürchtete sie, dass etwas hinter ihr hergekrochen kam.

Curtis stand mit dem Handy bereit. Sie ahnte bereits, dass sie Verstärkung brauchen würden. Rouche kniete sich neben Baxter und wartete geduldig auf deren Erklärung. Sie drehte sich zu ihm um, keuchte ihm ihren warmen Atem ins Gesicht: »Ich glaube ... ich hab ... die Banthams gefunden.«

* * *

Rouche saß draußen vor dem Haus, sah zu, wie der Schnee auf die verschiedenen Fahrzeuge fiel, die jetzt die lange Auffahrt verstopften. Nachdem er eine der unbeständigen Flocken gefangen hatte, zerrieb er sie zwischen seinen Fingern.

Eine Erinnerung kehrte zurück: Seine Tochter spielte im Garten, als sie noch kleiner war, vielleicht vier oder fünf Jahre alt, sie war gegen die Kälte dick eingepackt und versuchte, Schneeflocken mit der Zunge zu fangen. Fasziniert hatte sie zu den weißen Wolken hinaufgestarrt, die sich praktisch direkt über ihr auflösten. Ohne den geringsten Anflug von Angst in der Stimme hatte sie ihn gefragt, ob der Himmel einstürzen würde.

Aus irgendeinem Grund hatte er das nicht vergessen, diese surreale Vorstellung, der Welt beim Sterben zuzuschauen, hilflos dagegen zu sein und nichts tun zu können, als Schneeflocken zu fangen. Während sich die Wolken weiter ausschütteten, begriff er, dass die Erinnerung inzwischen eine ganz andere Bedeutung für ihn hatte, jetzt wo er unter einem Schneekugelhimmel Zeuge dieser unbegreiflichen Gewalttaten und Gräuel geworden war.

Und es würde noch mehr geben, da war er sich sicher. Sie konnten nichts tun außer zusehen.

* * *

Mit mehreren Glühbirnen beleuchtet, sah es jetzt im Keller aus wie an jedem anderen Tatort, auch wenn die Kollegen immer wieder darum baten, »einen Augenblick austreten zu dürfen«. Das Team der Spurensicherung hatte das Untergeschoss mit Beschlag belegt, während die Kollegen in der Küche arbeiteten, wo sich die Familie vor ihrem Tod versammelt hatte. Zwei Fotografen gingen von Raum zu Raum, dokumentierten alles, und auch die Hundestaffel hatte das Gebäude einmal abgesucht.

Baxter und Curtis waren in der ersten Etage. Sie hatten seit fast einer Stunde kein Wort mehr zueinander gesagt, suchten nach Hinweisen, die ihnen weiterhelfen konnten.

Offensichtlich gab es keine Spuren eines Kampfes. Eigenartigerweise war der Arzt als »Puppe«, nicht als »Köder« markiert worden. Die anderen Leichen wiesen keinerlei Verstümmelungen auf. Die Familie war gefesselt und dann nacheinander mit jeweils einer Kugel in den Hinterkopf hingerichtet worden. Schätzungsweise waren achtzehn bis vierundzwanzig Stunden seit ihrem Tod vergangen.

Wenn Kinder betroffen waren, herrschte immer eine besonders angespannte Atmosphäre am Tatort. Auch Baxter spürte dies, obwohl sie selbst keine hatte, keine wollte und ihnen möglichst aus dem Weg ging. Die Kollegen arbeiteten professionell, aber von Wut getrieben, waren bereit, auf Schlaf und Mahlzeiten, ja sogar auf gemeinsame Zeit mit der eigenen Familie zu verzichten, um sich der anstehenden Aufgabe zu widmen. Und vermutlich war das auch der Grund, weshalb sie Rouche anschnauzte, als sie ihn von oben draußen vor der Tür sitzen und nichts tun sah.

Sie stürmte herunter, ignorierte das Pochen in ihrem Fußgelenk, marschierte durch die geöffnete Haustür und schubste ihn von hinten in den Schnee.

»Autsch!«, stöhnte er und rollte auf die Seite.

»Verdammt, was soll das, Rouche?!«, brüllte sie. »Alle versuchen zu helfen, und du sitzt hier auf deinem faulen Arsch!«

Die ferne Hundestaffel, die mit ihrem Trainer das ganze Grundstück abging, machte halt. Der Kollege schrie den Deutschen Schäferhund an, der aggressiv in ihre Richtung bellte.

»Bei toten Kindern bin ich raus«, sagte Rouche und stand wieder auf. Der Hund verlor das Interesse und ging weiter.

»Da ist niemand scharf drauf. Meinst du, uns macht das Spaß? Aber das ist nun mal unser Job!«

Rouche sagte nichts. Er klopfte sich den Schnee von der Jacke.

»Weißt du, ich hab an dem Fall des Feuerbestatters gearbeitet«, fuhr Baxter fort. »Wolf und ich …« Sie zögerte. Normalerweise vermied sie es, den Namen ihres berüchtigten ehemaligen Partners zu erwähnen. »Wolf und ich mussten uns mit siebenundzwanzig toten Mädchen an genauso vielen Tagen beschäftigen.«

»Hör zu, ich hab schlechte Erfahrungen gemacht … bei einem Fall, und seitdem will ich mit toten Kindern nichts mehr zu tun haben, nie mehr«, erklärte Rouche. »Das ist so eine Macke. Ich kümmre mich hier draußen um andere Sachen. Okay?«

»Nein, das ist verdammt noch mal nicht okay«, sagte Baxter.

Auf dem Weg zurück ins Haus packte sie eine Handvoll Schnee und Eis vom Boden. Rouche klopfte sich die Jacke ab. Dann traf ihn ein eisiger Schneeball mit Wucht am Kopf.

* * *

Bis sie den Tatort für die Nacht versiegelt hatten, war es dunkel. Es schneite heftig, wie angekündigt, die Flocken glitzerten im hellen Flutlicht des Gartens vor dem schwarzen Himmel. Baxter und Curtis gingen nach draußen, fanden Rouche immer noch zusammengekauert an derselben Stelle.

»Ich lass euch beide kurz mal allein«, entschuldigte sich Curtis.

Baxter zog sich ihre Wollmütze über den Kopf und setzte sich neben ihn, schaute in den stillen Garten. Aus dem Augenwinkel sah sie die hässliche Platzwunde an Rouches graumelierter Schläfe.

»Tut mir leid«, sagte sie in eine Nebelwolke aus warmem Atem hinein. Weihnachtliche Lichterketten der Nachbarn funkelten mit den Polizeilichtern um die Wette.

»Kein Grund, sich zu entschuldigen«, sagte Rouche. »Konntest ja nichts dafür, dass es gleich so weh tut.«

Baxter schaute schuldbewusst: »Ich hab einen Stein reingepackt.«

Rouche ließ ein Grinsen aufblitzen, dann mussten beide lachen.

»Was hab ich hier draußen verpasst?«, fragte sie.

»Na ja, es schneit.«

»Danke, so weit war ich schon.«

»Ich kapier's nicht, jetzt bringen die ihre eigenen Leute um? Wie passt das denn zum Rest?«, seufzte Rouche.

»Ich habe den Teams erklärt, dass die Suche nach den anderen Therapeuten jetzt oberste Priorität hat. Und ich lasse mir Banthams vollständige Patientenliste aus der Gramercy Practice geben. Außerdem habe ich ausführliche Blutanalysen von den anderen vier Puppen angefordert.«

Rouche erinnerte sich, dass sie Baxter noch immer nichts von den bei Glenn Arnolds nachgewiesenen illegalen Medikamenten erzählt hatten. Er würde Curtis später am Abend darauf ansprechen.

»Übrigens«, als Baxter interessiert aufhorchte, setzte er hinzu: »Hauptsächlich habe ich Beweismittel gesammelt.« Er zeigte auf eine Stelle, wo ein Minizelt in dem makellos weißen Garten aufgestellt worden war. »Die Fußabdrücke unseres Killers.«

»Das können wir nicht mit Gewissheit sagen.«

»Doch.«

Rouche nahm sein Handy und rief ein Foto auf, das er früher an jenem Nachmittag aufgenommen hatte. Er reichte es Baxter: Der Himmel war schneehell, das idyllische Haus, das sie jetzt in ihren Alpträumen verfolgen sollte, dunkel und reglos. Ihr FBI-Wagen parkte vor den Garagen, saubere Reifenspuren hatten sich deutlich erkennbar in das Weiß dahinter gegraben. Fußabdrücke, die der Schnee inzwischen ausradiert hatte, zogen sich auf dem kürzesten Weg durch den Garten.

»Könnte doch auch ein Nachbar oder ein Zeitungsjunge gewesen sein«, sagte Baxter.

»War es aber nicht. Schau noch mal hin.«

Sie konzentrierte sich auf das Display und vergrößerte das Bild.

»Es gibt keine Fußabdrücke, die zum Haus *hin*führen!«

»Genau«, sagte Rouche, »und gestern Nacht hat es hier nicht geschneit. Das hab ich überprüft. Ich bin alles abgegangen, bevor die Kollegen eingetroffen sind. Ich habe deine, meine, die von Curtis und der neugierigen Nachbarin ausgeschlossen; *das* hier war jemand anderes.«

»Das bedeutet, der Killer muss gestern hier gewesen sein! Der war da drin, als wir vor der Tür standen!«, keuchte Baxter. »Scheiße! Wir hätten ihn kriegen können!«

Sie gab ihm das Telefon wieder zurück.

Einen Augenblick lang blieben sie schweigend sitzen.

»Meinst du, wer auch immer die Familie hier umgebracht hat, ist auch derjenige, der die Fäden zieht? Dein Asasel?«, fragte sie.

»Ich weiß es nicht.«

»Um Gottes willen, Rouche. Was geht hier bloß vor sich?«

Er lächelte traurig, streckte seine Hand unter dem Vordach hervor in den immer dichter fallenden Schnee.

»Der Himmel stürzt ein.«

KAPITEL 16

Sonntag, 13. Dezember 2015

18.13 Uhr

Der Schneesturm war früher als angekündigt herangezogen, hatte die Provinz New York unter einer frischen, dicken Pulverschicht begraben. Dazu tobte ein eiskalter Wind. Noch bevor die Heizung im Auto überhaupt richtig warm war, mussten sie den New England Thruway wegen eines liegengebliebenen Autos zirka 800 Meter weiter, einem der ersten Opfer des Schneesturms dieser Nacht, verlassen. Curtis war den blinkenden orangefarbenen Anweisungen auf einem hastig aufgestellten Informationsschild und den anderen langsam voranschleichenden Fahrzeugen gefolgt und auf die Route One gelangt.

Baxter merkte, dass sie hinten im Wagen eindöste. Das Bild, das sich vor den Fensterscheiben bot, erinnerte an atmosphärische Störungen auf einem Bildschirm. Im Wageninneren strömte nach Leder duftende heiße Luft aus den Belüftungsschlitzen des schläfrig beleuchteten Armaturenbretts. Das Geräusch der Reifen, die über Schnee rollten, wirkte entspannend, wie ein sanft plätschernder Bach, gleichzeitig plapperte der Polizeifunk, verschiedene Stimmen gaben Meldungen über Autounfälle, Kneipenschlägereien und Einbrüche durch.

Der Tag hatte ihr einiges abverlangt, allen Beteiligten. Am

Tatort hatte sie sich professionell verhalten, sich derselben lebensmüden Einstellung bedient, die ihr auch schon bei der Bewältigung der mitunter härtesten Aufgaben ihrer Karriere geholfen hatte. Aber jetzt, wo sie auf dem Rücksitz eines dunklen Wagens saß, sah sie nur noch die auf dem Boden aufgereihten Leichen im Keller vor sich: gefesselt und blind, eine ganze massakrierte Familie.

Obwohl sie wusste, dass es vollkommen unvernünftig war, dachte sie mit einer gewissen Verbitterung an Thomas, Tia und die kleine Handvoll von Freunden, zu denen sie gelegentlich noch Kontakt hielt. Welche Schrecken hatten sie im Lauf des Tages ereilt? Waren sie auf dem Weg zur Arbeit nass geworden? Hatte man ihnen bei Starbucks den falschen Kaffee serviert? Hatte ein Kollege eine abfällige Bemerkung gemacht?

Keiner von ihnen hatte eine Ahnung, was es bedeutete, bei der Mordkommission zu arbeiten. Keiner von ihnen konnte sich auch nur vorstellen, was sie sich ansehen und einprägen musste.

Keiner von ihnen war stark genug.

Diese Art von Verachtung gegenüber Menschen, die ein einfacheres, alltäglicheres Leben lebten, war nicht ungewöhnlich für Polizisten. Ohne Zweifel war das der Grund, weshalb so viele ihrer Kollegen Beziehungen zu Kollegen im Polizeidienst hatten. Natürlich gab es dafür auch noch andere Gründe: die Schichtarbeit, die enge Zusammenarbeit, die gemeinsamen Interessen, aber Baxter hatte eine eigene Erklärung dafür. So ungern man es auch zugeben wollte, unter dem Strich kam einem alles und jeder außerhalb des Jobs ein bisschen … belanglos vor.

»Alles klar bei dir, Baxter?«

Rouche drehte sich zu ihr um, sah sie an.

Sie hatte nicht zugehört: »Hm?«

»Das Wetter wird immer schlimmer«, wiederholte Rouche. »Wir haben gesagt, dass wir vielleicht irgendwo anhalten und was essen wollen.«

Baxter zuckte mit den Schultern.

»Sie hat nichts dagegen«, gab Rouche Baxters Antwort an Curtis weiter.

Baxter schaute zum Fenster hinaus. Ein überfrorenes Schild verkündete, dass sie jetzt nach Mamaroneck hineinfuhren, wo auch immer das sein mochte. Mehr weiße Flocken, als sie im Leben je gesehen hatte, fielen vom Himmel, sie konnte kaum noch die Gebäude erkennen, die die Hauptstraße säumten. Rouche und Curtis spähten durch das Schneetreiben, suchten ein Restaurant.

»Würdest du mir meine Jacke geben, bitte?«, bat Rouche, der anscheinend optimistisch war, dass sie bald etwas finden würden. Baxter nahm die Jacke vom Sitz neben sich. Als Rouche sich bei ihr bedankte und die Jacke durch die Lücke zwischen den beiden Vordersitzen zog, fiel etwas aus einer der Taschen direkt neben ihre Füße. Sie griff in den Fußraum, bis sie ein zerknülltes Papier fand. Sie wollte es gerade Rouche geben, als ihr der Name Glenn Arnolds oben am Rand auffiel.

Sie behielt Rouches Hinterkopf im Blick und faltete den Zettel vorsichtig auseinander.

»Was ist das da links?«, fragte Curtis und zeigte auf mehrere Fahrzeuge, die die Hauptstraße verlassen hatten.

»Diner und Pizza!«, rief Rouche aufgeregt. »Alle einverstanden?«

»Klingt gut«, erwiderte Baxter zerstreut, während sie versuchte, das Papier irgendwie in dem Licht der vorbeiziehenden Gebäude zu lesen.

Es handelte sich um eine Blutanalyse aus der Gerichtsmedizin. Auch wenn ihr die Liste mit den Medikamenten und Chemikalien nichts sagte, hatte die Pathologin doch bestimmte Zeilen unterstrichen, da diese offenbar von Bedeutung waren.

Warum hatte Rouche sie ihr vorenthalten? Sie überlegte, ob sie ihn sofort an Ort und Stelle zur Rede stellen sollte, doch dann drehte er sich lächelnd zu ihr um:

»Ich weiß nicht, wie es dir geht, aber ich könnte ein Bier vertragen.«

Sie lächelte zurück und zerknüllte das Papier auf ihrem Schoß, während Curtis dem Fahrzeug vor ihnen auf einen Parkplatz folgte, der aus allen Nähten platzte. Nachdem Rouche sie überredet hatte, ließ sie den Wagen verbotenerweise irgendwo am Rand stehen. Baxter zog ihre Mütze und ihre Handschuhe über. Rouche ließ seinen Ausweis in der Windschutzscheibe liegen, was er für eine ausreichende Legitimation dafür hielt, dass sie den Rasen, das Blumenbeet oder was auch immer sich unter der Schneedecke verbarg, plattgewalzt hatten.

Sie stiegen aus dem Wagen in den matschigen Schnee, zogen ihre Jacken fester an sich und gingen zum Eingang des Restaurants. Eine Schlange von mindestens zwei Dutzend Menschen quoll aus der Tür und drängte sich möglichst dicht an die Fenster, die auf der anderen Seite mit Wärme und warmen Speisen lockten und die Wartenden in ihrem Vorhaben bestärkten, doch noch hineinzugelangen. Während Rouche und Curtis sich anstellten, entschuldigte Baxter sich, um zu telefonieren.

Sie bewegte sich außer Hörweite Richtung Hauptstraße, wo eine winzige Kirche wie für eine Weihnachtspostkarte posierte – die Idylle wurde nur durch Dunkin' Donuts gegenüber ruiniert. Sie rief Edmunds an. Nach ein paarmal Klingeln sprang die Mailbox an.

»Ich muss mit dir reden. Ruf mich an«, lautete ihre knappe Botschaft.

Anstatt zu ihren Kollegen zurückzukehren, die sich in der Zwischenzeit keinen Zentimeter in der Schlange weiterbewegt hatten, setzte sie sich an die Wand und wartete in der Hoffnung, dass Edmunds gleich zurückrufen würde.

Sie musste *wirklich* mit ihm reden.

Eine Familie vorne in der Schlange wurde eingelassen, weshalb Curtis und Rouche sich ganze zwei befriedigende Schritte auf die Tür zubewegen konnten. Sie sahen Baxters Silhouette auf der anderen Straßenseite, ihr Handydisplay beleuchtete ihr Gesicht.

»Ich hatte wirklich gedacht, wir wären bei den Ermittlungen vorangekommen«, sagte Curtis traurig. »Und jetzt das: wieder eine Sackgasse.«

Rouche war sicher, dass sie an Glenn Arnolds dachte, an den unschuldigen Mann, den sie hatte töten müssen. Er staunte wirklich, dass sie überhaupt noch in der Lage war zu arbeiten, so zutiefst am Boden zerstört, wie sie noch vierundzwanzig Stunden zuvor gewesen war. Während ihrer nächtlichen Unterhaltung nach dem Knastaufstand hatte sie ihm von ihrer politisch mächtigen Familie erzählt. Seither war ihm umso mehr aufgefallen, dass Lennox Curtis vorzog und schützte, ihr eine Sonderbehandlung zuteilwerden ließ.

Er fand es durchaus eigenartig, dass Curtis nicht begriff, dass ihre berufliche Erfolgsbilanz und ihr rasanter Aufstieg, womit sie glaubte, ihrer Familie eins auszuwischen, ihr nur wegen ebendieser überhaupt möglich waren. Alle anderen wären von dem Fall abgezogen worden und hätten erst einmal wochenlang Einschätzungen und Beurteilungen über sich ergehen lassen müssen, aber weil Curtis Beziehungen und jetzt auch noch etwas gutzumachen hatte, war sie noch dabei.

»Wir kommen ja auch voran«, sagte Rouche und lächelte

ermutigend. »Wir hätten die Banthams noch nicht finden sollen. Alle anderen Leichen wurden uns vorgeführt, aber diese hier … kein Theater, kein Publikum, sie waren versteckt. Und das bedeutet, wir befinden uns auf der richtigen Spur. Eine tote Puppe, vielleicht wurde Bantham zum Mord gezwungen … *vielleicht* hat er sich widersetzt.«

Curtis nickte, dann durften sie sich ein kleines Stück in der Schlange weiter nach vorne schieben.

»Ich wünschte nur, wir hätten sie retten können«, sagte sie.

Wie Rouche gesagt hatte, war Arnolds ihr erster und möglicherweise einziger lebender Verdächtiger gewesen. Er alleine hätte ihnen die Informationen beschaffen können, die sie so dringend brauchten, und Curtis hatte diesen Vorteil verschenkt. Er konnte ihr ansehen, dass sie sich fragte, ob sie die Familie Bantham rechtzeitig erreicht hätten, wenn sie anders entschieden hätte.

»Wir müssen als Team zusammenarbeiten«, sagte Rouche.

Curtis folgte seinem Blick zu Baxter, die offenbar ihr Handy vor lauter Zorn über einen Zaun geworfen hatte und nun mühsam versuchte, es wiederzufinden.

Beide mussten grinsen.

»Ich hab meine Befehle«, sagte sie ihm.

»Unkluge Befehle.«

Curtis zuckte mit den Schultern.

»Das funktioniert nicht, Baxter aus den Ermittlungen herauszuhalten. Schau dir doch mal an, was heute passiert ist«, sagte Rouche.

»Ja, schauen wir uns an, was heute passiert ist«, blaffte Curtis. »Sie wusste, dass wir uns auf den Psychiater konzentrieren müssen – woher? Von uns kam das nicht. Vielleicht behält sie selbst ein paar Dinge für sich. Hast du dir das mal überlegt?«

Rouche seufzte und beobachtete Baxter:

»Und wenn Lennox dir befiehlt, dass du mich raushalten sollst?«

Curtis schaute ein bisschen betreten. Sie zögerte: »Dann würde ich dich raushalten.«

Sie hielt seinem Blick stand und nickte, als wäre sie unsicher, würde sich aber auf keinen Fall entschuldigen oder nachgeben wollen.

»So einfach?«

»So einfach.«

»Ich mache es dir leicht«, sagte Rouche. »*Ich* werde ihr von den Medikamenten erzählen. Mir hat niemand befohlen, es nicht zu tun, und selbst wenn, würde ich mich nicht daran halten.«

»Wenn du das machst, sage ich Lennox, dass du dich über meine ausdrücklichen Wünsche hinweggesetzt hast. Dann zieht sie dich von dem Fall ab.«

Curtis konnte ihm nicht mal mehr in die Augen blicken. Sie drehte sich um und sah, dass eine weitere Gruppe hereingelassen worden war und es wieder ein Stück weiterging. Sie waren fast am Eingang angelangt. Wenig später schaute sie Rouche wieder an.

»Und jetzt fühle ich mich schrecklich«, sagte sie. »Die Chili Cheese Fries gehen auf mich.«

Rouche guckte immer noch ein bisschen beleidigt.

Curtis seufzte: »Und ein Milkshake.«

Die gute Nachricht war, dass es Baxter unter Zuhilfenahme aller Schimpfwörter, die ihr zur Verfügung standen, und eines großen Stocks gelungen war, an ihr Handy zu kommen. Die schlechte Nachricht war, dass Edmunds immer noch nicht zurückgerufen hatte. Sie zitterte in einem fort, auch weil sie inzwischen nasse Füße hatte: Ihre Stiefel waren nicht wasserdicht. Erneut wählte sie Edmunds' Nummer und wartete, dass die Mailbox ansprang:

»Ich bin's. Scheißtag. Sieht aus, als hättest du recht gehabt mit dem Therapeuten, aber … es ist komplizierter. Erzähl ich dir später. Und noch was: Der CIA-Agent, Damien Rouche, du musst mir mehr Informationen über ihn beschaffen. Und bevor du damit anfängst … nein. Ich bin nicht paranoid, und ich weiß, dass es nicht die ganze Welt auf mich abgesehen hat, aber ich habe etwas gefunden, und du musst mir jetzt schlicht vertrauen. Schau einfach mal, was du herausfindest, okay? Okay. Tschüs.«

»Chili Cheese Fries …«, fing Rouche an, der nur wenige Meter entfernt stand.

Baxter stieß einen spitzen Schrei aus, rutschte aus und fiel unsanft auf den Boden.

Rouche half ihr auf.

»Geht schon«, fuhr sie ihn an und hielt sich den schmerzenden Hintern.

»Ich wollte nur, dass du weißt, dass jetzt ein Tisch für uns frei ist und Curtis eine Runde Chili Cheese Fries spendiert.«

»Gleich.«

Sie sah, wie er die Straße überquerte und zu dem Restaurant zurückging. Sie fasste sich wieder. Wie viel hatte er gehört? Wahrscheinlich egal.

Er verheimlichte ihr etwas.

So oder so, sie würde herausfinden, warum.

KAPITEL 17

Montag, 14. Dezember 2015
8.39 Uhr

Gerade nachgesehen – er ist ein gemeiner Supergangster und frühstückt Katzenbabys. Gute Entscheidung! ;-) Ich ruf dich in der Mittagspause an x

Edmunds drückte auf Senden, wusste aber, dass er dafür einen Anschiss kassieren würde, wenn Baxter aufwachte.

»Wieder am Handy?«, fragte eine nasale Stimme vom Schreibtisch gegenüber, und Edmunds ließ das Telefon in der Tasche verschwinden.

Er ignorierte die Frage und loggte sich erneut in seinen Computer ein. Er verachtete den wehleidigen Arschkriecher, mit dem er zusammenarbeiten musste: Mark Smith. Kaum zu glauben, aber sein Name war noch das Interessanteste an ihm. Edmunds musste nicht einmal hinsehen, er wusste auch so, dass der Dreißigjährige mit dem Bürstenhaarschnitt auch heute wieder einen zwei Nummern zu großen Anzug und ein gelblich verfärbtes Hemd mit Schweißflecken unter den Achseln trug. Seinetwegen roch es im ganzen Büro muffig.

Mark räusperte sich.

»Ich sagte: Wie ich sehe, bist du schon wieder mit deinem

Telefon beschäftigt«, wiederholte er hartnäckig, als Edmunds nicht reagierte.

Ganz im Geiste Baxters beugte Edmunds sich an seinem Computer vorbei und zeigte dem kleinkarierten Kollegen den Mittelfinger.

»Siehst du das auch?«, fragte er, dann widmete er sich wieder seinem Bildschirm.

Edmunds' für seine Verhältnisse untypische Feindseligkeit war vollkommen gerechtfertigt. Es war inzwischen kaum noch vorstellbar, aber es hatte eine Zeit gegeben, in der er sich von seinen Kollegen eingeschüchtert gefühlt hatte, sich von diesem unscheinbaren Wadenbeißer hatte unter Druck setzen lassen. Das war so weit gegangen, dass er sich morgens davor gefürchtet hatte, zur Arbeit zu gehen.

Aber das war jetzt schon eine ganze Weile her und lag vor der Zeit, als er, vorübergehend in die Abteilung für Mord und Schwerstkriminalität versetzt, an den Ragdoll-Fällen gearbeitet und in Baxter eine ständig gereizte, hin und wieder unerträgliche, aber auch ungeheuer inspirierende Mentorin gefunden hatte.

Niemand traute sich, sie von oben herab zu behandeln. Das würde sie sich nicht gefallen lassen. Sie ließ sich einfach überhaupt keinen Blödsinn bieten, weder von Vorgesetzten noch von sonst irgendwem.

Edmunds lächelte bei dem Gedanken an die Dickköpfigkeit seiner besten Freundin. Manchmal war sie ein Alptraum.

Er konnte sich lebhaft an den Tag erinnern, an dem er sich entschlossen hatte, den Antrag auf Versetzung zu stellen. Er hatte immer schon Detective bei der Mordkommission werden wollen, dafür hatte er Kriminalpsychologie an der Universität studiert, war aber aufgrund seiner angeborenen Begabung für Zahlen, seines guten Blicks für Strukturen sowie eines gewissen

Mangels an Selbstbewusstsein auf einer einigermaßen sicheren Stelle im Betrugsdezernat gelandet. Dann hatte er Tia kennengelernt. Sie waren zusammen in ein kleines Haus gezogen, eine ehemalige Sozialwohnung, die bis dahin sämtlichen Modernisierungsversuchen erfolgreich widerstanden hatte. Und dann war Tia schwanger geworden.

Sein gesamtes Leben schien bereits in Stein gemeißelt … und genau das war das Problem gewesen.

Nachdem Mark und die anderen Lakaien mit ihren zusammengewachsenen Augenbrauen es ihm mal wieder besonders schwergemacht hatten, hatte Edmunds sich unter einem Vorwand aus einer Teamsitzung entfernt, seine Bewerbung eingereicht und damit seinen Traum verwirklicht. Seine Kollegen hatten ihn ausgelacht, als sie es erfuhren. Tia und er stritten, als er nach Hause kam, und zum ersten Mal in ihrer Beziehung hatte sie ihn über Nacht aufs Sofa verbannt. Aber er ließ sich nicht umstimmen. Endlich hatte ihn der Hass auf seine Kollegen, die Langeweile in seinem Job und die Tatsache, dass seine Talente dort ungenutzt blieben, dazu getrieben, etwas zu unternehmen.

Die Entscheidung, sich wieder ins Betrugsdezernat zurückversetzen zu lassen, war eine der schwersten seines Lebens gewesen, und es war ihm alles andere als leichtgefallen, sich am Tag nach seiner Rückkehr wieder auf denselben Platz zu setzen, den er ein halbes Jahr zuvor geräumt hatte. Die gesamte Abteilung vermutete, dass er es einfach nicht geschafft hatte, dass er nicht das Zeug für die Mordkommission hatte. Niemand wunderte sich darüber, dass er sich offensichtlich doch besser für Tabellenkalkulationen eignete als für Leichen. Tatsächlich war er während der kurzen Zeit dort regelrecht aufgeblüht und hatte wesentlich zur Klärung der Ragdoll-Morde beigetragen. Auch deshalb war er gereizt ins Betrugsdezernat zurückgekehrt. Die Kollegen dort hatten keine Ahnung, was ihm alles gelungen war, als er am größten Fall der jüngeren Geschichte hatte arbeiten dürfen.

Das wusste niemand.

Die Krönung seiner investigativen Errungenschaften war der Öffentlichkeit angeblich aus Gründen der Geheimhaltung verborgen geblieben. Stattdessen hatte man sie mit einer Flut von Halbwahrheiten abgespeist, um die Integrität der Metropolitan Police zu wahren und auch die von Detective Fawkes. Edmunds war einer der wenigen, die das beschämende Geheimnis der Met kannten und wussten, was sich wirklich in jenem blutbesudelten Gerichtssaal zugetragen hatte, doch Baxter zuliebe war ihm keine andere Wahl geblieben, als zu schweigen.

Verbittert hatte er die offizielle Presseerklärung zu Wolfs Verschwinden aufbewahrt und las sie von Zeit zu Zeit durch, um sich in Erinnerung zu rufen, dass andernorts nicht unbedingt alles besser war. Und tatsächlich begriff er allmählich, dass es keine Rolle spielte, wo man stand.

Überall verbrannte Erde:

... daher wird Detective William Fawkes zur Vernehmung vorgeladen, wobei es um eine Reihe von Fragen gehen wird, die sich aus den Ermittlungen im Ragdoll-Fall ergeben, sowie um den Vorwurf der Körperverletzung im Zuge der Festnahme von Lethaniel Masse, der unter bleibenden medizinischen Problemen leidet.

Wer sich im Besitz von Informationen befindet, die seinen aktuellen Aufenthaltsort betreffen, möge sich unverzüglich mit der Polizei in Verbindung setzen.

Das war's. Sie wollten ihm Fragen stellen.

Edmunds wurde schlecht, wenn er nur daran dachte. Wolf

war auf der Prioritätenliste ganz schnell nach unten gerutscht, nachdem sie mit ihren halbherzigen Versuchen, ihn aufzuspüren, so wenig erfolgreich gewesen waren.

Edmunds hätte am liebsten eigene Ermittlungen angestellt, aber ihm waren die Hände gebunden: Würde er Wolf verfolgen, riskierte er, dass herauskam, inwiefern Baxter seine Flucht erst ermöglicht hatte. Er konnte nichts tun, als gehorsam die Ungerechtigkeit hinzunehmen, dass Wolf davongekommen war und sein eigener Beitrag in dem Fall, den verwässerten Berichten der Ereignisse zufolge, kaum über das Verbreiten von Kaffeeküchentratsch hinaus gegangen war.

Deshalb empfand er eine tiefe Verachtung für seine Kollegen, seinen Job, sein Leben: Alle hielten ihn für einen Niemand.

»Du weißt, dass private Handys hier drin gar nicht zulässig sind«, murmelte Mark, als Edmunds seinen Computer hochfuhr.

Er hatte fast schon vergessen, dass er überhaupt da war: »O Gott, ich hasse dich, Mark.«

Er spürte sein Handy in der Tasche vibrieren, nahm es demonstrativ heraus und beantwortete eine SMS von Tia.

»Und …«, wollte Mark fortfahren.

»Sprich mich nicht an.«

»… wo waren wir gestern?«, beendete er den Satz und hatte Mühe dabei, seine Aufregung zu zügeln. »Du warst nachmittags eine ganze Zeit lang nicht aufzufinden. Ich brauchte Informationen von dir und hab Gatiss gefragt, ob er vielleicht weiß, wo du steckst, aber er wusste es auch nicht.«

Edmunds konnte das Grinsen in Marks Stimme hören. Diese selbstgefällige miese Schlange war direkt ins Zimmer des Chefs gekrochen, kaum dass er, Edmunds, den Raum verlassen hatte, um mit Baxter über wirklich wichtige Dinge zu sprechen.

»Ich habe ihm gegenüber erwähnt, dass du vermutlich ein

wichtiges Telefonat führst«, fuhr Mark fort, »da du dein Handy ja ständig in der Hand hast und alle paar Minuten draufschaust.«

Edmunds ballte die Fäuste. Er war nie gewalttätig gewesen und besaß auch gar nicht die Statur dafür, aber irgendwie wusste Mark genau, welche Knöpfe er drücken musste. Er gönnte sich ein paar Minuten, um sich vorzustellen, wie er die hässliche Visage seines Kollegen gegen den Computerbildschirm rammte. Dann schaute er wieder auf seinen, nur um festzustellen, dass er schon wieder automatisch ausgeloggt worden war. Es war erst kurz vor 9 Uhr und das bedeutete, dass sein Arbeitstag offiziell noch gar nicht begonnen hatte.

Er seufzte schwer.

* * *

Baxter nickte für den Bruchteil einer Sekunde ein. Als sie sich aufrichtete, merkte sie, dass sie nichts verpasst hatte. Die Schwachsinn absondernde Frau sonderte immer noch Schwachsinn ab. Rouche, Curtis und sie hatten drei nebeneinanderliegende Räume im 9th Precinct des NYPD besetzt, um die siebzehn Teilnehmer des *Streets to Success*-Programms schneller abarbeiten zu können. Sie alle hatten das gutgemeinte, rückblickend aber eher kontraproduktive Angebot einer kostenlosen »Lebensberatung« in Anspruch genommen.

Baxter tat die von Drogen zermürbte Frau leid, bei der das Programm wohl so gar nicht funktioniert hatte.

Von den fünf identifizierten Killern war nur Glenn Arnolds Patient bei Dr. Bantham beziehungsweise der prestigeträchtigen Gramercy Practice gewesen. Die preiswertere Alternative, ein gewisser Phillip East, hatte sowohl Eduardo Medina wie auch Marcus Townsend in seiner eher vagen Funktion als »Lebensberater« betreut. Sie hatten ebenso herausgefunden, dass zumindest Dominic Burrell Kontakt zu Dr. Alexei Green hatte, den Curtis damals im Gefängnis vernommen und mit dem sie sogar ein bisschen geflirtet hatte. Aber es gab keinerlei Beleg dafür, dass Patrick Peter Fergus je in Therapie gewesen war.

Die Versuche sowohl der britischen wie auch der amerikanischen Teams, East und Green zu kontaktieren, waren bisher erfolglos geblieben, was weiterhin auf eine Tatbeteiligung der Therapeuten verwies, auch wenn die näheren Zusammenhänge noch sehr unklar waren. Da niemand wusste, ob die beiden die Morde federführend geplant hatten oder irgendwann selbst wie Dr. Bantham tot aufgefunden würden, hatte Curtis vorgeschlagen, zunächst die Patientenlisten durchzugehen. Bislang hatte sich dies aber als Zeitverschwendung erwiesen.

Baxter entließ die Zeugin und stand auf, um sich Kaffee zu machen. Rouche war im Nachbarraum in ein Gespräch vertieft. Einen Augenblick lang beobachtete sie ihn misstrauisch, wie er mit einer Person außerhalb ihres Blickfelds scherzte und lachte, dann fiel ihr aber ein, dass sie Edmunds noch nicht von dem Fund im Haus der Banthams berichtet hatte.

Und es gab noch eine weitere Entwicklung. Über Nacht war die Hundestaffel einer Spur vom Haus zu einem Parkplatz wenige hundert Meter hinter dem Bach gefolgt. Einem Nachbarn war ein blauer oder grüner Transporter aufgefallen, der dort am Vormittag der Morde geparkt hatte. Allerdings waren in einer so ländlichen Gegend die Chancen verschwindend gering, dass eine Verkehrskamera etwas aufgezeichnet hatte.

Sie musste Edmunds endlich auf den aktuellen Stand bringen.

Vorbei an verschiedenen Leuten, die noch auf ihre Vernehmung warteten, trat sie hinaus auf die East 5th Street. Sie suchte sich eine Bank gegenüber der Wache und machte es sich auf einem noch warmen Abdruck bequem. Sie betrachtete die Gebäude, die an die Polizeiwache anschlossen: typisch New York.

Eines davon wurde gerade renoviert, Röhren ragten aus leeren Fenstern, führten an schneebedeckten Feuerleitern entlang bis nach unten in die Bauschuttcontainer. Das Ganze sah aus wie ein riesiges Leiterspiel.

Der Gedanke deprimierte sie, und sie nahm ihr Handy, um Edmunds anzurufen.

Ein Schritt vorwärts. Zwei zurück.

Edmunds wartete, bis sein Chef das Büro verließ, dann lud er Thomas' finanzielle Transaktionen der vorangegangenen Woche hoch. Nach einem kurzen Blick auf den Drucker, um sich zu vergewissern, dass er frei war, klickte er auf den entsprechenden Befehl und stand von seinem Schreibtisch auf. Das Gerät spuckte die warmen Seiten aus. Sofort nahm er sie, wobei ihm auffiel, dass es mehr waren als sonst, vermutlich weil Weihnachten vor der Tür stand.

Er tastete nach seinem vibrierenden Handy in der Hosentasche und schaute so diskret wie möglich auf das Display. Plötzlich spürte er Marks Blick im Rücken. Schnell stopfte er sich die ausgedruckten Blätter in die Tasche seines Jacketts und eilte nach draußen, um den Anruf entgegenzunehmen.

Kaum war Edmunds außer Sichtweite, lehnte Mark sich zu dessen Arbeitsplatz vor und stieß die Maus an, um zu verhindern, dass Edmunds ausgeloggt wurde. Dann stand er auf und setzte sich vor Edmunds' Bildschirm.

»Mal sehen, was du da treibst«, flüsterte er und ging die zuletzt geöffneten Seiten durch: BBC News, eine Karte von Manhattan, dienstliche E-Mails.

Marks Augen leuchteten, als er einen Tab mit Edmunds' persönlichem E-Mail-Account entdeckte. Zu seiner Enttäuschung jedoch war er bereits ausgeloggt, als er ihn anklickte. Aber egal. Er hatte, was er brauchte: die persönlichen Kontoauszüge eines gewissen Mr. Thomas Alcock waren geöffnet, obwohl sich auf Edmunds' Schreibtisch keinerlei Unterlagen fanden, die ein Eindringen in die Privatsphäre dieser Person rechtfertigten. Illegale Nachforschungen über eine Zivilperson waren ein sehr schwerwiegendes Vergehen.

Mark konnte seine Freude kaum verbergen, als er sich Thomas' Kontoauszüge ausdruckte, um sie Gatiss als Beweis vorzulegen.

Endlich hatte er ihn.

KAPITEL 18

Montag, 14. Dezember 2015
10.43 Uhr

Baxter zitterte.

Sie telefonierte nun schon viel zu lange und völlig unzureichend gekleidet draußen in der Kälte. Edmunds lauschte schweigend, als sie ihm von der Familie Bantham erzählte, von dem verdächtigen Fahrzeug in der Nähe des Tatorts und dem Blatt mit den Blutwerten, das sie in Rouches Tasche gefunden hatte.

»Irgendwas ist da faul«, fuhr sie fort. »Ich bin nicht paranoid. Er telefoniert ständig, angeblich mit seiner Frau, und ich meine *die ganze Zeit*. Auch am Tatort. Du drehst dich um, und schon ist er wieder verschwunden, führt mysteriöse Gespräche, anstatt sich um seine Arbeit zu kümmern.«

»Was solltest du denn jetzt eigentlich machen? Wahrscheinlich auch nicht mit mir telefonieren«, sagte Edmunds in seiner Rolle des *advocatus diaboli*.

»Das ist was anderes.«

»Vielleicht redet er ja wirklich mit seiner Frau.«

»Ach, komm schon. Niemand spricht *so* oft mit seiner Frau. Und die Liebe ist ja noch nicht einmal so groß, dass er mit ihr auf demselben Kontinent lebt. Mir kommt er eigentlich nicht besonders zuwendungsbedürftig vor«, sagte Baxter zähneklappernd. Sie hatte die Beine angezogen und sich so klein wie möglich gemacht. »Er ist auf eigenartige Weise ein ziemlicher Heimlichtuer, und jetzt enthält er mir auch noch wichtige Beweise vor. Würdest du dem *bitte* für mich nachgehen?«

Edmunds zögerte, er war sicher, dass nichts Gutes dabei herauskommen würde, wenn er in den Angelegenheiten eines Kollegen herumschnüffelte:

»Na schön, aber ich …«

»Warte«, unterbrach Baxter, als sie Rouche und Curtis aus dem Haupteingang der Wache laufen sah. Sie stand auf.

»Phillip East wurde gefunden!«, rief Curtis ihr über die Straße zu.

»Ich muss Schluss machen«, sagte Baxter zu Edmunds.

Sie beendete das Gespräch und rannte in Richtung Wagen. Als sie zu Curtis und Rouche aufschloss, drückte Rouche ihr Mantel und Tasche in die Hand.

»Danke, aber du hast meine Mütze vergessen«, sagte Baxter, um dem Mann, den sie gerade ausspionieren ließ, nicht dankbar sein zu müssen.

Sie stiegen in den Wagen. Curtis wendete und fuhr mit quietschenden Reifen an. Als Baxter ihren Mantel überzog, landeten Mütze und Handschuhe in ihrem Schoß.

* * *

Edmunds kehrte in sein Büro zurück, und beim Anblick von Marks leerem Schreibtisch besserte sich seine Laune. Er loggte sich in seinen Computer ein und wollte sich gerade wieder der stumpfsinnigen Aufgabe widmen, mit der er sich abgesehen von wenigen Unterbrechungen schon den ganzen Tag beschäftigt hatte, als er Blicke auf sich spürte. Mark beobachtete ihn von Gatiss' Büro aus, schaute aber schnell weg, als Edmunds ihn direkt ansah.

Leicht beunruhigt, schloss er alle Anwendungen, die nichts mit seinem Job zu tun hatten, und verstaute Thomas' Kontoauszüge ganz unten in seiner Tasche, nur für alle Fälle.

* * *

Enttäuschenderweise war Phillip Easts Anwalt schneller gewesen und befand sich bereits im Vernehmungsraum. Er hatte seinem Klienten zweifellos geraten, keine Fragen zu beantworten.

Lennox hatte auf Curtis' Eintreffen gewartet. Sie reichte einem Kollegen aus ihrem Team ein Handy und begrüßte die drei, indem sie direkt zur Sache kam:

»Er hat seinen Anwalt dabei. Finden Sie so viel wie möglich heraus, solange wir ihn hierhaben. Wobei ich ehrlich gesagt nicht glaube, dass das länger als eine halbe Stunde sein wird, gemessen an der Litanei von Drohungen, die mir sein Anwalt gerade heruntergebetet hat.«

»Wer ist sein Anwalt?«, fragte Curtis, als sie zusammen durchs Büro gingen.

»Ritcher«, erwiderte Lennox.

»Ach du Scheiße.«

Curtis hatte bereits früher mit ihm zu tun gehabt: ein bekanntermaßen kompetenter Strafverteidiger, der normalerweise engagiert wurde, um die Reichen und Mächtigen aus Schwierigkeiten herauszuhauen, in die sie sich mit ihrem Geld und ihrer Arroganz gebracht hatten. Schlimmer noch, er erinnerte sie an ihren Vater. Sie bezweifelte ernsthaft, ob sie unter diesen Umständen überhaupt etwas aus East herausbekommen würden.

»Viel Glück«, wünschte Lennox, als sie am Vernehmungszimmer ankamen. Sie blockte Baxter mit dem Arm. »Sie nicht.«

»Wie bitte?«, fragte Baxter.

Rouche wollte ebenfalls Einwände erheben, als Lennox fortfuhr:

»Nicht, solange Ritcher da drin sitzt. Wenn Sie den Mund aufmachen, brocken Sie uns noch eine Anzeige ein.«

»Aber …«

»Sie können zusehen. Thema beendet.«

Rouche zögerte, aber Baxter wiegelte ab und stampfte in den kleinen Nebenraum. Er trat in das Vernehmungszimmer und nahm neben Curtis Platz. Ritcher, auf der anderen Seite des Tisches, war genauso aufgeblasen und bitterböse, wie sein Ruf hatte vermuten lassen. Er war Ende fünfzig, hatte ein langes, kantiges Gesicht und dichtes weißes Haar. Im Vergleich zu ihm wirkte sein Klient, als hätte er weder genug geschlafen noch genug gegessen. Seine unscheinbare Gestalt füllte kaum seinen fadenscheinigen Anzug aus, und sein Blick sprang unruhig im Raum umher.

»Guten Morgen, Mr. East«, sagte Curtis freundlich. »Mr. Ritcher, freut mich, Sie zu sehen. Darf ich Ihnen etwas zu trinken anbieten?«

East schüttelte den Kopf.

»Nein«, erwiderte Ritcher. »Und nur zu Ihrer Information, Sie dürfen noch genau vier Fragen stellen.«

»Ist das so?«, fragte Rouche.

»Ja.«

»Wirklich?«

Ritcher wandte sich an Curtis:

»Vielleicht wären Sie gut beraten, Ihren Kollegen zu bitten, mich nicht zu provozieren.«

»Ist das so?«, fragte Rouche.

Curtis trat ihn unter dem Tisch.

Im Nebenraum schüttelte Baxter verzweifelt den Kopf:

»Die hätten mich da reinlassen sollen«, brummte sie.

»Ich habe eine Frage«, sagte Ritcher. »Mit welchem Recht zwingt das FBI meinen Klienten, hier zu erscheinen wie ein x-beliebiger Kleinkrimineller, obwohl es keinerlei Anlass zu der Vermutung gibt, dass er sich etwas hat zuschulden kommen lassen?«

»Wir haben versucht, ihn telefonisch zu erreichen«, sagte Rouche scheinbar gedankenverloren, »aber *Ihr Klient* und seine Familie haben es vorgezogen, ihren Wohnort zu verlassen und abzutauchen.« Rouche wandte sich direkt an den Therapeuten. »War's nicht so, Phillip?«

»Wir möchten Mr. East lediglich ein paar Fragen stellen, die unsere Ermittlungen betreffen. Mehr nicht«, sagte Curtis in dem vergeblichen Versuch, den schlechtgelaunten Anwalt zu beschwichtigen.

»Genau, Ihre *Ermittlungen*«, spottete Ritcher. »Ihre Vorgesetzte war so freundlich, mir einen Einblick in die Gedankengänge der Besten zu gewähren, die das FBI zu bieten hat. Danach hat man uns unsere persönlichen Gegenstände abgenommen, sollte uns das Bedürfnis ereilen, die Welt draußen an Ihrer beispiellosen Genialität teilhaben zu lassen: Sie finden einen toten Psychiater, der diesen Puppen-Freaks behilflich war, und verdächtigen nun – und das ist allerdings genial – alle anderen, die fürsorgerisch in diesem Bereich tätig sind, ebenfalls übler Machenschaften. Auf so etwas muss man erst mal kommen.«

»Ihr Klient hat *zwei* unserer Mörder beraten«, sagte Curtis.

Ritcher seufzte:

»Ich muss Sie korrigieren: Er hat *einen* Ihrer Verdächtigen in sozusagen offizieller Funktion beraten. Mit dem anderen hat er sich in seiner Freizeit beschäftigt, und zwar in Zusammenhang mit einer Wohltätigkeitsorganisation, die sich der Belange Obdachloser annimmt. Ein bewundernswertes Unterfangen – ich bin sicher, da werden Sie mir recht geben.«

East schaute mit weit aufgerissenen Augen zu Rouche, dann wieder auf den Tisch.

»Haben Sie Phillip schon einmal vertreten?«, fragte Rouche den widerspenstigen Anwalt.

»Ich sehe nicht, inwiefern das von Belang ist.«

»Ich schon.«

»Na schön«, sagte Ritcher verärgert. »Tatsächlich ist dies das erste Mal, dass ich Mr. ... East vertrete«, sagte er spitz.

»Wer bezahlt Sie für Ihre Dienste und wie?«

»Also, ich *weiß*, dass das nicht von Belang ist.«

»Ich vermute, Sie sind nicht billig«, fuhr Rouche fort. »Wenn es darum geht, den reichen Arschgesichtern Scheiße von den alles andere als weißen Westen zu kratzen, sind Sie doch der wichtigste Mann weit und breit.«

Ritcher lächelte und lehnte sich zurück. Rouche fuhr fort:

»Verzeihen Sie mir, wenn mir das ein kleines bisschen verdächtig vorkommt, dass ein Freizeittherapeut, der eigentlich als Bürokaufmann tätig ist und in einem Secondhand-Anzug zu seiner Vorladung erscheint, die Dienste eines RSK ...«

Alle schauten verwirrt.

»... eines Reiche-Scheiße-Kratzers«, klärte Rouche die Anwesenden auf, »in Anspruch nimmt, nur um ein paar Fragen zu beantworten, die er vorher nicht beantworten konnte, weil er mit seiner Familie abgetaucht war.«

»Versteckte sich in Ihren ausufernden und beleidigenden Bemerkungen eine Frage?«, erkundigte sich Ritcher.

»Fragen bringen uns hier nicht weiter«, sagte Rouche. »Sie beantworten sowieso keine. Nein: Ich *sage* Ihnen das.« Er zeigte auf die Akte, die vor Curtis lag, während East ihn nervös beobachtete. Curtis schob sie ihm betreten dreinblickend zu. Rouche fing an, die Akte durchzublättern. »Sie können mich gerne für einen Skeptiker halten, Phillip, aber als ich gehört habe, dass Sie nicht aufzufinden sind, habe ich vermutet, Ihr schlechtes Gewissen habe Sie dazu getrieben abzutauchen. Jetzt, wo ich Sie kennenlernen durfte, ist mir natürlich klar, dass Sie aus Angst verschwunden sind.«

Rouche blieb auf einer Seite hängen, wandte den Blick aber gleich wieder ab. Er nahm ein Foto aus der Akte und knallte es mitten auf den Tisch.

»Gott, Gütiger!«, keuchte Ritcher.

»Rouche!«, rief Curtis.

East allerdings schien fasziniert von der Schwarzweißaufnahme, die die gesamte Familie Bantham zeigte, mit Säcken über den Köpfen, gefesselten Armen und Beinen, leblos in einer Reihe, so wie Baxter sie gefunden hatte.

»Das ist James Bantham, ein Psychotherapeut, einer von Ihnen«, erklärte Rouche. Ihm fiel auf, dass East nervös den Stoff seines viel zu weiten Hemdes von seiner Brust wegzog.

»Das ist seine Frau neben ihm und ihre beiden Jungs dahinter.«

East wirkte hin- und hergerissen. Er konnte den Blick nicht von dem Foto lassen. Das Geräusch seines immer schneller werdenden Atems erfüllte den kleinen Raum.

»Bantham hat uns nichts erzählt«, sagte Rouche mit übertriebenem Bedauern. »Wahrscheinlich dachte er, dass er sie schützen kann.«

Ritcher griff nach der verstörenden Aufnahme und drehte sie um.

»Auf Wiedersehen, Agent Rouche«, sagte Ritcher und stand auf.

Ärgerlicherweise war die einzige Person, die Rouches Namen

gleich beim ersten Mal richtig aussprach, auch die einzige, von der er sich wünschte, sie würde ihn schnell wieder vergessen.

»Wir, wir haben noch Fragen!«, stammelte Curtis.

»Davon bin ich überzeugt«, erwiderte Ritcher.

»Phillip«, sagte Rouche, als der Anwalt versuchte, seinen Klienten aus dem Zimmer zu schieben.

»Phillip!«

East drehte sich zu ihm um.

»Wenn *wir* Sie gefunden haben, finden *die* Sie auch.« Rouche wusste, dass dies die Wahrheit war, auch wenn er bei der Beantwortung der Frage, wer »die« eigentlich waren, kein bisschen weitergekommen war.

»Ignorieren Sie ihn einfach«, wies Ritcher East an, führte ihn nach draußen und ging seine beschlagnahmten persönlichen Gegenstände abholen.

»Scheiße!«, sagte Curtis, als sie die beiden Männer durch das geschäftige Hauptbüro davongehen sah. »Wir haben nichts rausbekommen.«

»Wir dürfen ihn nicht gehenlassen«, sagte Rouche und zog die Handschellen aus seiner Tasche.

»Aber Lennox hat gesagt …«

»Scheiß auf Lennox.«

»Sie wird dich von dem Fall abziehen, noch bevor du überhaupt wieder im Vernehmungszimmer bist.«

»Aber wenigstens wird es noch einen Fall geben.«

Er schob sich an ihr vorbei und rannte den beiden Männern hinterher, die am Aufzug warteten.

»Phillip!«, rief er quer durchs Büro.

Die Aufzugtüren öffneten sich, und die beiden Männer traten ein.

»Phillip!«, schrie Rouche noch einmal in Richtung der sich schließenden Türen. »Warten Sie!«

Die letzten Meter rannte er, stieß jemanden zur Seite und schob seine Hand in den schmalen, noch offenen Spalt. Die Metalltüren ratterten und öffneten sich erneut mit Ritcher und East.

Baxter stand ebenfalls in der kleinen Aufzugskabine, in ihren Mantel eingewickelt und unter der Mütze kaum zu erkennen.

»Welcher Stock?«, fragte sie unschuldig.

Rouche steckte seine Handschellen zurück in die Tasche, zog stattdessen eine seiner Visitenkarten heraus und überreichte sie dem Therapeuten.

»Falls Ihnen doch noch was einfällt ...«, sagte er und ließ die Türen sich schließen.

Curtis holte ihn ein, als die Zuschauer, deren Blicke er auf sich gelenkt hatte, das Interesse bereits verloren.

»Hast du ihn jetzt doch gehenlassen?«, fragte sie verwirrt.

»Nein.«

* * *

Die letzte halbe Stunde des Tages zog sich endlos in die Länge, und Edmunds konnte es nicht abwarten, nach Hause zu fahren und sich wieder in den Mordfall zu vertiefen. Das jüngste Update von Baxter hatte ihn in Gedanken bereits den ganzen Nachmittag beschäftigt, und so erschütternd das Eingeständnis auch war, er hatte es aufregend gefunden. Er liebte die Herausforderung eines ungelösten Rätsels, der Fall bot ebendas. Berater und Therapeuten stellten die Verbindung zwischen den Beteiligten her, da war er sich von Anfang an sicher gewesen, aber eigentlich wurde die Sache dadurch noch komplizierter.

»Hast du einen Augenblick Zeit?«, fragte Mark direkt hinter ihm, und Edmunds zuckte vor Schreck zusammen.

Er hatte abwesend auf seinen Bildschirm gestarrt.

»Bei Gatiss im Büro«, setzte Mark hinzu und konnte sich ein Grinsen nicht verkneifen.

Edmunds hatte mit irgendeiner Art von Vergeltung gerechnet, und so stand er auf und folgte Mark durch den Raum. Er hoffte nur, dass es bei einem Klaps auf die Finger bleiben würde.

Kaum hatte er die Schwelle überschritten, sah er Thomas Gatiss gegenüber am Schreibtisch sitzen. Offensichtlich ging es nicht um den Anruf. Als Mark die Tür hinter ihnen schloss, setzte Edmunds sich neben seinen Freund und blickte ihn nervös an.

Mark zog sich am anderen Ende des Schreibtischs einen Stuhl heran.

»Tut mir leid, Mr. Alcock, dass ich Sie hierherbeordern musste«, sagte Gatiss.

Edmunds' Chef war ein untersetzter, kahler Mann mit wütenden kleinen Augen.

»Schon in Ordnung«, erwiderte Thomas freundlich.

»Ich wurde auf etwas aufmerksam gemacht, das Sie, wie ich fürchte, betrifft. Daher hielt ich es für das Beste, Sie einzuladen, damit wir der Sache gleich an Ort und Stelle auf den Grund gehen können.«

Edmunds gefiel die Richtung nicht, die das Gespräch nahm. Er hatte immer so sehr darauf geachtet, seine Spuren zu verwischen.

»Fangen wir vorne an«, sagte Gatiss. »Kennen Sie beide sich?«

»Ja«, erwiderte Thomas und lächelte Edmunds an. »Alex ist ein guter Freund und ehemaliger Kollege meiner Freundin.«

Thomas wie auch Edmunds verzogen das Gesicht. Der Begriff wirkte in Bezug auf Baxter irgendwie unpassend. Mark beobachtete beide aufmerksam, begierig beobachtete er den Beginn der Lawine, die Edmunds ein für alle mal aus Marks Leben reißen sollte.

»Und Edmunds, natürlich ist das ein bisschen heikel, das

ist mir bewusst, wenn Ihr ›Freund‹ direkt neben Ihnen sitzt. Haben Sie Mr. Alcock im Verdacht, dass er gegen geltendes Recht verstoßen hat?«

»Natürlich nicht.«

Vor Aufregung quiekte Mark leise.

»Interessant. Nun, Mr. Alcock, es mag ein Schock für Sie sein zu erfahren, dass Ihr Freund sich illegalerweise über die Software des Betrugsdezernats Zugang zu Ihren privaten Konto- und Kreditabrechnungen verschafft hat«, sagte Gatiss und schaute Edmunds mit wütendem Blick an.

Mark zog stolz den Ausdruck aus der Tasche und legte ihn vor die beiden auf den Tisch.

»Na ja, nicht wirklich«, sagte Thomas verdutzt, »ich habe ihn ja darum gebeten.«

»Sie haben was?«, platzte Mark heraus.

»Wie bitte?«, fragte Gatiss.

»Du liebe Güte, es wäre mir schrecklich peinlich, wenn er deshalb in Schwierigkeiten geraten würde«, sagte Thomas. »Ich habe eine etwas unstete Vergangenheit als Zocker und Alex daher gebeten, meine Finanzen im Auge zu behalten, damit er mich zur Rede stellt, wenn er vermuten sollte, dass ich … *rückfällig* werde. Leider kenne ich mich: Ich würde mir dies niemals aus freien Stücken eingestehen. Er ist ein sehr guter Freund.«

»Vier Monate ohne auch nur eine einzige Wette«, sagte Edmunds stolz und konnte sich ein Grinsen nicht verkneifen, als er Thomas auf die Schulter klopfte.

»Trotzdem ist das illegal!«, fauchte Mark dazwischen.

»Mark! Raus mit Ihnen!«, befahl Gatiss, dem jetzt doch der Geduldsfaden riss.

Edmunds kratzte sich diskret mit dem Mittelfinger am Kopf, eine Geste, die nur Mark sehen konnte, als er den Raum verließ.

»Dann wussten Sie also, dass Edmunds Ihnen hinterherspioniert?«, fragte Gatiss Thomas.

»In vollem Umfang.«

»Verstehe.« Er wandte sich wieder an Edmunds. »Aber Mark hat nicht ganz unrecht. Auch in guter Absicht ist der Missbrauch der Mittel, die uns zur Verfügung stehen, strafbar.«

»Ja, Sir«, pflichtete Edmunds ihm bei.

Gatiss seufzte schwer, als er die Alternativen abwog:

»Ich spreche hiermit offiziell eine Verwarnung gegen Sie aus. Bitte sorgen Sie dafür, dass ich meine Nachsicht nicht bereue.«

»Das werde ich, Sir.«

Edmunds begleitete Thomas zum Ausgang. Kaum waren sie draußen, brachen sie in Gelächter aus.

»Eine Zockervergangenheit«, sagte Edmunds. »Da hast du schnell geschaltet.«

»Die Wahrheit konnte ich ja wohl schlecht sagen! Dass meine Freundin so massive Probleme damit hat, anderen zu vertrauen, dass sie mich verlassen würde, wenn sie mich nicht wöchentlich überprüfen könnte.« Er hatte es leichtfertig gesagt, aber Thomas war eindeutig gekränkt, dass Baxter ihm auch nach acht Monaten Beziehung noch immer nicht vollständig vertraute.

Als Thomas und er sich immer besser verstanden, fühlte Edmunds sich zusehends in einer unmöglichen Situation. Wenn er illegal Informationen über seinen neuen Freund einholte, trug er dazu bei, Thomas' Beziehung zu Baxter zu erhalten. Weigerte er sich, Baxters Bitte nachzukommen, würde sie die Beziehung lieber sofort beenden, als zu riskieren, noch einmal verletzt zu werden. Schließlich hatte Edmunds Thomas alles gestanden. Er bewunderte ihn für seine gelassene Reaktion.

Thomas hatte Verständnis für Baxters kräftezehrende Paranoia. Da er nichts zu verbergen hatte, hatte er Edmunds seinen Segen gegeben, sie weiterhin regelmäßig mit Informationen zu versorgen, denn er wollte sie auf keinen Fall verlieren.

Thomas war der richtige Mann für Baxter, da war Edmunds sich sicher. Und mit der Zeit würde sie das auch noch merken.

* * *

»Folgen Sie dem Wagen!«

Baxter fand es wahnsinnig aufregend, in ein gelbes New Yorker Taxi zu steigen und den Spruch zu bringen.

Ritcher und East hatten sich auf dem Federal Plaza getrennt. Sie hatte gehofft, dass East mit der Subway weiterfahren würde, aufgrund des schlechten Wetters leistete er sich jedoch ein Taxi. Aus lauter Angst, die wichtigste Spur zu verlieren, hätte sie sich bei dem Versuch, eins heranzuwinken, beinahe überfahren lassen.

Das richtige gelbe Taxi auf der stockenden Fahrt durch den Financial District im Blick zu behalten hatte etwas von einem Hütchenspiel. Als sie die Insel verließen und auf den Freeway fuhren, verminderte sich der Verkehr. Zuversichtlich, dass sie East jetzt nicht mehr verlieren würde, zog Baxter ihr Handy aus der Tasche. Sie wusste, dass Rouche und Curtis auf eine Mitteilung warteten, um ihr folgen zu können.

Sie suchte ein Straßenschild und tippte anschließend eine kurze Nachricht:

278 Richtung Red Hook

Kaum hatte sie auf Senden gedrückt, erkannte sie im Radio den vertrauten Louisiana-Ton:

»Die Menschen werden nach und nach gebrochen, bis nichts mehr von ihnen übrig ist«, erklärte Pastor Jerry Pilsner jr.

»Und, soweit mein sehr begrenztes Wissen über Exorzismus und dergleichen reicht, das ich hauptsächlich aus Horrorfilmen beziehe«, scherzte der Moderator, »gibt es mehrere Stadien, nicht wahr?«

»Drei Stadien. Das ist richtig.«

»Aber … das soll alles sein? Wie in den Horrorfilmen? Sie wollen doch nicht ernsthaft behaupten, dass es bei den ›Puppen‹ so ist?«

»Ich meine das vollkommen ernst. Drei Stadien: Das erste ist der ›diabolische Befall‹. Die Wesenheit erwählt ihr Opfer, testet dessen Empfänglichkeit, lässt die eigene Präsenz spürbar werden.

Das zweite Stadium ist die ›Unterdrückung‹. Die Wesenheit übernimmt die Kontrolle über das Leben des Subjekts, die psychische Bedrängnis eskaliert, bis die Zielperson an der eigenen geistigen Gesundheit zweifelt.«

»Und das dritte Stadium?«, fragte der Moderator.

»›Besessenheit‹ – das ist der Punkt, an dem der Wille des Opfers gebrochen wird. Jetzt lädt es die Wesenheit ein.«

»Es lädt sie ein?«

»Nicht im herkömmlichen Sinne«, erklärte der Pastor. »Man hat immer noch die Wahl. Wer die Unterwerfung wählt, gibt freiwillig die Erlaubnis.«

Baxter beugte sich vor, um den Fahrer anzusprechen: »Würden Sie das bitte ausschalten?«

KAPITEL 19

Montag, 14. Dezember 2015
12.34 Uhr

Baxters Taxi hielt mit laufendem Motor vor dem Eingang des Prospect Park auf der Ostseite, während Phillip East hundert Meter weiter die Straße runter seine Fahrt bezahlte. Über eine Minute blieb er an derselben Stelle stehen und beobachtete ängstlich die vorüberfahrenden Autos und den Park gegenüber. Als er sich davon überzeugt zu haben glaubte, dass ihm niemand gefolgt war, ging er ein kleines Stück auf sie zu und betrat dann ein prachtvolles Art-déco-Wohnhaus.

Sie stieg aus dem Wagen und bezahlte viel zu viel. Vermutlich suchte der Fahrer absichtlich so lange nach Kleingeld, weil er sicher war, dass sie, nachdem sie dem Mann durch ganz New York gefolgt war, lieber acht Dollar fünfzig verlieren wollte als ihn. Sie rannte zwischen den Autos über die stark befahrene Straße und folgte East in das Gebäude.

Einen entsetzlichen Moment lang dachte sie, sie habe ihn verloren, doch dann hörte sie, dass irgendwo im Erdgeschoss eine Tür aufgeschlossen wurde. Sie folgte dem Geräusch und sah East eine Wohnung betreten. Baxter schritt den nur unzureichend beleuchteten Flur entlang und notierte sich die Wohnungsnummer.

Dann ging sie wieder nach draußen, überquerte die Straße

und setzte sich auf eine Bank am Eingang zum Park, von wo aus sie das Gebäude im Blick behalten konnte, ohne selbst aufzufallen. Sie zog ihren Mantel fester um sich und nahm ihr Handy aus der Tasche, um Rouche auf den neuesten Stand zu bringen.

* * *

Fünfzehn Minuten zuvor waren Curtis und Rouche nur zwölf Minuten entfernt gewesen. Baxter trat inzwischen im Schneematsch von einem Bein aufs andere, teilweise um sich warm zu halten, aber noch mehr, weil sie mit jeder verstreichenden Sekunde immer ungeduldiger wurde.

»Frohe Weihnachten!«, sagte ein freundlich lächelnder älterer Herr, als er an ihr vorbeiging, und interpretierte Baxters finstere Miene korrekt als Aufforderung, sich so schnell wie möglich wieder zu verziehen.

Gerade hatte sie Rouche noch einmal angerufen, um herauszufinden, wodurch die beiden aufgehalten wurden, als ein Lieferwagen wenig rechtmäßig vor dem Wohnhaus hielt.

Baxter stand auf.

»Höchstens fünf Minuten!«, versprach Rouche entschuldigend. »Baxter?«

Sie war ein paar Schritte gegangen, um besser sehen zu können. Ein Mann mit Kapuze stieg aus. Er zog eine Schiebetür auf und holte einen großen Rucksack heraus.

»Baxter?«

»Könnte sein, dass wir ein Problem haben«, sagte sie. Sie überquerte die Straße, als der Mann die prächtige Lobby betrat. »Gerade ist ein grüner Transporter vorgefahren. Der Fahrer verhält sich verdächtig.«

Sie hörte, wie Rouche die Information an Curtis weitergab. Sekunden später heulten Sirenen durch ihr Handy. Sie joggte über den matschigen Weg, der zur Eingangstür führte, wollte diese gerade aufziehen, als sie durch das Türglas den Mann drinnen nur wenige Meter weit entfernt über seinen Rucksack gebeugt sah. Sie blieb so unvermittelt stehen, dass sie beinahe ausgerutscht wäre, und presste den Rücken an die Wand, um nicht gesehen zu werden.

»Zwei Minuten, Baxter. Wir sind fast da«, überschrie Rouche die Sirenen. »Warte auf uns.«

Baxter spähte um die Ecke. Durch die Glastür hindurch sah sie, dass der Mann etwas zusammensetzte. Sie konnte noch immer kein Gesicht erkennen. Wenig später zog er eine Waffe aus dem Rucksack, deren Lauf durch einen aufgeschraubten Schalldämpfer verlängert wurde. Er schob sie unter seine Jacke, zog den Reißverschluss des Rucksacks zu und stand auf.

»Wir haben keine zwei Minuten mehr«, flüsterte Baxter. »Vielleicht ist Easts Familie da drin.«

Sie legte auf, bevor Rouche protestieren konnte. Sie musste etwas tun, besonders da sie die Banthams noch so genau vor Augen hatte.

Sie trat in das Haus und sah den Mann denselben Weg durch den schlechtbeleuchteten Flur einschlagen und vor derselben Tür stehen bleiben wie East. Jetzt musste sie Zeit schinden, also zog sie ihren Schlüsselbund aus der Tasche und ließ ihn in der sonst stillen Lobby laut klappern. Als sie bemerkte, dass der Mann sich zu ihr umdrehte, schlenderte sie ohne Eile durch den Flur auf ihn zu, als wäre sie einfach nur eine arglose Bewohnerin.

Sie ging so langsam, wie sie es sich traute. Der Mann beobachtete sie und versuchte nicht einmal zu verhehlen, dass er darauf wartete, dass sie wieder verschwand. Als sie nur noch wenige Meter von ihm entfernt war, blickte sie auf und lächelte freundlich:

»Frohe Weihnachten!«

Der Mann antwortete nicht. Die Kapuze seiner Winterjacke bedeckte auch Nase und Mundpartie. Sicher sagen konnte sie nur, dass er weiß war, dazu seine ungefähre Größe, sein Gewicht und die Augenfarbe, Dunkelbraun. Eine Hand steckte in der Jacke, zweifellos am Griff seiner Schusswaffe.

Noch immer keine Spur von Rouche und Curtis, weshalb sie jetzt, einer spontanen Eingebung folgend, ihren Schlüsselbund fallen ließ.

»Mist«, sagte sie und ging in die Knie, um ihn aufzuheben.

Sie wählte den längsten und schärfsten, Thomas' Hausschlüssel, und klemmte ihn sich als improvisierte Waffe zwischen die Finger. Sie sah, dass der Mann genervt die Augen verdrehte, und nutzte die Gelegenheit.

Plötzlich richtete sie sich auf und rammte ihm die Faust mit dem Schlüssel in die Wange. Beide knallten sie gegen die Apartmenttür, der Mann schrie vor Schmerz laut auf.

Dann packte er sie und schleuderte sie an die Wand gegenüber. Als er anschließend die Waffe aus seiner Jacke zog, warf sie sich auf ihn und brach ihm mit dem Handballen die versteckte Nase, weil sie wusste, dass ihm die aufsteigenden Tränen die Sicht nehmen würden.

Wolf hatte ihr viel beigebracht.

Der Mann schlug blindlings um sich und traf sie dabei mit der schweren Waffe. Ein Schloss knackte, und dann schaute ein besorgtes Gesicht durch einen Spalt in der Tür. Der Mann wandte sich zur Tür und trat sie auf, East stolperte rückwärts. Von drinnen waren Schreie zu hören, dann wurden kurz hintereinander drei schallgedämpfte Schüsse abgegeben.

»Nein!«, schrie Baxter.

Sie zog sich hoch und rannte dem Mann hinterher.

* * *

»Grüner Transporter!«, schrie Rouche, als Curtis sich durch den Verkehr schlängelte und auf der Gegenfahrbahn beschleunigte.

Er hatte seine Waffe bereits gezogen und sich abgeschnallt, es drängte ihn zu Baxter. Curtis schaltete die Sirenen aus und trat auf die Bremse, spürte das ABS an ihrem Fuß vibrieren. Der Wagen kam weniger als einen Meter hinter dem Transporter zum Stehen.

Rouche sprang raus und musste nur noch ein paar Schritte zum Eingang zurücklegen, als er ein lautes Klirren hörte. Ein Mann kletterte aus einem zerbrochenen Fenster im Erdgeschoss, landete ungelenk und rollte über den Schnee. Für den Bruchteil einer Sekunde kreuzten sich ihre Blicke, dann rappelte der Mann sich auf und floh in die entgegengesetzte Richtung.

»Such Baxter!«, schrie Rouche Curtis zu und rannte dem Verdächtigen hinterher.

Mit erhobener Waffe lief Curtis kurz darauf den Hausflur entlang auf das kaputte Fenster zu. Mehrere Menschen standen vor ihren Wohnungen, schauten in Richtung einer beschädigten Tür.

»Baxter?«, schrie sie.

Die Waffe vor sich ausgestreckt, trat sie an die Tür und erblickte einen Toten. East lag auf dem Rücken und starrte ausdruckslos an die Decke. Dunkelrotes Blut tränkte den beigefarbenen Teppich unter ihm.

»Baxter?«, rief sie erneut mit bebender Stimme in den Flur hinein.

Aus einem der Zimmer hörte sie jemanden weinen. Vorsichtig ging sie weiter, trat die Badezimmertür auf und vergewisserte sich, dass auch in der kleinen Küche niemand war. Dann stand sie in einem Wohnzimmer mit völlig zerstörten Möbeln. Der Teppich war mit den winzigen Splittern eines zerschlagenen Glastisches übersät. Eine Frau schirmte drei kleine Kinder mit dem Arm ab, offensichtlich unsicher, ob Curtis gekommen war, um sie zu retten oder zu töten.

Auf der anderen Seite des Raums lag Baxter zusammengekauert, als wäre sie durch das kaputte Bücherregal geflogen. Ihr linker Arm stand eigenartig ab.

»Baxter!«, keuchte Curtis.

Sie eilte zu ihrer Kollegin, tastete nach deren Puls und stieß erleichtert Luft aus, als sie ein wütendes Pochen unter ihren Fingerspitzen spürte und Baxter derbe fluchte.

»Mein … mein Mann?«, fragte Easts Frau zwischen verzweifelten Atemzügen.

Curtis schüttelte den Kopf.

Als die Frau unter Tränen zusammenbrach, forderte sie einen Krankenwagen an.

* * *

Rouche war tief in das Labyrinth aus vereisten Gassen eingedrungen, über das der riesige Wohnkomplex und die umliegenden Immobilien gewartet und versorgt wurden. Den Phantomschritten hinterherjagend, hatte er sich total verirrt. Nur Sackgassen in den klaustrophobischen Gängen, darüber ein schmaler Streifen Himmel als schmucklose Decke.

Er hielt an einer Stelle inne, an der sich die Betongänge kreuzten.

Er schloss die Augen, um sich zu konzentrieren.

Direkt hinter sich hörte er jemanden rennen.

Er wirbelte herum.

Als er niemanden sah, folgte er dem einzig möglichen anderen Weg, den der Fliehende genommen haben konnte. Der Gang war so schmal, dass er mit den Schultern an der Wand entlangschrammte.

Als er um die nächste Ecke bog, hob er abwehrend die Arme und fiel auf den Hintern.

Ein riesiger, knurrender Husky stand auf den Hinterbeinen vor ihm und biss mit gebleckten Zähnen wie wild in den Maschendrahtzaun, der sie trennte.

Ganz langsam ließ Rouche die Arme sinken. Froh darüber, dass das Tier den unnachgiebigen Draht nicht durchbeißen konnte, stand er auf. Trotzdem lief es ihm kalt über den Rücken.

Etwas zog ihn hier an – sein Gesicht war kaum noch zwanzig Zentimeter von dem des Tieres entfernt, er starrte ihm in die Augen …

Plötzlich winselte der Hund, als wäre er verletzt, ließ sich auf alle viere fallen und verschwand in der Gasse hinter ihm.

Rouche lauschte dem immer leiser werdenden Tapsen seiner Pfoten, schüttelte den Kopf und kam sich ein bisschen albern vor, weil er den Fernsehpastor mit seinen fanatischen Theorien so nah an sich herangelassen hatte. Er hob seine Waffe vom Boden auf und kehrte in das dunkle Labyrinth zurück.

Etwa fünf Minuten später stand er vor der Wohnung und betrachtete Easts Leiche im Flur. Drei Einschusslöcher in der Brust. Der dicke Teppichboden schmatzte unter Rouche, als er in die Hocke ging. Dort, wo die Kugeln Easts Hemd zerfetzt hatten, war der bekannte, grob in die Haut geritzte Schriftzug zu erkennen: »Puppe«.

Er rieb sich die müden Augen: »Scheiße.«

* * *

Tia schlief seit 19 Uhr auf dem Sofa. Nachdem es ihm endlich gelungen war, Leila ins Bett zu bringen, ging Edmunds wieder nach unten. Seitdem er von der Arbeit nach Hause gekommen war, hatte er Essen gekocht, Bernards Katzenklo saubergemacht,

Wäsche gewaschen und das Geschirr der vergangenen zwei Tage abgewaschen. Er hob Tia hoch und trug sie nach oben ins Bett. Er hielt sich dabei für einen vorbildlichen Ehemann.

Ausnahmsweise hatte er das Gefühl, sich das Recht verdient zu haben, bis in die frühen Morgenstunden mit der wenigen ihm verbliebenen Energie weiterzuarbeiten. Er ging in die Küche, um sich einen starken Kaffee zu machen, denn er musste wach werden. Schließlich wollte er noch durch die halbe Stadt fahren.

Nach seiner Verwarnung am Nachmittag durfte er es nicht riskieren, Rouche mit der Software des Betrugsdezernats auszuspionieren. Mit Hilfe der beschränkten Möglichkeiten, die ihm ansonsten zur Verfügung standen, hatte er einige sehr grundsätzliche Informationen zusammengetragen. Sie wiesen bereits auf eklatante Schieflagen hin, die weitere Nachforschungen erforderlich machten.

Er fragte sich, ob Baxter nicht doch etwas auf der Spur war. Über rückdatierte Spinnendiagramme hatte er in den Tiefen des Intranets geforscht und in den Dateien der Personalabteilung den Namen eines Kollegen aus der Abteilung für Mord und Schwerstkriminalität entdeckt, der während Rouches Zeit im Drogendezernat mit ihm zusammengearbeitet hatte. Edmunds hatte Glück und ihn persönlich im Dienst erwischt.

Der Mann hatte Rouche als »blitzgescheit«, »ein bisschen exzentrisch« aber insgesamt »ganz entspannt« beschrieben, was mehr oder weniger mit Baxters Darstellung übereinstimmte. Als er sich nach Rouches religiösen Überzeugungen erkundigt hatte, war der Kollege in schallendes Gelächter ausgebrochen.

»Da bin ich gläubiger als der«, hatte er Edmunds versichert, was aus dem Mund des Death Metal liebenden Detective, der sich

Gott ist tot

auf den Unterarm hatte tätowieren lassen, durchaus etwas zu bedeuten hatte.

Anschließend hatte er noch eine Geschichte aus dritter Hand zum Besten gegeben, die ihm ein Freund aus dem Zeugenschutz erzählt hatte, wohin Rouche 2004 versetzt worden war:

»Er wurde gefeuert, zumindest haben das alle vermutet. Es gab keine Verabschiedung, und es wurde kein Nachfolger benannt. An einem Tag war er noch da und am nächsten schon weg. Und wurde danach nie wiedergesehen. Der Chef ist ausgerastet, was nicht verwunderlich ist.«

Edmunds hatte sich bei dem Detective für seine Hilfe bedankt und sich zwanglos mit ihm auf ein paar Drinks verabredet, obwohl keiner von beiden je wirklich die Absicht hatte, das Vorhaben in die Tat umzusetzen.

Bevor er das Büro verlassen hatte, war es ihm noch gelungen, an Rouches Privatanschrift zu kommen, und jetzt überlegte er, dass er zu dieser nachtschlafenen Zeit wohl eine halbe Stunde mit dem Auto dorthin brauchen würde. Auf Zehenspitzen schlich er durch den Flur, zog Mantel und Schal über, nahm die Schlüssel vom Haken und verließ das Haus.

* * *

»Sehen Sie diesen kleinen dunklen Bereich dort? Das ist ein Splitter in Ihrem Ellbogengelenk«, erklärte der Arzt gutgelaunt.

»Toll«, seufzte Baxter. »Kann ich jetzt gehen?«

Sie saß seit fast drei Stunden in dem Krankenhauszimmer, hatte sich von Ärzten und Schwestern piken und befingern lassen, und allmählich war ihre Geduld erschöpft. Nach dem Kampf mit dem Kapuzenmann tat ihr alles weh, und sie hatte

Prellungen am ganzen Körper. Dank des Glastischs hatte sie Dutzende winziger Schnittwunden im Gesicht, dank ihres kompletten Körpereinsatzes hatte sich der Tisch in vielen tausend Scherben über das gesamte Zimmer verteilt. Dazu kamen noch drei gebrochene Finger und ein gesplitterter Ellbogen.

Der Arzt entschuldigte sich und bat die Schwester, ihr eine Schlinge für den Arm zu besorgen.

»Du warst heute sehr mutig«, sagte Curtis, als sie endlich alleine waren.

»Dumm trifft es eher«, sagte Baxter und zuckte vor Schmerz zusammen.

»Vielleicht ein bisschen was von beidem«, sagte Curtis lächelnd. »Rouche meinte, in dem Rucksack, der am Tatort gefunden wurde, waren Leinensäcke und Klebeband. Genug für alle fünf. Du hast sie gerettet.«

Betreten ignorierte Baxter das Lob: »Wo ist Rouche?«

»Wo soll er schon sein?«, erwiderte Curtis, was Baxter so verstand, dass er wie gewöhnlich telefonierte. Als Curtis Baxters verzagten Gesichtsausdruck sah, wollte sie sie ein bisschen aufmuntern: »Das ist dieses Mal keine Sackgasse. Das weißt du auch, oder? Ritcher wurde noch mal auf die Wache bestellt. Die Familie befindet sich jetzt unter Polizeischutz und wird in diesem Augenblick vernommen. Wir haben vollständigen Zugang zu Easts Finanz- und Telefondaten, und das DNA-Material an deinem Schlüssel und deinen Klamotten wird bereits in der Gerichtsmedizin analysiert. Wir kommen voran.«

Eine nervöse Krankenschwester kehrte mit einer grelllila Schlinge in der Hand zurück.

»Die ist für Sie«, verkündete sie und reichte sie Baxter.

Sowohl Curtis wie auch Baxter betrachteten sie mit größter Zurückhaltung.

»Haben Sie keine schwarze?«, fragten sie einstimmig.

»Ich glaube, nein«, erwiderte die Schwester scharf. »Wenn Sie nicht wollen …«

»Wenn ich nicht will?«

»Genau.«

»Dann ist die für *Sie*«, sagte Baxter, gab der Frau die Schlinge zurück, wandte sich an Curtis und grinste. »Auf geht's.«

* * *

Edmunds vergewisserte sich im schwachen Innenraumlicht seines klapprigen Volvo noch einmal, ob es auch wirklich die Adresse der Familie Rouche war. Er parkte draußen vor dem dunklen Haus. Selbst vom Wagen aus konnte er erkennen, dass von den Fensterrahmen die Farbe abblätterte und Unkraut durch die Risse in der steilen Auffahrt wucherte. Das alte Haus, aus dem man eigentlich so viel mehr hätte machen können, wirkte verwahrlost.

Er konnte sich vorstellen, dass es die Phantasie der Kinder in der Nachbarschaft anfachte. Das Spukhaus auf dem Hügel. Obwohl er Rouche nie begegnet war, war Edmunds sauer auf ihn. Tia, Leila und er mussten in einer Sozialbausiedlung überleben, wo die Mieten trotzdem so hoch waren, dass ihnen gerade noch genug zum Leben blieb. Doch selbst mit ihren bescheidenen Mitteln versuchten sie das Beste aus ihren Wohnverhältnissen zu machen, auch wenn ihre unmissverständlich zufriedenen Nachbarn sie dabei keineswegs unterstützten.

Nur weil er sich Mühe gab, war Edmunds' bescheidenes Heim missgünstigen Anwohnern ein Dorn im Auge, die sich über ihn aufregten, weil er die Frechheit besaß, ein Dasein am unteren Rand der Mittelschicht zu führen. Erst am Vormittag war seine geschmackvolle weiße und eisblaue Weihnachtslichterkette zerschnitten worden, und er konnte es sich nicht leisten, sie zu ersetzen. Und Rouche hatte ein wunderschönes Haus in einer malerischen Straße in einem ruhigen Vorort der Stadt und ließ es einfach verfallen.

Edmunds stieg aus dem Wagen und warf die Fahrertür so leise wie möglich zu. Vergewisserte sich noch einmal, dass niemand in der Nähe war, und ging über die Auffahrt zum Haus. Leider stand dort kein Fahrzeug. Ein Kennzeichen hätte ihm nützliche Informationen liefern können. Immerhin stieß er an einer Hausseite auf zwei Mülltonnen, die es auch tun würden.

Im Licht seiner Taschenlampe wühlte er im Recyclingmüll nach allem, was mit dem heimlichtuerischen CIA-Agenten in Zusammenhang stehen könnte. Plötzlich fiel Licht in den schmalen Durchgang.

Edmunds kauerte sich hinter eine der Tonnen, als ein älterer Herr aus dem Haus nebenan trat und den Kopf über den Zaun schob. Edmunds zog seine langen Beine dichter an seinen Körper.

»Verfluchte Füchse«, hörte er den Mann schimpfen.

Dann Schritte, eine Tür fiel ins Schloss, ein Schlüssel wurde gedreht, schließlich ging das Licht wieder aus. Edmunds atmete erleichtert auf. Nach seiner Verwarnung am Nachmittag hätte es ihm gerade noch gefehlt, dabei erwischt zu werden, wie er die Privatsphäre eines CIA-Agenten verletzte. Er verfluchte seinen Leichtsinn, aber sein Körper verriet seine wahren Gefühle: Adrenalin ließ sein Herz stärker schlagen, die Atemwolken, die er ausstieß, ähnelten dem Rauch einer Dampflok, die immer mehr an Tempo zulegte.

Er wollte sicher sein, dass der alte Nachbar das Interesse verloren hatte, deshalb schlich er sich weiter durch den Gang in den Garten auf der Rückseite des Hauses. Das hohe Gras hinterließ nasse Flecken auf seinem Hosenbein. Neben kaputten Zaunlatten und einem verlassenen Kaninchenstall stand ein makelloses Spielhaus.

Erstaunt stellte er fest, dass in dem dunklen Haus doch Licht brannte. Er spähte durch die Terrassentür. Im Flur klingelte ein Telefon. Nach fünfmal Klingeln hörte er eine Frauenstimme:

»Hallo, Schatz! Wir vermissen dich alle beide so sehr!«

Edmunds fluchte leise, duckte sich und schlich zu dem Durchgang zurück. Er schob sich an den Mülltonnen vorbei und eilte ungesehen über die Auffahrt davon. Er fuhr ohne Scheinwerfer los, er wusste, dass sein Wagen auf diese Weise schlechter zu identifizieren sein würde. Kaum war er wieder auf der Hauptstraße, schaltete er die Scheinwerfer ein und gab Gas. Sein Herz raste.

Er hatte nichts gefunden und musste trotzdem die ganze Heimfahrt über grinsen.

KAPITEL 20

Montag, 14. Dezember 2015

19.54 Uhr

Eine Wand aus heißer Luft umfing Curtis und Rouche, als sie das Hotel betraten. Über das Surren der Heizung hinweg hörten sie eine ihnen bekannte, gereizte Stimme. Sie folgten ihr in den schäbigen Barbereich. Anscheinend sollte in wenigen Minuten irgendein Sportereignis in dem klobigen Fernseher beginnen. Das viel zu grelle Licht offenbarte jeden Makel der Achtziger-Jahre-Inneneinrichtung, und die dunkle Tapete war nach dreißig Jahren Nikotinqualm und verkippten Drinks gelb und fleckig.

»Ich hab gesagt, ich komme klar!«, sagte Baxter zu dem Barmann und kippte aus Versehen Rotwein aus ihrem großen Glas auf den Boden.

Sie verzog sich in eine Ecke am Fenster, stieß sich dabei den verletzten Ellbogen und fluchte laut.

»Deshalb ist es besser, man trägt eine Schlinge«, murmelte Rouche und flüsterte dann: »Meinst du, sie merkt es, wenn wir uns einfach umdrehen und gehen?«

Er begriff, dass er mit sich selbst sprach, weil Curtis noch gar nicht an dem unscharfen Fernsehbild vorbeigekommen war. Trotz der kaum inspirierenden Umgebung stand sie kerzengerade, eine Hand auf dem Herzen, während ein Stadion voller biersaufender Hotdog-Fans die amerikanische Nationalhymne grölte.

»Amerikaner«, sagte Baxter kopfschüttelnd, als Rouche sich setzte und ein kleines zerfleddertes Buch auf den klebrigen Tisch zwischen ihnen legte. »Du solltest dich zu ihr stellen und mitsingen, wo du doch deine Heimat so hasst.«

Rouche blickte zu Curtis, der Tränen des Stolzes in den Augen standen.

»Nein, mein Karaokestück ist *Since U Been Gone*, danke.«

Als er sich zu Baxter umdrehte, kam *Star Spangled Banner* zu seinem bombastischen Ende und wurde von einem Applaus gekrönt, der einer Zugabe beim Bon-Jovi-Konzert würdig gewesen wäre.

»Solltest du ...«, Rouche zögerte. Er zeigte auf den Drink vor ihr. »Solltest du das trinken, wenn du gleichzeitig Schmerzmittel einnimmst?«

Baxter sah ihn stinksauer an: »Ich denke, ich hab's verdient, oder?«

Er beschloss, das Thema nicht weiterzuverfolgen. Curtis setzte sich zu ihnen an den Tisch und betrachtete Baxters riesiges Weinglas mit ähnlicher Besorgnis. Vermutlich hatte der Barmann es deshalb bis zum Rand vollgeschenkt, um zu verhindern, dass die schlechtgelaunte Frau zurückkam und ein zweites verlangte.

»Solltest du das wirklich trinken, wenn du ...« Curtis verstummte, als sie sah, dass Rouche warnend den Kopf schüttelte. Abrupt wechselte sie das Thema, schnappte sich Rouches Buch vom Tisch und las, was auf dem Titel stand: »Pater Vincent Bastian: ›Die Teufelsaustreibung der Mary Esposito‹ ... du beschäftigst dich doch nicht immer noch damit?«

Rouche riss ihr das Buch aus der Hand und schlug eine Seite mit Eselsohr auf:

»Okay, hör dir das an – das ist die schriftliche Aussage von jemandem, der tatsächlich besessen war ... ›Die Nacht verfolgte mich, auch tagsüber. Und obwohl die Sonne brannte, brannte sie an einem schwarzen Himmel – die Farben schienen wie im Kerzenlicht gedämpft, und ich war ein Schatten, gezwungen, mich mit ihm zu teilen.‹«

Er sah in die ausdruckslosen Gesichter seiner Kolleginnen. Baxter nahm einen großen Schluck Wein.

»Wie unser Zwillingsmann gesagt hat, als er zu den Sternen im Grand Central hinaufstarrte: ›Für mich ist es immer Nacht‹«, erklärte Rouche. »Kommt schon, sagt nicht, dass das nichts zu bedeuten hat.«

»Das hat nichts zu bedeuten!«, erwiderten Baxter und Curtis einstimmig.

»Heute an dem Wohnblock bin ich dem Geräusch von Schritten gefolgt und ...« Er hatte von seiner Begegnung mit dem wilden Hund erzählen wollen, verstummte aber, als er ihre Mienen sah.

»Du interpretierst zu viel da rein, Rouche«, erklärte Baxter weinselig. »Du stellst Zusammenhänge her, die es gar nicht gibt. Nicht alles lässt sich mit Göttern und Geistern erklären. Manchmal sind die Leute einfach nur bescheuert.«

»Hört, hört«, nickte Curtis, die erneut das Thema wechseln wollte. »Lennox geht davon aus, dass du uns verlassen wirst, jetzt wo du in Ausübung deiner Pflicht verwundet wurdest.«

»Kann ich mir vorstellen«, erwiderte Baxter spöttisch und beendete damit das Thema auch schon wieder. »Und? Irgendwelche Fortschritte?«

»Der Transporter hätte eigentlich schon verschrottet sein müssen«, erklärte ihr Rouche. »Voller DNA-Spuren. Wird Tage dauern, das alles auseinanderzukriegen, was zu wem gehört.

Die Frau und die Kinder scheinen nichts zu wissen. East kam eines Tages nach Hause…«

»Du meinst an dem Tag, an dem wir angefangen haben, nach Bantham zu fahnden?«, fragte Baxter.

»Genau«, erwiderte Rouche.

»Er warf hektisch Sachen in Taschen und brüllte seine Familie an, sie müssten alle zusammen verschwinden.«

»Er hatte sich eine Geschichte über einen ehemaligen Patienten ausgedacht, der auf ihn fixiert sei, aber die Frau sagte, er habe sich schon seit Wochen seltsam verhalten«, ergänzte Curtis.

»Und sie ist nicht draufgekommen, mal zu fragen, warum er sich ›Puppe‹ in die Brust geritzt hat?«, fragte Baxter beiläufig.

»Sie meinte, sie seien nicht mehr … intim miteinander gewesen, seit das Ganze losgegangen ist«, erwiderte Curtis schulterzuckend.

Baxter seufzte schwer und trank ihren Wein aus:

»Ich glaube, ich geh nach oben. Ich muss erst mal duschen, nachdem mich diese ganzen Leute angetatscht haben.«

»Brauchst du Hilfe beim Ausziehen?«, fragte Curtis.

»Nein, danke«, erwiderte Baxter mit gerunzelter Stirn, als hätte Curtis ihr gerade einen unsittlichen Antrag gemacht. »Ich komme schon klar.«

* * *

Es klopfte an Curtis' Tür.

»Könntest du mir beim Ausziehen helfen?«, fragte Baxter, die das Grinsen ihrer Kollegin nicht sah, weil sie ihre Bluse halb über den Kopf gezogen hatte und nicht mehr vor und zurück kam.

»Ich hol kurz meinen Schlüssel, dann komme ich zu dir«,

hustete Curtis, um ihr Lachen zu tarnen, und eilte in ihr Zimmer zurück. Irgendwo knallte eine Tür, und Stimmen erfüllten den Gang.

»Was gibt's da zu glotzen?«, hörte sie Baxter jemanden anschnauzen. Curtis führte sie in ihr Zimmer zurück, wo ein britischer Nachrichtensender die Besonderheiten der jüngsten unpopulären Parlamentsentscheidung zusammenfasste. Nach einigem Hin und Her gelang es Curtis endlich, sie zu befreien. Verlegen bedeckte Baxter sich mit einem Handtuch.

»Danke.«

»Gern geschehen.«

»Bitch!«

Curtis machte ein erschrockenes Gesicht: »Wie bitte?«

»Nicht du«, erklärte Baxter. Den Blick auf den Fernseher gerichtet, tastete sie nach der Fernbedienung, um lauter zu stellen.

Da es in England jetzt mitten in der Nacht war, liefen immer wieder dieselben Beiträge. Gerade war Andrea Hall mit ihrem abschließenden Bericht des Abends dran. Auf den großen Monitoren tauchte ihr eigenes müdes Gesicht hinter der gestylten Nachrichtensprecherin auf. In den trendigen roten Haaren trug sie neuerdings eine auffällige blonde Strähne, was zweifelsohne sämtliche Frauen im Land noch vor dem Mittagessen kopieren würden.

»Verzeihung«, sagte Andrea und sprach mit tränenerstickter Stimme. »Wie viele von Ihnen sicher wissen, sind Detective Chief Inspector Baxter und ich privat eng befreundet …«

»Bitch!«, wiederholte Baxter schäumend vor Wut, während Curtis dezent schwieg.

»Ich wünsche ihr, ebenso wie das ganze Team hier, eine rasche Genesung nach diesem ›Zusammenstoß‹ mit einem Verdächtigen.« Andrea holte tief Luft und machte mit der stoischen Professionalität einer Person weiter, der eigentlich alles egal war.

»Okay. Sprechen wir mit Commander Geena Vanita von der Metropolitan Police. Guten Abend, Commander.«

Baxters Vorgesetzte war jetzt vor dem typischen Londoner Hintergrund zu sehen:

»Guten Abend, Ms. Hall.«

In dem Wissen, dass die ehrgeizige Journalistin in der Lage war, eine schlimme Situation noch schlimmer zu machen, hatte Vanita es offensichtlich für sicherer erachtet, sich höchstpersönlich auf das Minenfeld zu begeben, das ein öffentliches Interview immer darstellte.

»Würden Sie sich als religiöse Frau bezeichnen, Commander?«, fiel Andrea mit der Tür ins Haus.

»Ich ...« Vanita war anzusehen, dass sich das Gespräch schon jetzt nicht mehr in ihrer persönlichen Komfortzone bewegte. »Wenn wir uns vielleicht an die Fakten ...«

»Aufgrund der ausbleibenden Informationen vermute ich, dass Sie *noch immer* keine handfesten Spuren haben, die zur Aufklärung dieser entsetzlichen Morde führen könnten – wie es den Anschein hat, sind sie das Werk eines einzelnen gestörten Individuums, werden aber durch Personen ausgeführt, die scheinbar in keinerlei Verbindung zueinander stehen?«

»Nun, wir ermitteln noch hinsichtlich ...«

»Asasel.«

»Verzeihung, wie ...«

»Ich nehme an, Sie kennen die Theorie von Pastor Jerry Pilsner jr.?«

»Ja, natürlich«, erwiderte Vanita und hatte damit einen kompletten Zwei-Wort-Satz geschafft. »Es ist ja fast unmöglich, diesem Fanatiker nicht zu begegnen, da er in jeder Fernsehsendung auftritt, in der man ihn vor die Kamera lässt.«

»Und?«

»Und?«

»Er hat eine recht *unkonventionelle* Erklärung für das, was da geschieht.«

»Allerdings.«

»Darf ich fragen, ob die Polizei seinen Behauptungen in irgendeiner Form Beachtung schenkt?«

Vanita lächelte:

»Absolut nicht. Das wäre ein schändlicher Missbrauch wichtiger Ressourcen.«

Andrea lachte, und Vanita entspannte sich sichtlich.

»Aber wäre es das wirklich?«, fragte Andrea und tat so, als würde sie angestrengt nachdenken. »Hier wie in den Vereinigten Staaten haben religiöse Institutionen aller Glaubensrichtungen rekordverdächtige Besucherzahlen zu verzeichnen.«

Vanitas Gesichtsausdruck veränderte sich, da sie die Falle erkannte, in die die Journalistin sie treiben wollte:

»Und die Metropolitan Police respektiert diese Menschen.«

»Halten Sie deren Glauben für naiv, Commander?«

»Nein, überhaupt nicht, aber …«

»Dann behaupten Sie jetzt also, die Theorie vom gefallenen Engel werde doch in die Ermittlungen miteinbezogen?«

Die arme Andrea wirkte entsetzlich verwirrt.

»Nein, das behaupte ich nicht. Ich behaupte …« Vanita geriet ins Straucheln.

»Ich bin kein Detective«, fuhr Andrea fort, »aber besteht nicht zumindest die Möglichkeit, dass diese Morde durch die Bibel oder vielleicht sogar die Vorstellung von einem aus der Gnade gefallenen Engel inspiriert wurden?«

Vanita erstarrte, während sie sich überlegte, wie sie mit dem geringsten Schaden davonkommen könnte.

»Commander?«

»Ja … nein. Wir …«

»Was denn nun?« Andrea hob verärgert die Hände in die Höhe. »Sicher sollte die Polizei aber doch jedem …«

»Ja«, unterbrach Vanita entschieden. »Wir gehen dieser Möglichkeit nach.«

Plötzlich fuhr die Kamera zurück, die Nachrichtensprecherin saß nun inmitten einer Monitorwand, die sich in beide Richtungen über mehrere Meter erstreckte.

»O nein«, flüsterte Baxter, die wusste, dass sich jetzt einer der typischen sensationsheischenden Auftritte von Andrea Hall anbahnte.

Die Monitore flackerten und summten dramatisch, Vanitas Bild wurde ausgeblendet, stattdessen erschienen zerfledderte schwarze Schwingen, die so platziert waren, dass es aussah, als wüchsen sie der preisgekrönten Reporterin aus dem Rücken. Sie fuhr fort:

»Da können Sie mal sehen«, erklärte Andrea den Zuschauern auf der ganzen Welt, »die Metropolitan Police sucht gefallene Engel.«

»Wovon redet die?«, fragte Curtis.

»So macht sie das immer«, erwiderte Baxter und sah, wie Andreas computeranimierter Umhang schwarze Federn verlor.

»Das ist doch absurd!«

»Spielt keine Rolle – nicht, wenn *sie* es sagt. Achtung … jetzt kommt's«, sagte Baxter, um sich selbst darauf vorzubereiten.

»Also schalten Sie wieder ein, wenn ich, Andrea Hall, morgen früh über die bizarren und erschreckenden Wendungen in den Fällen berichte, die die Polizei jetzt als ›Die Asasel-Morde‹ bezeichnet.«

»O nein!«, ächzte Baxter niedergeschlagen.

Sie schaltete den Fernseher aus und schüttelte den Kopf.

»Geht's … geht's dir gut?«, fragte Curtis leise.

»Mir geht's gut«, erwiderte Baxter, erinnerte sich, dass sie sich immer noch das Handtuch vorhielt, und zog es ein kleines bisschen höher, um noch mehr Haut zu bedecken. »Ich gehe jetzt ins Bett.«

Es entstand eine unangenehme Pause, während sie darauf wartete, dass die andere sich verabschiedete. Stattdessen aber setzte Curtis sich an den Schreibtisch im Zimmer.

»Ich hatte eigentlich auf eine Gelegenheit gehofft, alleine mit dir zu sprechen«, sagte sie.

Baxter blieb an der Badezimmertür stehen, versuchte, sich nicht anmerken zu lassen, wie unangenehm ihr die Situation war. Sie wäre sogar befangen gewesen, wenn sie halbbekleidet vor Thomas gestanden hätte. Von einer Frau, die sie gerade erst kennengelernt hatte, einmal ganz zu schweigen.

Curtis fuhr dessen ungeachtet fort:

»Wahrscheinlich ist das für dich jetzt sowieso irrelevant, aber wir wissen, dass an der Therapeutenspur was dran ist. Es wäre mir unangenehm, dir das zu verheimlichen. Der Pathologe hat ein paar Unregelmäßigkeiten in Glenn Arnolds' Blutwerten gefunden.«

Baxter versuchte ein erstauntes Gesicht zu machen, obwohl sie auf dem Schreibtisch eine Ecke des fraglichen Dokuments aus dem Ordner lugen sah.

»Im Grunde hatte er seine antipsychotischen Medikamente längst abgesetzt. Stattdessen aber andere genommen, die seinen Zustand erheblich verschlimmerten. Aus verschiedenen Gründen wurde dir das nicht mitgeteilt, und ich entschuldige mich dafür.«

»Okay. Danke, dass du's mir gesagt hast«, lächelte Baxter. Ein emotionaler Wortwechsel mit ihrer Kollegin, bei dem sie lediglich einen BH trug, war ihr definitiv zu viel. Sie wollte so sehr, dass es vorbei war. »Na ja, ich denke, ich werde dann mal …«, sagte sie und zeigte auf die Dusche.

»Natürlich.« Curtis stand auf, um zu gehen.

Baxter fürchtete, dass Curtis versuchen würde, sie auf dem Weg nach draußen zu umarmen. Als sie es tat, erschauderte Baxter.

»Wir sind ein Team, stimmt's?«, lächelte Curtis.

»Das sind wir«, pflichtete Baxter ihr bei und schlug ihr die Tür vor der Nase zu.

* * *

»Reicht es nicht, auf einen Glastisch geschleudert zu werden, um sich nach Hause zu verziehen?«, flüsterte Lennox, als sie gemeinsam mit Curtis in das Besprechungszimmer ging. Weiter vorn hatte sie gerade gesehen, wie Baxter darin verschwand.

Ein junger Agent kam mit dem Stapel von Ausdrucken herein, um die Lennox gebeten hatte:

»Würden Sie Agent …?«

»Rouche.«

»Rooze?«

»Verdammt noch mal! Übergeben Sie sie irgendjemandem«, fauchte Lennox.

Kaum hatten alle Platz genommen, fing sie gleich mit dem ersten Punkt auf der Tagesordnung an. Baxters zahlreiche Verletzungen ließ sie demonstrativ unerwähnt.

Vorne an der Tafel war bei Rouches Auflistung der Killer eine weitere Spalte dazugekommen:

US	UK	?
1. Marcus Townsend (Brooklyn Bridge) Methode: Strangulation Opfer: Ragdoll-Bezug	3. Dominic Burrell (Belmarsh Prison) Methode: Erstechen Opfer: Ragdoll-Bezug	6.? (Westchester County) Methode: Erschießen Opfer: ein Psychotherapeut und seine Familie
2. Eduardo Medina (33rd Precinct) Methode: Aufprall bei hoher Geschwindigkeit Opfer: Polizist	4. Patrick Peter Fergus (The Mall) Methode: Stumpfe Gewalteinwirkung Opfer: Polizist	7.? (Brooklyn) Methode: Erschießen Opfer: Lebensberater
5. Glenn Arnolds (Grand Central) Methode: ? Opfer ? Bahnhofsangestellter		

»Die Fußabdrücke aus Brooklyn sind identisch mit denen vor dem Haus der Banthams«, erklärte Lennox den Versammelten. »Auch in der Ballistik gab's eine Übereinstimmung, zum ersten Mal wurde eine Methode wiederholt. Ich behaupte einmal ganz kühn, dass diese beiden Männer ursprünglich nicht hätten sterben sollen. Tote Puppen, keine Köder. Das war das Werk eines Verzweifelten, der versucht, ungelöste Probleme zu lösen. Haben Sie dem etwas hinzuzufügen?«, fragte sie und sah Rouche und Curtis an.

»Dieser Täter ist kein Profi: Baxter hat ihn in einen Kampf verwickelt, und die drei Kugeln, die er East verpasst hat, waren nur aufgrund des starken Blutverlusts tödlich, lebenswichtige Organe waren gar nicht getroffen«, sagte Rouche, »und auch das ist ein Beleg für die Theorie vom Verzweiflungstäter.«

»Es kann kein Zufall sein, dass diese beiden Menschen umgebracht werden, sobald wir uns für sie interessieren«, sagte Curtis.

»Das ist richtig«, pflichtete Lennox ihr bei. »Apropos Wiederholungstäter: Ich habe eine ungefähre Größe und ein ungefähres Gewicht, dazu die eher vage Beschreibung eines ›Weißen mit braunen Augen‹.«

Baxter ignorierte die feine Spitze.

»Wem gehört das Apartment, in dem East sich aufgehalten hat?«, fragte jemand.

Lennox blätterte in ihren Unterlagen:

»Einem gewissen Kieran Goldman. Anscheinend waren East und er befreundet. Die Wohnung stand leer, während er die Mittel zusammengekratzt hat, um sie zu renovieren.«

»Das heißt, wir haben nichts?«, fragte derselbe Kollege. »Wenn uns die Gerichtsmedizin keinen Namen liefert, haben wir nichts?«

»Weit gefehlt«, sagte Lennox. »Wir kennen inzwischen die Identität der Person, die das alles lenkt. *Endlich* wissen wir, wer die Fäden zieht.«

»Wirklich?«

Ein Raum voller ausdrucksloser Gesichter wartete darauf, dass sie fortfuhr.

»Darf ich Ihnen Asasel vorstellen …« Dank Andrea Hall hatten immer mehr Journalisten den Namen übernommen, und mittlerweile sprach man selbst beim FBI davon, als wären die Gräuel tatsächlich das Werk eines gestaltwandelnden Engels.

Curtis rutschte das Herz in die Hose, als Lennox ein Foto des vermissten britischen Psychotherapeuten hochhielt. Sie hatte nicht nur einen unschuldigen Menschen getötet, jetzt stellte sich auch noch heraus, dass sie dem meistgesuchten Mann gegenübergestanden, wie ein albernes Schulmädchen mit ihm geflirtet und ihn anschließend hatte gehenlassen.

»Alexei Green«, gab Lennox bekannt. »Green überquerte allein im vergangenen Jahr fünfmal den Atlantik, um sich mit East und Bantham zu treffen. Wie wir bereits wussten, war er Dominic Burrells Gefängnistherapeut. Nicht gewusst haben wir bis vor kurzem allerdings, dass unser brandstiftender Polizistenmörder – Patrick Peter Fergus – mit seiner Firma den Auftrag bekommen hatte, in Greens Büroräumen sauberzumachen, was Green ausreichend Gelegenheit gegeben haben dürfte, Fergus zu rekrutieren und zu manipulieren.«

»Und aus welchem Motiv handelt Green?«, fragte Baxter.

Lennox durchbohrte sie mit Blicken, antwortete aber professionell:

»In dieser Frage ermitteln wir noch. Aber Green ist die Verbindung zwischen all unseren Puppen. Definitiv. Die Festnahme von Alexei Green muss oberste Priorität haben.«

»Ich bin noch nicht überzeugt«, sagte Baxter. »Beteiligt: ja. Aber federführend: warum?«

»Dem schließe ich mich an«, unterstützte Rouche sie.

»Ach ja?«, fragte Lennox ungeduldig. »Vielleicht kann ich Sie damit überzeugen: Nachdem wir ihn verhört hatten, hat East auf der Rückfahrt zum Prospect Park eine einzige Person angerufen. Will jemand raten, wer das war?«

Niemand wollte sich so weit aus dem Fenster hängen.

»Sie haben es erfasst: Alexei Green. East hatte alles Mögliche unternommen, um sich und seine Familie zu verstecken. Und es war ihm auch gar nicht schlecht gelungen, bis er der falschen Person Vertrauen schenkte. Er rief Green an, bat ihn um Rat. Eine halbe Stunde später tauchte jemand vor seiner Tür auf und ermordete ihn.«

Rouche war verwirrt:

»Wenn Green sein Telefon noch benutzt, wieso finden wir ihn dann nicht?«

»Tut er nicht. Er hat ein Prepaidhandy verwendet, und der Anruf war zu kurz, um ihn zurückzuverfolgen.«

Rouche war jetzt noch verwirrter:

»Woher wissen wir dann überhaupt, dass East Greens Handy angerufen hat?«

»Weil wir das Gespräch abgehört haben«, erklärte Lennox schulterzuckend. »Glauben Sie wirklich, wir würden unseren vielversprechendsten Zeugen einfach hier herausspazieren lassen, nur weil er mit einem teuren Anwalt auftaucht?«

Rouche war beeindruckt von den hinterlistigen Taktiken der leitenden FBI-Agentin. Sie war sehr überzeugend gewesen, aber Rouche erinnerte sich jetzt wieder an Ritchers Verärgerung darüber, dass er und East die privaten Gegenstände hatten abgeben müssen.

»Die Beweise verdichten sich: Alexei Green hält die Fäden in der Hand, und wir müssen alles daransetzen, ihn zu finden …«

Lennox verstummte, als sie in die Gesichter ihrer abgelenkten Zuhörer sah. Sie folgte deren Blicken aus den Fenstern hinaus in das Hauptbüro, wo die Kollegen hektisch umherrannten.

Sie öffnete die Tür und erwischte einen vorbeilaufenden jungen Beamten:

»Was ist los?«

»Wir wissen es nicht genau, aber es wurde ein Toter gefunden in …«

Plötzlich schien jedes einzelne Telefon des Großraumbüros zu klingeln. Lennox eilte zum nächstbesten Schreibtisch und meldete sich, je länger sie lauschte, umso weiter riss sie die Augen auf:

»Curtis!«, rief sie.

Special Agent Curtis sprang auf, Baxter und Rouche folgten ihr nach draußen.

»Times Square Church, am Broadway!«, bellte Lennox ohne weitere Erklärung.

Während sie hinauseilten, hörten sie Lennox weitere Befehle quer durch den Raum rufen:

»Alle bitte mal herhören! Gerade wurde ein schwerwiegender Vorfall gemeldet ...«

KAPITEL 21

Dienstag, 15. Dezember 2015
10.03 Uhr

Niemand sagte auch nur ein Wort, als sie mit Curtis am Steuer quer durch die Stadt rasten. Der Funkverkehr des NYPD sendete ununterbrochen, wirre Funksprüche überlagerten sich, und die Disponenten schickten immer mehr Wagen und Kollegen zum Ort des Geschehens. Die wenigen Informationen, die die Beamten in der Kirche über den offenen Kanal hatten durchgeben müssen, waren markerschütternd:

»Überall Leichen …«

»Hängen an Drahtseilen von der Decke …«

»Alle tot.«

Je näher sie der West 51st Street kamen, desto stärker stockte der Verkehr, bis Curtis schließlich über den Bürgersteig fahren musste, um überhaupt durchzukommen. Zwei Straßenecken weiter winkte ein junger Kollege sie durch die hastig errichtete Straßensperre auf dem Broadway. Er zog eine wackelige Plastikbarrikade durch den Schneematsch und öffnete die menschenleere Straße für sie. Curtis beschleunigte auf die vielen Polizeiwagen zu, die auf der anderen Seite der Kreuzung stehengelassen worden waren. Blaulicht leuchtete in alle Richtungen.

Schlitternd kamen sie vor dem Paramount Plaza zum Stehen, was so nah wie möglich an ihrem Zielort war, und rannten den

Rest des Wegs zu Fuß. Baxter war davon überzeugt, dass sie in die falsche Richtung gelaufen waren, als sie die eintönigen Gebäude nach etwas absuchte, das eine Kirche sein konnte. Von Autoabgasen geschwärzte Fassaden säumten beide Straßenseiten. Ihre Verwunderung stieg, als sie Curtis und Rouche in ein prächtiges altes Theater folgte.

Die Lobby aus den dreißiger Jahren war ein dekadent dekorierter Raum voller Bekenntnisse zu Gott – wobei der sich augenscheinlich einen Tag freigenommen hatte.

Türen standen offen, so dass man teilweise Einblick in den Saal dahinter bekam. Baxter sah die Kegel von Taschenlampen über die goldene Raumdecke gleiten und den oberen Teil eines blutroten Vorhangs, der wie vor einer Aufführung zugezogen war.

Sie folgte ihren Kollegen durch die Tür.

Blieb drei Schritte weiter in den prunkvollen Saal hinein aber schon wieder abrupt stehen.

»O Gott!«, flüsterte Curtis, während Rouche sich erschüttert umsah.

Baxter schob sich zwischen den beiden hindurch, bereute es aber sofort. Das alte Kino und ehemalige Theater, das jetzt zur Kirche umfunktioniert worden war, hatte eine letzte Wandlung durchlaufen, eine infernale Mutation: Es war zur wahrhaften Manifestation einer Hölle auf Erden geworden. Ihr wurde schwindlig, als ihre Augen die Szene aufnahmen. Es war wie damals, als sie zum ersten Mal die zusammengeflickte Leiche, die Ragdoll, vor jenem großen Fenster der schmutzigen Wohnung in Kentish Town gesehen hatte, genauso wie damals hatte sie auch jetzt wieder das Gefühl, in die Tiefe zu stürzen.

Unzählige Drähte und Schnüre kreuzten sich über ihnen, verliefen von der Bühne zur Galerie, von der Decke zum Teppichboden, von einer üppig verzierten Wand zur nächsten – ein stählernes Spinnennetz spannte sich über den aufsteigenden Platzreihen aus weichen roten Theatersitzen. Leichen hingen darin wie verfangene Insekten, auf eigenartige und gleichzeitig verstörend vertraute Weise gekrümmt, deformiert, nackt und vernarbt.

Wie betäubt führte Baxter ihre Kollegen tiefer in den Saal hinein ... tiefer in die Hölle.

Die Taschenlampen warfen unheilvolle Schatten an die Wände, verzerrte Umrisse entstellter Menschen, dazu das gedämpfte Raunen von Dutzenden von Polizisten, die bereits länger vor Ort waren und sich einen Weg durch diesen Horror bahnten. Niemand erteilte Befehle oder übernahm die Leitung, vermutlich weil niemand, ebenso wenig wie Baxter, eine Ahnung hatte, was zu tun war.

Ein verirrtes Taschenlampenlicht streifte eine Leiche über ihnen, der Strahl erhellte die dunkle Haut des Toten. Verwirrt trat Baxter näher heran. Es knirschte unheimlich, als sie mit Blicken die krummen Arme und Beine absuchte, die brutaler verdreht zu sein schienen als die der anderen und offenbar mehrfach gebrochen waren.

»Würden Sie ...?«, fragte sie einen vorbeigehenden Kollegen in einem bühnentauglich lauten Flüsterton und bedeutete ihm mit Blicken, was sie meinte.

Froh, Anweisungen zu bekommen, leuchtete er mit der Lampe nach oben ...

»Davon gibt's noch mehr«, erklärte er angesichts der sanft schaukelnden hölzernen Gliedmaßen. »Bin nicht sicher, wie viele.«

Sie starrte die lebensgroße, aber gesichtslose Nachbildung des über ihnen hängenden Menschen an – der Kopf ein augenloses Oval, eine unheimliche Fratze deutete sich in der Maserung des lackierten Holzes an ... eine Marionette schwebend vor einer Theaterbühne, das vertraute Wort war ihr auf den hohlen Körper gebrannt. Wenn man sich in dem dunklen Saal umsah, ließ sich unmöglich feststellen, welche der verdrehten Gestalten echt waren und welche nicht.

Ein Augenblick verging, dann trat Curtis einen Schritt beiseite. Sie hielt ihren Dienstausweis hoch über den Kopf und wandte sich an die Anwesenden:

»Special Agent Elliot Curtis vom FBI! Ich werde die Leitung hier an diesem Tatort übernehmen. Kontakt zur Presse läuft ausschließlich über mich. Danke.«

Baxter und Rouche blickten sich an, aber keiner von beiden sagte etwas.

»Curtis, bleib bei uns!«, zischte Rouche ihr zu, als sie sich zwischen den Stuhlreihen hindurch immer weiter weg in die Mitte des Saals bewegte, zur eigentlichen Theaterbühne hin – einem leeren Kreis, auf den alle hängenden Leichen ausgerichtet zu sein schienen. »Curtis!«

Sie ignorierte ihn, betraute einen Beamten mit der kaum beneidenswerten Aufgabe, Tote und Holzpuppen zu unterscheiden und jeweils zu zählen.

Baxter tat ein paar Schritte auf die am nächsten hängende Leiche zu, schätzte das Opfer auf Mitte sechzig. Der Mund weit aufgerissen, die offensichtlich erst kürzlich in seine Brust geschnittenen Wunden klafften auseinander: »Köder«. Selbst in dem gedämpften Licht konnte sie erkennen, dass die Haut des Toten bläulich verfärbt war, seine Fußspitzen berührten gerade so den alten roten Teppichboden.

Sie erschrak über einen lauten Knall irgendwo oben, sah dann aber den Strahl einer Taschenlampe von der Galerie herkommend, wo eine tapfere Beamtin den Rang abschritt. Curtis schenkte ihr ein ängstliches Lächeln aus der Mitte des Saals genau unter der Leiche eines Mannes.

Das gedämpfte Murmeln wurde zum sanften Brummen, als immer mehr uniformierte Beamte in den Saal drängten wie Motten zum Licht. Immer mehr Taschenlampen leuchteten in die Dunkelheit.

Das zusätzliche Licht fiel auf vier weitere Leichen nicht weit entfernt, woraufhin Baxter etwas entdeckte, das ihr zuvor nicht aufgefallen war. Sie tastete nach ihrem Handy, richtete dessen schwachen Lichtstrahl auf eine Leiche direkt unter der Galerie und dann auf die qualvoll verzerrte Gestalt oben auf der Bühne. Anschließend eilte sie zu einem weiblichen Opfer, das ihr den Rücken zukehrte. Sie duckte sich unter den Stahlseilen hindurch, die die Frau fixierten, leuchtete mit der Lampe auf deren nackte Brust.

»Baxter?«, fragte Rouche. Ihm war ihr eigenartiges Verhalten aufgefallen, und jetzt eilte er zu ihr. »Was ist?«

»Irgendwas …«

Sie warf den Kopf herum und beleuchtete den Leichnam, unter dem Curtis immer noch stand.

Curtis sah fragend zu ihnen herüber.

»Baxter?«, wiederholte Rouche.

»Köder«, erwiderte sie abwesend.

»Was ist damit?«

»Das sind alles *Köder.* Jeder Einzelne«, erklärte sie und sah sich beunruhigt um. »Wo sind die *Puppen*?«

Ein Tropfen Blut traf ihre Wange. Instinktiv hob sie die Hand, schmierte es sich quer über das Gesicht.

Rouche schaute zu der Leiche neben sich, auch diese trug das vertraute Wort in den zarten Körper geritzt, rote Rinnsale schlängelten sich am Nabel der Toten vorbei.

»Tote bluten nicht«, murmelte er und zog Baxter weg.

Dieses Mal wehrte sie sich nicht, sondern wandte sich ihm mit entsetztem Blick zu und leuchtete mit ihrem improvisierten

Taschenlampenlicht auf den Toten über Curtis, der jetzt gespenstisch weiß wirkte.

Curtis winkte Baxter und Rouche zu sich, wollte wissen, worüber sie sprachen, als die Muskeln unter der fahlen Haut zu zucken begannen und sich einer der langen weißen Arme aus den Stahlseilen löste, in der geschlossenen Hand blitzte etwas auf ...

Bevor Rouche nach seiner Waffe greifen konnte, bevor er überhaupt jemanden warnen konnte, war die Leiche zum Leben erwacht und fuhr Curtis mit einer einzigen geschmeidigen Handbewegung über die Kehle.

Baxter erstarrte mit offenem Mund. Rouche feuerte drei ohrenbetäubende Schüsse in den Rumpf des Mannes, der daraufhin heftig zuckend an den fest gespannten Drähten zerrte, die ihn fixierten.

In den darauffolgenden Sekunden war nur noch das metallische Schnarren des vibrierenden Stahlnetzes zu hören.

Curtis' Blick traf auf Rouches, als sie ihn mit weit aufgerissenen Augen ansah und begriff, was geschehen war. Sie nahm die Hand von ihrem Hals und sah das dunkelrote Blut, das aus ihrer Wunde floss. Es durchtränkte ihre weiße Bluse, erinnerte an einen fallenden Bühnenvorhang. Baxter rannte auf sie zu, als sie schwankte und hinter eine Stuhlreihe kippte.

»Alle raus!«, schrie Rouche. »Raus!«

Mehrere der Gestalten um sie herum hatten jetzt ebenfalls begonnen, sich aus ihren verzerrten Positionen zu befreien. Die Schreie der hinauseilenden, panischen Polizisten waren aufgrund der Theaterakustik ohrenbetäubend laut.

Die Spinne war gekommen.

Schüsse peitschten durch den Saal.

Rouche hörte eine Kugel nur wenige Zentimeter an seinem Kopf vorbeizischen.

Ein Schrei von oben – den Bruchteil einer Sekunde später landete die Kollegin von der Galerie in grotesker Verzerrung vor seinen Füßen.

Rouche hob die Waffe und rannte Baxter hinterher, lief tiefer in den Saal hinein.

Ein Riesenknall war zu hören, der anders klang als die Schüsse, verzweifelte Schreie fliehender Polizisten folgten. Rouche musste sich nicht umdrehen, um zu wissen, was das für ein Geräusch gewesen war. So klang es, wenn die letzte Hoffnung starb. Die schweren Holztüren waren zugeschlagen worden, jetzt waren sie im Saal gefangen, an einem Ort, der Gott nicht länger gehörte.

Er fand Baxter über Curtis kauernd, während sich das Massaker ringsum fortsetzte. Sie suchte Curtis' Halsschlagader und lauschte auf Atemzüge, presste eine blutige Hand auf die tödliche Wunde:

»Ich glaube, ich kann einen schwachen Puls spüren!«, keuchte sie erleichtert und sah Rouche an.

»Nimm ihre Pistole an dich«, befahl er Baxter emotionslos.

Baxter nahm die Worte gar nicht auf: »Wir müssen sie hier rausschaffen.«

»Nimm. Die. Waffe«, wiederholte Rouche.

Baxter starrte ihn angewidert an.

Ein undefinierbares weißes Wesen sprintete plötzlich in vollem Tempo auf Rouche zu. Darauf nicht vorbereitet, gelang es ihm nur, einen einzigen Schuss abzugeben, der den Angreifer im Unterschenkel traf, so dass dieser gegen die Stühle auf der anderen Seite des Gangs knallte und sie ein paar Sekunden gewannen. Rouche beugte sich über Curtis und zog deren Schusswaffe aus dem Holster. Dann zerrte er Baxter unsanft auf die Füße, die sich gegen ihn wehrte.

»Lass mich los! Sie lebt!«, schrie Baxter, als er sie von Curtis wegziehen wollte. »Sie lebt!«

»Wir können nichts mehr für sie tun!«, schrie er, aber Baxter hörte ihn nicht, weil sie selbst so laut protestierte und um sie herum geschossen wurde, während die vermeintlichen Leichen die nun eingesperrten Polizisten mit primitiven Waffen niedermetzelten: mit improvisierten Klingen, Werkzeugen und Drähten. Die Wenigen, die noch gegen die Türen hämmerten, waren bereits umzingelt. »Wir können für keinen von denen was tun.«

Er musste Baxter loslassen, als der Mann, den er verletzt hatte, mit einem gezackten, scharfen Stück Metall nach ihnen ausholte und Rouche an der Hüfte verletzte. Er wich zuckend zurück und hielt sich die schmerzende Seite. Dann nahm er die Waffe, die er Curtis abgenommen hatte, und zog sie dem Mann mit voller Wucht über den Kopf, so dass er bewusstlos zu Boden sank. Anschließend überließ er Baxter die Waffe, die sie zwar nahm, aber nur festhielt und anstarrte.

Mehrere Leichen hingen noch reglos im Saal. Unmöglich festzustellen, ob sie wirklich tot oder als Köder getarnte Puppen waren, die geduldig auf ihren Einsatz warteten. Rouche hatte weder Lust noch Zeit, nahe genug heranzugehen, um es herauszufinden, denn jetzt lösten sich zwei weitere bleiche Gestalten aus der Dunkelheit des Saals hinten und kamen durch den Gang auf sie zugerannt.

»Baxter, wir müssen weg … wir müssen weg!«, sagte er mit fester Stimme.

Sie sah noch immer verzweifelt dorthin, wo sie ihre Freundin hatten liegen lassen, als der Sitz neben ihr explodierte und Splitter und Füllung umherflogen.

Jemand hatte auf sie geschossen.

Als sie auf die Bühne rannten, feuerte der Schütze oben auf

der Galerie weiter ungeschickt auf sie, wobei eine der hölzernen Marionetten krachend zu Boden fiel. Dann gingen ihm die Patronen aus. Rouche ging voran, stieg die Stufen seitlich der Bühne hinauf. Er betrachtete die einsame verdrehte Gestalt im Scheinwerferlicht, suchte nach Lebenszeichen.

Mehrere gierige Augenpaare blickten in ihre Richtung, als sie zwischen den Vorhängen in den dunklen Bereich hinter der Bühne liefen. Wacklige Leitern führten die Wände hoch über ihnen hinauf, wie Henkerschlingen baumelten dicke, verknotete Seile über ihnen. Hinter sich hörten sie die mordgierigen Puppen.

Das Klatschen nackter Füße auf hölzernen Dielen verfolgte sie, während sie tiefer in das klaustrophobische Innere des alten Gebäudes vordrangen. Orientieren konnten sie sich nur an den Schildern zu den Notausgängen, deren grüne Pfeile sich in die Düsternis brannten.

Mit erhobenen Waffen gingen sie an offenen Türen vorbei, die unzähligen Wegkreuzungen verlangsamten ihr Vorankommen in den schmutzigen Gängen.

Ein Geräusch direkt hinter ihnen.

Rouche wirbelte auf der Stelle herum und spähte in die Dunkelheit. Er wartete, aber das Einzige, was sich bewegte, war ein rostiger Eimer, der an einem der Seile baumelte, die sie angestoßen hatten.

Er drehte sich zu Baxter um und sah, dass sie weg war.

»Baxter?«, zischte er, starrte in drei mögliche Gänge hinein, in die sie verschwunden sein konnte. Die wilden Schreie und das Klatschen der Füße schienen ihn von allen Seiten zu umgeben.

»Baxter?«

Er rannte in einen der Gänge, aus dem einzigen Grund, dass er etwas besser beleuchtet zu sein schien als die anderen beiden. Auf halber Strecke verdoppelte sich die Lautstärke des dumpfen

Echos aufgeregter Stimmen, und drei der geisterhaften Gestalten bogen vor ihm um die Ecke, kamen ihm jetzt entgegen.

»Ach du Scheiße«, keuchte Rouche, drehte sich um und sprintete in die andere Richtung.

Er fürchtete, jeden Augenblick der Länge nach auf den Boden zu schlagen, da seine Beine mit seiner Verzweiflung, kaum mithalten konnten. Er überrannte die Kreuzung, an der er Baxter verloren hatte, und spurtete weiter geradeaus, während die Schreie hinter ihm immer wilder, immer wahnsinniger wurden, da die Verfolger spürten, dass das Ende der Jagd unmittelbar bevorstand.

Rouche wagte nicht, sich umzudrehen, sondern feuerte einfach blindlings hinter sich, womit er kaum mehr erreichte, als ein paar Löcher in die schmucklosen Wände zu treiben. Er schrie Baxters Namen, hoffte, die Panik in seiner Stimme würde sie dazu bringen, davonzulaufen, vorausgesetzt, sie war überhaupt noch dazu in der Lage. Statt eines Schusses ertönte jetzt nur noch ein hohles Klacken, er hatte seine letzte Munition verschossen. Er sprang über einen leeren Farbeimer, hörte ihn wenige Sekunden später über den Boden klappern.

Sie holten auf.

Jetzt kam er an eine scharfe Biegung, knallte gegen die Wand, spürte eine Hand nach seinem Gesicht greifen, riss sich aber los. Hinten am Ende des Ganges entdeckte er einen Notausgang, eingerahmt von einem schmalen Streifen Tageslicht. Er raste darauf zu, den Atem seiner Verfolger im Nacken, dann warf er sich gegen den Türöffner und platzte ins blendende Licht hinaus.

Begrüßt wurde er von Schüssen und dem gebellten Befehl:

»E. S. U. – keine Bewegung! Lassen Sie die Waffe fallen!«

In der kalten Luft füllten sich seine Augen mit Tränen. Rouche tat wie geheißen.

»Auf die Knie! Langsam!«

»Schon okay, okay«, gab eine vertraute Stimme Entwarnung. »Der gehört zu mir.«

Der verschwommene dunkle Fleck, der Rouches Sicht dominierte, verwandelte sich allmählich in einen Kollegen der E. S. U. in voller Kampfausrüstung. Rouche erkannte die Gebäude gegenüber und begriff, dass er durch das Netz an Gängen und Lagerräumen der Kirche auf die West 51st Street gelangt war, zwei Gebäude weiter.

Der bewaffnete Polizist ließ sein Gewehr sinken und ging an Rouche vorbei zu den beiden nackten Leichen im offenen Eingang, was Rouche als Aufforderung verstand aufzustehen. Er seufzte erleichtert, als er Baxter entdeckte, doch sie zeigte keine Regung und kam auch nicht zu ihm.

»Habt ihr Leute reingeschickt?«, fragte Rouche den E. S. U.-Mann eindringlich. »Da ist eine Frau, eine FBI-Agentin, die ...«

Der Beamte fiel ihm ins Wort:

»Wir brechen jeden Augenblick die Türen zum Saal auf.«

»Ich muss dabei sein«, sagte Rouche.

»Sie müssen hierbleiben«, korrigierte der Mann.

»Aber vielleicht wird sie dann nicht mehr rechtzeitig gefunden!«

Rouche machte kehrt und wollte zum Haupteingang zurück, als der bewaffnete Beamte sein AR-15-Gewehr auf ihn richtete.

Baxter eilte herbei, um einzugreifen.

»Schon gut«, rief sie dem Polizisten zu und stellte sich Rouche in den Weg. Sie schubste ihn. Er hielt sich vor Schmerz die Brust. »Wolltest du dich umbringen lassen?«, fragte sie ihn. »Du hast doch behauptet, dass du nicht sterben willst, schon vergessen? Du hast es mir versprochen.«

»Sie ist noch da drin!«, sagte Rouche. »Vielleicht, wenn ich ... wenn ich nur ...«

»Sie ist tot, Rouche!«, überschrie Baxter ihn, dann senkte sie die Stimme zu einem Flüstern: »Sie ist tot.«

Ein dumpfes Poltern ... dann wurde die Vorderseite des Gebäudes gesprengt, eine riesige Feuerkugel explodierte, das Geräusch von zersplitterndem Glas war zu hören. Baxter und Rouche stolperten rückwärts, hielten sich die klingenden Ohren. Eine Qualmwolke umfing die gesamte Straße. Baxters Augen brannten, bis sie schließlich gar nichts mehr sehen konnte. Sie spürte den Staub unter ihren Lidern, dann packte Rouche ihre Hand. Sie hatte keine Ahnung, wohin er sie führte, bis sie eine Autotür hörte.

»Steig ein!«, schrie er, knallte die Tür hinter ihr zu und rannte auf die andere Seite.

Jetzt war sie wieder in der Lage zu atmen, rieb sich die Augen, bis es ihr gelang, sie zu öffnen. Sie saßen in einem der mitten auf der Kreuzung stehengelassenen Polizeifahrzeuge. Rouches Gesicht konnte sie gerade so wiedererkennen, als sich eine undurchdringliche Flut aus schmutzigem Qualm an den Fenstern vorbeiwälzte – als wäre es urplötzlich Nacht geworden.

Keiner von beiden sagte etwas.

Baxter vergegenwärtigte sich zitternd, was in den vorangegangenen zwanzig Minuten geschehen war.

Und dann gab es eine zweite Explosion.

Baxter packte Rouches Hand und fing an zu hyperventilieren. Dieses Mal kam die Detonation nicht von der Kirche, sondern war näher. Durch die Fenster des Streifenwagens war allerdings absolut nichts zu erkennen. Baxter schloss die Augen, als eine dritte Bombe hochging. Sie spürte Rouches Arme um sich, während eine vierte und letzte Explosion sie beide erschütterte.

Als der Qualm sich ringsum verzog, kehrte auch das Tageslicht zurück. Baxter stieß Rouche von sich und stieg aus dem

Wagen, hielt sich einen Ärmel als improvisierten Atemschutz vor Mund und Nase. Den E. S. U.-Beamten konnte sie nirgendwo auf der Straße sehen, vermutete, dass er nach dem ersten Knall in Deckung gegangen war. Rouche stieg auf der anderen Seite des Wagens aus.

Die ersten Flammen begannen den Himmel im Herzen der Stadt zu färben, und drei gigantische schwarze Rauchsäulen wanden sich gen Himmel, ein über der New Yorker Skyline nicht unbekannter Anblick.

»Wo war das?«, fragte Baxter, die den Blick nicht abwenden konnte.

»Times Square«, flüsterte Rouche.

Auf die Stille folgte das Geräusch unzähliger Sirenen und Alarmglocken, dann kam ihnen eine Menschenlawine entgegen.

»Oh«, nickte Baxter benommen, als sie hilflos dort standen und die Stadt brennen sahen.

SITZUNG EINS

Dienstag, 6. Mai 2014
9.13 Uhr

Trotz seiner Eile wusste Lucas Keaton, dass er das Haus nicht verlassen konnte, solange das Bild schief hing. Selbst wenn er es versuchte, würde er doch nur fünf Minuten später auf der Straße kehrtmachen müssen und sich noch viel schlimmer verspäten. Es klopfte hartnäckig weiter an der Tür, als er zu dem Bild ging und es ganz sachte auf einer Seite höher schob. Er gab sich heldenhaft Mühe, sich nicht auf die Erinnerung zu konzentrieren, die hinter dem Glas konserviert war, doch sein Wille war wie immer schwach – die unzähligen Stunden, die er an dieser Wand schon verschwendet und sich in einer rosigen, vermeintlich perfekten Vergangenheit verloren hatte.

Während er das Foto betrachtete, hörte er das eindringliche Klopfen schon gar nicht mehr, sah nur noch seine Frau und die beiden Söhne, alle in kitschigen T-Shirts mit einem Aufdruck der Universal Studios.

Lucas konzentrierte sich jetzt auf sein vergangenes Ich. Damals hatte er sich einen dichten Bart stehen lassen, und der für sein fortschreitendes Alter typische Bauchansatz machte sich schon hier unter dem billigen Souvenirshop-T-Shirt bemerkbar. Sein wenig ansprechendes, abstehendes Haar hatte seinen Schädel damals allerdings noch sehr viel besser bedeckt als jetzt. Er hatte sein einstudiertes Fotogesicht gemacht, dieselbe fröhliche Maske, die er normalerweise zu Presseterminen aufsetzte.

Physisch war er zwar bei ihnen gewesen, aber in Gedanken ganz woanders, bei wichtigeren Dingen, und jetzt verachtete er sich dafür.

Die Person an der Tür hatte sich jetzt auf die schrille Türglocke verlagert. Sie riss Lucas aus seinem Selbsthass. Er eilte die Treppe hinauf und warf im Vorübergehen einen Blick auf seine Krawatte in dem großen Spiegel im Eingangsbereich.

»Tut mir leid, dass ich Sie so antreiben muss, Mr. Keaton, aber wir kommen sonst zu spät«, entschuldigte sich sein Fahrer, kaum dass er die Tür geöffnet hatte.

»Kein Grund, sich zu entschuldigen, Henry. Wenn Sie mich nicht antreiben würden, käme ich niemals pünktlich irgendwohin«, lächelte er.

Henry setzte sich unverzüglich ans Steuer, denn er hatte den Multimillionär häufig genug chauffiert, um zu wissen, dass er es hasste, wenn man ihm die Tür aufhielt.

»Heute Morgen mal woandershin«, stellte Henry im Plauderton zu Beginn der Fahrt fest.

Lucas antwortete nicht sofort. Er wollte einfach nur in Ruhe dort sitzen:

»Ich komme danach alleine zurück.«

»Sind Sie sicher?«, fragte Henry und beugte sich vor, um in den Himmel zu schauen. »Sieht nach Regen aus.«

»Das macht mir nichts«, versicherte Lucas ihm. »Aber ich möchte, dass Sie mir die Rückfahrt in Rechnung stellen, und gehen Sie stattdessen doch was Schönes zu Mittag essen.«

»Das ist sehr freundlich von Ihnen, Sir.«

»Henry, ich bin ungern unhöflich, aber ich habe vor dieser Besprechung noch E-Mails abzuarbeiten.«

»Alles gut. Sagen Sie Bescheid, wenn Sie was brauchen.«

Beruhigt, den Mann nicht vor den Kopf gestoßen zu haben, nahm Lucas sein Handy heraus und starrte den Rest der Fahrt über auf das schwarze Display.

Früher hatte sich Lucas mit unzähligen Prominenten, Industriemagnaten und Weltherrschern getroffen, aber niemals war er so nervös gewesen wie jetzt, da er in dem minimalistischen Wartezimmer von Alexei Greens Praxis saß. Beim Ausfüllen des Formulars, das man ihm beim Reinkommen ausgehändigt hatte, zitterte sein Fuß. Es fiel ihm schwer, den Stift mit seiner feuchten Hand zu halten, und er hatte es geschafft, sich den Daumennagel blutig zu kauen.

Als das Telefon der Dame am Empfang klingelte, stellte er das Atmen ein.

Sekunden später ging die Tür ihm gegenüber auf, und ein ungewöhnlich gutaussehender Mann trat heraus. Vielleicht weil er gerade eben erst sein eigenes schütteres Haar auf dem Foto betrachtet hatte, konnte Lucas sich nicht vom Anblick Greens voller Haare losreißen, die er zurückgekämmt trug, so wie aktuell fast alle Filmstars – er sah aus wie einer von ihnen.

»Lucas, ich bin Alexei«, begrüßte Green ihn und schüttelte ihm die Hand, als wären sie gute alte Freunde. »Bitte, kommen Sie herein, kommen Sie rein. Darf ich Ihnen etwas anbieten? Einen Tee? Vielleicht einen Kaffee? Oder ein Glas Wasser?«

Lucas schüttelte den Kopf.

»Nein? Na schön, kommen Sie und setzen Sie sich« Green lächelte, schloss leise die Tür hinter sich.

Lucas hatte seit über zwanzig Minuten kein Wort mehr gesagt. Er fingerte am Reißverschluss seiner Jacke herum, Green beobachtete ihn dabei geduldig. Als Lucas aufsah, kreuzten sich ihre Blicke kurz, dann schaute Lucas wieder auf die Jacke in seinem Schoß. Sekunden später brach er in Tränen aus, schluchzte in seine Hände, aber Green sagte noch immer kein Wort.

Fast fünf Minuten vergingen.

Lucas rieb sich die roten Augen und atmete tief aus:

»Tut mir leid«, entschuldigte er sich und hätte fast wieder angefangen zu weinen.

»Muss es nicht«, sagte Green beruhigend.

»Es ist nur … Sie … niemand kann verstehen, was ich durchgemacht habe. Mir wird es *nie* wieder gutgehen. Wenn man jemanden liebt, ich meine *wirklich* liebt, und man ihn dann verliert … dann darf es einem doch auch gar nicht wieder gutgehen, oder?«

Green beugte sich zu dem aufgewühlten Mann vor und reichte ihm eine Handvoll Kleenextücher aus der Box auf seinem Tisch.

»Zu akzeptieren, dass sich etwas vollkommen der eigenen Kontrolle entzieht, bedeutet noch nicht, dass es einem gutgeht, das ist ein großer Unterschied«, sagte Green freundlich. »Sehen Sie mich an, Lucas.«

Zögernd sah er dem Therapeuten in die Augen.

»Ich bin aufrichtig davon überzeugt, dass ich Ihnen helfen kann«, sagte Green.

Lächelnd tupfte Lucas sich über die Augen und nickte:

»Ja … ja. Ich denke auch, dass Sie das vielleicht können.«

KAPITEL 22

Dienstag, 15. Dezember 2015
14.04 Uhr

Baxter schickte dieselbe Nachricht gleich an drei Personen: an Edmunds, Vanita und Thomas.

Bin Okay. Komme nach Hause.

Sie hatte ihr Handy ausgeschaltet und einen der wenigen Züge, die überhaupt noch fuhren, nach Coney Island genommen. Sie musste raus aus Manhattan, weg von den traumatisierten Menschen, den vier dunklen Wolken, die über der Stadt hingen und den blauen Himmel verschandelten: die Visitenkarte eines Killers.

Die anderen aufgeschreckten Passagiere waren einer nach dem anderen unterwegs ausgestiegen. Baxter betrat ganz alleine die fast menschenleere U-Bahn-Station. Sie zog ihre Jacke fester um sich, da der Wind hier stärker und kälter blies als in der Stadt, und ging zum Strand.

Der Jahrmarkt war über den Winter geschlossen, die Skelette der eingefrorenen Fahrgeschäfte waren von verbarrikadierten Buden und Ständen umgeben, riesige Vorhängeschlösser waren daran befestigt.

Für Baxter kam hier die wahre Leere unter der Oberfläche

zum Vorschein, der Jahrmarkt war nichts als eine Illusion aus grellen Lichtern und lauter Musik, die davon ablenken sollte, wie substanzlos die Angebote waren. Dasselbe Prinzip hatte am Morgen Horden von Menschen an den Times Square gelockt, die weltberühmte Touristenfalle, wo Menschen aus aller Welt freiwillig schrill leuchtende Reklame bestaunten, die sie andernorts meist ignorierten.

Obwohl Baxter wusste, dass ihre Wut sowohl unvernünftig wie unangebracht war, widerten sie die Unternehmen an, die versuchten, ihnen allen ihre verschiedenen Produkte aufzuzwingen. Im Licht einer Coca-Cola-Werbung zu sterben hatte etwas ungeheuer Hohles und kam ihr irgendwie noch sinnloser vor, als ein gewaltsamer Tod es sowieso schon war.

Sie wollte nicht länger darüber nachdenken. Sie wollte an gar nichts denken, besonders nicht an Curtis und dass sie sie sterbend an diesem schrecklichen Ort hatten liegenlassen.

Sosehr sie sich auch über Rouches Feigheit aufgeregt hatte, so wusste sie doch auch, dass sie selbst ihm erlaubt hatte, sie wegzuführen. Wäre sie wirklich entschlossen gewesen, bei ihr zu bleiben, hätte er sie nicht von ihrer Kollegin trennen können. *Deshalb* war sie so wütend auf ihn: Er wusste es. Sie hatten die Entscheidung gemeinsam getroffen.

Sie hatten sie gemeinsam zurückgelassen.

Sie spazierte weiter über die Strandpromenade, vorbei am Jahrmarkt, vor ihr nichts als Meer und Schnee … und ging immer weiter.

* * *

Am nächsten Morgen stand Baxter früh auf und verzichtete auf das Frühstück, um Rouche nicht zu begegnen. Es war ein schöner, kalter Wintertag, ohne eine einzige Wolke am Himmel. Sie holte sich einen Kaffee zum Mitnehmen und ging zu

Fuß zum Federal Plaza. Nachdem sie die Sicherheitskontrolle passiert hatte, fuhr sie mit dem Aufzug ins Büro hinauf.

Sie war die Erste im Besprechungszimmer und nahm ganz selbstverständlich hinten in der Ecke Platz. Wenig später wurde ihr bewusst, weshalb. Wolf und sie hatten sich bei Teambesprechungen und Fortbildungsseminaren immer hinten in die letzte Reihe gesetzt. Die beiden Unruhestifter hatten ihr Unwesen lieber außerhalb des Blickfelds der anderen getrieben.

Sie lächelte. Dann war sie wütend auf sich, weil sie so nostalgisch wurde: Sie dachte daran, wie Finlay unklugerweise bei einem Fortbildungsseminar über Political Correctness eingeschlafen war. Wolf und sie hatten seinen Stuhl ganz langsam im Verlauf von zwanzig Minuten herumgedreht, so dass er den Anwesenden zugewandt dort saß und schnarchte. Der Gesichtsausdruck des Ausbilders, als er es merkte, und wie er Finlay daraufhin anbrüllte, waren einfach zu gut gewesen. Er hatte Finlay als »faules schottisches Arschloch« beschimpft, womit das Seminar abrupt beendet war.

Baxter ging viel zu viel durch den Kopf, um jetzt an so etwas denken zu dürfen. Sie stand auf und setzte sich einen Platz weiter nach vorne.

Um fünf vor neun füllte sich der Raum, es herrschte eine unruhige, aufgebrachte Atmosphäre. Baxter war darauf bedacht, den Blickkontakt zu Rouche zu vermeiden, als dieser hereinkam und sie suchte. Da kein anderer Stuhl frei war, musste er in der allgemein unbeliebten ersten Reihe Platz nehmen.

Ihre Bemühungen, sich möglichst nicht mit dem Tod ihrer Kollegin zu beschäftigen, waren vergebens gewesen. Zwanzig Sekunden nachdem sie den Raum betreten hatte, schaltete Lennox den riesigen Touchscreen-Monitor ein und zeigte ein Foto von Curtis in vollständiger FBI-Uniform, die offen in die

Kamera lächelte. Ihre Haut war makellos, sogar in der Vergrößerung.

Baxter hatte das Gefühl, als hätte ihr jemand in den Magen geboxt. Sie sah sich im Raum um, nur damit ihre Augen etwas zu tun hatten, sie wusste, sie würden sich sonst mit Tränen füllen.

Unter dem Bild stand:

Special Agent Elliot Curtis
1990–2015

Lennox senkte den Kopf und schwieg eine kurze Weile.

Dann räusperte sie sich:

»Wahrscheinlich hat Gott noch einen Engel gebraucht.«

Baxter musste all ihre Selbstbeherrschung aufbieten, um nicht aus dem Raum zu stürmen, allerdings stand sehr zu ihrer Verwunderung Rouche auf und ging raus.

Es herrschte angespannte Stille. Dann setzte Lennox die Besprechung fort. Sie verkündete, dass sie Baxter »bedauerlicherweise« am Nachmittag verabschieden müssten, und bedankte sich bei ihr für ihren »unschätzbar wertvollen« Beitrag zu den Ermittlungen. Sie fuhr fort, dass die Arbeit für die anderen jetzt erst beginne und sie fortan eng mit Homeland Security und der Abteilung des NYPD für Terrorbekämpfung zusammenarbeiten würden. Dann stellte sie den Agenten vor, der Curtis ersetzen sollte.

»Wir als Vollzugsbehörde, als Nation, haben uns gestern Morgen manipulieren lassen«, erklärte Lennox den Anwesenden. »Diesen Fehler werden wir nicht noch einmal machen. Rückblickend scheint jetzt alles so offensichtlich: Die Täter satteln auf den berühmten Ragdoll-Fall auf, um das Interesse der Medien zu wecken, veranstalten das groteske Spektakel im

Grand Central Terminal, um dafür zu sorgen, dass auch wirklich die ganze Welt über sie spricht, und jetzt haben sie unsere Leute getötet, um eine Reaktion zu provozieren, die jeglichen Rahmen sprengt. Nicht umsonst wurden die Opfer als ›Köder‹ gekennzeichnet.«

Auf Lennox' Zusammenfassung folgte betretenes Schweigen. Sie waren längst gewarnt worden, dass sie in eine bestimmte Richtung getrieben wurden, und trotzdem hatte es niemand kommen sehen.

»Wir haben sie mit allen uns zur Verfügung stehenden Mitteln bekämpft.« Lennox hielt inne und warf einen Blick auf ihre Notizen. »In der Kirche und am Times Square haben wir zweiundzwanzig Leute verloren, darunter Beamte des NYPD, ein gesamtes Team der E. S. U. und natürlich Special Agent Curtis. Die Anzahl der Toten insgesamt liegt bei einhundertundsechzig. Allerdings rechnen wir damit, dass die Zahl noch beträchtlich steigen wird, bis die Aufräumarbeiten abgeschlossen sind. Einige Personen im Krankenhaus werden möglicherweise ihren Verletzungen erliegen.«

Sie blickte zu dem Foto von Curtis:

»Wir sind es jedem einzelnen unserer Kollegen schuldig, dass wir die Verantwortlichen finden und bestrafen.«

»Die können was erleben«, brummte jemand.

»Wobei wir unseren Kollegen zu Ehren den hohen professionellen Standard beibehalten werden, den sie zu Recht von uns erwarten«, ergänzte Lennox. »Sie haben jetzt alle sicherlich genug davon, mir zuzuhören, ich gebe ab an Special Agent Chase.«

Curtis' Nachfolger erhob sich. Baxter hatte schon aus Prinzip beschlossen, ihn nicht leiden zu können, und stellte zufrieden fest, dass ihre Abneigung vollkommen gerechtfertigt war. Chase trug seine Panzerweste im Büro aus keinem anderen ersichtlichen Grund, als dass er sich cool darin fand.

»Okay«, fing Chase an, der offensichtlich unter der unnötigen Bekleidung schwitzte. »Es ist uns gelungen, zwei der an den Anschlägen gestern beteiligten Fahrzeuge zu identifizieren.«

Die Fotos erstrahlten auf dem Bildschirm. Auf einem war ein kaputter weißer Transporter in einer schmalen Seitenstraße zu sehen, ein zweiter weißer Transporter parkte mitten in der Fußgängerzone.

»Wie Sie sehen können, haben wir zwei identische Fahrzeuge: gefälschte Kennzeichen, strategisch platziert, um möglichst großen Schaden anzurichten«, sagte Chase.

»In einer Seitenstraße?«, fragte eine weibliche Agentin ziemlich weit vorne.

»An Menschen und Bauwerken«, präzisierte Chase, der Zettel in seiner Hand zitterte. »Der Transporter in der Seitenstraße war so platziert, dass die Werbetafeln und die Neujahrskugel herunterkamen. Wir waren bereits in erhöhter Alarmbereitschaft. An jedem anderen Tag wären diese beiden Fahrzeuge herausgewunken und abgefangen worden, bevor sie auch nur ansatzweise nach Midtown gelangt wären. Wir haben weniger als eine Stunde lang nicht aufgepasst und mussten den Preis dafür zahlen.«

»Und die anderen beiden Explosionen?«, fragte jemand.

»Die letzte Detonation erfolgte unterirdisch in der Subway, aber nicht in einem Zug. Wir nehmen an, der Sprengsatz war in einem Rucksack oder etwas Ähnlichem versteckt, aber es wird noch eine Weile dauern, bis wir diesen gefunden haben. In der Kirche wurde die Explosion offenbar durch das Aufbrechen der Türen ausgelöst. Unsere Vermutung ist vorläufig, dass die hohlen Holzpuppen, von denen berichtet wurde, mit C4 gefüllt waren. In dem Moment, in dem die Türen aufgebrochen wurden, sind sie hochgegangen.«

Chase hielt ein neueres Foto des langhaarigen britischen Psychiaters hoch:

»Unser Hauptverdächtiger: Doctor Alexei Green wurde scheinbar vom Erdboden verschluckt. Wenn er glaubt, er kann sich vor uns verstecken, dann täuscht er sich. Er hält sich für klüger als wir, und auch da täuscht er sich. Keiner von uns wird ruhen, bis wir diesem Dreckschwein Handschellen angelegt haben. Und jetzt los an die Arbeit.«

* * *

Baxter setzte sich an ihren Fensterplatz im Flugzeug. Sie hatte fast anderthalb Stunden gebraucht, um die verschärften Sicherheitskontrollen zu passieren, die am vorangegangenen Nachmittag eingeführt worden waren. Nach der Besprechung war sie in Lennox' Büro beordert worden, die Verabschiedung hatte etwas Heuchlerisches. Dann hatte sie nur noch auf einen günstigen Moment gewartet zu verschwinden, ohne Rouche noch einmal begegnen zu müssen. Es war unhöflich von ihr zu gehen, ohne auf Wiedersehen zu sagen, aber sie vertraute ihm nicht. Bislang fand sie ihn manchmal auf nervige Weise exzentrisch, dann wieder absolut seltsam, und jetzt erinnerte er sie an die schlimmste Erfahrung ihres Lebens, die sie mit Entsetzen und Beschämung gleichermaßen erfüllte.

Sie war froh, ihn los zu sein.

Den ganzen Abend über war sie ziellos durch die Stadt gestreift und danach völlig erschöpft gewesen. Sie war viele Kilometer weit durch die Straßen gelaufen. Als sie schließlich ins Hotel zurückgekehrt war, hatten die Gedanken, vor denen sie davonlaufen wollte, sie doch wieder eingeholt und ihr den Schlaf geraubt.

Jetzt zog sie ihre billigen In-Ear-Kopfhörer aus der Tasche, suchte sich eine Playlist, die sich zum Einschlafen eignete, und schloss die Augen.

* * *

Sie hörte das sanfte Brummen der Motoren und den beruhigenden Sound des Gebläses, das warme Luft in die behaglich beleuchtete Kabine beförderte. Baxter zog die Decke höher und machte es sich erneut im Sitz bequem. Dann wurde ihr bewusst, dass sie beim Einschlafen gar keine Decke gehabt hatte.

Unverzüglich hellwach, schlug sie die Augen auf und sah nur wenige Zentimeter von ihrem eigenen entfernt ein vertrautes Gesicht, leise, mit offenem Mund schnarchend:

»Rouche!«, rief sie und weckte mindestens sieben andere Personen in der näheren Umgebung.

Rouche schaute sich verdattert um: »Was?«

»Psst!«, zischte jemand hinter ihnen.

»Was ist?«, fragte Rouche besorgt.

»Wie, was ist?«, erwiderte Baxter immer noch viel zu laut. »Was machst du denn hier?«

»Wo?«

»Na, hier! Im Flugzeug!«

»Verzeihen Sie, ich muss Sie bitten, leiser zu sprechen«, sagte eine gereizte Flugbegleiterin vom Gang aus. »Sie stören die Mitreisenden.«

Baxter starrte sie an, bis sie endlich wieder abzog.

»Wir vermuten, dass die gestrigen Ereignisse den Abschluss der Angriffe in den Vereinigten Staaten bilden. Wir müssen uns auf die Möglichkeit gefasst machen, dass als Nächstes ein Anschlag von einer ähnlichen Größenordnung in Großbritannien geplant ist«, flüsterte Rouche beinahe unhörbar. »Alexei Green ist unsere heißeste Spur, und er wurde zuletzt in London gesehen, kurz nachdem Cur…« Er hielt inne, sprach ihren Namen nicht aus. »Kurz nachdem wir im Gefängnis waren.«

»Curtis«, fauchte Baxter. »Du kannst ihren Namen ruhig aussprechen. Es wird uns sowieso den Rest unseres Lebens verfolgen. Wir waren bewaffnet. Wir hätten es versuchen sollen. Wir haben sie einfach dort liegen und sterben lassen!«

»Wir hätten sie nicht retten können.«

»Das weißt du nicht!«

»Doch, das weiß ich!«, fuhr Rouche sie für seine Verhältnisse ungewöhnlich wütend an. Er winkte einer griesgrämigen alten Dame auf der anderen Seite des Gangs entschuldigend zu und senkte erneut die Stimme: »Ich weiß es.«

Sie schwiegen kurz.

»Sie hätte nicht gewollt, dass du für sie stirbst«, fuhr Rouche sanft fort. »Und sie weiß, dass du sie nicht liegenlassen wolltest.«

»Sie war bewusstlos«, gab Baxter bissig zurück.

»Ich mein's ernst. Sie weiß es. Sie schaut auf uns runter und …«

»O Mann, halt die Klappe!«

»Halt sie selber«, murmelte jemand weiter vorne.

»Wag es nicht, mich mit deinem religiösen Scheiß vollzulabern. Ich bin kein dummes kleines Mädchen, dessen Hamster gestorben ist. Behalte deinen Kleine-Fee-im-Himmel-Blödsinn für dich, okay?«

»Okay. Ich entschuldige mich«, sagte Rouche und hob kapitulierend die Hände. Aber Baxter war noch nicht fertig.

»Ich hör mir den Blödsinn nicht weiter an, dass Curtis sich an einem wunderbaren Ort befindet und uns dankbar dafür ist, dass wir sie auf einem dreckigen Fußboden haben verrecken lassen. Sie ist tot! Für immer! Sie hatte Schmerzen und dann nichts mehr. Ende.«

»Tut mir leid, dass ich das angesprochen habe«, sagte Rouche, erschrocken über die Gehässigkeit in Baxters Worten.

»Angeblich bist du doch so intelligent, Rouche. Unsere Aufgabe besteht darin, Beweise zu sammeln, Fakten, aber du möchtest glauben, dass da irgendein alter Sack auf einer Wolke sitzt und wie ein altersschwaches Glücksbärchi auf uns wartet. Ich ... ich kapier's einfach nicht.«

»Kannst du aufhören? *Bitte?*«, sagte Rouche.

»Sie ist tot, okay?«, sagte Baxter, die erst jetzt merkte, dass sie weinte. »Ein kaltes Stück Fleisch in einer Tiefkühltruhe, und das wegen uns. Und wenn ich den Rest meines Lebens damit leben muss, dann musst du das verdammt noch mal auch.«

Sie steckte sich die Ohrstöpsel wieder in die Ohren und wandte sich, nach ihrem Ausbruch immer noch schwer atmend, zum Fenster. In der dunklen Scheibe konnte sie nur ihr eigenes Spiegelbild sehen. Langsam wich ihre zornige Miene einem Ausdruck des Bedauerns.

Zu stur, um sich zu entschuldigen, schloss sie die Augen, bis sie endlich wieder einschlief.

* * *

In Heathrow angekommen, war Rouche so freundlich und liebenswert wie immer, weshalb Baxter sich nur noch schlechter fühlte. Sie ignorierte alle seine Versuche, sich mit ihr zu unterhalten, und drängelte sich beim Aussteigen an ihm vorbei. Ihr Koffer war einer der ersten, die ausgeladen wurden. Sie schnappte ihn sich vom Band und rollte nach draußen, um auf Thomas zu warten.

Zehn Minuten später hörte sie hinter sich einen Koffer heranrollen, stierte aber umso intensiver auf den Pick-up-Point, bis sie ihn weiterrollen hörte. Aus dem Augenwinkel sah sie Rouche zum Taxistand gehen. Als sie sich zu ihrem Gepäck umdrehte, entdeckte Sie erstaunt ihre orangefarbene Mütze und die Handschuhe obendrauf. Sie schüttelte den Kopf:

»Ich bin eine ganz fürchterliche Person«, flüsterte sie.

KAPITEL 23

Donnerstag, 17. Dezember 2015
9.34 Uhr

»Morgen, Chef!«

»Morgen.«

»Willkommen zu Hause, Chef.«

»Danke.«

»Scheiße, sie ist wieder da.«

Fünf Minuten nach ihrer Ankunft bei New Scotland Yard musste Baxter sich durch eine Flut auf sie einstürmender, größtenteils freundlicher Begrüßungen in ihr Büro kämpfen.

Thomas war am Morgen mit ihr zu sich nach Hause gefahren, wo sie sich eine schnelle Dusche und frische Klamotten gegönnt hatte. Beim gemeinsamen Frühstück hatte Echo schmollend in der Ecke gesessen, offensichtlich fassungslos darüber, dass Baxter ihn fast eine ganze Woche bei einem Fremden gelassen hatte. Aber zum ersten Mal überhaupt hatte sie selbst bei ihrer Ankunft bei Thomas das Gefühl gehabt, nach Hause zu kommen … Thomas hatte sich für sie wie zu Hause angefühlt.

Obwohl ihr nicht ganz klar war, wie viel Uhr und welcher Tag es überhaupt war, hatte Baxter sich anschließend auf den Weg zur Arbeit gemacht.

Sie schlug die Bürotür hinter sich zu, schloss die Augen und atmete tief aus, während sie sich gegen die Tür lehnte, falls ihr noch jemand einen guten Morgen wünschen wollte.

»Guten Morgen.«

Langsam öffnete sie die Augen und sah Rouche an ihrem Schreibtisch sitzen. Er wirkte verstörenderweise hellwach und putzmunter.

Es klopfte an der Tür.

»*Ja!*«, rief Baxter. »Oh, hallo, Jim.«

Ein älterer Mann mit Schnurrbart trat ein und schaute fragend zu Rouche:

»Morgen. Wir haben einen Gesprächstermin«, sagte er vorsichtig.

»Schon gut«, versicherte sie ihm und sagte an Rouche gewandt:

»Jim ist für die ›Suche‹ nach Detective Fawkes zuständig.«

»Und«, sagte Jim, der sich gar nicht erst setzte, »hast du Wolf gesehen?«

»Nein.«

»Super. Dann bis nächste Woche«, sagte er und schloss die Tür hinter sich.

Baxter machte sich auf den nächsten Besucher gefasst, aber es kam niemand.

»Ich sitze auf deinem Platz«, sagte Rouche und stand auf, um einen der billigen Plastikstühle heranzuziehen. »Ich habe uns beim Chef der T-Branch Section im Thames House angemeldet, um halb elf. Ich hoffe, das ist in Ordnung? Und um zwölf sind wir bei der SO15.«

»Schön.«

»Ich dachte, wir gehen zusammen hin«, ergänzte er vorsichtig.

»Wirklich?«, seufzte Baxter. »Gut, aber *ich* fahre.«

* * *

»Pusten, pusten, weiter pusten …«

Das Alkoholmessgerät piepte zweimal, bevor der jugendlich wirkende Beamte es Baxter aus dem Mund zog. Sein Kollege lag auf dem Boden und zerrte das, was von dem Fahrrad übrig war, unter dem Audi hervor. Der in Lycragekleidete Radfahrer wurde von einem Sanitäter durchgecheckt, obwohl er ganz offensichtlich nur ein paar leichte Schürfwunden davongetragen hatte. Rouche saß, sichtlich erschrocken, still auf dem Bordstein.

»Also, sind wir jetzt fertig?«, fragte Baxter in die Runde.

Nach einer unverbindlichen Antwort zog sie ihre Visitenkarte aus der Tasche und steckte sie dem vor Wut schäumenden Radfahrer im Vorbeigehen zu. Rouche stand auf, und beide stiegen wieder in den Wagen. Ein paar Kunststoffteile klapperten über den Asphalt, als sie rückwärts vom Bürgersteig herunter wendeten und ihre Fahrt auf der Millbank fortsetzten.

»Pack die ins Handschuhfach, ja?«, sagte Baxter und gab ihm den Stapel Metropolitan-Police-Visitenkarten, von denen sie eine dem Radfahrer zugesteckt hatte.

Rouche nahm den Stapel, stockte dann aber:

»Dir ist schon klar, dass da Vanitas Name draufsteht, oder?«, fragte er.

Baxter sah ihn mit gerunzelter Stirn an, als wäre er begriffsstutzig.

Rouche starrte sie immer noch an, er wartete auf eine Erklärung.

»Ich kann wirklich an keine Versicherung mehr zahlen«, erklärte sie ihm. »Ich hab meine letzte Verwarnung vor ungefähr elf Unfällen bekommen. Demnächst lass ich mir ein paar Karten mit Finlay Shaw drauf drucken. Finlay könnte doch auch ein Mädchenname sein, oder?«

»Auf keinen Fall«, sagte Rouche.

»Also, *ich* denke schon. Und das ist toll!«, versicherte Baxter ihm. »Er ist pensioniert. Dem ist das egal.«

Rouche schaute immer noch unsicher.

Nach ein paar Minuten Stille, in denen sie sich im stockenden Verkehr zirka zwei Meter vorwärtsbewegt hatten, versuchte Rouche ein Gespräch zu beginnen:

»Dein Freund wird sich freuen, dass er dich wiederhat«, sagte er beiläufig.

»Denk ich mal.« Erstaunlicherweise zeigte Baxter sich bereit, Zugeständnisse an die soziale Etikette zu machen, indem sie mit einem Kommentar konterte. Allerdings spulte sie den Satz mit der emotionalen Anteilnahme eines Roboters ab: »Muss schön für deine Familie sein, dass sie dich jetzt ein bisschen öfter sehen.«

Rouche seufzte:

»Die waren schon aus dem Haus, nachdem mir mein Taxifahrer endlich alle Londoner Sehenswürdigkeiten gezeigt hatte.«

»Schade. Wir versuchen heute mal zu einer anständigen Uhrzeit Feierabend zu machen, damit du sie sehen kannst.«

»Das wäre schön«, er grinste. »Ich hab an das gedacht, was du über Curtis gesagt hast und …«

»Ich will nicht darüber reden!«, schrie Baxter ihn an. All die Gefühle vom Vortag waren völlig unvermittelt wieder da.

Die Stille schwoll an.

»Aber gar nichts sagen sollst du auch nicht!«, beschwerte Baxter sich wütend. »Können wir einfach über was anderes reden?«

»Zum Beispiel?«

»Zum Beispiel irgendwas. Keine Ahnung. Erzähl mir was von deiner Tochter oder so.«

»Magst du Kinder?«, fragte Rouche.

»Nein.«

»Natürlich nicht. Na ja, sie hat knallrote Haare wie ihre

Mutter, und sie singt gerne. Aber Gott steh dir bei, solltest du dich in Hörweite befinden, wenn sie's tut.«

Baxter lächelte. Wolf hatte dasselbe häufig über sie gesagt. Nachdem sie einmal einen Drogendealer verhaftet hatten, der mit einem Messer auf ihn losgegangen war, hatte er sie sogar gebeten, diesem etwas vorzusingen, während Wolf selbst Essen holen ging.

Sie fuhr mit dem Wagen ein Stück weiter vor, blockierte eine große Kreuzung.

»Sie schwimmt und tanzt gerne, und samstagabends schaut sie *The X-Factor* im Fernsehen«, fuhr Rouche fort. »Zum Geburtstag wünscht sie sich nur Barbies, Barbies ... und noch mehr Barbies.«

»Mit sechzehn?«

»Wieso sechzehn?«

»Dein Freund vom FBI hat doch gesagt, sie ist genauso alt wie seine Tochter: sechzehn.«

Rouche wirkte einen Augenblick lang verloren, dann lachte er:

»*Wow.* Dir entgeht aber auch gar nichts, oder? McFarlen ist nicht mein Freund. Ich dachte, es wäre einfacher, wenn ich's so stehenlasse, anstatt ihm zu verklickern, dass er auf dem Holzweg ist. Sie ist sechs ... na, fast«, er lächelte.

Endlich rollte Baxter von der Kreuzung und auf einen Fußgängerüberweg.

»Wie heißt sie?«

Rouche zögerte einen Augenblick, bevor er antwortete: »Ellie, also Elliot. Sie heißt Elliot.«

* * *

Der Leiter der Abteilung, Wyld, lehnte sich auf seinem Stuhl zurück und wechselte einen Blick mit seinem Kollegen. Baxter redete bereits seit zehn Minuten, während Rouche schweigend dazu nickte.

Wyld, erstaunlich jung für eine so herausragende Position beim Security Service, strahlte unerschütterlich Zuversicht aus.

»Chief Inspector«, unterbrach er, als sie noch immer keinerlei Anstalten machte, das Tempo aus ihrem Vortrag zu nehmen. »Wir wissen um Ihre Besorgnis …«

»Aber …«

»… und sind dankbar, dass Sie damit zu uns kommen, aber wir sind bereits über die Ermittlungen im Bilde, und ein Team bearbeitet gerade die vom FBI in diesem Zusammenhang weitergeleiteten Informationen.«

»Aber ich …«

»Bedenken Sie«, fiel er ihr mit Nachdruck ins Wort, »dass in New York City die höchste Terrorwarnstufe herrschte, das heißt, man ging ohnehin davon aus, dass ein Anschlag unmittelbar bevorstand.«

»Ich weiß, was das heißt«, sagte Baxter kindisch.

»Gut. Dann werden Sie verstehen, wenn ich Ihnen sage, dass der Bedrohungszustand in Großbritannien seit fünfzehn Monaten konstant lediglich als ›hoch‹ eingestuft wird.«

»Dann setzen Sie ihn rauf!«

»Das ist aber nicht mit einem einfachen Knopfdruck getan«, lachte Wyld herablassend. »Haben Sie eine Vorstellung davon, was es kostet, eine Terrorwarnstufe auszurufen? Das sind Milliarden: erhöhte Präsenz bewaffneter Polizisten auf den Straßen, Mobilisierung des Militärs, die Menschen gehen nicht mehr zur Arbeit, es kommt zu einem Investitionsstopp des Auslands, die Börsenwerte rutschen in den Keller. Die Liste ließe sich endlos fortsetzen …

Wenn wir unseren Bedrohungszustand selbst als ›kritisch‹ einstufen, geben wir vor dem Rest der Welt zu, dass wir kurz vor einem schweren Schlag stehen und absolut nichts tun können, um diesen zu verhindern.«

»Dann geht es also um Geld?«, fragte Baxter.

»Zum Teil«, gab Wyld zu. »Aber es geht eigentlich vor allem darum, dass wir nicht hundertprozentig sicher sind, dass wirklich ein Anschlag geplant ist. Seit der Einschätzung des Bedrohungszustands als ›hoch‹, haben wir sieben ernsthafte Terroranschläge verhindern können, von denen die Öffentlichkeit weiß. Außerdem noch sehr, sehr viel mehr, von denen nichts bekanntgeworden ist. Ich will sagen, Chief Inspector, sollte in Zusammenhang mit den Asasel-Morden ein Anschlag geplant sein …«

»Wir benutzen diesen Begriff nicht.«

»… hätten wir das inzwischen mitbekommen.«

Baxter schüttelte den Kopf und lachte bitter. Rouche kannte den Blick bereits und griff schnell ein, bevor sie etwas zu dem Kollegen vom MI5 sagen konnte, was nicht wiedergutzumachen war:

»Sie wollen doch nicht andeuten, dass es Zufall war, dass weniger als zehn Minuten nach dem Massaker in der Kirche der Times Square gesprengt wurde?«

»Natürlich nicht«, fuhr Wyld sie an. »Aber haben *Sie* die Möglichkeit in Betracht gezogen, dass es sich um einen Anschlag opportunistischer Natur gehandelt haben könnte? Dass ein bereits geplanter Terroranschlag vorgezogen wurde, um sich den Umstand zunutze zu machen, dass die Kräfte des NYPD anderweitig gebunden waren?«

Sowohl Baxter wie auch Rouche schwiegen.

»Das FBI hat bereits herausgefunden, dass die primitiven Materialien, die in der Kirche verwendet wurden, keinerlei Ähnlichkeiten mit den Vorrichtungen aufwiesen, die später und in einiger Entfernung explodiert sind. Und überhaupt, diese ganze Theorie, dass die Ereignisse in Großbritannien die in den USA spiegeln: Wir hatten hier bislang nur zwei Morde, über die auf der anderen Seite des Atlantik ebenso ausführlich berichtet wurde wie hierzulande auch. Sogar *Sie* werden einräumen müssen, dass das Massaker in der Kirche und die Explosionen am Times Square Höhepunkt und Ende der Serie darstellen könnten.«

Baxter stand auf, um zu gehen. Rouche folgte ihr.

»Haben Sie schon ein Bekennerschreiben erhalten?«, fragte sie auf dem Weg zur Tür. »Hat jemand die Verantwortung für so viel Tod und Zerstörung übernommen?«

Wyld sah seine Kollegin verärgert an: »Nein. Nein, noch niemand.«

»Wissen Sie, warum?«, fragte sie, inzwischen fast schon draußen im Gang. »Weil es noch nicht vorbei ist.«

* * *

»Vollidioten!«, zischte Baxter, kaum dass sie sich wieder auf der Millbank befanden. Der prächtige Torbogen des Thames House ragte hoch über ihnen auf, vom Fluss wehte ein kalter Wind herüber.

Rouche hörte nicht zu. Er las E-Mails auf seinem Handy.

»Einer der Killer in der Kirche wurde lebend gefunden!«

»Wirklich? Wie?«

»Er war in einem der Gänge hinter der Bühne unter einem Haufen Schutt begraben, abseits der schlimmsten Explosion. Jetzt liegt er im künstlichen Koma, aber Lennox besteht darauf, dass er entgegen den Anweisungen der Ärzte geweckt wird.«

»Gut gemacht«, sagte Baxter. Sie konnte Special Agent Lennox zwar nicht leiden, wusste aber, dass Vanita niemals eine so mutige Entscheidung getroffen hätte. So etwas überließ sie lieber ihren Detectives und war jederzeit bereit, diese, falls nötig, hinterher ans Messer zu liefern.

»Sie sagen, wenn er zu früh wieder zu Bewusstsein kommt, ist die Wahrscheinlichkeit größer, dass er bleibende Hirnschäden davonträgt.«

»Umso besser.«

»Sollte das der Fall sein, wird es nicht gut ausgehen für Lennox. Die werden sie bluten lassen.«

»Tja«, sagte Baxter schulterzuckend, »das ist leider häufig der Nebeneffekt, wenn man das Richtige tut.«

* * *

Um 20.38 Uhr stolperte Edmunds zu Hause durch die Tür, roch den Gestank nach Talkumpuder, frischer Babyscheiße und Toast. Leila schrie sich die Lunge aus dem Leib.

»Alex? Bist du das?«, rief Tia aus dem Schlafzimmer.

Edmunds schaute im Vorbeigehen in die Küche, in der es aussah, als wäre eine Bombe eingeschlagen. Er ging die Treppe hinauf und fand Tia, die ihre Tochter im Arm wiegte. Sie wirkte absolut erledigt.

»Wo bist du gewesen?«

»Im Pub.«

»Im Pub?«

Er nickte unschuldig.

»Bist du betrunken?«

Edmunds zuckte kleinlaut mit den Schultern. Eigentlich hatte er nur ein Bier trinken wollen, aber Baxter hatte unglaublich viele entsetzliche Neuigkeiten gehabt. Jetzt, wo er es sich genau überlegte, fiel ihm auf, dass er sich, wenn sie ihn über irgendetwas auf den aktuellen Stand gebracht hatte, am nächsten Tag meistens seltsam gefühlt hatte.

»Ich hab's dir doch heute Morgen gesagt«, behauptete er und hob beim Durchqueren des Zimmers einige Sachen vom Boden auf.

»Nein«, korrigierte Tia ihn. »Du hast nur gesagt, dass Emily heute wiederkommt. Oder soll das heißen, dass ich davon ausgehen darf, dass du selbstverständlich *sofort* mit ihr was trinken gehst, kaum dass sie wieder im Land ist?«

»Wir haben einen Fall!«, platzte Edmunds heraus.

»Nein, hast du nicht! *Sie* hat einen Fall! *Du* arbeitest im Betrugsdezernat!«

»Sie braucht mich.«

»Weißt du was? Ich hab nichts gegen diese komische Beziehung, die ihr da habt, von mir aus. Wenn du ihr hinterherlaufen willst wie ein erbärmlicher Schoßhund, dann mach nur so weiter.«

»Was soll das denn? Du liebst Baxter! Ihr seid Freundinnen!«

»Oh, *bitte*!«, spottete Tia. »Die Frau ist eine Katastrophe. Sie ist so unfreundlich, dass es schon fast absurd ist. Ich bin noch nie jemandem begegnet, der so rechthaberisch sein kann, und stur wie ein Esel ist sie auch.«

Edmunds wollte etwas dagegen sagen, merkte dann aber, dass ihm eigentlich nichts einfiel, um Tias vollkommen zutreffende Vorwürfe zu entkräften. Er vermutete, dass Tia ihre Baxter-Hasstirade einstudiert hatte.

Leila schrie jetzt noch lauter, weil ihre Mutter die Stimme erhoben hatte.

»Und hast du gesehen, wieviel Wein die an einem Abend trinkt? *Du lieber Gott!*«

Edmunds' Magen grummelte zustimmend. Auch das stimmte.

»Wenn du auf dominante Frauen stehst, wie wär's damit: Trink ein Glas Wasser, iss einen Toast und werde nüchtern«, schrie Tia. »Du kümmerst dich heute Abend nämlich um Leila. Und *ich* schlafe auf dem Sofa!«

»Gut!«

»Gut!«

Auf dem Weg nach draußen warf sie ihm noch einen Teddybären an den Kopf. Er hob ihn auf und nahm ihn mit nach unten. Er erinnerte sich daran, wie verlegen Baxter gewesen war, als sie ihn Edmunds an Leilas erstem Geburtstag in die Hand gedrückt hatte. Es machte ihn traurig, wenn er daran dachte, wie schwer Baxter der Umgang mit anderen Menschen fiel.

Er liebte Tia über alles und konnte ihren Standpunkt verstehen, aber sie hatte keine Vorstellung davon, was seine beste Freundin durchgemacht hatte, der unvorstellbare Horror und die Trauer alleine in der vergangenen Woche. Er würde alles in seiner Macht Stehende tun, um ihr zu helfen.

Sie brauchte ihn.

INITIATION

Dienstag, 24. November 2015
21.13 Uhr

Sie wusste, dass sie an der Reihe war.

Konnte aller Augen auf sich spüren, und trotzdem rührte sie sich nicht.

Ein flüchtiger Blick über die Schulter bestätigte ihr, was sie längst gewusst hatte: Der einzige Ausgang hätte sich ebenso gut auch am anderen Ende der Welt befinden können.

Sie schaffte es nicht.

»Sasha?«, flüsterte ihr eine Stimme ins Ohr.

Alexei stand neben ihr. Sie musste daran denken, ihn vor den anderen zu siezen. Er erlaubte nicht jedem, ihn beim Vornamen zu nennen, aber sie war etwas Besonderes, hatte er ihr versichert.

»Komm doch mit mir«, sagte er freundlich, hielt ihr eine Hand entgegen. »Komm.«

Sie gingen zwischen den anderen durch. Diejenigen links von Sasha hatten es bereits hinter sich. Die auf der rechten Seite mussten nun umso länger angespannt warten, nur weil sie so feige war.

Green führte sie vorne in den Raum, wo sich ein schmieriger roter Streifen über den Boden zog, einer ihrer »Brüder« hatte auf halbem Wege das Bewusstsein verloren. Ein Mann, den sie nicht kannte, betrachtete sie emotionslos, ein Messer mit einer blutigen Klinge in der Hand. Er wollte sie nicht zwischendurch saubermachen, nicht bevor er sie entstellt hatte – genau darum ging es ja. Sie waren jetzt eins, gleich, miteinander verbunden.

»Bereit?«, fragte Green.

Sasha nickte, atmete schnell und kurz.

Er trat hinter sie, knöpfte ihr die Bluse auf. Sie glitt von ihren Schultern.

Aber als der Fremde die Klinge ansetzen wollte, zuckte sie zusammen, trat einen Schritt zurück zu Green.

»Tut mir leid … tut mir leid«, entschuldigte sie sich. »Es wird schon gehen.« Und wieder trat sie vor den Mann mit den toten Augen, schloss ihre eigenen und nickte.

Er hob erneut das Messer … sie spürte das kalte Metall auf ihrer Haut.

»Tut mir leid. Tut mir leid. Tut mir leid«, sagte sie und fing an zu weinen, wich aus. »Ich kann nicht.«

Als sie vor aller Augen heftig schluchzte, umarmte Green sie fest:

»Schschsch … schschsch«, beruhigte er sie.

»Ich tue, was auch immer Sie von mir verlangen, ich schwör's«, versicherte Sasha ihm. »Das bedeutet mir alles. Ich kann nur nicht … ich kann's nicht.«

»Aber Sasha, Sie verstehen doch, warum ich Sie bitte, das für mich zu tun?«, fragte Green.

Eine brutale Markierung konnte nicht so schmerzhaft sein wie der verletzte Blick des Betrogenen, den er ihr zuwarf.

»Ja.«

»Sagen Sie's mir, oder besser noch, sagen Sie's uns allen«, sagte Green und ließ sie los.

Sie räusperte sich:

»Damit zeigen wir, dass wir bereit sind, alles für Sie zu tun, und wir die Ihren sind, wir Ihnen überallhin folgen werden, ohne zu fragen, und tun werden, was Sie von uns verlangen.« Erneut schaute sie auf die gebogene Klinge und weinte.

»Gut. Aber Sie wissen, dass Sie nichts tun müssen, was Sie nicht tun möchten«, versicherte Green ihr. »Sind Sie sicher, dass Sie es nicht können?«

Sie schüttelte den Kopf.

»Na gut ... Eduardo!«, rief Green. Ein Mann trat in die Gasse, die die anderen gebildet hatten. Verlegen zog er an seinem frischen Verband. »Sie sind mit Sasha befreundet?«

»Ja, Alex ... Verzeihung, ich meine, Dr. Green.«

»Ich denke, sie kann Sie jetzt brauchen.«

»Danke«, flüsterte Sasha, als Eduardo auf sie zutrat und den Arm um sie legte.

Green drückte ihr zärtlich die Hand, dann ließ er sie los.

Sie hatten den Raum bereits zur Hälfte durchquert, als er noch einmal das Wort an sie richtete:

»Eduardo«, rief Green und blieb an einer Stelle stehen, wo alle ihn sehen konnten. »Ich fürchte, Sasha hat beschlossen, dass sie nicht mehr zu uns gehören will ... Sie müssen sie töten.«

Verdutzt drehte Eduardo sich um, wollte etwas sagen, aber Green war bereits weitergegangen, er hatte damit abgeschlossen, sein Urteil gefällt. Eduardo drehte sich zu Sasha um, unsicher, was er tun sollte.

»Eddie?«, keuchte sie und sah, wie sich der Gesichtsausdruck ihres Freundes veränderte. Durch die Mauer an Schaulustigen konnte sie jetzt nicht einmal mehr den Ausgang sehen. »Ed!«

Seine Augen füllten sich mit Tränen, dann schlug er ihr eine Faust ins Gesicht.

Im Fallen griff sie nach ihm, bekam ein Stück von seinem Verband zu fassen und riss ihn ab.

Alles, worauf sie sich konzentrieren konnte, als er über ihr kniete, war das in seine Brust geritzte Wort. In ihren letzten Augenblicken fand sie Trost darin, denn es war nicht wirklich ihr Freund, der ihr den Schädel auf dem harten Fußboden zertrümmerte … er war bereits tot.

KAPITEL 24

Donnerstag, 17. Dezember 2015
15.36 Uhr

Die verglasten Wände dämpften die Rufe von draußen, als Lennox und Chase durch die Eingangshalle des Montefiore Medical Center marschierten. Vermutlich hatte der unwillige Arzt des Komapatienten die Medien informiert, und sie waren vollzählig erschienen. Hinter den Kameras wurden Transparente hochgehalten: Demonstranten protestierten gegen die Entscheidung des FBI, einen Mann mit lebensbedrohlichen Hirnverletzungen frühzeitig aus dem künstlichen Koma zu wecken.

»Du lieber Gott! Diese Leute haben ein ziemlich kurzes Gedächtnis«, brummte Lennox, als sie den Schildern Richtung Intensivstation folgten.

Chase hatte das nicht gehört. Er hatte Mühe, mit seiner Vorgesetzten Schritt zu halten und gleichzeitig wie befohlen Anrufe abzuwimmeln. Mit jedem seiner Schritte gab es ein nerviges Quietschgeräusch, da die verschiedenen Bestandteile seiner Panzerweste aneinanderrieben:

»Ja, Sir, das verstehe ich, Sir … ja, Sir … wie schon gesagt, sie ist derzeit nicht zu sprechen.«

Ein Mann mittleren Alters in einem langen braunen Mantel kam ihnen entgegen und schien sich ganz besonders für sie zu interessieren. Lennox wollte Chase gerade auf ihn aufmerksam machen, als der Mann eine Kamera und ein Aufnahmegerät aus der Tasche zog:

»Agent Lennox, steht das FBI Ihrer Meinung nach über dem Gesetz?«, fragte er vorwurfsvoll, während Chase ihn auch schon gegen die Wand drückte. Lennox ging einfach weiter. »Mit welchem Recht spielt sich das FBI als Richter und Scharfrichter auf?«

Während Chase den sich wehrenden Mann festhielt, rief dieser Lennox noch nach:

»Die Angehörigen haben *nicht* eingewilligt!«

Lennox behielt ihre selbstbewusste Haltung bei, schob sich zwischen zwei Polizisten hindurch und betrat die Intensivstation. Die Atmosphäre dort war noch angespannter. Im Zimmer des Patienten thronte unheilvoll ein Defibrillator auf einem Rollwagen in der Ecke. Drei Krankenschwestern machten sich an verschiedenen Kabeln und Drähten zu schaffen, während der Arzt eine Spritze vorbereitete. Keiner von den dreien nahm Notiz von der Dazugekommenen, die jetzt den Mann im Bett betrachtete.

Er war dürr wie ein Schuljunge, aber bereits Mitte zwanzig. Schwere Brandverletzungen bedeckten den Großteil seiner rechten Körperhälfte. Die irreführende Markierung als Köder zog sich von seiner Brust bis seitlich unter die Arme: Er war eine als Opfer getarnte Puppe, gehörte zum Heer der Mörder. Eine robuste Halsmanschette stabilisierte seinen Kopf. Aus einem winzigen Loch, das man ihm in den Schädel gebohrt hatte, ragte ein dünner blutiger Schlauch.

»Ich möchte noch einmal betonen, wie entschieden ich davon abrate«, sagte der Arzt, ohne den Blick von der Spritze in seinen Händen zu nehmen. »Ich bin strikt gegen die Durchführung dieser Maßnahme.«

»Zur Kenntnis genommen«, sagte Lennox. Chase kam herein, und Lennox war froh, wenigstens einen weiteren Anwesenden auf ihrer Seite zu wissen.

»Die Risiken, die damit einhergehen, jemanden mit einer Hirnverletzung wie dieser ins Bewusstsein zu holen, sind in Hinblick auf die vorangegangene psychische Verfasstheit des Betreffenden ungleich größer.«

»Ebenfalls zur Kenntnis genommen!«, wiederholte Lennox jetzt mit mehr Nachdruck. »Wollen wir?«

Der Arzt schüttelte den Kopf und beugte sich über seinen Patienten. Er schob die erste Spritze in einen Port, einen der Zugänge zu dem geschlossenen System aus intravenösen Schläuchen und Medikationen, die dem bettlägerigen Mann zugeführt wurden. Sehr, sehr langsam drückte er das in der Spritze enthaltene Mittel heraus, die durchsichtige Flüssigkeit in den Schläuchen trübte sich.

»Notfallpritsche bereithalten«, instruierte der Arzt die Anwesenden. »Wir müssen den Hirndruck so weit wie möglich senken. Ständige Überwachung von Puls und Blutdruck. Los geht's.«

Lennox betrachtete den reglosen Körper, war entschlossen, sich ihre Aufregung nicht anmerken zu lassen. Egal, wie die Sache ausging, ihre Karriere beim FBI war höchstwahrscheinlich sowieso beendet. Sie hatte in der Presse landesweit für einen Skandal gesorgt, direkte Anweisungen von oben missachtet und die zuständigen Ärzte angelogen, um sich deren Zustimmung zu sichern. Sie hoffte nur, dass ihr Opfer nicht vergeblich sein würde und ihnen dieser einzige überlebende Feind etwas verraten konnte, was sie die ganze Zeit übersehen hatten.

Der Mann keuchte, schlug die Augen auf und versuchte sich aufzusetzen, doch die Schläuche und Drähte, die ihn am Leben erhielten, ließen das nicht zu. »Okay, okay. Andre? Andre, bitte bleiben Sie ganz ruhig«, sagte der Arzt besänftigend, legte ihm eine Hand auf die Schulter.

»Blutdruck 152 zu 93«, rief eine der Krankenschwestern.

»Ich bin Doctor Lawson, und Sie sind im Montefiore Medical Center.«

Der Mann sah sich im Raum um. Seine Augen weiteten sich vor Angst, als er Horrorszenarien vor sich sah, die sonst niemand sehen konnte.

»Herzschlag 92, steigend. Blutdruck zu hoch«, sagte die Krankenschwester besorgt.

»Nicht sterben. Nicht sterben«, flüsterte Lennox vor sich hin, als der Mann jetzt auch noch wild um sich schlug.

Dr. Lawson griff nach einer zweiten Spritze und schloss diese an einen anderen Port an. Innerhalb von Sekunden hörte der Patient auf, sich zu wehren, wurde benommen und war kurz davor, einzuschlafen.

»Der Blutdruck sinkt.«

»Andre, hier ist jemand, der Ihnen ein paar Fragen stellen möchte. Ist das in Ordnung?«, sagte der Arzt und lächelte ermutigend.

Der Mann nickte erschöpft. Dr. Lawson trat beiseite, um Lennox vorzulassen.

»Hallo, Andre«, lächelte Lennox und setzte den Ton für das freundlichste Verhör aller Zeiten.

»Stellen Sie ihm einfache Fragen, knapp und direkt«, ermahnte der Arzt sie, um dann die Lebensfunktionen des Patienten zu überwachen.

»Verstanden.« Sie wandte sich erneut an den Mann im Bett. »Andre, kennen Sie diese Person?«

Sie hielt ein Foto von Alexei Green hoch, der mit seinem schönen langen Haar hier wie ein Rockstar aussah. Andre hatte Mühe, das Bild zu erkennen. Schließlich nickte er.

»Sind Sie ihm begegnet?«

Schläfrig nickte Andre erneut: »Wir müssen alle«, lallte er.

»Wann? Wo war das?«, fragte Lennox.

Andre schüttelte den Kopf, als könnte er sich nicht erinnern. Im Hintergrund beschleunigten die Pieptöne. Lennox drehte sich zu Dr. Lawson um, der ihr Zeichen machte, die sie als »Machen Sie weiter« interpretierte. Zögerlich gehorchte sie. Sie starrte auf das Wort, das dem Mann in die Brust, tief in das ausgezehrte Fleisch, geritzt worden war, »Köder«:

»Wer hat das auf Ihrer Brust gemacht?«, fragte sie.

»N'andere.«

»Eine andere? Eine andere was? Eine andere … *Puppe?*« Das letzte Wort flüsterte sie fast.

Andre nickte. Er schnaufte und keuchte, hatte Mühe, die Worte herauszubringen:

»Wir alle … zu … sammen.«

»Wie meinen Sie das ›zusammen‹?«

Er antwortete nicht.

»In der Kirche?«, fragte sie.

Andre schüttelte den Kopf.

»Sie sind vorher woanders zusammengekommen?«

Er nickte.

»Und *dieser* Mann war auch da?« Sie hob erneut das Foto von Green.

»Ja.«

Lennox wandte sich aufgeregt an den Arzt:

»Was schätzen Sie, wie alt diese Narben sind?«, fragte sie.

Er kam näher, um die Wunden zu betrachten. Als er direkt unter der Achsel eine besonders entzündete Stelle berührte, zuckte Andre zusammen.

»Anhand der Schorfbildung und des Infektionsgrades würde ich grob geschätzt sagen, zwei, vielleicht drei Wochen.«

»Das stimmt mit Greens letztem Besuch in den Vereinigten Staaten überein«, bestätigte Chase aus dem hinteren Teil des Raums.

Lennox wandte sich wieder an den Patienten:

»Wussten Sie, dass die Kirche in die Luft gejagt werden sollte?«

Andre nickte beschämt.

»Wussten Sie auch von den anderen Bomben?«

Er sah sie ausdruckslos an.

»Okay«, sagte Lennox, sie interpretierte seinen Gesichtsausdruck als Antwort. »Andre, ich muss erfahren, wie das Treffen verabredet wurde. Woher wussten Sie, wo es stattfindet?«

Lennox hielt die Luft an. Wenn sie dahinterkämen, wie diese Leute miteinander kommunizierten, würden sie Nachrichten abfangen können, bevor weitere Menschen sterben mussten. Sie sah den erschöpften Mann mit seinem Erinnerungsvermögen ringen. Er hob eine Hand ans Ohr.

»Telefonisch?«, fragte sie skeptisch. Ihr Team hatte längst alle Verbindungsnachweise für Telefon, SMS, Messenger-Apps und Sonstiges geprüft.

Andre schüttelte frustriert den Kopf. Er hob eine schwache Hand an den elektronischen Bildschirm über seinem Bett.

»Computer?«

Er tippte sich ans Ohr.

»Ihr Handydisplay?«, fragte Lennox. »Nachrichten auf Ihrem Telefon?«

Andre nickte.

Erstaunt drehte Lennox sich zu Chase um. Er verstand dies als unausgesprochenen Befehl, die wichtige Information unverzüglich weiterzugeben, und verließ den Raum. Lennox merkte, dass sie nicht viel mehr aus dem Mann herausbekommen würde, wollte ihn aber so lange weiterbefragen, bis der Arzt es ihr verbot:

»Wurde mit den Nachrichten sonst noch etwas mitgeteilt? Gab es nach dem Vorfall in der Kirche weitere Anweisungen?«

Andre fing an zu wimmern.

»Andre?«

»Sein Puls beschleunigt wieder«, rief die Krankenschwester.

»Wie lauteten sie, Andre?«

»Blutdruck steigt!«

»Das war's, ich werde ihn jetzt ruhigstellen«, sagte Dr. Lawson entschieden und trat näher.

»Warten Sie!«, rief Lennox. »Was hat man Ihnen gesagt?«

Er flüsterte etwas, schien im Raum nach seinen unsichtbaren Peinigern zu suchen. Lennox beugte sich näher an ihn heran, um zu hören, was er sagte:

»Alle ... tö ... alle ... töten ... töte alle ...«

Lennox spürte, wie ihre Pistole aus dem Holster glitt: »Runter!«, schrie sie und packte gerade noch die Hand des Mannes, als auch schon eine Kugel in die Wand einschlug. Während sie versuchte, dem Mann die Waffe zu entreißen, blinkten und piepten die Überwachungsgeräte wie wild. Dr. Lawson und die Schwestern hatten sich auf den Boden geduckt. Ein weiterer Schuss ließ die Lampe an der Decke zerspringen, es regnete Scherben auf das Bett. Chase kam in den Raum gerannt, warf sich auf den bettlägerigen Schützen und versuchte, ihm die Pistole zu entwenden.

»Ab ins Koma!«, befahl Chase dem Arzt, der auf die Füße sprang und nach einer der Spritzen griff.

Die Waffe, inzwischen sicher auf die Außenwand gerichtet, verließ ihn allmählich erneut das Bewusstsein – schließlich glitt sie ihm aus der Hand.

Lennox steckte sie zurück ins Holster und lächelte ihren Kollegen erleichtert an:

»Abgesehen von den letzten zwanzig Sekunden, finde ich, ist das gar nicht schlecht gelaufen!«

* * *

Baxter schaltete das nervige Frühstücksradio aus und beobachtete den Eingang der Hammersmith Station, Hagel prasselte auf ihre Windschutzscheibe.

Nach wenigen Minuten kam Rouche aus der Station, das Handy wie immer fest ans Ohr gepresst. Er winkte Baxter in ihrem schwarzen Audi zu und blieb im Eingang stehen, um sein Telefonat zu beenden.

»Willst du mich verarschen?«, murmelte Baxter vor sich hin.

Wütend hupte sie und ließ den Motor aufheulen, bis Rouche durch den Wolkenbruch eilte und auf der Beifahrerseite einstieg. Leere Sandwichpackungen und halb ausgetrunkene Flaschen Lucozade knirschten unter seinen Füßen.

»Morgen. Danke«, sagte er, als sie auf die Fulham Palace Road fuhren.

Baxter erwiderte nichts. Sie schaltete das Radio erneut ein, nur um festzustellen, dass sie die Sendung noch genauso nervte wie vorher auch. Wenig später stellte sie das Radio wieder aus und ließ sich doch noch zu einem Gespräch herab:

»Wie geht's dem Dreckschwein im Koma?«

Das gesamte Team war über die Fortschritte des FBI unterrichtet worden.

»Lebt«, sagte Rouche.

»Das ist gut, schätze ich mal. Das heißt wohl, dass Lennox uns noch eine Weile erhalten bleibt.«

Rouche sah sie erstaunt an.

»Was ist? Sie ist die erste Chefin, die mir je begegnet ist, die tatsächlich was genauso gemacht hat, wie ich es auch gemacht hätte«, sagte Baxter abwehrend. Sie beschloss, das Thema zu wechseln: »Dann haben die also vergessen, die SMS-Nachrichten der Killer zu prüfen?«

Der Regen draußen nahm zu.

»Ich glaube, es ist komplizierter«, erwiderte Rouche.

»Oha.«

»Man will die … äh … fragmentierten Datenspeicher entschlüsseln, das Internet«, erklärte Rouche, womit er nichts erklärte. »Hat seitdem noch mal jemand Greens Haus durchsucht?«

»Was glaubst du, wohin wir unterwegs sind?«, erwiderte Baxter.

Sie fuhren weiter die High Street entlang. Rouche starrte sehnsüchtig auf die hell erleuchteten Läden:

»Hunger?«, fragte er.

»Nein.«

»Ich hab das Frühstück ausgelassen.«

»Armer Kerl«, sagte Baxter verschnupft und fuhr links ran.

»Du bist die Beste. Willst du auch was?«, fragte Rouche, als er ausstieg.

»Nein.«

Er warf die Tür hinter sich zu und schlängelte sich durch den Verkehr zu einer Bäckerei auf der anderen Straßenseite. Sein Handy hatte er auf dem Beifahrersitz liegenlassen. Baxter betrachtete es einen Augenblick lang, dann sah sie wieder zu dem Laden, aber ihr Blick fiel immer wieder auf den Beifahrersitz. Nervös trommelte sie mit den Fingern auf das Lenkrad.

»Scheiß drauf!«

Sie schnappte sich das Handy vom Lederpolster. Das Display hatte sich ausgeschaltet, sie fuhr mit dem Finger darüber … nicht passwortgeschützt. Sie tippte auf ein Symbol und kam auf die Anruflisten.

»Wen zum *Teufel* rufst du ständig an?«

Bei den ausgehenden Anrufen tauchte dieselbe Nummer immer und immer wieder auf: eine Londoner Vorwahl, fast einmal pro Stunde während des gesamten vorangegangenen Nachmittags und Abends.

Ein kurzer, unentschlossener Moment.

Ihr Herz raste, sie schaute zur Bäckerei, hielt sich das Telefon ans Ohr und drückte auf die grüne Taste.

Es fing an zu klingeln.

»Komm schon. Komm schon. Komm schon.«

Jemand meldete sich: »Hallo, Scha…«

Die Autotür ging auf. Baxter legte auf und warf das Handy, kurz bevor Rouche sich setzte, auf den Beifahrersitz. Er war völlig durchnässt, sein angegrautes Haar wirkte dadurch dunkler und er selbst ein bisschen jünger. Er rutschte auf dem Sitz herum und zog das Handy unter sich hervor, legte es sich in den Schoß.

»Ich hab dir auch ein Brötchen mitgebracht«, sagte er und bot es Baxter an. »Nur für alle Fälle.«

Es roch köstlich. Sie schnappte es ihm aus der Hand und fädelte sich rasch in eine Verkehrslücke ein.

Während Rouche sein Brötchen mit Speck und Ei auspackte, merkte er, dass sein Display an war. Sein Blick huschte zu Baxter, die sich intensiv auf die überflutete Straße konzentrierte. Ein paar Sekunden lang sah er sie ganz genau an, dann fuhr er mit dem Finger über das Display und schaltete das Telefon aus.

KAPITEL 25

Freitag, 18. Dezember 2015
8.41 Uhr

»Würdest du dich bitte einen Augenblick lang beruhigen!«, zischte Edmunds, als er aus seinem Büro beim Betrugsdezernat eilte, sich in den Gang stellte und sein Handy ans Ohr presste. Er hatte es geschafft, drei Stunden zu schlafen, deutlich mehr, als Tia im Durchschnitt hinbekam, aber sein erschöpfter Körper rächte sich jetzt für die vielen Nächte in jüngster Zeit, in denen er gar nicht geschlafen hatte.

Als sein Chef ein Stück weiter den Gang entlang aus dem Aufzug trat, schob sich Edmunds rückwärts in die Behindertentoilette und senkte die Stimme zu einem Flüstern:

»Ich bin sicher, es gibt eine vernünftige Erklärung dafür.«

»Dafür, dass er mich, seit ich zum Ermittlerteam gestoßen bin, immer und immer wieder angelogen hat?«, flüsterte Baxter.

Sie stand in dem riesigen Schlafzimmer von Alexei Greens Penthousewohnung in Knightsbridge. Auf dem Boden lagen teure Klamotten verstreut, Kleiderschrank und Schubladen waren leer. Jemand hatte die Matratze zerschnitten und auseinandergerissen, Sprungfedern und Füllmaterial lagen auf dem Teppich neben dem Fenster, durch das man im Südosten Harrods sehen konnte. Der Fernseher war von der Wand abgenommen, die Abdeckung hinten abgetrennt worden.

Die Kollegen hatten bei der Wohnungsdurchsuchung gründliche Arbeit geleistet.

Baxter hörte Rouche im Chaos eines weiteren Zimmers herumstöbern.

»Überleg dir das mal, ich war dabei, als Curtis und er an dem Wagen im 33rd Precinct was gefunden haben, direkt vor meinen Augen, und er hat es geleugnet. Der Bericht der Toxikologie, den Curtis …« Sie hielt inne. »Ich hab ihn zerknüllt in seiner Jackentasche gefunden, und jetzt lügt er in Bezug auf gestern Nacht.«

»Woher weißt du das?«

»Warum sollte er jemanden einmal pro Stunde anrufen, wenn er da ist?«

»Vielleicht hättest du das seine Frau fragen sollen, als du mit ihr geredet hast«, schlug Edmunds sinnloserweise vor.

»Dafür hatte ich keine Zeit«, zischte Baxter. »Die ganze seltsame Situation mit seiner Familie, dass er nicht weiß, wie alt seine Tochter ist: Erst ist sie sechzehn, dann ist sie wieder sechs. Ich denke einfach, da stimmt was nicht. Irgendwas ist da faul.«

»Wenn du's so sagst …«, meinte Edmunds und beendete den Satz nicht. »Aber ein schlechter Vater zu sein ist nicht illegal. Was hat sein Privatleben mit unserem Fall zu tun?«

»Ich weiß es nicht! Alles oder nichts.«

Sie verstummte, als Rouche aus dem zweiten Schlafzimmer in den Flur trat. Er gähnte laut und streckte die Arme nach oben, dabei war sein käsiger Bauch zu sehen.

Er winkte ihr fröhlich zu und verschwand in der Küche.

»Ich muss da rein«, flüsterte Baxter.

»Wo rein?«, fragte Edmunds. »Zu ihm ins Haus?«

»Heute Abend. Ich hab ihm bereits angeboten, ihn nach Hause zu fahren. Ich frag ihn, ob ich aufs Klo gehen darf oder so. Wenn das nicht klappt, muss ich mir gewaltsam Zutritt verschaffen.«

»Dazu bist du gar nicht befugt!«

»Ich sehe keine andere Möglichkeit. Ich kann ihm nicht vertrauen, und ich muss wissen, was er vor mir verbirgt.«

»Ich will nicht, dass du das alleine machst«, sagte Edmunds.

»Dann gibst du also zu, dass da was verdächtig ist?«

»Nein. Aber ... nur ... wir sehen uns dort, okay? Sag mir noch, um wie viel Uhr.«

»Gut.«

Baxter legte auf.

»Hübsches Mädchen«, sagte Rouche im Türrahmen stehend. Baxter zuckte schuldbewusst zusammen.

Er hatte ein auf Leinwand gedrucktes Foto von Alexei Green und einer schönen Frau in der Hand. Sie sahen glücklicher aus als jedes andere Paar, das sie je gesehen hatte, und stellten in ihrer ganzen Schönheit sogar die unglaubliche Landschaft im Hintergrund in den Schatten: ein Sonnuntergang über einem ruhigen Fjord.

»Wir müssen sie identifizieren«, sagte Baxter und stürmte an ihm vorbei. »Ich bin sowieso hier fertig.«

»Das ist Zeitverschwendung«, sagte Rouche, legte die Leinwand auf einen Haufen Müll im Gästezimmer und folgte ihr in den Flur. »Die von der Met haben hier längst jeden Zentimeter durchkämmt.«

»Was ich nicht wissen konnte.«

»Ich sag's ja nur.«

»Wie auch immer«, erwiderte Baxter und trat in die wunderschön eingerichtete Küche. Die Arbeitsfläche aus Granit funkelte in dem Licht der Lampen, unter dem Balkon, der sich in den oberen Stockwerken um das gesamte Gebäude zog, erstreckte sich die graue Stadt weit bis in die Ferne. »Weißt du, was außerdem fehlt? Ein einziger Grund, weshalb Alexei Green halb New York in die Luft sprengen will. Warum riskiert er so viel, wenn er doch so viel zu ver…«

Sie hielt inne, als sie merkte, dass er sie anstarrte.

»Was?«, fragte sie, es war ihr unangenehm, dass er den Blick nicht wieder abwendete.

»Was, Rouche?!«

»Der oberste Stock?«

»Ja.«

Er eilte auf sie zu. Baxter ballte instinktiv die Fäuste, löste sie aber wieder, als er um sie herum zur Balkontür lief und sie öffnete. Ein kalter Wind fuhr unvermittelt in das weitläufige Apartment, erweckte die herumliegenden Papiere und Fotos zum Leben. Sie folgte ihm nach draußen in den Regen.

»Räuberleiter«, sagte Rouche.

»Wie bitte?« Baxters Stimme war eine gewisse Anspannung anzuhören. »Mach eine Räuberleiter«, verlangte Rouche, »und hilf mir aufs Dach.«

»Okay!«, seufzte Baxter erleichtert. »Ja … nein.«

Unbeirrt stieg Rouche auf das nasse Geländer.

»Du lieber Himmel, Rouche!«

Er griff nach oben und packte den Rand des Flachdachs. Da er es nicht schaffte, sich alleine daran hochzuziehen, gab Baxter, seinen austretenden Beinen ausweichend, seinem Allerwertesten einen Schubs. Schließlich richtete er sich auf und verschwand aus ihrem Blickfeld.

Ihr Telefon klingelte:

»Baxter«, meldete sie sich. »Oh … jepp … gut.« Sie beendete das Gespräch. »Rouche!«, schrie sie, der eiskalte Regen brannte ihr im Gesicht.

Sein Kopf lugte über den Rand.

»Ist da oben was?«, fragte sie.

»Ein Dach«, erwiderte er, ein bisschen betreten.

»Die Kriminaltechniker haben was für uns. Wollen wir …?« Als er wieder herunterkletterte, tat sie höflich so, als hätte sie nicht bemerkt, dass seine Hose im Schritt gerissen war.

* * *

»Okay. Also das ist ziemlich aufregend«, sagte der Kriminaltechniker Steve und machte sich an den verschiedenen Drähten zu schaffen, die Laptops mit blinkenden Boxen, anderen blinkenden Boxen und Handys verband. »Ich hab es noch mal mit dem Handy unseres Mall-Killers versucht.«

»Was gar nicht nötig gewesen wäre, wenn der Job von Anfang an richtig gemacht worden wäre«, sagte Baxter vorwurfsvoll.

»Na ja, wir wollen nicht mit dem Finger auf andere zeigen«, lächelte Steve verlegen, als Baxter auf ihn zeigte. »Auf jeden Fall habe ich was gefunden. *Das*«, sagte er und zeigte auf das teure neue Handy auf dem Tisch, »ist das Telefon von Patrick Peter Fergus.«

Er tippte etwas in seinen Laptop.

Ein fröhliches Pling ertönte.

»Ich glaube, Sie haben eine Nachricht bekommen«, sagte er aufgeregt zu Baxter.

Sie verdrehte die Augen, nahm das Handy und klickte auf das ihr vertraute Nachrichtensymbol:

»Hallo, Chefin … Zwinkergesicht«, las sie laut.

»Warten Sie«, sagte Steve und konnte es kaum abwarten, als er die Sekunden auf seiner Armbanduhr herunterzählte. »Okay, lesen Sie's mir doch bitte noch mal vor.«

Baxter stöhnte. Sie verlor die Geduld, sah aber trotzdem noch mal auf das Display und musste feststellen, dass die kurze

Nachricht verschwunden war. Verwirrt klickte sie in dem Handy auf Fergus' Liste mit den eingegangenen Nachrichten.

»Sie ist verschwunden!«

»Nachrichten, die sich selbst löschen«, erklärte Steve ihr stolz. »Oder auch ›Selbstmord-SMS‹, wie ich sie gerade genannt habe. Auf dem Handy wurde eine zweite Nachrichten-App installiert. Sie sieht genauso aus wie die normale und verhält sich auch in neunundneunzig Prozent der Fälle genauso. Bis sie Nachrichten von ganz bestimmten Nummern erhält, dann passiert das hier, und der Inhalt verschwindet.«

Baxter wandte sich an Rouche, der dem Gespräch scheinbar nur mit Mühe folgen konnte:

»Was meinst du?«, fragte sie, während Steve mit breitem Grinsen im Gesicht an seinen Geräten herumfingerte.

»Ich denke, wenn wir ihn bitten, noch eine Nachricht zu schicken, macht er sich vor Aufregung in die Hose«, flüsterte er, woraufhin Baxter kichern musste.

»Nur damit ich auf dem aktuellen Stand bin«, sagte Rouche und betrachtete die ganze Technik, »wir gehen jetzt davon aus, dass Patrick Peter Fergus nicht nur als Weihnachtsmann gearbeitet hat, sondern in seinem hohen Alter von einundsechzig Jahren auch ein echtes Computergenie war?«

»Auf keinen Fall«, erklärte Steve. »So was ist sehr kompliziert. Das wurde an der Quelle eingefädelt.«

»Wo?«

»Daran arbeite ich gerade mit den Amerikanern, denen stehen viel mehr sichergestellte Geräte zur Verfügung als mir.«

»Am Telefon haben Sie aber gesagt, wir hätten jetzt etwas, womit wir arbeiten können«, erinnerte Baxter ihn.

»Ist auch so«, grinste er. »Der Server bei S-S-Mobile in Kalifornien, wo die ganzen selbstlöschenden Nachrichten herkamen, jede einzelne von einer anderen Nummer aus gesendet. Vielleicht können wir die Daten nicht wieder aus den Geräten holen, aber dort, wo sie herkamen, muss es einen Nachweis darüber geben. In weniger als einer Stunde müssten die Akten des FBI eigentlich bei uns sein.«

Baxter sah fast glücklich aus oder zumindest ein bisschen weniger schlechtgelaunt als sonst.

Steve gab eine weitere kurze Nachricht ein und tippte zufrieden auf Enter.

Das Handy in Baxters Hand piepte:

Gern geschehen ;-)

* * *

Der Drucker im Hauptbüro spuckte Seite um Seite aus, unzählige Stunden Arbeit bedeutete das für Baxter und ihr Team.

Die Unterwelt der Hauptstadt hatte sich in einer ungewöhnlich produktiven Nacht selbst übertroffen, so dass ihr nur eine sehr begrenzte Anzahl an Mitarbeitern zur Verfügung stand, um den Berg von Mitteilungen durchzugehen, die das FBI vom S-S-Mobile-Server abgerufen hat. Gerade mal sechs Kollegen hatte Baxter zusammentrommeln können, die meisten waren an ihrem freien Tag zum Dienst beordert worden.

Sie zog die Kappe von ihrem Marker:

Die verstehen dich nicht, Aiden, nicht so wie wir. Du sollst wissen, dass du nicht alleine bist.

»Was ist das bloß für eine Scheiße?«, flüsterte sie, legte die Seite auf einen gesonderten Stapel.

Nach vier Stunden herrschte allgemein Konsens darüber,

dass die bizarren Schnipsel selbstverliebter Äußerungen, Provokationen und Anweisungen alleine nicht genügt hätten, selbst die empfänglichsten Gemüter zu konkreten Handlungen zu zwingen. Die Mitteilungen, die ihre Empfänger nachts geweckt hatten und anschließend spurlos verschwunden waren, hatten die Gedanken der Betreffenden zwischen den Sitzungen vergiften sollen – in den Ruhepausen, in denen die Anfälligen zu Waffen wurden.

»Was ist das bloß für eine Scheiße?«, sagte Rouche nicht im Flüsterton, sondern laut vom übernächsten Schreibtisch aus. Er schaute zu der Tafel, auf der Angaben zu drei Treffen notiert waren, die sie den Botschaften entnommen hatten. Da diese bereits stattgefunden hatten, wurde jetzt auf beiden Seiten des Atlantik Filmmaterial aus den entsprechenden Überwachungskameras angefordert und geprüft.

»Es ist, als würde er bei ihrer Paranoia ansetzen, ihrem Gefühl, nichts wert zu sein«, sagte Baxter. Sie war sich dabei durchaus bewusst, dass sie wie Edmunds klang, obwohl er sie mit seinem Uni-Psychogelaber immer genervt hatte. »Er verspricht ihnen Größe und Sinn, was sie alleine niemals hätten.« Sie hielt kurz inne. »Das ist tatsächlich eine Sekte, nicht im herkömmlichen Sinne, sondern eher eine Art Massenhysterie, künstlich erzeugt, um die Bedürfnisse einer einzigen Person zu befriedigen.«

»Unseres Asasel«, sagte Rouche. »Dr. Alexei Green.«

»Chief!«, rief eine Kollegin von der anderen Seite des Raums, wedelte aufgeregt mit einem Blatt Papier in der Hand. »Ich glaube, ich hab was gefunden,« Baxter eilte zu ihr, dicht gefolgt von Rouche. Sie riss ihr das Blatt aus der Hand und las die kurze Botschaft:

Sycamore Hotel, 20. Dezember 2015, 11 Uhr
Jules Teller empfängt Sie ein letztes Mal.

»Und?«, fragte Rouche.

Baxter lächelte, reichte ihm die vermeintlich nicht mehr rekonstruierbare Nachricht:

»Jules Teller?«, fragte er, da ihm der Name bekannt vorkam.

»Unter diesem Namen war auch die letzte Versammlung angekündigt gewesen«, erklärte Baxter. »Das ist es. Das ist Green.«

»Und jetzt wissen wir *genau,* wo er sein wird.«

* * *

»Was ist das?«, fragte Rouche und schaute auf den Rücksitz. Baxter chauffierte ihn durch den Feierabendverkehr nach Hause.

»Hausaufgaben.«

»Kann ich helfen?«, fragte Rouche und griff nach der Kiste.

»Nein! Ich mach das schon.«

»Das wird Stunden dauern, bis du da durch bist!«

»Ich hab gesagt: Ich mach das.«

Rouche gab es auf und starrte auf die lieblosen Weihnachtsauslagen in den Schaufenstern der Geschäfte. Ein schäbiger motorisierter Weihnachtsmann winkte ihm mit dem, was von seinem rechten Arm übrig war. Deprimiert wandte Rouche sich wieder an Baxter:

»Uns bleiben zwei Tage.«

»Hm?«

»Den Handynachrichten zufolge bleiben uns zwei Tage«, führte er aus, »bis zu Greens Versammlung. Wie willst du's angehen? Dir den Ort morgen früh erst mal ansehen?«

»Ich weiß nicht, ob es sinnvoll ist, den Tag morgen zu planen«, sagte Baxter.

»Was soll das denn heißen?«

Baxter zuckte mit den Schultern, fuhr dann aber fort:

»Niemand setzt vor Sonntag einen Fuß da hinein.«

Rouche beobachtete sie vorsichtig, ließ sich die dahingeworfene Bemerkung durch den Kopf gehen.

»Zum ersten Mal sind wir ihm einen Schritt voraus«, sagte Baxter. »Green hat *keine* Ahnung, dass wir die Nachrichten gefunden haben. Das ist unsere einzige Chance. Wir dürfen nicht riskieren, ihn zu verschrecken.«

»Hier links!«, erinnerte Rouche sie.

Baxter riss das Steuer herum und erwischte den Bordstein, als sie in die grüne Vorstadtstraße bog. Im Vorbeifahren erkannte sie Edmunds' klapprigen Volvo. Sie hielt vor Rouches heruntergekommenem Haus.

»Danke fürs Mitnehmen. Ich schaff's morgen auch alleine ins Büro, wenn das für dich einfacher ist?«

»Ist es.«

»Okay«, lächelte Rouche.

Er stieg aus, winkte verlegen und ging die Auffahrt hinauf.

Im Rückspiegel sah Baxter Edmunds aus dem Wagen steigen. Sie wartete, bis Rouche im Haus war, dann stieg auch sie aus, hinaus in die kalte Nacht.

Kurz nickte sie ihrem Freund zu, holte tief Luft und ging dann zu der verwitterten Haustür.

KAPITEL 26

Freitag, 18. Dezember 2015

18.21 Uhr

Efeu wucherte über den Türrahmen, die Blätter bebten im Takt der ersten eiskalten Regentropfen der Nacht.

Baxter hätte beinahe zweimal geklopft, hatte dann aber doch gezögert, als ihr bewusst wurde, dass dies wahrscheinlich das Ende ihrer Partnerschaft mit Rouche bedeutete.

Zwischen der verzogenen Holztür und dem Rahmen drang ein einsamer Streifen orangefarbenes Licht in die Dunkelheit und legte sich ihr auf die Schulter. Sie schaute zu Edmunds, der sich auf der gegenüberliegenden Seite der Straße postiert hatte, und lächelte ihm unsicher zu, bevor sie sich wieder zum Haus umdrehte.

»Okay«, flüsterte sie und klopfte fest an.

Als nichts passierte, klopfte sie erneut, dieses Mal lauter.

Schließlich hörte sie Schritte auf den Dielen. Ein Schlüssel wurde im Schloss gedreht, dann ging die Tür einige wenige, vorsichtige Zentimeter auf. Baxter sah die gespannte Metallkette, als Rouche durch den Spalt spähte:

»Baxter?«

»Hey«, sagte sie verlegen grinsend. »Tut mir echt leid, aber ich glaube, der Verkehr bis Wimbledon wird heftig, und ich muss total dringend.«

Rouche antwortete nicht sofort, sein Gesicht verschwand kurz. Eine halb abgerissene Tapete rückte in Baxters Blickfeld und Staubpartikel, die in ihrer Hast, dem sterbenden Haus zu entfliehen, einander umwirbelten.

Erneut wurde ein Augapfel sichtbar:

»Ist … ist keine gute Zeit.«

Baxter machte einen kleinen Schritt vorwärts, lächelte immer noch, als wäre das argwöhnische Verhalten ihres Kollegen vollkommen normal:

»Ich mach ganz schnell und bin sofort wieder weg. Versprochen. Höchstens zwei Minuten.«

»Ellie … hat sich was in der Schule eingefangen, und ihr geht's wirklich nicht gut und …«

»Du erinnerst dich schon, dass ich dich gerade durch ganz London kutschiert habe, oder?«, fiel Baxter ihm ins Wort und machte einen weiteren kleinen Schritt auf den Türspalt zu.

»Natürlich«, erwiderte Rouche hastig. Er war sich offenbar bewusst, wie unglaublich unhöflich er war. »Weißt du was? Die Straße runter gibt's einen Supermarkt. Die haben auf jeden Fall Toiletten da.«

»Ein Supermarkt?«, fragte Baxter ungehalten und schob sich weiter vor.

»Ja.«

Rouche registrierte eine plötzliche Veränderung an ihr, sah ihren Blick, mit dem sie den wenigen Raum absuchte, den er nicht mit seinem Körper vor ihr verstecken konnte.

Einen endlosen Augenblick lang starrten sie einander in die Augen.

»Dann werde ich da wohl mal hinfahren«, sagte sie, ohne den Blick abzuwenden.

»Okay. Tut mir wirklich leid.«

»Ist ja nichts passiert«, versicherte sie ihm. »Ich geh dann mal.«

»Gute Na…«

Baxter warf sich gegen die Tür. Die Kette riss durch den Aufprall aus dem Holz, und die Tür stieß brutal gegen Rouche.

»Baxter!«, schrie er und hielt dagegen. »Hör auf!«

Sie schob einen Fuß zwischen Tür und Rahmen und erschrak, als sie den riesigen Blutfleck auf den geschliffenen Holzdielen sah.

»Lass mich rein, Rouche!«, schrie sie und schob ihren Stiefel in den immer schmaler werdenden Spalt. Er war stärker als sie.

»Lass mich in Ruhe, bitte!«, schrie Rouche verzweifelt, stemmte sich mit letzter Kraft und seinem ganzen Gewicht gegen die Tür und schlug sie zu. »Lass es einfach gut sein, Baxter. Ich flehe dich an!«, bat er mit gedämpfter Stimme von drinnen.

»Scheiße!«, schrie sie, als sie das Schloss wieder zuschnappen hörte. »Was als Nächstes passiert, Rouche, hast du dir selbst zuzuschreiben!«

Sie trat mit ihrem verletzten Fuß gegen die Tür, dann humpelte sie die Auffahrt zurück. Edmunds kam ihr auf halbem Weg entgegen, bot ihr seine Hand an, wusste aber ganz genau, dass sie sie nicht nehmen würde.

»Blut auf dem Boden«, verkündete sie.

»Bist du sicher, dass du das machen willst?«, fragte Edmunds und wählte bereits die Nummer der Zentrale. Sofort meldete sich jemand. »Baxter?«, zischte die Stimme und legte die Hand auf das Mikro. »Bist du sicher? Ganz sicher, dass du dich nicht täuschst?«

Sie dachte einen flüchtigen Moment lang nach: »Ich täusche mich nicht. Forder ein Team an.«

* * *

Die Tür gab ohne Widerstand nach, Holz splitterte, als sie aus den Angeln sprang. Die ersten Kollegen des bewaffneten Einsatzkommandos rannten, begleitet von einem Chor gebellter Befehle, ins Haus, um den Mann festzusetzen, der ruhig auf dem blanken Boden im Flur saß.

Rouche hielt den Kopf gesenkt und rührte sich nicht.

»Sind Sie bewaffnet?«, brüllte der Teamleiter unnötigerweise auf ihn herunter, betrachtete dabei argwöhnisch die leeren Hände des CIA-Agenten.

Rouche schüttelte den Kopf:

»Demontiert. Auf dem Küchentisch«, murmelte er.

Der Teamleiter hielt die Waffe weiterhin auf ihn gerichtet und schickte einen Kollegen in die Küche, während sich der Rest des Kommandos in dem baufälligen Gebäude verteilte.

Baxter und Edmunds folgten dem letzten bewaffneten Beamten. Auf der Schwelle blieben sie kurz stehen, um abzuschätzen, wie viele Liter Blut der Fußboden wohl an dieser Stelle aufgesogen hatte. Als sie über die kaputte Tür stiegen, wackelte sie unter ihren Füßen. Der Flur war von abgestandener, staubiger Luft erfüllt, eine einzelne gelbe Glühbirne hing von der Decke und beleuchtete die rissige Tapete, die aussah, als wäre sie mindestens vierzig Jahre alt.

Baxter fühlte sich sofort heimisch. In dieser Sorte Haus hatte sie den Großteil ihres Berufslebens verbracht: die scheußliche Wahrheit hinter verschlossenen Türen, die Düsternis, die sich hinter dem Schleier der Normalität verbarg. Ohne Zweifel, das hier war ein Tatort.

Sie wandte sich an Edmunds:

»Ich hab mich nicht geirrt«, sagte sie zu ihm und versuchte selbstzufrieden zu klingen. Gleichzeitig konnte sie die Erleichterung und Traurigkeit, die sie verwirrenderweise empfand, nicht verbergen.

Sie gingen an einer offenen Tür rechts vorbei, feuchte Flecken krochen die Wände des leeren Zimmers hinauf, Regenwasser bildete Pfützen auf dem Boden. Baxter ging weiter, stieg über Rouche hinweg, der noch immer im Flur saß, und versuchte, seinen vorwurfsvollen Blick zu ignorieren.

Vom Fuß der breiten Treppe aus wirkte das Haus noch heruntergekommener als vom Eingang aus. Unter der Tapete waren tiefe Risse im Putz sichtbar. Mehrere Treppenstufen waren morsch, an die Stellen, auf die man besser nicht trat waren Kreuze gesprüht. In der Küche im Erdgeschoss sah es aus, als hätte eine Bombe eingeschlagen, und Baxter kamen erneut Bilder aus New York in den Kopf, von denen sie inständig hoffte, sie eines Tages vergessen zu können.

»Geh du nach oben. Ich bleib unten«, sagte sie zu Edmunds.

Insgeheim warf sie noch einen Blick auf Rouche. Resigniert hatte er die Hände vors Gesicht geschlagen, sein weißes Hemd war hinten am Rücken voller Flecken, so schmutzig hatte er es sich an der Wand seines eigenen Zuhauses gemacht.

Während Edmunds beim Treppenstufen-Roulette sein Leben riskierte, betrat Baxter die Küche, die voller Schutt war. Die Trennwand zum Nachbarraum lag zerlegt auf dem Boden. Die wenigen verbliebenen Schränke enthielten eine deprimierende Ansammlung von Eintopfkonserven und ungenießbarer Tütennahrung. Freiliegende Elektrokabel ragten hinter kaputten Fliesen hervor, boten dem, der das Pech haben sollte, bei Rouche zum Essen eingeladen zu sein, den Gnadentod als Alternative an.

»Da muss einer schon echt krank sein«, sagte einer der bewaffneten Beamten leise. »Wer lebt denn so?«

Baxter ignorierte den Mann und ging zu der Terrassentür, um in den dunklen Garten hinauszusehen. Das bunte und gepflegte Spielhaus konnte sie gerade so noch erkennen, es hätte dem heruntergekommenen Heim der Familie ein Vorbild sein sollen. Hohes, wucherndes Gras drohte es zu verschlucken.

Oben hörte Edmunds, wie die Kollegen die Räume links und rechts von ihm durchsuchten. Putzbrocken waren von der Decke heruntergekommen und in den alten Teppichboden getreten worden, irgendwo über sich hörte er Wasser tropfen. Wäre es früher am Tag gewesen, hätte er bestimmt Tageslicht durch das Dach scheinen sehen, da war er sicher.

Ein langes weißes Kabel führte über den Treppenabsatz zu dem einzigen Hinweis, dass hier jemand wohnte: Ein Anrufbeantworter stand an der Treppe auf dem Boden. Ein LED-Lämpchen blinkte und signalisierte:

NACHRICHTENSPEICHER VOLL

Edmunds näherte sich mit einem unguten Gefühl in der Magengrube der geschlossenen Tür ganz hinten im Flur. Ein schmaler Lichtstrahl drang durch den Türspalt, und ihn überkam ein vertrautes Gefühl, das seinen Puls schneller schlagen ließ. Die Tür schien im Vergleich zum Rest des dunklen Hauses zu leuchten, ihn zu locken, so wie auch das einsame Licht über der Ragdoll eine magische Anziehungskraft auf ihn ausgeübt hatte.

Er wusste, dass er nicht sehen wollte, was auch immer sich hinter dieser Tür befand, doch im Vergleich zu Baxter quälten ihn noch relativ wenig wiederkehrende Alpträume. Diesen Horror würde er auf sich nehmen, um seine Freundin zu schonen.

Er machte sich auf alles gefasst, drehte den verzierten Knauf und stieß die Tür langsam auf.

»Baxter!«, schrie er, so laut er konnte.

Er hörte sie leichtsinnig über die potentiell tödliche Treppe nach oben rennen. Er selbst trat in den Flur, um den anderen Beamten zu signalisieren, dass alles in Ordnung war.

Mit stampfenden Schritten trat sie auf ihn zu. »Was?«, fragte sie mit besorgter Miene.

»Du hast dich doch geirrt.«

»Wie meinst du das?«

Edmunds seufzte schwer.

»Du hast dich geirrt«, sagte er und nickte in Richtung der geöffneten Tür.

Sie sah ihn fragend an und ging dann an ihm vorbei in das kleine, aber hübsch eingerichtete Zimmer. Ein verschnörkeltes Bild war in liebevoller Kleinstarbeit hinter dem schmalen Bett, das vor Stofftieren nur so überquoll, an die Wand gemalt. Lichterketten funkelten an den Regalen, verliehen den dort aufgereihten Pop-CDs etwas Magisches.

Auf dem Fensterbrett, neben dem Barbie Dream House in der Ecke des behaglichen Raums, standen drei Fotos: Ein Rouche mit dunkleren Haaren grinste breit, auf seinen Schultern saß lachend ein hübsches kleines Mädchen mit einem Stofftier in den Händen; ein noch jüngerer Rouche und eine wunderschöne Frau hielten ihr Baby in den Armen; dasselbe Mädchen im Schnee neben dem unveränderten Spielhaus in einem allerdings sehr veränderten Garten. Anscheinend versuchte sie, Schneeflocken auf der Zunge zu fangen.

Schließlich schaute Baxter nach unten. Sie stand mit ihren Schuhen auf einem Schlafsack, der auf dem flauschigen Teppich neben dem Bett ausgebreitet war. Rouches dunkelblaue Anzugjacke lag ordentlich neben dem Kissen, offenbar so zusammengelegt, dass sie alles andere in dem perfekten kleinen Zimmer nicht störte.

Sie wischte sich über die Augen.

»Aber … er ruft sie doch ständig an«, flüsterte sie, ihr war übel. »Sie ist ans Telefon gegangen, als ich angerufen habe, und du hast gesagt, es war jemand da, als du hier warst …«

Sie verstummte, als sie merkte, dass Edmunds längst weg war. Sie nahm einen dusslig dreinschauenden Pinguin vom Bett, erkannte das Stofftier auf einem der Fotos wieder. Er trug eine orangefarbene Wollmütze, ganz ähnlich ihrer eigenen.

Einen Augenblick später erfüllte die Stimme einer Frau das leere Haus:

»Hallo, Schatz! Wir vermissen dich alle beide so, so sehr!«

Baxter legte das Kuscheltier zurück aufs Bett und lauschte verwirrt, als die Stimme jetzt immer lauter wurde und Edmunds mit dem blinkenden Anrufbeantworter wieder in dem Zimmer erschien.

»… okay, sag Daddy gute Nacht, Ellie …«

Schließlich signalisierte ein abruptes Piepen das Ende der aufgezeichneten Nachricht, Baxter und Edmunds blieben schweigend stehen.

»Mist«, seufzte Baxter, marschierte aus dem Raum und stellte sich oben an die Treppe. »Alle raus!«, befahl sie.

Neugierige Gesichter tauchten in den Türrahmen auf.

»Ihr habt's gehört: Alle raus!«

Sie scheuchte die unzufriedenen Kollegen die Treppe runter, durch den Flur, an Rouche vorbei und hinaus in den Regen. Edmunds ging als Letzter. An der kaputten Haustür blieb er noch einmal stehen:

»Soll ich auf dich warten?«, fragte er.

Sie lächelte dankbar: »Nein. Fahr nach Hause«, sagte sie.

Als sie alleine waren, setzte sie sich schweigend neben Rouche auf den schmutzigen Boden. Er schien zu sehr in Gedanken verloren, um es überhaupt zu merken. Da die Tür fehlte, hatte der Regen bereits den vorderen Teil des Flurs überschwemmt.

Mehrere Minuten saßen sie still da, bis Baxter ausreichend Mut gefasst hatte, um etwas zu sagen:

»Ich bin scheiße«, verkündete sie entschieden. »Echt komplett scheiße.«

Rouche drehte sich zu ihr um und sah sie an.

»Der nervige, nerdige, rothaarige Typ, der gerade gegangen ist«, fing Baxter an, »das ist der *einzige* Mensch auf dem gesamten beschissenen Planeten, dem ich vertraue. Das ist es. Nur ihm. Nicht mal meinem eigenen Freund vertraue ich. Wir sind seit acht Monaten zusammen, aber ich vertraue ihm nicht. Ich lasse seine finanzielle Situation ausspionieren, weil ich so eine scheiß Angst habe, dass er mich benutzt oder verletzt oder, ich weiß nicht mal was. Erbärmlich, oder?«

»Allerdings«, nickte Rouche nachdenklich. »Das ist wirklich erbärmlich.«

Sie lächelten beide. Baxter kauerte sich noch mehr zusammen, damit ihr warm wurde.

»Nachdem wir die Ruine hier gekauft hatten, ist es passiert«, fing Rouche an, sah sich in dem kaputten Haus um. »Wir sind in die Stadt gefahren. Ellie, sie war wieder krank, ihre kleinen Lungen ...« Er verstummte, sah, wie der Regen am Ende des Flurs immer stärker wurde.

»Donnerstag, 7. Juli 2005.«

Baxter schlug die Hand vor den Mund, das Datum war im Gedächtnis eines jeden Londoners fest verankert.

»Wir waren auf dem Weg zu einem Spezialisten in der Great Ormond Street. Wir saßen ganz normal in der U-Bahn, und dann plötzlich – nichts mehr. Alle schrien. Überall war Qualm, und Staub kratzte mir in den Augen. Aber nichts davon spielte eine Rolle, weil meine Tochter in meinen Armen lag, bewusstlos, aber sie hat noch geatmet, ihr Bein war irgendwie ganz verdreht.«

Rouche musste einen Augenblick innehalten, um sich zu fassen.

Baxter hatte sich nicht gerührt. Sie wartete darauf, dass er fortfuhr, noch immer mit der Hand vor dem Mund.

»Dann habe ich meine Frau ein paar Meter weiter unter einem Haufen Trümmer gesehen, wo das Dach des Zuges eingestürzt war. Ich wusste, dass ich sie nicht retten konnte. Ich *wusste* es. Aber ich musste es versuchen. Ich hätte Ellie da rausholen können. Die Leute rannten schon durch den Tunnel zum Russell Square. Aber man muss es doch versuchen, oder? Ich zog an den schweren Metallteilen, die ich niemals hätte bewegen können, dabei hätte ich Ellie da rausbringen sollen. Der ganze Rauch und Ruß: Es war zu viel für sie. Und dann ist noch ein Stück vom Dach eingestürzt, was eigentlich abzusehen war. Alle, die noch da unten waren, wurden panisch. Ich auch. Ich hab Ellie genommen, wollte den anderen in den Tunnel folgen, aber dann hat jemand geschrien, die Schienen würden noch Strom führen. Plötzlich hat sich niemand mehr weitergetraut. Ich *weiß*, dass ich sie hätte rausholen können, aber ich habe einfach gewartet, weil sonst auch niemand gegangen ist, *niemand*.

Die anderen haben eine Entscheidung getroffen, und ich habe mich ihr gedankenlos unterworfen. Ich hab sie nicht rechtzeitig da rausgeholt, dabei hätte ich es gekonnt, aber ich hab's nicht getan.«

Baxter war sprachlos. Sie fuhr sich über die Augen und starrte Rouche einfach an, staunte darüber, dass er stark genug war, nach allem, was er erlebt hatte, überhaupt noch weiterzumachen.

»Ich weiß, dass du mir die Schuld daran gibst, dass wir Curtis in der schrecklichen Kirche dort haben liegenlassen, aber ...«

»Tu ich nicht«, unterbrach Baxter ihn. »Nicht mehr. Jetzt nicht mehr.«

Zögerlich legte sie ihre Hand auf seine. Sie wünschte, sie wäre nicht so unbeholfen, dann hätte sie ihn umarmt. Sie wollte es.

»Ich durfte denselben Fehler einfach nicht ein zweites Mal machen, verstehst du?«, erklärte Rouche und fuhr sich mit den Händen durch das graumelierte Haar.

Baxter nickte. Eine Zeitschaltuhr klickte und die Lampe in der Ecke ging an.

»Okay. Du bist dran«, sagte Rouche und lächelte gequält.

»Ich hab Wolf … 'tschuldigung, Detective Fawkes«, stellte sie klar. »Ich hab ihn gehenlassen. Ich hatte ihm schon Handschellen angelegt. Verstärkung war im Anmarsch, nur noch Sekunden entfernt, und ich hab ihn gehenlassen.«

Rouche nickte, als hätte er das längst vermutet: »Warum?«

»Ich weiß nicht.«

»Sicher weißt du's. Hast du ihn geliebt?«

»Ich weiß nicht«, erwiderte sie aufrichtig.

Rouche dachte sorgfältig über seine nächste Frage nach, bevor er sie stellte:

»Und was würdest du tun, wenn du ihn jemals wiedersehen würdest?«

»Ich müsste ihn festnehmen. Ich müsste ihn hassen, ihn eigenhändig umbringen, weil er mich zu dem paranoiden Wrack gemacht hat, das ich heute bin.«

»Aber ich hab dich nicht gefragt, was du tun müsstest«, lächelte Rouche. »Ich hab gefragt, was du tun würdest.«

Baxter schüttelte den Kopf.

»Ehrlich, ich weiß es nicht«, erwiderte sie. Rouche war wieder dran. »Was ist das für Blut an der Tür?«

Rouche antwortete nicht gleich. Stattdessen knöpfte er ruhig seine Manschetten auf und krempelte sich die Ärmel hoch, um ihr die tiefen rosa Narben an seinen Unterarmen zu zeigen.

Dieses Mal umarmte sie ihn doch. Aus irgendeinem Grund fiel ihr wieder ein, wie Maggie an dem Abend, als ihr Krebs mit aller Macht wiedergekommen war, zu dem verzweifelten Finlay gesagt hatte: »Was uns nicht umbringt, macht uns stärker.«

Baxter behielt den Gedanken aber für sich.

»Ein paar Tage nachdem ich aus dem Krankenhaus raus bin«, erklärte Rouche, »trafen lauter Geburtstagskarten für meine Frau ein. Ich saß einfach da an der Tür, hab den ganzen Stapel gelesen und ... wahrscheinlich war meine Zeit einfach noch nicht gekommen.«

»Außerdem trinke ich zu viel«, platzte Baxter heraus, überzeugt davon, dass sie und Rouche jetzt keine Geheimnisse mehr voreinander haben sollten. »Zum Beispiel ... ach, einfach viel zu viel.«

Rouche lachte über ihr unpassend fröhliches Bekenntnis. Baxter tat eingeschnappt, konnte sich aber ein Grinsen nicht verkneifen.

Sie waren beide wirklich ziemlich verkorkst.

Eine Weile saßen sie schweigend nebeneinander.

»Ich schätze mal, das sind genug Geständnisse für einen Abend. Komm«, sagte Baxter, stand auf und bot ihm eine ihrer eiskalten Hände an. Sie zog ihn hoch, nahm ihre Schlüssel aus der Tasche, machte einen vom Metallring ab und hielt ihn ihm hin.

»Was ist das?«, fragte Rouche.

»Der Schlüssel zu meinem Apartment. Ich lass dich auf keinen Fall hier wohnen.«

Er wollte widersprechen.

»Du tust mir einen Gefallen«, erklärte sie ihm. »Thomas

wird überglücklich sein, wenn ich ihm sage, dass wir vorübergehend zusammenziehen. Die Katze ist schon bei ihm. Das ist perfekt. Völlig sinnlos, Einwände zu erheben.«

Rouche hatte den Eindruck, dass das wahrscheinlich stimmte.

Er nahm ihren Schlüssel und nickte.

KAPITEL 27

Freitag, 18. Dezember 2015
22.10 Uhr

Rouche räumte die Spülmaschine ein, während Baxter das Bett im anderen Zimmer abzog. Er scheute sich davor, hier etwas anzufassen. Ihre erstaunlich aufgeräumte Wohnung sollte ihm vorübergehend als Zuhause dienen, bis der Fall aufgeklärt oder er in die USA zurückbeordert wurde. Er konnte sie über den Flur hinweg fluchen hören, da sie Mühe hatte, das alles, was sie für unbestimmte Zeit benötigte, in zwei kleine Reisetaschen zu stopfen.

Ein paar Minuten später kam sie aus dem Schlafzimmer und zerrte die zwei übervollen Taschen hinter sich her.

»Bockmist«, seufzte sie, als sie ihre Sportklamotten auf dem Cross-Trainer entdeckte. Sie nahm sie und ließ sie in einer Seitentasche mit Reißverschluss verschwinden, die sie gerade entdeckt hatte. »Super. Ich bin dann weg. Nimm dir … was du willst. Unter der Spüle sind auch noch ein paar Toilettenartikel, wenn du welche brauchst.«

»Wow! Du bist gut ausgestattet!«

»Na ja«, erwiderte sie zugeknöpft. Dann war der Moment verstrichen, um zu erklären, weshalb sie Herrentoilettenartikel in ihrem Badezimmerschrank aufbewahrte – und sogar regelmäßig erneuerte. Insgeheim hoffte sie, dass sie eines Tages doch noch mal benutzt wurden. »Also, bedien dich. Gute Nacht!«

Erst als er draußen im Flur Krach hörte, gefolgt von einem äußerst anstößigen Kraftausdruck, dämmerte Rouche, dass er vielleicht hätte anbieten sollen, ihr mit den Taschen zu helfen. Da er es jetzt aber für sicherer hielt, so zu tun, als hätte er nichts mitbekommen, ging er ins Schlafzimmer. Angesichts der Sammlung abgewetzter Kuscheltiere, die sie hastig unter dem Bett hatte verschwinden lassen, musste er lächeln.

Er war gerührt, als er sah, wie viel Mühe Baxter sich gegeben hatte, ihm das Gefühl zu geben, in ihrer Wohnung willkommen zu sein. Er schaltete die Nachttischlampe ein und das große Licht aus, woraufhin es sich sofort ein bisschen mehr wie Ellies behagliches Zimmer anfühlte. Er packte die drei Fotos vom Fensterbrett aus, die er mitgenommen hatte, und verlor sich ein paar Minuten lang in glücklichen Erinnerungen. Schließlich rollte er seinen Schlafsack auf dem Teppich aus und machte sich bettfertig.

* * *

Baxter traf kurz nach 23 Uhr bei Thomas ein. Sie stellte ihre Sachen in den Flur und ging in die dunkle Küche, um sich ein Glas Wein einzuschenken. Wegen des geizigen Besitzers des Fish-and-chip-Shops in der Wimbledon High Street war sie immer noch hungrig. Sie suchte im Kühlschrank nach einem Dessert. Blöderweise war Thomas gerade mal wieder auf einem Gesundheitstrip, so dass ihr nur die Wahl zwischen schokoladefreiem Geleeobst und einer verdächtig aussehenden Flasche mit grünem Schleim blieb, den jeder Ghostbuster für den Nachweis paranormaler Aktivitäten gehalten hätte.

»Keine faulen Dummheiten!«, rief Thomas von der Tür aus.

Baxter lugte mit hochgezogenen Augenbrauen hinter der Kühlschranktür hervor. Er stand in Boxershorts und karierten Pantoffeln da und fuchtelte bedrohlich mit einem Badmintonschläger. Fast wäre er vor Erleichterung umgekippt, als er sie erkannte.

»Oh, Gott sei Dank! Du bist es! Ich hätte fast …« Er schaute auf die lächerliche Waffe, die er gegriffen hatte, »… dir das Ding hier übergezogen.«

Baxter grinste breit und nahm ihren Wein: »Keine faulen Dummheiten, hm?«, fragte sie.

»War das Adrenalin«, verteidigte sich Thomas. »Hab irgendwas durcheinandergeworfen von wegen ›keine faulen Tricks‹ und ›keine Dummheiten‹.«

»Aha«, sagte Baxter und lächelte in ihr Weinglas.

»Genau«, sagte Thomas und legte ihr beruhigend eine Hand auf die Schulter. »Trink aus. Du musst dich tierisch erschrocken haben.«

Baxter prustete vor Lachen den Wein aus.

Thomas reichte ihr Küchenpapier.

»Ich wusste gar nicht, dass du vorbeikommst«, sagte er, als sie die frischen rosa Flecken auf ihrer Bluse abtupfte.

»Ich auch nicht.«

Er strich ihr das Haar aus dem Gesicht, die verschorfte Wunde, die noch nicht ganz verheilt war, kam zum Vorschein.

»Siehst aus, als hättest du einen harten Tag gehabt«, sagte er.

Baxters Augen wurden schmal.

»… aber natürlich trotzdem wunderschön und frisch«, ergänzte er rasch, woraufhin sie wieder weicher wurde. »Also, was ist los?«

»Ich ziehe ein.«

»Okay … ich meine, okay! Das ist super! Wann?«

»Jetzt.«

»Okay!« Er nickte. »Ich meine, ich freu mich riesig, aber warum plötzlich so eilig?«

»Bei mir wohnt ein Mann.«

Thomas brauchte einen Augenblick, um die Information zu verarbeiten. Er runzelte die Stirn und öffnete den Mund.

»Können wir morgen darüber reden?«, frage Baxter. »Ich bin erledigt.«

»Klar. Dann bringen wir dich mal ins Bett.«

Baxter stellte ihr Glas halbausgetrunken in die Spüle und folgte Thomas nach oben.

»Hab ganz vergessen zu erwähnen, dass wir vorerst im Gästezimmer schlafen«, teilte er ihr mit, als sie die Treppe hinaufstiegen. »Echos Flöhe sind über unser Schlafzimmer hergefallen. Es gab so was wie eine Belagerung, aber ich hab heute Abend einen zweiten atomaren Schlag gegen das Ungeziefer geführt, der hoffentlich auch noch die letzten Viecher ausrotten wird.«

Zu anderen Zeiten wären dies ärgerliche Neuigkeiten gewesen, aber Thomas wirkte so ungeheuer stolz auf das mikroskopische Massaker, und ein atomarer Schlag gegen Ungeziefer war eine so absurde Vorstellung, noch dazu aus seinem Mund, dass sie auf dem Weg ins Bett nur lachen konnte.

* * *

Am nächsten Morgen betrat Baxter die Abteilung für Mord und Schwerstkriminalität mit besonders energischem Schwung, da sie vergessen hatte, ihre Unterwäsche einzupacken, und sich eine Boxershorts von Thomas hatte leihen müssen. Es war Samstag und noch sehr früh, und sie rechnete nicht damit, jemand Wichtigem zu begegnen. Doch als sie ihr Büro betrat, fand sie Vanita an ihrem Schreibtisch und einen gutgekleideten Mann Mitte fünfzig ihr gegenüber.

Baxter schaute verwirrt: »Scheiße. Verzeihung ... Moment mal, bin ich...?«

»Sind Sie«, versicherte ihr Vanita. »Das ist mein Büro, bis Sie den normalen Dienst wiederaufnehmen.«

Baxter guckte verständnislos.

»Klingelt was?«, fragte Vanita von oben herab.

Der Mann, der Baxter den Rücken zukehrte, räusperte sich und stand auf. Kurz hielt er inne, um den obersten Knopf seines maßgeschneiderten Anzugs zuzuknöpfen.

»Entschuldige, Christian. Ich habe vergessen, dass ihr euch noch nicht kennt«, sagte Vanita. »Christian Bellamy, Detective Chief Inspector Baxter. Baxter, das ist unser neuer Commissioner, seit gestern.«

Der gutaussehende Mann war sonnenstudiogebräunt. Sein volles silbriges Haar und die klobige Breitling unterstrichen den Eindruck, dass er eigentlich viel zu wohlhabend war, um sich über das ein oder andere Geschäftsessen hinaus mit Lohnarbeit zu beschäftigen. Er hatte ein gewinnendes »Stimmen Sie für mich«-Lächeln, das offensichtlich Wirkung gezeigt hatte.

Baxter und er schüttelten einander die Hand.

»Herzlichen Glückwunsch«, sagte sie und ließ los. »Aber ich dachte, das wäre er sowieso schon gewesen.«

Vanita lachte künstlich:

»Christian wurde von der Abteilung für organisiertes Verbrechen und Wirtschafts...«

»Seine Lebensgeschichte interessiert mich nicht«, fiel Baxter ihr ins Wort und wandte sich an den Mann. »Nehmen Sie's mir nicht übel.«

»Tu ich nicht«, lächelte er. »Um's kurz zu machen: Ich war nur stellvertretender Commissioner, vorübergehend.«

»Na schön«, sagte Baxter und sah auf die Uhr. »Ich hab auch nur vorübergehend so getan, als würde es mich interessieren. Wenn Sie mich jetzt entschuldigen würden.«

Der Commissioner lachte laut los:

»Sie werden Ihrem Ruf jedenfalls gerecht!«, erklärte er, knöpfte sein Jackett auf und setzte sich wieder. »Sie sind genau so, wie Finlay Sie mir beschrieben hat.«

Baxter blieb auf dem Weg zur Tür noch einmal stehen.

»*Sie* kennen Finlay?«, fragte sie skeptisch.

»Erst seit fünfunddreißig Jahren. Wir haben eine Zeitlang zusammen im Einbruchsdezernat gearbeitet, dann eine Weile hier, und später haben sich unsere beruflichen Wege getrennt.«

Baxter fand ihn ziemlich selbstgefällig in seiner Art. Eigentlich wollte er damit zum Ausdruck bringen, dass Finlay auf einer aussichtslosen Stelle kleben geblieben sei, während er, sein gegerbter Freund, die obersten Sprossen der Karriereleiter erklommen hatte.

»Hab gestern erst bei ihm und Maggie reingeschaut«, erklärte er ihr. »Der Anbau sieht toll aus.«

Baxter ertappte Vanita, wie sie die Augen verdrehte:

»Ich hab's noch nicht gesehen«, sagte Baxter. »Hatte ziemlich viel um die Ohren.«

»Natürlich«, lächelte der Mann verständnisvoll. »Ich hörte, wir haben vielversprechende Fortschritte gemacht.«

»Haben *wir.*«

Der Commissioner ignorierte ihren Ton: »Na, das sind doch gute Neuigkeiten«, sagte er. »Aber wenn alles vorbei ist, müssen Sie ihn besuchen. Ich weiß, dass er Sie gerne sehen würde. Er hat sich wahnsinnige Sorgen gemacht.«

Baxter war die persönliche Wendung, die das Gespräch plötzlich genommen hatte, sehr unangenehm.

»Also, mein Partner ist da«, log sie und ging raus.

»Bitte richten Sie Finlay doch schöne Grüße von mir aus, wenn Sie vorbeischauen, ja?«, rief ihr der Commissioner hinterher, als sie in die Teeküche floh, um sich einen Kaffee zu machen.

* * *

Dank der dunklen Wolkendecke, die sich niemals allzu weit von der Hauptstadt zu entfernen schien, waren die Temperaturen am Samstagvormittag auf schweißtreibende sechs Grad gestiegen. Baxter fand wundersamerweise einen Parkplatz auf der Hauptstraße. Sie parkten hundert Meter vom Sycamore Hotel Marble Arch, das laut verschiedener rekonstruierter Selbstmordnachrichten Schauplatz des letzten Zusammentreffens von Greens Anhängern sein sollte.

»Ohhh! Die haben sogar einen Vorführraum«, verkündete Rouche, als er auf seinem Handy die Hotel-Website betrachtete. Er schaute zu dem Gebäude. »Meinst du, es wird beobachtet?«

»Wahrscheinlich«, erwiderte Baxter. »Wir sind nur wegen der Ein- und Ausgänge, Zufahrtswege und Observierungspunkte hier.«

Rouche blies die Wangen auf. »Es gibt nur eine Möglichkeit, das rauszufinden.«

Als er die Autotür öffnete und aussteigen wollte, packte Baxter ihn am Arm:

»Was machst du da?«

»Ein- und Ausgänge, Zufahrtswege und Observierungspunkte. Von hier aus sieht man nicht viel.«

»Die könnten uns entdecken.«

»Dich vielleicht. Mich nicht. Deshalb hab ich dir was aus deiner Wohnung notdürftig zur Tarnung mitgebracht. Ich hoffe, es ist dir recht.«

Er reichte ihr die Cap, die er auf dem Garderobenständer gefunden hatte.

»Die Tarnung besteht aus drei Elementen«, erklärte er, als sie sich wenig beeindruckt zeigte.

»Hast du mir sonst noch was mitgebracht?«, fragte sie mit hochgezogenen Augenbrauen.

Er schaute ratlos.

»Noch was anderes?«, setzte sie nach.

»Ach, deine Unterhosen! Klar«, er lächelte und holte eine Plastiktüte mit Unterwäsche hervor.

Sie riss sie ihm aus der Hand und warf sie auf den Rücksitz, dann stieg sie aus.

»Zweites Element der Tarnung: Wir sind verliebt«, sagte Rouche und nahm ihre Hand.

»Und das dritte?«, schnaubte Baxter.

»Du lächelst!«, sagte Rouche und setzte murmelnd nach: »Dann erkennt dich garantiert niemand.«

* * *

Special Agent Chase hatte Mühe, seine Kollegin zu beschwichtigen.

»Herrgott noch mal, Saunders«, schrie Baxter. »Hast du eine Ahnung, wie viel Papierkram jedes Mal zu erledigen ist, wenn du was auf die Fresse kriegst?«

Im Besprechungsraum der Abteilung für Mord und Schwerstkriminalität saßen das Team der Met, Beamte des SO15 und FBI-Agenten mit Jetlag, die an dem Einsatz am Sonntag teilnehmen sollten. Baxter setzte die verschiedenen Teams über ihre Einschätzung der Räumlichkeiten in Kenntnis.

Insgesamt verlief die Besprechung wie erwartet.

Der MI5 hatte einen obligatorischen Vertreter vorbeigeschickt, der offenbar Anweisung hatte, nur nichts durchblicken zu lassen, dafür aber seinen Vorgesetzten anschließend in allen Einzelheiten zu berichten, was besprochen worden war. Rouche, der einzige Vertreter der CIA, versuchte Baxter diskret das Höschen zuzuschieben, das er noch unten in seiner Tasche gefunden hatte.

Glücklicherweise fiel dies niemandem auf außer Blake, den es vollkommen fertigzumachen schien.

»Der Konferenzsaal sollte ausreichend mit Kameras bestückt werden«, erklärte Chase den Anwesenden, alle nickten und brummten zustimmend.

»Und woher wissen wir, dass er nicht beobachtet wird?«, fragte Baxter ungeduldig.

»Woher wissen wir, dass die den Raum nicht nach Kameras oder Wanzen oder FBI-Wichsern absuchen, die sich hinter den Vorhängen verstecken?«

Chase ignorierte das Gelächter von der anderen Seite des Raums:

»Das sind Verrückte, keine Spione!«

Der MI5-Agent blickte von seinem Laptop auf, als hätte jemand seinen Namen gerufen und die allgemein herrschende Ansicht bestätigt, dass er vermutlich der schlechteste Agent der ganzen Branche war.

»Mag sein, dass es Verrückte sind, dann sind es eben Verrückte, die es geschafft haben, Anschläge auf zwei verschiedenen Kontinenten zu koordinieren, ohne dass wir in der Lage gewesen wären, dies zu verhindern«, erklärte Baxter. »Wenn wir auch nur *einen* von denen verschrecken, verlieren wir sie möglicherweise *alle*. Wir bleiben bei dem Plan: Passive Überwachung der fünf Eingänge, die Aufzeichnungen der Überwachungskameras werden zur Gesichtserkennung hierher umgeleitet. Wir setzen einen von uns als Angestellten an den Empfang und statten ihn mit einem leistungsstarken Mikrophon für den Fall aus, dass wir niemanden da reinbekommen. In dem Moment, in dem wir bestätigt bekommen, dass Alexei Green im Gebäude ist, gehen wir rein.«

»Und wenn Green sich nicht blicken lässt?«, fragte Chase herausfordernd.

»Er wird sich blicken lassen.«

»Und wenn nicht?«

Dann waren sie gefickt. Baxter sah Rouche hilfesuchend an.

»Wenn wir nicht feststellen können, ob Green anwesend ist, warten wir bis zum letzten Augenblick«, sagte Rouche, »dann stürmen wir wie geplant den Saal. Wenn wir ihn dort nicht zu fassen bekommen, vernehmen wir seine anwesenden Komplizen.«

»Kurze Frage«, warf Blake mit einem Teebecher in der Hand ein. »Von wegen jemanden ›da rein‹bekommen. Was hat es damit auf sich?«

»Wir brauchen visuelle Bestätigung«, sagte Rouche. »Er steht ganz oben auf der Fahndungsliste des FBI. Jeder, der in letzter Zeit eine Zeitung in der Hand hatte, kennt sein Gesicht. Vermutlich wird er sich tarnen oder sonst wie sein Erscheinungsbild verändern.«

»Schon klar, aber Sie können doch nicht erwarten, dass einer von uns da reinspaziert und sich unter ein Publikum voller mordgieriger Psychopathen mischt, ohne dass wir überhaupt die geringste Ahnung haben, was vor sich geht, sobald die Türen geschlossen sind?«

Plötzlich war es im Raum totenstill.

Rouche sah Baxter ratlos an, musste sich eingestehen, dass das Ganze so formuliert nicht unbedingt nach einem aussichtsreichen Vorhaben klang.

Sie zuckte mit den Schultern: »Hat jemand eine bessere Idee?«

SITZUNG SECHS

Mittwoch, 11. Juni 2014
11.32 Uhr

Das maßgeschneiderte weiße Hemd landete zerknautscht auf dem Badezimmerboden, die ägyptische Baumwolle hatte den warmen Kaffee aufgesogen. Lucas suchte im Kleiderschrank des Schlafzimmers nach Ersatz und schlüpfte vor dem Spiegel in ein frisches Hemd.

Er seufzte beim Anblick seines dicken Bauchs und einer bösen Rötung auf der Brust, wo ihn das siedend heiße Getränk verbrüht hatte.

Eilig machte er die Knöpfe zu, stopfte das Hemd noch schnell in die Hose, während er schon wieder ins Wohnzimmer zurückkehrte, wo ein spindeldürrer Mann Mitte sechzig etwas in seinen Blackberry tippte.

»Tut mir leid«, sagte Lucas, hob seinen Stuhl aus der nassen Pfütze auf dem Boden und nahm wieder Platz. »Momentan passiert mir so was ständig.«

Der Mann betrachtete ihn eindringlich. »Ist alles in Ordnung, Lucas?«, fragte er.

Auch wenn dies hier ein professioneller Rahmen war, die beiden Männer kannten sich seit Jahren.

»Gut«, erwiderte er wenig überzeugend.

»Ich meine nur … Sie wirken irgendwie ein bisschen aus

dem Tritt geraten, wenn ich das einmal so sagen darf. Gibt es denn einen bestimmten *Anlass* für unseren Termin zum heutigen Tag?«

»Nein, gar nicht«, versicherte Lucas ihm. »Ist nur etwas, das ich eine Weile vor mir hergeschoben habe. Ich hab das Gefühl, dass ich ein bisschen nachlässig war, mich früher darum hätte kümmern müssen, nachdem … also, nachdem …«

Der ältere Herr lächelte freundlich und nickte:

»Natürlich, also, das ist alles erfrischend einfach. Ich fasse das Wichtigste noch mal zusammen: ›Hiermit widerrufe ich sämtliche früheren testamentarischen Verfügungen und setze Samuels-Wright and Sons Solicitors als Testamentsvollstrecker ein. Abzüglich sämtlicher Schulden, Beerdigungskosten und testamentarischen Auslagen hinterlasse ich mein verbleibendes Vermögen in voller Höhe dem Förderverein des Great Ormond Street Hospital. Blablabla. Lucas Theodor Keaton.‹ Ist das so richtig?«

Lucas zögerte einen Augenblick, nahm mit zitternder Hand einen USB-Stick aus der Tasche und hielt ihn seinem Bekannten hin:

»Außerdem ist da noch das.«

Der Notar nahm ihn und sah Lucas fragend an.

»Ist nur eine Nachricht … an alle, die es betrifft, sollte die Zeit kommen«, erklärte Lucas unsicher. »Als Erklärung, warum.«

Nickend steckte der Notar den Stick in eine Seitentasche seines Aktenkoffers:

»Das ist sehr umsichtig von Ihnen«, erklärte er Lucas. »Ich bin sicher, dass man gerne etwas über die Person erfahren möchte, die eine so, offen gestanden, enorme Summe spendet.« Der Mann wollte aufstehen, hielt dann aber inne. »Sie sind ein guter Mensch, Lucas. Das sind nur wenige, die über Vermögen und Einfluss in so schwindelerregendem Ausmaß verfügen.

Dabei haben Sie all dem Egoismus und Blödsinn widerstanden. Das wollte ich Ihnen nur noch sagen.«

Als Lucas zu seinem Termin mit Alexei Green eintraf, war der Psychiater mit einer umwerfend attraktiven Frau beschäftigt. Er war höflich zu ihr, schien aber ausgesprochen desinteressiert an den sehr eindeutigen Signalen, die sie sandte:

»Ich meine es ernst. Gleich am Tag, nachdem ich Ihren Vortrag über neurowissenschaftliche Verhaltenspsychologie besucht habe, habe ich einen Antrag gestellt, um das Thema meiner Doktorarbeit zu ändern.«

»Ah, dann haben Sie das aber der neurowissenschaftlichen Verhaltenspsychologie zu verdanken. Das Verdienst kann ich mir unmöglich anheften«, scherzte Green.

»Ich weiß, es ist dreist, zu fragen, aber eine Stunde mit Ihnen zu sprechen wäre …« Die Frau quiekte aufgeregt, legte ihm eine Hand auf den Arm und lachte.

Vom Eingang aus sah Lucas erschrocken zu, wie sie den Psychiater anhimmelte, ganz berauscht von seinem Charme war.

»Ich sage Ihnen was …«, fing Green an.

Die Empfangsdame verdrehte die Augen.

»… sprechen Sie doch mit Cassie hier vorne, sie wird uns einen Termin für ein Mittagessen nächste Woche machen.«

»Im Ernst?!«

»Nächste Woche sind Sie bei der Veranstaltung in New York«, rief Cassie gelangweilt von der Empfangstheke aus.

»Dann in der Woche drauf«, versprach Green und bemerkte endlich seinen Patienten im Eingang. »Lucas!«, rief er. Er musste der Frau einen sanften Schubs in die richtige Richtung geben, damit sie sich in Bewegung setzte und er ihn in seinem Behandlungszimmer begrüßen konnte.

»Sie wissen, es ist in Ordnung, wütend auf die Person zu sein, auf die Leute, die Ihnen und Ihrer Familie das angetan haben«, sagte Green behutsam.

Die Sonne verschwand hinter einer Wolke und tauchte den Raum in Halbdunkel. Ganz plötzlich wirkten der reichverzierte Lampenschirm, die viel zu großen Sessel und der massive Schreibtisch, die dem Zimmer sonst etwas Heimeliges verliehen, altbacken und tot. Auch der Psychiater war nur noch eine aschfahle Kopie seiner selbst.

»O ja, ich bin wütend«, erklärte Lucas und presste die Zähne aufeinander. »Aber nicht auf ihn.«

»Das verstehe ich nicht«, sagte Green relativ scharf, änderte seinen Ton dann aber wieder: »Stellen Sie sich vor, ich wäre der Mann, der an jenem Tag mit einem Sprengsatz und dem einzigen Ziel, so viele Menschen wie möglich umzubringen, in die Londoner Innenstadt gefahren ist, was würden Sie zu mir sagen?«

Lucas starrte ins Leere, dachte über Greens Frage nach. Er stand auf und ging in dem Raum auf und ab. Er konnte immer besser nachdenken, wenn er sich bewegte:

»Nichts. Es gibt nichts, was ich ihm sagen will. Meine Wut an ihm auszulassen ist genauso sinnlos, wie sie an einem leblosen Gegenstand, einer Waffe, einem Messer auszulassen. Diese Menschen sind Werkzeuge, gehirngewaschen und manipuliert. Sie sind Puppen, Marionetten, die einer Sache dienen, die sehr viel größer ist als sie selbst.«

»Puppen?«, fragte Green mit ebenso viel Interesse wie Skepsis in der Stimme.

»Wenn sie einmal losgelassen sind, benehmen sie sich wie wilde Tiere«, fuhr Lucas fort, »es zieht sie dorthin, wo sich ihre Beute in größter Konzentration findet, und wir … wir sammeln uns in enormer Zahl, ködern sie unbewusst, lassen es drauf ankommen, dass es erst mal andere treffen wird. Und die ganze Zeit spielen diejenigen, die *wirklich* die Fäden in der Hand halten, so wie etwa diejenigen, die für unseren Schutz verantwortlich sind, mit uns wie mit Schachfiguren.«

Anscheinend hatten die Worte bei Green einen Nerv getroffen, er richtete den Blick starr auf das Fenster auf der anderen Seite des Raums.

»Verzeihen Sie den Monolog. Es ist nur, das … das Gespräch mit Ihnen hilft mir wirklich sehr«, gestand Lucas.

»Wie bitte?«, fragte Green, eine Million Meilen weit entfernt.

»Ich sagte, es wäre schön, wenn wir die Anzahl der Sitzungen erhöhen könnten, wenn wir uns vielleicht ab jetzt zweimal die Woche treffen?«, fragte Lucas und versuchte, die Verzweiflung in seiner Stimme zu verbergen. »Ich weiß, dass Sie nächste Woche weg sind, in New York, nicht wahr?«

»Ja, das ist richtig«, lächelte Green, der immer noch über Lucas' Worte nachdachte.

»Sind Sie häufig dort?«

»Fünf-, sechsmal im Jahr. Keine Sorge. Wir werden unsere Termine nicht häufig verschieben müssen«, versicherte Green ihm. »Aber ja, selbstverständlich. Wenn Sie unsere Sitzungen hilfreich finden, können wir natürlich die Anzahl erhöhen. Aber da Sie so beeindruckende Fortschritte machen, habe ich mich gefragt, ob ich vielleicht mit Ihnen etwas anderes versuchen darf, eine frischere Herangehensweise, wenn Sie so wollen. Meinen Sie, dass Sie dafür bereit sind, Lucas?«

»Ja.«

KAPITEL 28

Samstag, 19. Dezember 2015
14.34 Uhr

Wie ein richtiger Handwerker blockierte Special Agent Chase zwei Behindertenparkplätze mit dem Transporter. Er reichte seinem Kollegen eine Leiter, dann zog er den Werkzeugkasten hinten aus dem Laderaum. Die Männer betraten mit identischen Overalls bekleidet die Lobby des Sycamore Hotel und gingen auf den Empfang zu, wo Flittergoldgirlanden schlaff wie sterbendes Efeu von der Decke hingen.

Während sie die Lobby durchquerten, fiel Chase auf, dass bereits das erste unauffällige Schild, das auf die Versammlung am darauffolgenden Tag hinwies, aufgestellt worden war:

20. Dezember – 11 Uhr
Jules Teller, Geschäftsführender Direktor von Equity UK, über die Auswirkungen der Finanzflaute auf die Aktienkurse – die katastrophalen Folgen für die Finanzmärkte und was dies für Sie bedeutet

Das musste Chase dem Feind lassen: Wollte man ungestört bleiben, brauchte man keine Armee von einschüchternden Sicherheitskräften. Dieselbe abschreckende Wirkung ließ sich mit Aktienkursen und Finanzflauten erzielen.

Da sie sahen, dass das Personal am Empfang anderweitig beschäftigt war, folgten sie den Schildern in einen bescheidenen Konferenzsaal. Zum Glück war er leer. Eine Vielzahl von Reihen abgewetzter Stühle war der kaum erhöhten Bühne zugewandt. Im Saal roch es muffig, die beigefarbenen Wände machten ihn düster und deprimierend.

Würde Jules Tellers hirntötender Vortrag tatsächlich gehalten werden, dachte Chase, dann wäre dies genau der richtige Ort dafür.

Sie schlossen die Tür hinter sich und machten sich an die Arbeit.

Nach dem katastrophalen Treffen am Vormittag hatte Lennox ihre Position gegenüber ihrem eigens eingeflogenen Vorgesetzten deutlich gemacht: Die Ermittlungen mochten sie nach London geführt haben, trotzdem war es immer noch ein Fall des FBI und Alexei Green ganz oben auf ihrer Fahndungsliste. Über Baxters paranoide Anweisung, sich von dem Hotel fernzuhalten, würde man sich hinwegsetzen und Kameras sowie Mikrophone im Saal installieren. Sobald sie Green entdeckten, würden Chase und seine Männer auf die Zielperson zugreifen, Baxter und ihre Leute dürften anschließend das fliehende Publikum einsammeln.

Als erfahrener Undercover-Agent hielt Chase Baxters Befürchtung, das Hotel könne überwacht werden, zumindest für berechtigt. Aus bitterer Erfahrung hatte er gelernt, dass es in solchen Angelegenheiten immer besser war, übervorsichtig zu sein. Daher führten er und seine Kollegen tatsächlich Reparaturarbeiten an den Flügeltüren durch, ersetzten zwei der ölverschmierten Scharniere und brachten dabei die erste Kamera an. Die ganze Zeit über fielen sie dabei nicht aus ihren Rollen, sprachen, falls sie belauscht wurden, ausschließlich über die Arbeit, und das sogar mit passablem englischem Akzent.

Innerhalb von fünfzehn Minuten waren sie fertig. Drei Kameras und ein Mikrophon waren vor Ort installiert, vier quietschende Scharniere ausgetauscht.

»War nicht schwer, Chef, was?«, grinste Chase' Kollege, der wie alle Amerikaner dem weitverbreiteten Irrglauben anhing, dass Engländer grundsätzlich redeten, als wollten sie für Mary Poppins einen Schornstein fegen.

»Tee?«, nickte Chase, ganz Method Actor, und unterdrückte ein Rülpsen, als er sich den Bauch tätschelte.

Pfeifend packten sie ihre Werkzeuge ein und gingen wieder raus zu ihrem Transporter.

* * *

Die Ermittlungen der Met gerieten schon bald wieder ins Stocken.

Es war ihnen zwar gelungen, DNA von dem Schlüssel zu nehmen, mit dem Baxter den Mörder von Phillip East attackiert hatte, doch wie vorauszusehen war, hatte diese keine Treffer im System ergeben. Ein Team quälte sich noch immer durch das Filmmaterial der Überwachungskameras, das bei den drei letzten Versammlungen aufgezeichnet worden war. Die Suche nach Alexei Greens Patienten hatte sie bislang ausschließlich zu freundlichen und narbenfreien Personen geführt, die allesamt behaupteten, Green sei ein liebenswürdiger und aufrichtiger Mensch, der ihnen in schwierigen Zeiten geholfen habe.

Von mehreren Patienten fehlte bis jetzt jede Spur. Baxter hatte ein Team mit der Aufgabe betraut, Notfalladressen von jedem einzelnen zu ermitteln, sie dorthin geschickt in der Hoffnung, auf eine von Greens Puppen zu treffen.

Das FBI hatte kein Geheimnis daraus gemacht, dass Green und seine Handlanger überall gesucht wurden. Also hatte er seine Armee in alle Himmelsrichtungen zerstreut, um sie ein letztes Mal zu versammeln, bevor sie die Schrecken entfachten, die er für die Londoner Bevölkerung vorgesehen hatte.

Das Treffen am Sonntag würde ihre einzige Chance sein, dem Ganzen einen Riegel vorzuschieben.

Am späten Samstagnachmittag hatte Baxter genug.

Sie hatten im normalen Trott gearbeitet, aber gewusst, dass sie nur die Zeit bis zum folgenden Tag totschlugen. Sie sprach noch einmal mit Mitchell, dem Kollegen, den sie undercover in den Konferenzsaal einschmuggeln wollte. Als sie sich davon überzeugt hatte, dass alles so weit geklärt war, überließ sie es Rouche, einen ehemaligen Kollegen von Green zu vernehmen. Sie entschuldigte sich und fuhr unter erneut dunkelgrauem Himmel nach Muswell Hill.

Sie parkte neben einem ihr wohlvertrauten Baum, brauchte aber einen Augenblick, bis sie das ihr einst so vertraute Haus dahinter erkannte. Über der Garage war jetzt ein zusätzlicher Raum entstanden, und in der Auffahrt stand ein funkelnagelneuer Mercedes. Als sie aus dem Wagen stieg und an der Haustür klingelte, hörte sie Bohrgeräusche.

Eine sehr gepflegte Frau Anfang fünfzig öffnete die Tür. Sie hatte strahlend blaue Augen, die sich von ihrem pechschwarzen Haar abhoben, das sie zu einem Fünfziger-Jahre-Dutt frisiert hatte. Ihre dunkle Jeans und der weite Pulli waren mit Farbe bekleckert, was eher wie ein Fashion Statement aussah.

»Hallo, du Wilde«, rief sie mit ihrem vornehmen Akzent, umarmte Baxter und drückte ihr einen rosenroten Lippenstiftmund auf die Wange.

Schließlich gelang es Baxter, sich aus der Umarmung zu lösen:

»Hi, Maggie«, lachte sie. »Ist er zu Hause?«

»Er ist *immer* zu Hause«, seufzte sie. »Ich glaube, er weiß nicht, was er mit sich anfangen soll. Ich habe ihm gesagt, dass das so kommen würde, wenn er sich pensionieren lässt, aber du kennst ja Fin. Egal, komm rein, komm rein!«

Baxter folgte ihr ins Haus.

Finlay war einer ihrer Lieblingsmenschen auf der Welt, aber jedes Mal, wenn sie Maggie sah, wunderte sie sich, dass ihr hässlicher alter Freund es geschafft hatte, eine so attraktive, immer liebenswürdige Frau aus gutem Hause für sich zu gewinnen und über so viele Jahre zu halten. »Eigentlich weit über meiner Liga, aber ich hab mich trotzdem getraut«, lautete immer seine Antwort, wenn er danach gefragt wurde.

»Wie geht's?«, fragte Baxter, wobei die Frage, wenn sie jemandem gestellt wurde, der so lange so krank gewesen war, sehr viel mehr Gewicht besaß als sonst.

»Gerade geht's ganz gut. Kann mich nicht beschweren«, lächelte Maggie und führte Baxter in die Küche. Sie fing an, sich an einer Teekanne und Bechern zu schaffen zu machen, während Baxter geduldig wartete.

Sie merkte, dass Maggie sie etwas fragen wollte: »Was?«

Die ältere Frau drehte sich mit unschuldigem Blick um, gab ihn aber praktisch sofort wieder auf. Sie kannten sich viel zu lange, um sich gegenseitig etwas vorzumachen:

»Ich hab mich gefragt, ob du was von Will gehört hast?«

Baxter hatte damit gerechnet: »Nein. Nichts. Ich schwör's.«

Maggie guckte enttäuscht. Wolf und sie waren sich über die Jahre sehr nah gewesen, was sogar so weit gegangen war, dass er vor den Enkelkindern ein paarmal Weihnachten mit Maggie und Finlay verbracht hatte.

»Du weißt, dass du mir vertrauen kannst, oder?«

»Das weiß ich. Aber es ändert nichts daran, dass er keinen Kontakt zu mir aufgenommen hat.«

»Er wird wiederkommen«, sagte Maggie.

Baxter gefiel der beschwichtigende Ton nicht, in dem sie das sagte.

»Und wenn, wird er festgenommen.«

Maggie lächelte:

»Wir reden doch von Will. Und es ist okay, ihn zu vermissen. Tun wir doch alle. Aber niemand mehr als du, da bin ich sicher.«

Sie war über die Jahre häufig genug Zeugin der Interaktion zwischen Baxter und Wolf gewesen und wusste, dass ihre Beziehung weit über die von Freunden oder Kollegen hinausging.

»Du hast Thomas immer noch nicht kennengelernt«, sagte Baxter, um das Thema zu wechseln und irgendwie auch wieder nicht. »Das nächste Mal bringe ich ihn mit.«

Maggie lächelte ermutigend, was sie nur noch mehr nervte.

Die Bohrgeräusche oben verstummten.

»Geh schon mal nach oben. Ich bringe gleich den Tee.«

Baxter stieg die Treppe hoch, folgte dem frischen Farbgeruch und fand Finlay auf Händen und Knien dabei, eine Bodendiele zu befestigen. Er hatte ihr Kommen nicht bemerkt, bis sie sich räusperte. Woraufhin er sofort seine Arbeit liegenließ, sich ächzend erhob und sie umarmte.

»Emily! Du hast gar nicht gesagt, dass du vorbeikommst.«

»Hab's nicht gewusst.«

»Wie schön, dich zu sehen. Ich hab mir Sorgen gemacht nach allem, was passiert ist. Setz dich«, sagte er, bevor er merkte, dass er in dieser Hinsicht nicht viel anzubieten hatte. In einer Ecke lehnten Bodendielen an der Wand, warteten darauf, verlegt zu werden, und im Boden klaffte eine gefährliche Lücke, durch die man hätte fallen können. Farb- und Lackeimer verteilten sich auf der wenigen Fläche, die zwischen dem alten Werkzeug blieb. »Wir können auch nach unten gehen«, schlug er dann vor.

»Nein, ist schon okay … der Anbau sieht gut aus.«

»Na ja, entweder das oder wir hätten umziehen müssen«, erklärte er ihr und zeigte auf das Zimmer. »Wir wollen ein bisschen mehr die Kinder unterstützen, jetzt wo ich …«

»Langeweile habe?«

»… pensioniert bin«, korrigierte Finlay sie mit schiefem Lächeln. »Vorausgesetzt, Maggie entscheidet sich irgendwann mal für eine Farbe.«

»Großer Anbau. Schicker neuer Wagen in der Auffahrt«, sagte Baxter und klang eher neugierig als beeindruckt.

»Was soll ich sagen? Damals, als ich angefangen habe, war die Rente noch was wert. Du bekommst später einen Scheiß.« Er hielt inne, um zu horchen, ob Maggie den Kraftausdruck gehört hatte. »Also, muss ich mir Sorgen um dich machen?«

»Nein.«

»Nein?«

»Morgen Mittag wird alles vorbei sein«, lächelte Baxter. »Du wirst erfahren, wenn Vanita sich vor die laufenden Kameras stellt und erklärt, dass sie die Welt gerettet hat, indem sie den ganzen Tag untätig an ihrem Schreibtisch sitzen geblieben ist.«

»Was passiert morgen?«, fragte Finlay beunruhigt.

»Nichts, weswegen du dir Sorgen machen müsstest, alter Mann. Im Prinzip sehen wir nur dem FBI zu, wie die ihr eigenes Ding machen«, log sie. Sie wusste ganz genau, dass er darauf bestehen würde mitzukommen, sollte er den Eindruck gewinnen, dass sie ihn brauchen könnte, und sei es auch nur einen klitzekleinen Moment lang. Edmunds hatte sie aus genau demselben Grund angelogen.

Er betrachtete sie skeptisch.

»Heute Morgen bin ich unserem neuen Commissioner begegnet«, erzählte sie. »Er hat mich gebeten, dich zu grüßen.«

»Ach was, hat er das?«, fragte Finlay und setzte sich jetzt doch auf den Boden.

»Der scheint ja ganz vernarrt in dich zu sein. Wer ist das überhaupt?«

Müde rieb sich Finlay das schmutzige Gesicht und dachte über die Antwort nach.

»Fins ältester Freund«, rief Maggie statt seiner von der Treppe aus, als sie mit einem Teetablett und der Schimpfwortkasse nach oben kam. »Als wir uns kennengelernt haben, waren die beiden so gut wie unzertrennlich. Fast wie Brüder.«

»Du hast nie von ihm erzählt«, sagte Baxter erstaunt.

»Doch, Mädchen, hab ich: Die vermeintlich Ermordete, die wieder zum Leben erwacht ist?«, erinnerte Finlay sie. »Oder die größte Drogenfestnahme in der Geschichte Glasgows? Und der Typ, der die Kugel in den Arsch bekommen hat?«

»Das war alles *der*?« Sie hatte die Geschichten so häufig gehört, dass sie sie auswendig konnte.

»Nicht, dass ihn irgendwas davon für den Posten als Commissioner qualifizieren würde.«

»Fin ist bloß neidisch«, sagte Maggie zu Baxter und rieb ihrem Mann liebevoll über den allmählich kahlen Schädel.

»Bin ich nicht!«, brummte er.

»Du weißt genau, dass du's bist!«, lachte Maggie. »Sie haben sich vor langer Zeit überworfen«, erklärte sie Baxter, die die Augenbrauen hob, da sie wusste, was Finlay unter »Überwerfen« verstand. »Da sind Fäuste geflogen, Tische und Stühle. Die haben sich Beleidigungen an den Kopf geworfen und gegenseitig die Knochen gebrochen …«

»Der hat mir gar keine Knochen gebrochen«, murmelte Finlay.

»Aber die Nase«, erinnerte Maggie ihn.

»Die zählt nicht.«

»Aber dann haben sie sich wieder vertragen«, versicherte Maggie Baxter, bevor sie sich wieder an ihren Ehemann wandte. »Und du hast mich zum Schluss ja bekommen, oder?«

Finlay drückte sie liebevoll: »Ja, ja.«

Maggie gab ihm einen Kuss auf die Stirn und stand auf.

»Ich lass euch beide reden«, sagte sie und ging wieder runter.

»Nur weil *wir* alte Freunde sind«, erklärte Finlay Baxter, »heißt das noch lange nicht, dass *du* ihm mehr vertrauen kannst als sonst irgendeinem Schreibtischhengst. Es gilt die alte Regel: Halt dich fern, es sei denn, es ist absolut unvermeidbar. Aber wenn er dir Ärger macht, dann schick ihn zu mir.«

* * *

Rouche war hellwach. Er hatte schon seit Stunden in die Dunkelheit gestarrt, mit dem silbernen Kreuz an seinem Hals gespielt und über den unmittelbar bevorstehenden Einsatz nachgedacht. Der Lärm, der von der Wimbledon High Street heraufdrang, war immer lauter geworden. Die Samstagnachtschwärmer bevölkerten die Restaurants und Bars, ertränkten ihre Hemmungen in Alkohol und strömten anschließend von einem überfüllten Lokal ins nächste.

Er seufzte und drückte den Schalter der Lampe, die jetzt das Stück Schlafzimmerboden beleuchtete, das sein Lager war. Er gab die Hoffnung auf, in dieser Nacht noch ein Auge zuzumachen. Er stieg aus dem Schlafsack, zog sich rasch an und verließ das Haus, um irgendwo was zu trinken.

* * *

Thomas drehte sich um und tätschelte die Daunendecke neben sich. Schlaftrunken, wie er war, versuchte er sich mit geschlossenen Augen daran zu erinnern, ob Baxter überhaupt nach Hause gekommen war. Schließlich gelangte er zu dem Schluss, dass sie wohl da war. Er schlüpfte aus dem Bett und ging nach unten, wo er sie tatsächlich vor dem Fernseher schlafend fand. Eine alte Folge *QI* amüsierte sich alleine, während die letzten Reste Cabernet Sauvignon über den Rand des geneigten Weinglases in ihrer Hand zu schwappen drohten.

Thomas lächelte. Sie sah so friedlich aus. Ihre Gesichtszüge hatten sich entspannt, der ständig finstere Blick war verschwunden. Sie lag zusammengekauert auf dem Dreisitzsofa, das sie höchstens zu einem Drittel einnahm. Er beugte sich herunter, um sie in seine Arme zu nehmen.

Ein unterdrücktes Ächzen später hatte sie sich trotzdem keinen Zentimeter bewegt.

Er veränderte seine Position und versuchte es erneut.

Vielleicht lag es am Winkel oder der Art, wie sie dort saß, an dem schwerverdaulichen Nudelauflauf, den er zum Essen improvisiert hatte, oder auch daran, dass er, obwohl er alle zwei Wochen Badminton spielte, doch nicht so viel Muskelmasse aufgebaut hatte wie ursprünglich erhofft. Schließlich entschied er sich, sie liegen zu lassen, wo sie war. Er breitete ihre Lieblingsdecke über sie, drehte die Heizung ein bisschen höher, drückte ihr einen Kuss auf die Stirn und ging dann wieder nach oben.

KAPITEL 29

Sonntag, 20. Dezember 2015
9.27 Uhr

»Das ist Blödsinn!«, fauchte Baxter und beendete das Telefonat mit Vanita.

Den ganzen Morgen schon hatte es wie aus Eimern gegossen, die Funkkanäle waren ständig gestört, als sie versucht hatte, die vier bewaffneten Einsatzkommandos zu organisieren, die ihr zur Verfügung standen. Sie stand oben auf einem mehrstöckigen Parkhaus, von dem aus das FBI das nahe gelegene Hotel überwachte, und stürmte jetzt zu Chase der, da er endlich einmal einen guten Grund hatte, eine Schutzweste zu tragen, noch breiter wirkte als sonst.

»Sie haben meinen Beamten weggeschickt?«, überbrüllte sie den Regen.

Chase drehte sich mit gelangweiltem Gesichtsausdruck zu ihr um:

»Haben wir. Wir brauchen ihn nicht mehr«, sagte er abfällig und ging zum Observierungswagen zurück. »Wir haben alles im Griff.«

»Hey, ich rede mit Ihnen!«, schrie Baxter und folgte ihm.

»Hören Sie, ich weiß es zu schätzen, dass uns die Met Personal und Ressourcen zur Verfügung stellt, aber das ist hier eine Operation des FBI, und sofern ich Ihre Vorgesetzte nicht missverstanden habe, haben Sie selbst hier auch nichts zu suchen.«

Baxter machte den Mund auf, um zu protestieren, doch Chase fuhr fort:

»Seien Sie versichert, wenn wir irgendetwas von Bedeutung aus Green herausbekommen, schicken wir es Ihnen selbstverständlich zu.«

»Sie wollen uns was zuschicken?«, fragte Baxter.

Sie waren am Transporter angekommen. Der Regen prasselte noch stärker, so dass dort, wo die Tropfen auf dem Metall explodierten, eine Art Dunst entstand. Chase zog am Griff der Schiebetür und öffnete diese, um einzusteigen. Eine Reihe von Bildschirmen wurde sichtbar, auf denen die Bilder der drei Kameras im Konferenzsaal zu sehen waren.

Baxter begriff plötzlich, weshalb die Dienste ihres Undercover-Mannes nicht mehr erwünscht waren. Chase und sein Team hatten sich über ihre Anweisungen hinweggesetzt.

»Oh, ihr Arschlöcher!«

»Wie gesagt, wir haben alles im Griff«, sagte Chase ohne den Anklang einer Entschuldigung. Baxter stürmte davon.

»Baxter!«, rief er ihr hinterher. »Wenn ich merke, dass Sie oder Agent Rouche mir in meine Operation pfuschen, werde ich meine Männer anweisen, Sie festzunehmen!«

* * *

Baxter kam aus dem Parkhaus und joggte zu ihrem Audi draußen auf der Straße. Sie stieg ein und stieß frustriert einen Wutschrei aus.

Rouche saß da, knochentrocken, und hatte bereits eine halbe Tüte Cadbury Crunchie Rocks verdrückt. Er wartete höflich, bis sie fertig war.

»Vanita hat Chase die Einsatzleitung übertragen. Die haben Kameras da drin installiert und Mitchell weggeschickt. Die haben uns alle weggeschickt«, lautete ihre Kurzfassung der Ereignisse.

»Vanita weiß aber, dass ich nicht für sie arbeite, oder?«, fragte Rouche und bot Baxter zur Aufmunterung Schokolade an.

»Das ist egal. Chase hat gedroht, uns ›festzunehmen‹, sollten wir uns einmischen, und ich schätze, der ist Arschloch genug, um sein Versprechen zu halten.«

»Und dabei hab ich gedacht, wir wären alle auf derselben Seite.«

»Wie kommst du denn auf die Idee?«, fragte Baxter gereizt. »Irgendwas an dem, was Chase gesagt hat, lässt mir keine Ruhe. Allmählich hab ich den Eindruck, das FBI will sich einfach nur Green schnappen und sich mit ihm zurück in die Staaten verpissen. Hinterher dürfen wir das Chaos hier alleine beseitigen.«

Rouche nickte. Dasselbe hatte er auch schon vermutet.

Beide starrten sie in den düsteren Regen vor sich.

»Noch achtundzwanzig Minuten«, seufzte Rouche.

Es klopfte ans Fenster der Fahrerseite.

Verdattert drehte Baxter sich zur Seite und sah Edmunds' grinsendes Gesicht.

»Was zum …?«

Er rannte um den Wagen herum und zog die Beifahrertür auf, wo Rouche ihn anstarrte.

»Edmunds«, sagte Edmunds und streckte ihm seine nasse Hand entgegen.

»Rouche«, sagte Rouche und schlug ein. »Ich will nur …«, er zeigte nach hinten.

Rouche kletterte auf die Rückbank, so dass Edmunds einsteigen konnte. Rouche schob ein altes Paar Turnschuhe, fettige

Chinanudelverpackungen und eine einen Meter lange Jaffa-Cakes-Schachtel auf den Nebensitz.

»Was machst du hier?«, fragte Baxter ihren Freund.

»Helfen«, lächelte Edmunds. »Dachte, du kannst mich gebrauchen.«

»Erinnerst du dich noch, dass ich dir erklärt habe, dass ich dich nicht brauche?«

»Erinnerst du dich noch, dass du früher sowohl ›bitte‹ wie auch ›danke‹ gesagt hast?«

»Ah«, nickte Rouche.

Sie drehte sich wütend zu ihm um: »Was heißt hier, ahhhhh?«, wollte sie wissen.

»Na ja, höflich bist du nur, wenn du lügst«, erwiderte er und sah Edmunds auf Unterstützung hoffend an.

»Genau«, pflichtete Edmunds ihm bei. »Ist Ihnen auch aufgefallen, dass sie, wenn sie einen so richtig derbe beleidigt hat, vor sich hin nickt, als wollte sie sagen: ›Das hab ich echt gut gemacht‹.«

Rouche musste laut lachen: »Stimmt, das macht sie.«

Beide schwiegen, versuchten, die Miene zu interpretieren, die Baxter jetzt aufgesetzt hatte.

»Wie hast du uns gefunden?«, fragte sie durch aufeinandergebissene Zähne.

»Ich hab noch ein paar Freunde in der Abteilung für Mord«, sagte Edmunds.

»Und ist *dir* schon mal aufgefallen, dass du richtig blöden Mist absonderst, wenn du lügst?«, fragte Baxter ihn und nickte. »Du hast überhaupt keine Freunde in der Abteilung für Mord. Die können dich nicht ausstehen.«

»Gemein«, sagte Edmunds. »Na schön – vielleicht hab ich keine Freunde dort, aber Finlay hat welche. Er wusste sowieso schon, dass was los ist.«

»Bitte, lieber Gott, sag nicht, dass du Finlay in das alles hier reingezogen hast?«

Edmunds wirkte ein kleines bisschen schuldbewusst: »Er sucht noch einen Parkplatz.«

»Herrgott noch mal!«

»Also«, sagte er fröhlich, »und wieso sitzen wir hier nur so rum?«

Etwas auf dem Rücksitz raschelte.

»Das FBI hat uns vom Einsatz ausgeschlossen«, erklärte Rouche mit einen Mund voll Jaffa-Cakes. »Wir müssen rausbekommen, was da drin vor sich geht, aber die lassen Baxters Mann nicht rein und wollen uns festnehmen, wenn wir uns einmischen.«

»Oh«, sagte Edmunds und verarbeitete damit eine halbe Stunde dramatischer Entwicklungen in nur wenigen Sekunden. »Okay, dann lasst eure Handys eingeschaltet«, sagte er und stieg aus in den Regen.

»Edmunds! Wo willst du hin? Warte!«

Die Wagentür knallte zu, und sie sahen ihn auf den Eingang des Hotels zugehen.

Rouche war beeindruckt. Er hätte es nicht für möglich gehalten, dass jemand so gut mit Baxter umgehen konnte.

»Weißt du was, dein ehemaliger Chef gefällt mir gut«, sagte er, ohne zu merken, was für einen Fauxpas er damit beging.

»Mein … was?«, fragte sie und drehte sich zu ihm um.

Er räusperte sich. »Noch dreiundzwanzig Minuten.«

* * *

Edmunds war froh, aus dem Regen rauszukommen, wobei ihm gleichzeitig wieder einfiel, dass er unterwegs zu einer Versammlung mordgieriger, freiwillig entstellter Sektenmitglieder war.

Es war fast Check-out-Zeit, und unzählige Menschen strömten in das und aus dem Hotel. Er ging, schmutzige Fußabdrücke hinterlassend, durch die Lobby und folgte der diskreten Beschilderung. Am Ende des Gangs befanden sich zwei offene Türen, die in einen offensichtlich leeren Saal führten.

Edmunds nahm sein Handy und wählte Baxters Nummer, tat aber dabei, als würde er seine Taschen nach seiner Schlüsselkarte absuchen, nur für den Fall, dass er beobachtet wurde.

»Gibt es noch einen anderen Konferenzsaal?«, flüsterte er.

»Nein. Wieso?«, fragte Baxter.

»Von hier aus gesehen scheint er vollkommen leer zu sein.«

»Und wo ist hier?«

»Im Gang. Zehn Meter entfernt.«

»Sind immer noch zwanzig Minuten bis zum Beginn.«

»Und dann ist noch kein Einziger da?«

»Kann man nicht sicher wissen. Wie weit kannst du in den Saal sehen?«

Edmunds ging ein paar Schritte näher heran. Dabei blickte er mehrmals hinter sich, um sich zu vergewissern, dass er alleine war.

»Nicht weit. Ich geh und schau's mir mal genauer an.«

»Nein! Tu das nicht!«, rief Baxter panisch. »Wenn du dich irrst … wenn doch jemand drin ist, fliegt die ganze Sache auf.«

Edmunds ignorierte sie und ging weiter auf den stillen Saal zu. Weitere leere Stuhlreihen kamen in sein Blickfeld.

»Trotzdem niemand«, berichtete er leise.

»Edmunds!«

»Ich geh rein.«

»Nein!«

Er trat durch die Flügeltür in den vollkommen leeren Konferenzsaal. Verwirrt sah er sich um.

»Hier ist niemand«, sagte er zu Baxter, gleichermaßen erleichtert und beunruhigt.

Er entdeckte einen weißen Zettel an der Innenseite der Tür und ging darauf zu, um ihn zu lesen. Erst in diesem Moment fiel ihm das Handy auf, das am Türrahmen platziert war – ein Knopfauge, eine auf ihn gerichtete Kamera, die zweifellos sein Bild irgendwohin sendete.

»Oh, Scheiße«, sagte er.

»Was?«, fragte Baxter in ihr Handy. »Was ist los?«

»Die haben es verlegt.«

»Was?«

»Die haben die Versammlung verlegt, ins City Oasis gegenüber«, sagte Edmunds und rannte bereits raus. »Wir sind im falschen Gebäude.«

KAPITEL 30

Sonntag, 20. Dezember 2015
10.41 Uhr

Edmunds stürmte aus der Lobby des Sycamore, er fürchtete, dass er die gesamte Operation bereits hatte auffliegen lassen. Andererseits, wer auch immer das Geschehen beobachtete, hatte nur eine einzelne Privatperson den Saal betreten sehen und kein bewaffnetes Einsatzkommando.

Bevor der Wind draußen alles verrauschte, hatte er noch gehört, wie Baxter die Information an das FBI weitergegeben hatte. Die Verbindung stand noch. Mit dem Handy in der Hand rannte er über die vielbefahrene Straße und betrat durch eine gläserne Drehtür das City Oasis Hotel.

Marmorsäulen säumten den prächtigen Empfangsbereich, eine Reisebusgruppe hatte hier Zuflucht vor dem Regen gesucht und saß überall verteilt.

Edmunds las die verschiedenen Wegweiser:

Konferenzräume

Aus Versehen trat er jemandes Koffer um, rannte zu dem entsprechenden Gang. Dort angekommen, entdeckte er zwei große Männer an den Türen am Ende des Korridors, eindeutig Security, und zahlreiche Menschen im Saal dahinter. Nach einem vermeintlich beiläufigen Blick in ihre Richtung ging er weiter, erneut mit dem Handy am Ohr.

»Baxter? Bist du da?«

Im Hintergrund hörte er, wie sie jemanden anschrie: »Ja. Ich bin hier.«

»Konferenzsaal 2«, informierte er sie.

* * *

Der Transporter beschleunigte auf der Zuliefererstraße hinter dem Hotel und blieb vor einem der Hintereingänge stehen. Die Schiebetür ging auf, und das Team stieg aus. Es klapperte und piepte, während die Beamten sich und ihre Ausrüstung auf den Einsatz vorbereiteten und ihre Funkgeräte überprüften.

»Sicher, dass es diesmal das richtige Gebäude ist, Chef?«, fragte einer der Männer.

Der Teamleiter ignorierte die Bemerkung.

»Ich möchte, dass ihr hinten um das Gebäude lauft und nachseht, wie viele Ausgänge wir sichern müssen«, sagte er zu seinem vorlauten Kollegen. Dann vergewisserte er sich, dass sein Funkgerät auf den richtigen Kanal eingestellt war, drückte auf den Sprechknopf und gab etwas über sein Headset-Mikro durch. »Team 4 auf Position. Situationsbericht folgt.«

* * *

Auf der Hauptstraße hielt die Überwachungseinheit des FBI neben Baxters Audi. Der Fahrer des Wagens dahinter hupte wütend, wurde aber entschieden geduldiger, als er den bewaffneten FBI-Agenten aussteigen sah.

Baxter ging Chase entgegen, während dieser seinem Team Anweisungen gab.

»Achtung Team 3 – es gibt einen zweiten Zugang direkt um die Ecke von euch. An alle Einheiten. An alle Einheiten – Trojaner betritt das Gebäude. Wiederhole, Trojaner betritt das Gebäude.«

Baxter verdrehte die Augen. Da Mitchell längst wieder auf dem Weg zurück nach New Scotland Yard war, stieg jetzt Chase' eigener »Undercover«-Agent aus dem Wagen. Der Mann hätte Vin Diesels attraktiverer kleiner Bruder sein können. Selbst Chase wirkte neben seinem beeindruckenden Kollegen in seinem absurden ausgeleierten Pulli und Jeans eher schwächlich.

»Los!«, befahl Chase und schickte seinen Agenten über die Straße.

Baxter schüttelte den Kopf und setzte ihr Telefonat mit Edmunds fort:

»Jetzt geht einer vom FBI rein«, sagte sie.

»Okay, wie sieht er aus?«, flüsterte Edmunds zurück.

Baxter sah dem Mann nach, der jetzt ungelenk davonlatschte.

»Wie einer vom FBI, der versucht, nicht wie einer vom FBI auszusehen«, sagte sie schulterzuckend.

»Da ist er«, gab Edmunds durch, er hatte ihn unter den Menschen in der Lobby erspäht. Dann schaute er erneut um die Ecke zu den beiden stattlichen Männern an der geöffneten Tür zu Saal 2. Das Stimmengewirr, das in den Gang drang, ließ auf Dutzende von Menschen im Saal schließen. Seit er den Eingang beobachtete, waren zwei weitere eingetroffen.

»Okay«, flüsterte er in sein Handy. »Teilweise kann ich in den Saal sehen.«

»Er ist auf dem Weg durch die Lobby«, gab Baxter durch.

Edmunds sah, wie sich eine Frau mit fettigen Haaren der Tür

näherte. In dem kurzen Augenblick, in dem sie sich noch in seinem Blickfeld befand, tat sie etwas Eigenartiges.

»Warte mal«, flüsterte er und riskierte einen Schritt aus seiner Ecke heraus, um besser sehen zu können.

Die Tür versperrte ihm die Sicht.

»Was ist los?«, fragte Baxter eindringlich.

»Ich weiß es nicht. Sag ihm, er soll warten.«

Stille.

»Er ist schon im Gang«, antwortete Baxter angespannt.

»Scheiße«, zischte Edmunds, als er ihn langsam an sich vorbeigehen sah. Er wog seine Möglichkeiten ab. »Scheiße. Scheiße. Scheiße.«

»Sollen wir abbrechen? ... Edmunds? Abbrechen?«

Edmunds hatte seine Entscheidung bereits getroffen und ging auf die geöffneten Türen zu, an dem Mann vorbei, und plauderte unbeschwert in sein Handy. Einer der breitschultrigen Männer schaute um die Tür herum, als er Edmunds kommen hörte. Als er den Eingang erreichte, lächelte Edmunds den Mann freundlich an und sah auch die Frau mit den fettigen Haaren hinter ihm, die ihre Bluse aufgeknöpft hatte. Zweifellos wollte sie seinem Kollegen ihre Verstümmelung zeigen, die als Eintrittskarte diente.

»Ich weiß! Könnten wir, aber nur, wenn's endlich mal aufhört zu regnen«, lachte Edmunds und schlenderte den Gang erneut zurück, durch den ihm der FBI-Mann jetzt entgegenkam.

Beide hatten sie zu viel Erfahrung, um der Versuchung nachzugeben, Blickkontakt herzustellen, ein Nicken oder ein Kopfschütteln anzudeuten, um dem anderen grünes oder rotes Licht zu signalisieren. Sie wussten, dass der Mann am Eingang jede ihrer Bewegungen genau verfolgte.

Edmunds ging ohne zu zögern an dem bulligen Mann vorbei, ohne ihm erklären zu können, dass er in weniger als sechs Sekunden entdeckt werden würde.

Er wagte nicht, seinen Schritt zu beschleunigen.

»Ja, aber in England nicht, oder?« Er lachte laut in sein Handy, dann flüsterte er: »Abbruch! Abbruch! Abbruch!«

Der Mann vom FBI hinter ihm befand sich gerade noch drei Schritte vom Eingang entfernt, dann bog er abrupt rechts ab in den Gang, der seitlich wegführte.

* * *

»Es muss noch einen anderen Eingang geben!«, brüllte Chase in sein Funkgerät, in dem verzweifelten Versuch, die von ihm geleitete Operation zu retten, und stürmte zurück zum Überwachungswagen.

»Chase! Chase!«, rief Baxter, um auf sich aufmerksam zu machen.

Er hielt einen Augenblick inne, um sie anzusehen.

Sie streckte ihm den Mittelfinger entgegen: »Gern geschehen, *Arschloch.*«

Sie wusste, dass es nicht unbedingt konstruktiv war, so etwas zu sagen, aber sie hatte nie behauptet, perfekt zu sein. Chase schien einen Augenblick lang aufrichtig gekränkt, was Baxter egal war, dann sprach er mit seinem Agenten weiter:

»Ein Fenster? Gibt's eine andere Zugangsmöglichkeit? Oder können wir die Sicherheitskräfte irgendwie ausschalten?«, versuchte er es.

Baxter ging weg, lehnte sich an ihren Wagen. Sie bemerkte einen frischen Kratzer an der Beifahrertür und rieb gedankenverloren darüber, während sie ihr Gespräch mit Edmunds fortsetzte.

»Du hast gerade die Operation gerettet«, sagte sie zu ihm,

»und die Idioten diskutieren jetzt immer noch, ob sie jemanden reinschicken.«

»Wenn sie das machen und Green nicht da ist, haben wir ihn verloren«, sagte Edmunds.

Baxters Handy summte an ihrem Ohr. Sie schaute auf das Display.

»Warte mal. Ich hab noch einen anderen Anruf ... Rouche?«

»Ich hab eine Idee. Wir treffen uns im Café gegenüber.«

Er legte auf.

»Edmunds?«, sagte sie. »Bleib, wo du bist. Rouche hat was. Ich melde mich wieder bei dir.«

Sie beendete die Verbindung und suchte die Ladenfronten auf der anderen Straßenseite ab.

Angie's Café

Nass bis auf die Knochen und frierend, schlängelte sie sich zwischen dem vorüberfahrenden Verkehr hindurch und betrat das Café. Eine Glocke klingelte über der Tür. Alles, einschließlich Angie selbst, wirkte wie mit einer fettigen Schmierschicht überzogen.

Rouche saß an einem beigefarbenen Tisch, Servietten klemmten unter einem Bein, in der Hand hielt er einen Plastikbecher Kaffee. Kaum sah er sie, stand er auf und ging zu den Toiletten. Baxter schaute auf die Uhr. Sie hatten noch etwas über zehn Minuten bis zum Beginn der Versammlung, vielleicht sogar weniger, sollte Chase mit seinen Filmstardoubles dazwischenfunken und alles verderben.

Angespannt durchquerte sie den Raum, ignorierte die Blicke der größtenteils Maurerdekolleté tragenden Kundschaft. Sie betrat den Toilettenraum, die Tür stieß sie lieber mit der Schulter zu, als die Klinke mit der Hand zu berühren. Aufgesprühte

Geschlechtsteile halfen zusätzlich bei der Wahl des richtigen Eingangs. Sie öffnete die Tür zur Herrentoilette und verschwand in den widerlichen Raum.

Ein kalter Luftzug drang von einem hohen Milchglasfenster herein. Zwei gelbverfärbte Pissoirs waren mit blauen Pinkelsteinen verstopft, so dass die meisten Besucher diese offensichtlich als nett gemeinten Vorschlag verstanden und den verpissten Fußboden vorgezogen hatten.

Rouche hatte sein Anzugsjackett über die Seitenwand der Kabine geworfen und wusch sich jetzt die Hände in dem einzigen Waschbecken.

»Können wir nicht draußen reden?«, fragte sie und schaute erneut auf die Uhr.

Er wirkte abwesend, als hätte er sie gar nicht gehört.

»Rouche?«

Als er das heiße Wasser wieder abdrehte, merkte Baxter, dass er gar nicht seine Hände, sondern etwas in seinen Händen gewaschen hatte. Ohne ein Wort reichte er ihr das scharfe Steakmesser, das er sich aus der Küche genommen hatte.

Sie betrachtete es verstört.

Dann knöpfte er sein Hemd auf.

»Nein! Auf keinen Fall, Rouche! Bist du wahnsinnig?«, fragte sie, als sie endlich begriff, was er vorhatte.

»Wir müssen da rein«, sagte er und zog sein Hemd aus.

»Das stimmt«, sagte Baxter ruhig. »Aber uns fällt auch noch was anderes ein.«

Beide wussten, dass das nicht passieren würde.

»Wir haben keine Zeit mehr«, sagte Rouche. »Entweder du hilfst mir, oder ich mach's selbst, dann wird es noch schlimmer.«

Er wollte ihr das Messer wieder abnehmen.

»Okay! Okay«, sagte sie, sie sah elend aus.

Vorsichtig trat sie an ihn heran, legte ihm eine Hand auf die nackte Schulter und spürte seinen warmen Atem an ihrer Stirn.

Dann setzte sie die Messerspitze auf seine Haut und zögerte.

Hinter ihnen ging eine Tür auf, und ein massiger Mann erstarrte im Eingang. Beide drehten sich um und sahen ihn böse an. Sein Blick sprang von Baxter zu Rouche, dann zu dem abgelegten Hemd und der Waffe, die sie ihm an die Brust hielt.

»Ich komm später wieder«, nuschelte er, machte auf dem Absatz kehrt und ging.

Baxter drehte sich erneut zu Rouche um. Sie war insgeheim froh, noch ein paar wenige Sekunden gewonnen zu haben, um sich zu wappnen. Sie überlegte, wo sie anfangen sollte. Dann stieß sie die Spitze der Klinge sanft ins Fleisch, so dass Blut kam, und ritzte eine schmale Linie, bis Rouche sie an der Hand packte.

»Wegen dir bringen die mich noch um«, sagte er barsch, um sie zu provozieren. »Du hast doch die Narben der anderen gesehen. Wenn du's nicht richtig machst …«

»Das bleibt ein Leben lang, Rouche. Das weißt du, oder?«

Er nickte: »Tu's einfach.«

Er zog seine Clipkrawatte aus der Hosentasche, faltete sie einmal zusammen und biss drauf.

»Tu's jetzt!«, befahl er ihr mit durch den improvisierten Knebel gedämpfter Stimme.

Baxter zuckte zusammen und stieß ihm die Klinge tiefer ins Fleisch. Sie ignorierte sein unwillkürliches Stöhnen, das Zittern seiner Muskeln unter der Haut, seinen schnellen Atem an ihrem Haar und ritzte ihm die Buchstaben in die Brust.

Irgendwann taumelte er an das Waschbecken. Beinahe hätte er das Bewusstsein verloren, als sein eigenes warmes Blut seinen Hosenbund tränkte.

Nachdem er sich kurz gesammelt hatte, starrte er voller

Abscheu auf das, was sie ihm angetan hatte, und musste würgen. Ihre Hände waren voller Blut, sein Blut.

Pupp

Rouche betrachtete Baxters unvollständiges Werk im Spiegel.

»Hättest du nicht vorher sagen können, was für eine beschissene Handschrift du hast?«, scherzte er, aber Baxter war zu schockiert, um auch nur zu grinsen.

Er schob sich erneut den Knebel in den Mund, richtete sich wieder auf und nickte.

Baxter trieb die Klinge erneut in sein Fleisch, um den letzten Buchstaben anzufügen:

Puppe

Kaum war sie fertig, ließ sie das Messer mit bebenden Händen ins Waschbecken fallen und rannte zum Klo, um sich zu übergeben. Als sie nach weniger als einer Minute zurückkam, sah sie entsetzt, dass Rouche sich eine letzte Folter überlegt hatte.

In einer Hand hielt er das Messer, in der anderen ein Feuerzeug und erhitzte die blutige Klinge.

Sie bezweifelte, noch mehr ertragen zu können.

»Ich brenne die Wunde aus«, erklärte er. »Die Blutung muss gestoppt werden.«

Dieses Mal bat er sie nicht um Hilfe.

Er presste die Klinge flach auf die tiefste Wunde, sein Fleisch verbrannte mit einem ekelerregenden Zischen. Dann arbeitete er sich weiter vor.

Über das Waschbecken gebeugt, sah er sie atemlos mit Tränen in den Augen an.

»Zeit?«, fragte er kaum vernehmbar.

»Zehn Uhr siebenundfünfzig.«

Er nickte, wischte sich das Blut mit groben Papiertüchern ab: »Hemd.«

Baxter starrte ihn ausdruckslos an.

»Hemd, bitte«, sagte er und zeigte auf den Boden.

Baxter reichte es ihm, konnte den Blick nicht von seiner entstellten Brust lösen.

Dann nahm sie ihr Handy:

»Edmunds? Ich brauche dich auf Position. Rouche geht jetzt rein.«

KAPITEL 31

Sonntag, 20. Dezember 2015
10.59 Uhr

Edmunds war schlecht.

Baxter hatte ihm gerade erzählt, welches Opfer der CIA-Agent gebracht hatte, um die Operation fortzusetzen.

Edmunds sah Rouche das Hotel durch die Drehtür betreten. Er war aschfahl und verschwitzt, wacklig auf den Beinen, als er an seiner Anzugjacke herumfingerte und versuchte, sein blutiges Hemd zu verbergen.

»Ich sehe Rouche«, sagte er zu Baxter und kämpfte den Impuls nieder, zu ihm zu eilen und ihm zu helfen. »Das wird nicht funktionieren«, sagte er besorgt. »Ich glaube, er wird es nicht mal bis zur Tür schaffen.«

»Er schafft es.«

Rouche durchquerte den Empfangsbereich, fasste sich an die Brust und zog mehrfach neugierige Blicke auf sich, als er sich abstützen musste, gerade so noch außerhalb des Blickfelds der beiden Männer, die die Türen bewachten. Plötzlich sackten ihm die Beine weg. Er rutschte die cremefarbene Wand herunter, ein roter Schmierstreifen blieb zurück.

Edmunds war unwillkürlich ein paar Schritte auf ihn zugegangen, aber stehen geblieben, als Rouche kaum merklich den Kopf schüttelte.

Edmunds' Uhr sprang mit lautem elektronischen Piep um: 11 Uhr. Er konnte sehen, dass auch die beiden Männer an der Tür auf ihre Handgelenke schauten.

»Komm schon«, flüsterte er leise, sein Blick huschte von Rouche zu den Männern an der Tür und wieder zurück.

Rouche stand auf und stieß sich von der Wand ab. Das Hemd klebte ihm auf der Haut, und er versuchte sich einzureden, dass es eher Schweiß war und kein Blut. Er hatte das Gefühl, als würde ein riesiges Loch in seiner Brust klaffen. Immer wenn sich die Drehtür drehte, wehte ein Luftzug herein, der ihn scheinbar direkt durchfuhr. Da sein Gehirn nicht genau lokalisieren konnte, woher der Schmerz rührte, sendete es an jeden Nerv in seinem Körper die Botschaft, dass er brannte.

Er zwang sich, aufrecht stehen zu bleiben, und trat um die Ecke in den Gang, lief zielstrebig auf die geöffnete Tür zu. Als er näher kam, beobachteten ihn die beiden Männer genau. Hinter ihnen schien das Publikum bereits Platz genommen zu haben, das Stimmengewirr verhallte allmählich.

Die beiden Männer waren augenscheinlich Brüder, hatten beide dieselben scharfen Gesichtszüge und waren einschüchternd massig.

Rouche trat auf den größeren der beiden zu und demonstrierte damit psychologisch geschickt, dass er nichts zu verbergen hatte. Er nickte kurz.

Der Mann musterte ihn argwöhnisch und lotste ihn direkt hinter die Tür, positionierte Rouche so, dass er den anderen hinter sich nicht mehr sehen konnte.

Er zeigte auf Rouches Brust.

Mit zusammengebissenen Zähnen knöpfte Rouche sein Anzugsjackett auf, spürte die Wunde wieder aufreißen, als er seinen Arm aus dem Ärmel zog. Er musste nicht selbst hinsehen, um den Schaden abzuschätzen. Der Gesichtsausdruck des Mannes genügte.

Sein weißes Hemd war jetzt nur noch ein rotbrauner, an ihm klebender Fetzen, ein Verband, der dringend hätte gewechselt werden müssen. Plötzlich spürte er eine große Hand auf seinem Mund, es stank nach nikotinfleckiger Haut, und ein Baumstamm von einem Arm legte sich um seine Kehle.

»Wir haben ein Problem!«, sagte Edmunds zu Baxter. »Die wissen, dass was nicht stimmt.«

»Bist du sicher?«, fragte sie, ohne die Panik in ihrer Stimme verbergen zu können. »Wenn wir aufgeflogen sind, müssen wir sofort eingreifen.«

»Ich kann's nicht sicher sagen, ich sehe sie nicht.«

Baxters Stimme entfernte sich kurz:

»Einsatz vorbereiten«, sagte sie zu jemandem im Hintergrund, dann war sie wieder in voller Lautstärke zu hören. »Deine Entscheidung, Edmunds.«

»Hey! Hey! Hey!«, sagte ein Mann mit sanfter Stimme und eilte auf die Szene am Eingang zu.

Mehrere Anwesende hatten den Zwischenfall bemerkt und beobachteten begierig, was geschah. Rouche wehrte sich vergeblich gegen den Arm an seinem Hals. Man hatte ihm das Hemd aufgerissen und das Wort zum Vorschein gebracht, das jetzt durch das viele Blut fast unleserlich geworden war, wie ein schlecht ausgemaltes Bild.

»Was ist hier los?«, fragte der Neuankömmling die beiden Türsteher.

Er war Ende vierzig und hatte ein absurd freundliches Gesicht unter seinem Bart, wenn man bedachte, wo sie sich befanden.

»Sie haben gesagt, dass wir gegen alles Verdächtige vorgehen sollen, Doc«, sagte der größere Bruder. »Die Schnitte sind ganz frisch«, erklärte er unnötigerweise.

Der Arzt riss Rouches Hemd noch ein Stück weiter auf und zuckte beim Anblick der Wunde darunter zusammen. Er sah Rouche in die Augen und signalisierte dem Türsteher, er möge ihn sprechen lassen.

Rouche keuchte, als die Hand von seinem Mund genommen und der Klammergriff um seinen Hals etwas gelockert wurde.

»Du liebe Güte, was haben Sie sich denn angetan«, sagte der Arzt ruhig, aber misstrauisch. Er wartete auf eine Erklärung.

»Jeden Morgen ritze ich mir das Wort selbst in die Brust«, erklärte Rouche. Eine bessere Antwort fiel ihm nicht ein.

Der Arzt wirkte unentschlossen.

»Wer hat Sie heute hier eingeladen?«, fragte er Rouche.

»Dr. Green.«

Die Antwort hätte wahr sein können, bewies aber nichts und half Rouche deshalb auch nicht weiter. Das FBI hatte Alexei Green inzwischen zu einem der weltweit berühmtesten Menschen gemacht. Der Arzt rieb sich das Kinn, betrachtete Rouche:

»Tötet ihn«, sagte er mit gequältem Schulterzucken.

Rouche riss die Augen auf, als sich der Arm wieder enger um seine Kehle schlang. Er trat aus und zog verzweifelt an dem Arm, um nicht zu ersticken, und in diesem Moment fiel dem Arzt etwas auf:

»Halt!«, befahl er. Er nahm Rouches Handgelenke. »Darf ich?«, fragte er höflich, als hätte Rouche überhaupt eine Wahl.

Er knöpfte Rouches Manschetten auf und krempelte die Ärmel hoch, wobei an den Rändern ausgefranstes Narbengewebe zum Vorschein kam, das sich über seine Unterarme zog. Der Arzt fuhr vorsichtig mit dem Finger über die wulstigen rosa Striemen.

»Die sind nicht so frisch«, lächelte er Rouche an. »Wie heißt du?«

»Damien«, krächzte Rouche.

»Sie müssen lernen, Anweisungen genau zu befolgen, Damien«, sagte er, dann wandte er sich an die beiden Türsteher: »Ich denke, wir dürfen beruhigt davon ausgehen, dass Damien einer von uns ist.«

Rouche wurde aus dem Würgegriff entlassen. Er schnappte nach Luft, torkelte zwei Schritte nach vorne, so dass Edmunds ihn im offenen Türeingang sehen konnte.

»Ausgezeichnete Arbeit«, sagte der Mann zu den beiden Brüdern. »Aber ich denke, ihr schuldet Damien eine Entschuldigung, meint ihr nicht?«

»Tut mir leid«, sagte der größere der beiden, starrte auf seine Füße wie ein gemaßregeltes Kind.

Der andere, der Rouche festgehalten hatte, drehte sich zur Wand und schlug mehrfach mit voller Wucht dagegen.

»Halt! Halt!«, sagte der Arzt und packte eine seiner verletzten Hände. »Niemand ist dir böse, Malcolm. Ich habe dich nur gebeten, dich bei Damien zu entschuldigen. Die Höflichkeit gebietet es.«

Der Mann konnte ihm nicht in die Augen sehen: »Verzeihung.«

Rouche nahm die Entschuldigung an, indem er eine großzügige Geste mit dem Arm machte. Obwohl er immer noch vornübergebeugt um Atem rang und dabei gleichzeitig die Gelegenheit nutzte, seine Ohrstöpsel aus der Tasche zu ziehen.

»Lass dir ruhig einen Augenblick Zeit«, sagte der Arzt und legte Rouche eine Hand auf den Rücken. »Wenn du so weit bist, suchst du dir einen Platz.«

Noch immer vornübergebeugt, sah Rouche zu Edmunds, der nach wie vor mit dem Handy am Ohr in der Lobby stand, dann wurden die schweren Türen zugezogen und abgeschlossen. Er war gefangen.

Der Arzt ging.

Rouche richtete sich auf und zog sich wieder an, sah sich dabei zum ersten Mal unauffällig im Saal um. Im Vergleich zu dem deprimierenden Raum auf der anderen Straßenseite war dieser hell und modern. Rasch zählte er die Stühle in der letzten Reihe und die Anzahl der Reihen zwischen sich und der Bühne, um abzuschätzen, wie viele Menschen hier waren. Die Bühne selbst war vielleicht knapp zwei Meter erhöht, und im Hintergrund war eine große Leinwand angebracht.

Der Arzt, der ihm Zutritt gewährt hatte, stieg nun die Stufen in der Mitte hinauf und ging zu den beiden anderen Personen auf der Bühne, die Rouche nicht kannte.

»Ich bin drin«, murmelte er. »Zwischen fünfunddreißig und fünfzig Verdächtige.«

Er entdeckte einen freien Platz am Ende einer Reihe und schob sich seitlich gehend dorthin, den Blick in den hinteren Teil des Raums gerichtet. Gerade als er den Platz erreichte, standen alle auf, und er starrte in ein Gesichtermeer. Zunächst hatte er Fluchtgedanken, wohlwissend dass er nirgendwohin konnte, doch dann brachen alle in donnernden Applaus aus.

Alexei Green hatte die Bühne betreten.

Rouche drehte sich um, sah den langhaarigen Mann seinem begeisterten Publikum zuwinken. Um den Auftritt denkwürdiger zu gestalten, trug er einen eleganten, metallisch schimmernden Anzug und hatte ein riesiges Foto von der Leiche des Bankers vor dem Hintergrund der New Yorker Skyline an die Wand projiziert.

Rouche fiel in den Applaus ein, wusste dabei gleichzeitig, dass er selbst irgendwo auf diesem Foto war, als Teil der anonymen Masse von Notfallpersonal und Polizisten, die von der sicheren Brücke aus zu der Leiche hinaufstarrten.

»Habe Green im Blick«, musste er, als das Bild wechselte, beinahe schreien, um den Jubel und den anschwellenden Applaus zu übertönen: Ein geschrotteter schwarzer Transporter ersetzte den Banker, wie ein Messergriff ragte das hintere Teil aus dem Eingang des 33rd Precinct.

Rouche erinnerte sich an Officer Kennedy im Leichenschauhaus, allen Berichten zufolge ein guter Mensch. Er erinnerte sich an das schmutzige Seil an seinem rechten Handgelenk, mit dem man ihn gefesselt und dann durch die Mauer des Gebäudes gefahren hatte, in dem seine Freunde und Kollegen arbeiteten.

Rouche klatschte noch lauter.

* * *

»An alle Teams: auf Position«, befahl Chase in sein Funkgerät.

»Fünfunddreißig bis fünfzig Personen im Zuschauerraum«, gab Baxter zu bedenken.

»Zwischen drei fünf und fünf null Täter«, übersetzte Chase hilfsbereit ins Amerikanische.

Baxter entfernte sich von der mobilen Überwachungseinheit, um ihr anderes Gespräch wiederaufzunehmen:

»Edmunds, du musst die Leute aus der Lobby evakuieren. Chase geht rein.«

Edmunds sah sich besorgt zwischen den vielen Menschen im Hotel um: »Ja, kein Problem.«

»Brauchst du Hilfe?«, fragte sie.

»Nein, ich schaff das schon, ich hab Fi…«

Finlay, der sich kurz zuvor zu Edmunds gesellt hatte, schüttelte den Kopf.

»Ich hab alles im Griff«, korrigierte er sich, dann legte er auf.

»Wenn sie wüsste, dass ich hier bin, würde sie sich bestimmt aufregen«, erklärte Finlay. »Wir holen bloß die Leute hier raus, dann muss sie es nicht wissen.«

Edmunds nickte. Sie trennten sich und lotsten die Menschen so leise wie möglich durch eine Tür, während bereits bewaffnete Beamte durch eine andere hereineilten.

* * *

Rouche riskierte einen Blick durch den Saal, rechnete jeden Augenblick mit der Ankunft von Chase und seinen Männern. Es gab drei Ausgänge, einen jeweils links und rechts der Bühne sowie die große Tür, durch die er hereingekommen war. Er hatte Baxter bereits gewarnt, dass an jedem Eingang zwei Sicherheitsleute standen, von denen bislang aber anscheinend niemand etwas vom Eintreffen der Einsatzteams mitbekommen hatte.

Erneut schenkte er Green seine ganze Aufmerksamkeit, als der Psychiater die Stufen vor der Bühne heruntersprang, um sich zu seinen Anhängern zu gesellen. Sein wehendes Haar wurde nur vom Bügel eines Headset-Mikros gebändigt. Das musste Rouche ihm lassen – er war ein charismatischer und charmanter Redner, eine Persönlichkeit, die leicht beeinflussbare Personen magnetisch anzog.

»Unsere Brüder und Schwestern haben uns so stolz gemacht«, erklärte er den Anwesenden mit Leidenschaft in der brüchigen Stimme.

Anscheinend hatte er sich vorgenommen, jedem einzelnen

in die Augen zu schauen. Als er den Mittelgang abschritt, schlang eine Frau am Ende einer Reihe die Arme um ihn und fiel vor Freude weinend vom Stuhl. Rouche sah, dass einer der Türsteher eingreifen wollte, aber Green hielt eine Hand hoch, um diesem zu signalisieren, dass alles in Ordnung war. Er strich der Frau über das Haar, dann hob er ihr Kinn, um sie direkt anzusprechen.

»Und wir werden sie jetzt ebenso stolz machen.«

Die Anwesenden applaudierten begeistert, während er fortfuhr:

»Und eine sehr glückliche Person, die sich bereits in diesem Moment hier bei uns im Saal aufhält, ein kleines bisschen schneller als wir anderen«, lächelte Green, dem es nun endlich gelang, sich wieder von der Frau zu lösen.

Rouche nutzte die Bemerkung als Vorwand, um sich noch einmal umzusehen, während die anderen Anwesenden in den Gesichtern ihrer Nachbarn nach einem Hinweis auf den nicht namentlich genannten Glückspilz fahndeten. Als Rouche sich wieder umdrehte, war Green am Ende seiner Reihe angelangt. Nur zwei Personen befanden sich jetzt zwischen ihnen. Green stand höchstens drei Meter entfernt.

Jeden Augenblick würde die Polizei den Saal stürmen.

Rouche fragte sich, ob er an ihn herankäme.

Green musste sein starrer Blick aufgefallen sein, denn er sah ihn jetzt direkt an, betrachtete Rouches blutiges Hemd, stockte aber keineswegs:

»Noch zwei Tage, meine Freunde. Nur noch zwei Tage!«, schrie er dem begeisterten Publikum zu, während er begleitet von tosendem Applaus weiterging und sich wieder von Rouche entfernte.

Als er die bewundernden Blicke in den Gesichtern sah, begriff Rouche, weshalb dieses riskante letzte Treffen nötig war:

Die Menschen hier verehrten Green. Es gab nichts, was sie nicht für ihn tun würden. Selbst sterben wollten sie für ihn, und im Gegenzug verlangten sie nicht mehr als Anerkennung und Liebe von ihm. Sie mussten ihn ein letztes Mal sehen.

Blind gehorchten sie seinen Befehlen.

»Nicht stürmen. Nicht stürmen«, murmelte Rouche, hoffte, Baxter würde noch zuhören. Wenn Green freiwillig berichten würde, was er vorhatte, wäre das sehr viel einfacher, als es ihm bei einem Verhör zu entlocken. Dort würde er nur schweigen oder Halbwahrheiten von sich geben. »Wiederhole: nicht ... stürmen«, sagte Rouche erneut mit erhobener Stimme.

Das Prasseln des Regens auf den Oberlichtern wurde von einem plötzlichen Hagelschauer abgelöst, der den Applaus unterstrich.

»Jeder von euch weiß, was von euch erwartet wird«, erklärte Green den Anwesenden in sehr ernstem Ton. »Ihr sollt wissen: Wenn sich die Augen aller Welt auf den Piccadilly Circus richten und Millionen Menschen Zeugen unseres glorreichen Sieges werden, wenn sie die Toten aus der Erde hervorholen und sie zählen – *dann* werden sie endlich aufhorchen. *Dann* werden sie endlich begreifen ... dass wir nicht ›beschädigt‹ sind. Wir sind nicht ›leidend‹. Wir sind nicht ›schwach‹.«

Green schüttelte theatralisch den Kopf, hob beide Arme:

»Gemeinsam sind ... wir ... stark!«

Erneut war der ganze Saal aufgesprungen, das Gebrüll der Menge war ohrenbetäubend.

* * *

Chase und seine Handvoll FBI-Agenten waren an einer der Türen in Stellung gegangen, die direkt auf die Bühne. Chase stritt im Flüsterton mit Baxter.

»Verdammt noch mal, Chase. Geben Sie ihm nur noch eine Minute«, sagte sie.

»Negativ«, erwiderte Chase, der seine Stimme ein kleines bisschen heben konnte, da der Applaus weiter anhielt. »Er hat Green gesehen, wir gehen rein.«

»Aber er hat gesagt, nicht stürmen!«

»Verdammt noch mal, Baxter! Machen Sie den Kanal frei!«, fuhr er sie an. »Wir gehen rein. Alle Einsatzkommandos, alle Teams. Stürmen! Stürmen! Stürmen!«

Der Beifall verebbte, als die drei Flügeltüren im Raum plötzlich heftig in ihren Angeln bebten. Green reagierte als Erster, zog sich auf die Bühne zurück, wo seine alarmierten Kollegen ebenfalls aufsprangen. Die Angst in den Gesichtern der Anführer sprang auf die Zuschauer über und verbreitete sich wie ein Virus unter ihnen. Rouche bahnte sich einen Weg zum Mittelgang, als hinter ihm die Tür, durch die er gekommen war, nachgab …

Die Menge wich zurück, bewegte sich wie ein einziges Wesen. Green hatte gerade die Bühne erreicht, als auch die Türen auf beiden Seiten nachgaben.

»FBI! Alle runter! Alle runter!«

Rouche kämpfte verzweifelt darum, sich aus dem Gedränge zu befreien, während das Publikum nun auf die vorne geöffneten Türen und die FBI-Agenten zuströmte.

Zwei der bewaffneten Beamten wurden von der Menge verschluckt, Schüsse fielen, aber sie drängte trotzdem weiter. Rouche sah Green inmitten seiner Entourage schnurstracks auf die geöffneten Seitentüren zugehen. Um sich aus der wogenden Masse zu befreien, musste Rouche jemanden umstoßen, anschließend sprang er über zwei Sitzreihen hinweg, weil er sich sicher war, dass die Beamten Green nicht gesehen hatten. Und selbst wenn, wären sie nicht in der Lage gewesen, ihn festzusetzen.

Wieder ein Schuss.

Vor Rouche ging ein Mann zu Boden, öffnete den Raum zwischen ihm und einem in Panik geratenen Beamten. Offensichtlich hatte man den Befehl gegeben, notfalls scharf zu schießen, sollte die Polizei die Kontrolle verlieren. Er begriff, dass ihn der Beamte nicht erkannte und er inmitten des Chaos und mit dem blutigen Schriftzug auf seiner Brust wie einer von Greens fanatischen Anhängern aussah.

Der Beamte zielte, die schwere Waffe klickte.

Rouche erstarrte. Er öffnete den Mund, wollte etwas sagen, wusste aber, dass er die Worte nicht mehr rechtzeitig herausbringen würde.

Dann wurde der Beamte von einer Menschenwelle eingeschlossen, ein Schuss löste sich, traf aber ins Leere. Der Mann ging zu Boden. Rouche versuchte, ihn zu erreichen, als eine zweite Welle anbrandete und den Mann niedertrampelte.

Er wurde durch eine der Seitentüren getragen und in den Gang hinaus, wo er Green entdeckte, der durch einen Notausgang am hinteren Ende des Ganges verschwand, während der Großteil des Publikums Richtung Lobby stürmte.

Green trat in den Servicebereich hinter dem Hotel und rannte hinter dem Transporter des bewaffneten Einsatzkommandos auf die Hauptstraße zu.

»Baxter!«, schrie Rouche, drückte sich den Ohrstöpsel fest in den Gehörgang. »Green ist draußen, zu Fuß unterwegs Richtung Marble Arch.«

Er konnte ihre verzerrte Antwort nicht verstehen.

Dann sprintete auch er um das Gebäude herum und auf die Straße, wo sich Menschen vor Geschäften und Eingängen drängten. Die eiskalten Regentropfen brannten schrecklich auf seiner zerschnittenen Brust.

Rouche dachte, er hätte ihn verloren, doch dann sah er Green über die Straße hasten, vorbei an den drei prächtigen Torbögen, sein langes Haar klebte ihm jetzt in dunklen Strähnen im Gesicht.

»Oxford Street!«, schrie Rouche, als Green um die Ecke bog, war sich aber unsicher, ob seine Durchsagen unter den widrigen Wetterbedingungen überhaupt bei Baxter ankamen.

Der Abstand zwischen Green und Rouche wurde immer größer. Sein Körper ließ ihn allmählich im Stich, die Verletzungen, die er sich selbst zugefügt hatte, schmerzten unerträglich. Der Hagel fühlte sich an, als würden ihn eiserne Kugeln treffen, die Schmerzen beim Luftholen kehrten zurück.

Green war zuversichtlich genug, um stehen zu bleiben und Rouche zu beobachten, der jetzt den letzten Rest Adrenalin aufgebraucht hatte und auf Schritttempo verlangsamte. Green strich sich die Haare aus den Augen, lachte und ging davon.

Rouche war kurz davor, umzukippen, als Baxters Audi vorbeiraste.

Der Wagen kam einige Meter vor Green auf dem Bürgersteig an einer Mauer zum stehen und schnitt ihm auf diese Weise den Weg ab. Darauf nicht vorbereitet, konnte er sich nicht zwischen der stark befahrenen Straße auf der einen und einem Dessousgeschäft auf der anderen Seite entscheiden, als Rouche ihn von hinten packte. Sein metallisch glänzender Anzug riss, als er ihn zu Boden zwang.

Baxter sprang aus dem Wagen und kam Rouche zu Hilfe. Sie presste Green aufs Pflaster, indem sie ihm ein Knie ins Genick drückte, und legte ihm Handschellen an.

Absolut erschöpft, ließ Rouche sich auf den Rücken rollen und starrte in den weißen Himmel: Der Schneeregen ging jetzt in die ersten anmutigen Flocken über. Er schnappte nach Luft, hielt sich die Brust und empfand zum ersten Mal seit langem wieder so etwas wie Frieden.

»Rouche?«, schrie Baxter. »Rouche?«

Er konnte sie sprechen hören.

»Krankenwagen … 521 Oxford Street … ja, vor Ann Summers, dem Dessousgeschäft … ein verletzter Polizist. Mehrfache tiefe Schnittwunden, starker Blutverlust … beeilen Sie sich.«

Ihre Stimme wurde lauter. »Sie sind unterwegs, Rouche! Wir haben ihn. Wir haben ihn! Es ist vorbei.«

Langsam drehte er den Kopf, um zu sehen, wie Baxter Green auf die Knie zog. Irgendwie gelang es ihm sogar zu lächeln … doch dann riss er die Augen auf.

»Rouche? Alles klar? Was ist?«, fragte sie, als er zu ihr kroch. »Ich glaube nicht, dass du dich bewegen solltest, Rouche?«

Er schrie auf vor Schmerz, als er sich über die eiskalten Steinplatten zog. Er streckte den Arm aus und riss Green den Rest seines Hemdes herunter. Auf seiner Brust kam das bekannte, vernarbte Wort zum Vorschein:

Puppe

»Scheiße«, keuchte Baxter, als Rouche sich wieder auf den Rücken rollen ließ. »Wieso hat er …? Ach du Scheiße!«

Green lächelte sie triumphierend an.

»Er war überhaupt nie derjenige, der die Fäden in der Hand hielt«, keuchte Rouche, seine Worte lösten sich über ihm in Dunst auf. »Nichts ist zu Ende.«

KAPITEL 32

Sonntag, 20. Dezember 2015
12.39 Uhr

Chase war stinkwütend.

Weil die Operation misslungen und es ihnen nicht geglückt war, Green selbst festzunehmen, hatte das FBI keinen Anspruch auf den Gefangenen. Baxter war sich allerdings sicher, dass dies nur vorläufig so bleiben würde, bis ihre rückgratlose Vorgesetzte, Commander Vanita, einknickte. Gleich bei ihrer Ankunft in der Abteilung für Mord und Schwerstkriminalität hatte sie daher Greens Vernehmung in die Wege geleitet.

Seine Anhänger waren auf verschiedene Wachen verteilt worden, und zwar einem komplexen Algorithmus folgend, den sich ein Mann aus der IT-Abteilung ausgedacht hatte, dem aktuellen Arbeitsaufkommen und den voraussichtlichen betriebsbedingten Anforderungen Rechnung tragend. Wie es der Zufall wollte, hatte man denselben Mann achtzehn Monate zuvor kurzzeitig für den Ragdoll-Killer gehalten und seines Mittagessens beraubt. Auf Grundlage eines Fragenkatalogs, den Chase selbst formuliert und verteilt hatte, führten die Beamten jetzt die Vernehmung durch.

Baxter hatte damit gerechnet, dass Green den Ablauf verzögern würde, indem er nach einem Anwalt verlangte. Sehr zu ihrer Überraschung allerdings stellte er keinerlei solche Forderungen, womit er sicher schlecht beraten war. Sie hatte sich vorgenommen, das Beste daraus zu machen. Da Rouche im Krankenhaus war, hatte sie Saunders widerwillig gebeten, sie zu begleiten. Sowenig sie den großmäuligen Detective Constable auch leiden konnte, war er doch so fies, dass er sich bei Vernehmungen häufig als effektivster Fragesteller der Einheit erwiesen hatte.

Sie gingen zu den Vernehmungszimmern, und der wachhabende Beamte davor öffnete ihnen die Tür zu Raum 1 (nur neue Mitarbeiter nutzten den makellosen Raum 2). Green saß geduldig am Tisch in der Mitte und lächelte freundlich.

»Ihr Scheißefressergrinsen können Sie sich gleich abschminken«, blaffte Saunders ihn an.

Baxter war es nicht gewohnt, der gute Cop zu sein.

Zum ersten Mal überhaupt wirkte Saunders ziemlich professionell. Er war in Uniform und knallte beim Hinsetzen einen Aktenhefter bedrohlich laut auf den Tisch. In der Plastikmappe befand sich lediglich eine Ausgabe von *Men's Health*, aber die Geste verlieh dem Ganzen zusätzlich eine hübsche Note.

»Wenn Sie glauben, Sie haben uns zerschlagen, dann irren Sie sich gewaltig«, erklärte Green und zupfte sich am Ohrläppchen.

»Tatsächlich?«, fragte Saunders. »Schon seltsam, eigentlich hatte ich gedacht, dass wir nicht nur Sie, sondern auch alle ihre irren Freunde festgenommen haben. Jedenfalls reden die sich gerade bei meinen Kollegen alles von der Seele.«

»Wie viele?«, unterbrach Green ihn.

»Alle.«

»Wie viele genau?«

Saunders geriet über die Frage ins Stocken.

Green lächelte selbstzufrieden und lehnte sich zurück.

»Also, wenn man bedenkt, wie viele Ihrem stümperhaft

durchgeführten Überfall heute Vormittag entkommen sind, und all jene dazurechnet, die ich angewiesen habe, nicht zu erscheinen, dann würde ich sagen, Sie sitzen in der Scheiße.«

Um einen Augenblick Zeit zum Nachdenken herauszuschinden, nahm Saunders den Aktenhefter und schlug ihn auf, damit es so aussah, als würde er etwas überprüfen. Tatsächlich hatte er einen Artikel darüber vor sich, wie man es in nur sechs Wochen zu einem Sixpack bringt, wobei die Zeitschrift in weniger als anderthalb Monaten pleitegehen würde, wenn es wirklich funktionieren würde.

Saunders kam sich sofort noch viel dicker vor, als er war, klappte ungehalten den Hefter zu und wandte sich schulterzuckend an Baxter.

»Ich schätze, er hat recht«, sagte Saunders und schlug sich theatralisch die Hand vor die Stirn. »Wissen Sie was? Ich hab was echt Blödes gemacht! Ich hab mich für Dienstag mit dieser Frau verabredet. Wie hieß sie noch mal?«

»Maria«, erinnerte Baxter ihn.

Green horchte auf.

»Sie kommen nie drauf, wo wir uns treffen wollen.«

»Sagen Sie bloß nicht, in der U-Bahn-Station am Piccadilly Circus!« Baxter schüttelte gespielt erschrocken den Kopf.

»Sehen Sie«, sagte Saunders und wandte sich wieder an Green, »ich dachte, als Ihre Schwester könnte sie vielleicht ein paar ehemalige Kollegen, Freunde, vielleicht sogar ein paar Patienten wiedererkennen. Ist eine ganz legitime Bitte, ich denke, da werden Sie mir zustimmen. Sie wird den ganzen Tag dort sein.«

Greens Stimmungswandel bestätigte, dass tatsächlich die U-Bahn-Station das geplante Anschlagsziel war.

»Sie bedeutet mir nichts«, sagte Green schulterzuckend und recht überzeugend.

»Wirklich?«, fragte Saunders. »Wissen Sie, ich hab sie selbst verhört an dem Tag, an dem wir begriffen haben, dass Sie's sind.«

»Mich hat auch jemand von euch verhört«, fiel Green ihm ins Wort und sah Baxter dabei in die Augen. »In dem Gefängnis, eine gewisse … Curtis, hieß sie nicht so? Wie geht's ihr?«

Baxter richtete sich auf, ballte die Fäuste.

Saunders fuhr rasch fort.

»*Ich* musste ihr sagen, was für ein widerliches Stück Scheiße ihr Bruder in Wirklichkeit ist. Zuerst hat sie's mir nicht geglaubt. Sie hat Sie leidenschaftlich verteidigt … war ganz schön … erbärmlich mit anzusehen, wie sich ihr Vertrauen in Sie in Luft aufgelöst hat.«

Die Bemerkung saß.

Green sah ihn an, dann richtete er den Blick wieder auf Baxter.

»Sie müssen sie da drin zurückgelassen haben«, sagte er und sah sie eindringlich an. »Sie haben sie da drin im Stich gelassen, sonst würden Sie jetzt gar nicht hier sitzen.«

Baxters Augen wurden schmal. Ihre Atmung beschleunigte.

Saunders beobachtete sie ebenfalls. Wenn sie ausholen und Green eine runterhauen würde, wäre die Vernehmung beendet und ihr Hauptverdächtiger durch einen Berg an Bürokratie und eine Armee von Paragraphenreitern geschützt.

Jetzt entschied sich, wer als Erster in die Knie ging.

»Ich weiß, Sie sind nicht wie die anderen«, sagte Saunders. »Sie glauben nicht an das alles hier. Sie tun es wegen des Geldes, oder?«

Ihr gutaussehender Verdächtiger verriet ihnen nichts:

»Sowenig ich von Schnittwunden verstehe«, unterbrach Green ihn, »glaube ich doch, dass selten jemand sofort daran stirbt.«

Baxters Hände zitterten vor Wut, sie biss die Zähne fest aufeinander.

»Also, was ist es?«, schrie Saunders. »Geld oder das Schweigen der anderen? Warten Sie mal. Sie sind doch nicht etwa so eine Art Pädophiler oder so?«

»Ich kann mir nicht vorstellen, dass Sie schon tot war, als Sie sie liegen gelassen haben. Sie war noch nicht tot, oder?«, grinste Green Baxter herausfordernd an.

Sie stand auf.

Als er merkte, dass er so nicht weiterkam, wechselte Saunders die Taktik:

»Wer ist Abby?«, fragte er. »Tut mir leid. Ich hätte sagen sollen: Wer *war* Abby?«

Für den Bruchteil einer Sekunde trat Wut in Greens Blick. Er wandte sich erneut an Baxter, aber es war zu spät – Saunders hatte einen Nerv getroffen und machte genau dort weiter:

»Ja, Ihre Schwester hat sie erwähnt. Sie ist gestorben, stimmt's? Was würde sie von alldem halten, frage ich mich, glauben Sie, Annie wäre stolz auf Sie? Glauben Sie, Annie würde …«

»Abby!«, brüllte Green ihn an. »Sie heißt Abby!«

Saunders lachte:

»Ehrlich, Mann, ist mir scheißegal. Ach, Moment mal, es sei denn, Sie haben sie selbst getötet?« Er beugte sich interessiert vor. »In dem Fall wäre ich natürlich ganz Ohr.«

»Was zum Teufel fällt Ihnen ein?«, fauchte Green, der jetzt eine rotgesichtige Version seines vorherigen Selbst war – die tiefen Falten auf der Stirn verrieten sein Alter. »Fickt euch … alle beide. Ich mache das alles nur für *sie*.«

Baxter und Saunders warfen sich blitzschnell einen Blick zu, nie wussten, wie wichtig diese Aussage sein konnte. Aber Saunders war noch nicht fertig:

»Ist ja schön und gut – dass Sie das alles als abgefuckte Ehrerbietung gegenüber Amy ...«

»Abby!«, schrie Green erneut, Spucke sprühte über den Tisch, als er an seinen Fesseln riss.

»Aber glauben Sie *wirklich*, dass jemand auch nur noch einen Gedanken an Sie oder an Ihre tote Schlampe von einer Freundin verschwendet, wenn Sie Ihre Bomben gezündet haben?«, fragte Saunders Green zynisch lachend. »Sie sind ein Nichts, nicht mehr als ein kurzweiliger Zeitvertreib, ein Vorspiel vor dem Hauptereignis.«

Sowohl Baxter wie auch Saunders hielten die Luft an, waren sich bewusst, dass er gerade seine besten Karten ausgespielt hatte.

Langsam beugte Green sich vor, er war so nah an Saunders, wie seine Handschellen es zuließen. Wütend und hasserfüllt flüsterte er schließlich:

»Kommen Sie mich am Dienstag besuchen, Sie arrogantes Stück Scheiße, denn ich verspreche Ihnen – Sie werden sich ihren Namen merken: ABBY«, zählte er die vier Buchstaben an seinen Fingern ab, dann lehnte er sich wieder zurück.

Baxter und Saunders sahen einander an. Wortlos standen sie auf und eilten aus dem Raum.

Sie hatten, was sie brauchten.

»Bin gespannt, ob man beim MI5 immer noch der Ansicht ist, dass kein weiterer Anschlag droht«, schnaubte Baxter, als sie quer durch das Büro marschierten und auf dem Weg zum Besprechungszimmer ihr Team einsammelten. »Mal sehen, wie weit sie mit der verstorbenen Freundin gekommen sind.«

»Wir haben ein ernstes Problem«, verkündete ein Detective in dem Moment, als Baxter durch die Tür trat.

»Oh, aber es lief eigentlich gerade so gut!« Immer wieder vergaß sie den Namen der maskulinen jungen Frau: Nichols? Nixon??? *Knuckles?* Sie beschloss, auf Nummer sicher zu gehen.

»Sagen Sie, Detective.«

»Wir haben jetzt die festgenommenen Verdächtigen den selbstlöschenden Nachrichten zugeordnet und die Zahlen verglichen. Dreizehn von Greens Puppen werden vermisst.«

»*Dreizehn?*«, Baxter zuckte zusammen.

»Und …«, fuhr die Frau schuldbewusst fort. »Von den Puppen, die wir uns bislang genauer vorgeknöpft haben, gibt es bei mindestens fünf keinen Hinweis auf eine mentale Erkrankung. Es gibt keinerlei Belege dafür, dass sie überhaupt schon mal einen Psychiater aufgesucht haben, ganz zu schweigen, einen von *unseren*. Das belegt, dass die Bewegung, so wie in New York auch, viel größer ist und nicht nur aus Green und seinen Patienten besteht. Wir haben uns bisher nur auf einen sehr kleinen Teil eines Puzzles konzentriert, ich dachte, das sollten Sie wissen.«

Baxter machte ein Geräusch: Eine Kombination aus Erschöpfung, Enttäuschung und Sorge brach sich in Form eines kurzen, aber kläglichen Quietschlauts Bahn.

Die Frau lächelte verständnisvoll und setzte sich.

»Hey«, flüsterte Saunders. »Was wollte Knuckles?«

Scheiße, es war also doch Knuckles gewesen!

»Uns aufs Feuerwerk pissen«, seufzte Baxter, als sie nach vorne in den Raum ging, um das Team dort auf den aktuellen Stand zu bringen.

Blake hob seine Hand.

»Herrgott noch mal, Blake«, schrie sie. »Sie sind erwachsen, reden Sie!«

»Wieso sollte Green uns verraten, wie viele Sprengsätze geplant sind?«

»Weil's eigentlich ganz logisch ist – genau so viele wie in New York. Saunders hat es aus ihm rausgeholt.«

»Oh«, nickte Blake, dem dies als Erklärung vollkommen genügte.

Chase schaute ausdruckslos zwischen ihnen hin und her.

»Er hat ihn provoziert«, erklärte Blake.

»Wie läuft es mit der Gesichtserkennung?«, fragte Baxter in den Raum.

»Das City Oasis hat die Aufnahmen aus den Kameras dort geschickt«, sagte ein Vertreter des Technikerteams des FBI. »Wir vergleichen Videomaterial aus beiden Hotels, um sicherzugehen, dass wir niemanden übersehen haben.«

»Und die drei Personen, die mit Green auf der Bühne waren?«, fragte sie.

»Eine wurde erschossen bei dem Versuch zu entkommen.«

Baxter schnaubte.

»Die Frau ist mit einem Messer auf mich los!«, erklärte der verantwortliche Agent abwehrend.

»Dr. Amber Ives«, fuhr der Mann fort. »Ebenfalls Psychotherapeutin und Trauerberaterin. Es gab unzählige Gelegenheiten, um mit Green zusammenzutreffen – Seminare, gemeinsame Kollegen.« Er sah in seine Notizen. »Eine zweite Frau, die bei Ives war, konnte entkommen.«

Alle sahen den FBI-Agenten vorwurfsvoll an.

»Da waren ganz schön *viele* Leute!«

»Und die dritte Person?«, fragte Baxter. Sie war kurz davor, die Geduld zu verlieren.

»Wird in diesem Moment hergebracht. Er sagt, er will einen Deal machen.«

»Na, das ist doch schon mal was«, sagte Baxter. »Aber geht davon aus, dass er uns trotzdem Mist erzählt.« Sie wandte sich an Saunders. »Wirklich tolle Arbeit da drin«, lobte sie ihn, dann wandte sie sich an Chase: »Wir sind fertig mit Green. Sie können sich jetzt mit dem MI5 um ihn streiten.«

* * *

Baxter zögerte an der Schwelle zu Rouches Zimmer im St. Mary's Hospital. Draußen vor dem Fenster schneite es heftig. Für den Bruchteil einer Sekunde war sie wieder in der dunklen Kirche, sah, wie sich die schmale Linie quer über Curtis' Kehle zog, Green hatte ihre Gedanken mit seinen Provokationen dorthin gelockt …

Schlafend sah Rouche aus wie tot, sein Kopf hing ihm auf die Brust. Der Verband um seine nässenden Wunden hatte sich längst wieder mit Blut vollgesogen. Seine Arme lagen in einer unnatürlichen Haltung, waren jeweils über Schläuche mit einem Tropf an einem Ständer verbunden. Die Schläuche schlängelten sich wie Drähte über das Bett, als würde er damit fixiert.

Seine Lider flatterten, öffneten sich, und er lächelte sie müde an.

Baxter schüttelte die Erinnerung von sich ab und ging auf das Bett zu. Sie warf ihm die Großpackung Crunchie Rocks entgegen, die sie noch schnell im Kiosk unten am Eingang gekauft hatte. Eine rührende Geste, die nur dadurch ruiniert wurde, dass Rouche seine medizinisch versorgten Arme kaum bewegen konnte und aufschrie, als das Wurfgeschoss mitten auf seinem blutigen Verband landete.

»O Mist!«, stöhnte sie und eilte zu ihm, um die Tüte auf dem fahrbaren Nachttisch abzulegen.

Sie nahm die Fernbedienung, um den Fernseher leise zu stellen. *Harry Potter und der Halbblutprinz* lief. Als Albus Dumbledore seine Schüler warnte, die größte Waffe ihres Feindes seien sie selbst, wurde ihr bewusst, dass sie sich in einer ähnlichen Situation befanden.

Sie schaltete den Film stumm und setzte sich neben Rouche.

»Also, wann lassen sie dich raus?«, fragte sie.

»Morgen früh«, sagte er. »Bis dahin müssen sie mich mit

Antibiotika vollpumpen, damit ich, ich zitiere, ›nicht sterbe‹. Immerhin kann ich wieder atmen.«

Baxter sah ihn fragend an.

»Eine Rippe hat mir in die Lunge gepikt«, erklärte er. »Seit dem Gefängnis.«

»Ah.« Baxter starrte schuldbewusst auf seinen verbundenen Oberkörper.

»Die werden mich in Zukunft ganz schön komisch anschauen am Pool«, scherzte Rouche.

»Vielleicht kann man ja was machen«, sagte Baxter. »Mit Hauttransplantationen oder so?«

»Klar«, sagte er. »Das geht bestimmt.«

Er klang nicht sehr überzeugend.

»Es gibt doch Leute, die Tätowierungen übertätowieren«, schlug sie vor, um ihn aufzumuntern. »Wenn jemand den Namen seiner Ex loswerden will oder so.«

»Ja«, nickte Rouche. »Die könnten zum Beispiel ›Muppe‹ draus machen.« Er verzog das Gesicht.

»Suppe!«, schlug Baxter vor, ohne mit der Wimper zu zucken, doch dann brachen beide in schallendes Gelächter aus.

Rouche hielt sich die schmerzende Brust. »Also, was habt ihr aus Green herausbekommen?«

Baxter erzählte ihm von der Vernehmung des vermeintlichen Anführers und dem, was sie der Aussage des festgenommenen Psychiaters hatten entnehmen können.

Yannis Hoffman hatte ihnen die kompletten Angaben all seiner Patienten zukommen lassen, von denen drei zu den noch auf freiem Fuß befindlichen Puppen gehörten. Als ein auf Krebs- und Palliativmedizin spezialisierter Arzt war er direkt von Alexei Green angeworben worden und hatte diesen für den alleinigen Architekten der Morde gehalten.

Ganz entscheidend war aber, dass der Arzt, der auf Strafmilderung hoffte, den geplanten Zeitpunkt des Anschlags bestätigen konnte: 17 Uhr. Rushhour.

»Und stell dir das vor«, ergänzte sie. »Greens Freundin wurde bei den Terroranschlägen in Norwegen getötet.«

Sollte Rouche diese Erkenntnis zusetzen, so ließ er es sich nicht anmerken: »Motiv?«

»Verletzbarkeit«, antwortete Baxter.

»Dann hatte das alles nie wirklich was mit dem Ragdoll-Fall zu tun?«

»Nur insofern, als die wollten, dass auch wirklich die gesamte Welt hinschaut«, sagte Baxter. »Ein schlaues Ablenkungsmanöver: Einige sehr verletzbare Menschen werden benutzt, um einige sehr große Bomben zu zünden. Die haben die Schlimmsten von uns gegen uns eingesetzt, und wir selbst haben ihnen das mit unserer Blutgier ermöglicht. Seit den Ragdoll-Morden gab es keinen solchen Medienrummel mehr.«

Nach dem Gespräch mit Green hatte sie offensichtlich gründlich nachgedacht.

»Das ist genial«, fuhr sie fort. »Ich meine, wer schaut schon, wer sich von hinten anschleicht, wenn alle gerade damit beschäftigt sind, sich gegenseitig zu bekämpfen. Die haben uns dazu gebracht, dass wir uns selbst umbringen.«

KAPITEL 33

Sonntag, 20. Dezember 2015
18.03 Uhr

Die Schneeflocken glitzerten im Scheinwerferlicht von Baxters Audi.

Zu den gewöhnlichen Schleifgeräuschen war jetzt noch ein zusätzliches hinzugekommen. Und ein bisschen zog er auch nach rechts, seit er am Nachmittag ein Stück aus der Mauer des Superdrug auf der Oxford Street gerissen hatte. Die ersten nagenden Zweifel meldeten sich, ob der Wagen die nächste Verkehrssicherheitsprüfung bestehen würde.

Baxter schaltete den Motor aus. Unter der Haube zischte es heftig, was auf ein weiteres Problem schließen ließ, das es zu beseitigen oder zu reparieren galt. Entweder das, oder der Wagen seufzte vor Erleichterung darüber, dass er die letzte Fahrt unbeschadet überstanden hatte.

Als sie am Eingang des Parks eine Gruppe Jugendlicher in Sportklamotten entdeckte (der Fettleibige trug sie augenscheinlich als ironische Geste), demontierte sie ihr Navi und verstaute es unter dem Sitz. Handschuhe. Mütze. Sie schnappte sich die Tasche vom Beifahrersitz und knirschte durch den Schnee zu Edmunds' Häuschen.

Sie klingelte. Während sie wartete, fiel ihr eine kaputte Lichterkette auf, die an der Mauer herunterhing, anscheinend hatte sie jemand durchgeschnitten. Ein Stück die Straße hoch zersprang eine Flasche, und Gelächter hallte an den stillen Häusern entlang. Sie hörte Leila schreien, dann ging das Licht im Flur an. Tia hatte Mühe, das Haustürschloss einhändig zu öffnen.

»Frohe Weihnachten!«, grinste Baxter, sie strengte sich richtig an. Dann hielt sie Tia eine Tüte mit Geschenken entgegen, die sie unterwegs noch schnell aus der Wohnung geholt hatte. »Frohe Weihnachten, Leila«, flötete sie und streckte die Hand aus, um das Baby zu streicheln, so wie sie Echo streichelte, und mit derselben albernen Stimme sprach, wie wenn sie ihrem Kater sein Fressen hinstellte.

Tia verdrehte die Augen und verschwand wieder im Flur. Sie ließ Baxter wie eine Idiotin an der Tür stehen.

»Alex!«, hörte sie Tia rufen. Leila schrie immer noch. »Alex!«

»Ja?«

»Deine Freundin ist da. Ich bin oben«, teilte sie ihm mit, während Leila allmählich leiser wurde.

Wenig später kam Edmunds durch den Flur geeilt, strich sich Schneeflocken von den Haaren.

Baxter war sich fast sicher, dass die sozialen Konventionen in einer solchen Situation vorsahen, dass sie tat, als hätte sie nichts gehört, um anschließend passiv-aggressive Bemerkungen über Tia ins Gespräch einfließen zu lassen.

»Baxter!«, grinste Edmunds. »Warum stehst du denn noch da? Komm rein.«

»Was hat die denn für ein Problem?«, platzte sie heraus.

Edmunds machte eine wegwerfende Handbewegung.

»Ach, sie denkt, du hast einen schlechten Einfluss auf mich … und heute Vormittag hab ich die Geburtstagsfeier oder was Ähnliches von einer Einjährigen verpasst … *und* dann war noch was anderes«, sagte er ein wenig kryptisch, als er die

Haustür hinter ihr schloss und sie in die Küche mit der zum dunklen Garten hin geöffneten Tür führte.

Sie überreichte ihm die Tüte mit den Geschenken und bekam eine noch viel größere von ihm zurück.

»Willst du was trinken?«, bot er an.

»Nein ... ich sollte nicht bleiben«, sagte sie. Sie schaute demonstrativ an die Decke, da sie beschlossen hatte, es trotzdem einmal mit der passiv-aggressiven Methode zu versuchen. »Ich bin nur gekommen, um ... ich hatte ... ich ...«

Edmunds kannte die verräterische Unbeholfenheit, mit der Baxter jetzt versuchte, ein Kompliment oder Lob anzubringen.

»Ich wollte nur sagen ... danke.«

»Gerne.«

»Du hast auf mich aufgepasst ... wie immer ...«

»Noch was?« Edmunds war von den Socken.

»Und heute warst du einfach genial ... auch wie immer.«

»Eigentlich«, sagte Edmunds, »sollte *ich dir* danken. Heute ... eigentlich schon in den letzten beiden Wochen, ist mir klargeworden, wie sehr ich das vermisse. *O Gott*, ich vermisse es: die Gefahr, die Aufregung, den ... *Sinn*. Tia ist stinksauer auf mich, na ja, auf uns, weil ich heute Nachmittag meine Kündigung eingereicht habe.«

Baxter strahlte: »Du kommst zurück!«

»Das geht nicht.«

Sie machte ein enttäuschtes Gesicht.

»Ich muss leben, ich muss an meine Familie denken. Gleichzeitig kann ich aber auch nicht im Betrugsdezernat versauern.«

»Und ...?«

»Ich will dir was zeigen.«

Verwirrt folgte Baxter ihm nach draußen, durch den kleinen verschneiten Garten zu dem baufälligen Schuppen, der vom Licht in der Küche beleuchtet wurde.

»Ta-daaa!«, sang Edmunds stolz und zeigte auf die in keiner Weise tada-würdige Bruchbude.

Seine Begeisterung schwand angesichts Baxters enttäuschender Reaktion.

»Mist«, sagte er, weil er merkte, weshalb es nicht zu dem erwarteten Effekt gekommen war. Er bückte sich, um das selbstgemalte Schild aufzuheben. »Das blöde Scheißding will einfach nicht hängen bleiben«, erklärte er und befestigte es wieder an der Bretterwand. »Ta-daaa!«

Alex Edmunds – Privatermittler

Er öffnete die klapprige Tür, wobei er sie fast aus den Angeln riss, und zeigte ihr das Büro, das er sich in dem Schuppen eingerichtet hatte. Sein Laptop stand im behaglichen Licht einer Schreibtischlampe auf einer Tischplatte, daneben ein Drucker und ein schnurloses Telefon. Ein Ölofen in der Ecke heizte den winzigen Raum. Es gab eine Kaffeemaschine, einen Wasserkocher, einen Schlauch über einem Eimer, der als provisorische Spüle diente, und sogar einen »Kundenbereich« (einen zweiten Hocker).

»Was denkst du?«

Baxter antwortete nicht sofort, sondern sah sich lange in dem Schuppen um.

»Ist natürlich nur vorübergehend«, beharrte Edmunds, als sie nicht antwortete. »Nur bis ich mich etabliert habe und … weinst du?«

»Nein!«, erwiderte Baxter mit brüchiger Stimme. »Ich denke … ich denke, das ist perfekt.«

»O Gott! Du weinst ja doch!«, sagte Edmunds und umarmte sie.

»Ich freu mich so für dich … und außerdem hab ich zwei

harte Wochen hinter mir«, lachte sie, bevor sie in Tränen ausbrach.

Edmunds hielt sie in seinen Armen, während sie an seiner Schulter schluchzte.

»Herrje!«, lachte sie mit verschmierter Wimperntusche auf den Wangen und beruhigte sich allmählich wieder. »Du hast da Rotz hängen. Tut mir leid! Wie eklig.«

»Ach was«, versicherte Edmunds ihr, obwohl es wirklich eklig war.

»Leila hat mir vorhin schon Brei aufs Hemd gespuckt«, erklärte er ihr und zeigte auf einen Fleck. Er vermutete allerdings, dass auch der von Baxter stammte.

»›Bedeutet noch was anderes für ihn‹«, las sie eine der halb zu Ende gedachten Ideen laut vor, die auf Zetteln notiert hinter Edmunds an der Holzwand hingen. Sie wischte sich die Augen.

»Ja«, sagte Edmunds und riss den entsprechenden Zettel ab, um seine eigene Handschrift zu entziffern. »Puppe … Köder. Warum ritzen die sich ausgerechnet diese beiden Wörter in die eigene Brust und in die ihrer Opfer?«

»Als Zeichen der Loyalität?«, schlug Baxter noch immer schniefend vor. »Als Mutprobe?«

»Ich bin sicher, dass seine Anhänger das so sehen – als Zeichen der Verbundenheit, der Zusammengehörigkeit. Aber ich kann mir nicht helfen, ich hab das Gefühl, dass sie unserem *Asasel* etwas anderes bedeuten.« Er verwendete den Namen nur zögerlich. »Es muss etwas Persönliches sein.«

Nach kurzem Zögern fuhr er fort:

»Baxter, ich glaube nicht, dass du verhindern kannst, was auch immer bevorsteht.«

»Danke, dass du mir Mut machst.«

»Hör mal …« Er schaute besorgt. »Überleg dir mal, wie aufwendig es sein muss, Glenn Arnolds davon zu überzeugen, sich einen anderen Menschen auf den Rücken zu nähen, ihm solche Wahnvorstellungen einzupflanzen, seine Medikamente systematisch auszutauschen – alles genau auf diese eine Person zuzuschneiden. Das ist mehr als Besessenheit, hier hat jemand seine Bestimmung auf Erden gefunden … und das macht mir Angst.«

Zehn Minuten und einen Becher Schuppen-Tee später stand Baxter mit ihrer Geschenketüte wieder an der Tür.

»Oh, hätte ich fast vergessen«, sagte Edmunds. Er eilte zurück durch den Flur, um etwas zu holen, und kehrte mit einem weißen Umschlag zurück, den er oben auf die Tüte mit den Geschenken legte. »Ich fürchte, das ist das letzte Mal. Du, Baxter …«

»Tu dir selbst einen Gefallen, und mach's nicht auf?«, unterbrach sie, weil sie wusste, dass Edmunds ihr einmal mehr mitteilen wollte, was er davon hielt, dass sie ihren Freund ausspionierte. Er nickte.

»Frohe Weihnachten«, sagte sie, drückte ihm ein Küsschen auf die Wange und ging in die Nacht hinaus.

* * *

Baxter kehrte in ein leeres Haus zurück. Sie hatte völlig vergessen, dass Thomas bei einer seiner zahlreichen Weihnachtsfeiern war, die er vor den Feiertagen im Terminkalender hatte. Sie stellte die Tüte mit den Geschenken unter den Weihnachtsbaum, wobei ihr zwei Dinge dämmerten: Erstens – Thomas hatte einen Baum gekauft. Zweitens – bei allem, was sie um die Ohren hatte, hatte sie nicht ein einziges Geschenk für ihn besorgt.

Da Echo in der Küche schlief, Rouche die Nacht im Krankenhaus verbrachte und Thomas zweifellos von irgendeiner Sekretärin angebaggert wurde, bereute sie, nicht doch noch mal bei Finlay und Maggie vorbeigefahren zu sein. Sie hatte die beiden an ihrem Abend mit den Enkelkindern nicht stören wollen, sich telefonisch für Finlays Hilfe bedankt und sich mit ihm für nach Weihnachten verabredet.

Plötzlich fühlte sie sich sehr einsam, war aber fest entschlossen, nicht an diejenigen zu denken, die sie im Verlauf der vergangenen anderthalb Jahre verloren hatte. Sie trat ihre Stiefel von den Füßen und ging nach oben, um sich ein Bad einzulassen.

* * *

Baxter holte Rouche um 8.34 Uhr am Eingang des St. Mary's Hospital ab. Dank der Schmerzmittel war er unangenehm fröhlich aufgeputscht für einen Montagmorgen mitten im Berufsverkehr. Als sie dem Stau an einer Kreuzung ausweichen konnten, nur um gleich im nächsten stecken zu bleiben, gab Baxter die Hoffnung auf, es rechtzeitig bis 9.30 Uhr zur Besprechung mit den Kollegen vom MI5 zu schaffen, die die Bedrohung der nationalen Sicherheit plötzlich doch sehr ernst nahmen.

Rouche drehte das Radio lauter.

»Großbritannien ruft die höchste Terrorwarnstufe aus, das heißt, die nationalen Sicherheitsbehörden gehen davon aus, dass ein Anschlag unmittelbar bevorsteht.«

»Wurde verdammt noch mal aber auch Zeit«, sagte Baxter. Sie sah Rouche an und bemerkte, wie er in sich hineingrinste. »Was gibt's da zu grinsen?«, fragte sie ihn.

»Es wird keinen Anschlag geben. Wir werden ihn verhindern.«

Baxter überfuhr eine rote Ampel:

»Dein Optimismus gefällt mir. Positives Denken und so, aber ...«

»Das ist kein Optimismus. Das ist eine Frage von Bestimmung«, erwiderte er, während in den Nachrichten berichtet wurde, dass sowohl Betfred wie auch Ladbrokes keine Wetten mehr auf weiße Weihnachten annahmen. »Jahrelang hab ich mich ziellos treiben lassen, mich immer wieder gefragt, warum ich jenen Tag überlebt habe und meine Frau und meine Tochter nicht ... jetzt weiß ich es ...

Überleg nur mal, wie viele Entscheidungen und Zufälle dazu geführt haben, dass ich vor zehn Jahren aus der U-Bahn-Station rausgekommen bin, nur um morgen ein ähnliches Ereignis zu verhindern. Das ist, als würde die Geschichte sich wiederholen, mir eine zweite Chance geben. Es ist, als würde ich *endlich* begreifen, warum ich noch hier bin. Ich habe eine Bestimmung.«

»Hör mal, ich bin froh, dass du wieder besser drauf bist, aber unser Hauptaugenmerk liegt auf der U-Bahn-Station und was auch immer diese Arschgesichter damit vorhaben. Wir müssen das hinkriegen. Wir dürfen nicht zulassen, dass die uns manipulieren wie in New York. Wir können keine Ressourcen von irgendwo in der Stadt dazuholen, egal was da unten passiert, egal was uns passiert. Wir sind dafür zuständig, die Leute umzuleiten. Die Bomben sind Sache der Sicherheitsbehörden. Damit haben wir nichts zu tun, tut mir leid«, setzte sie hinzu und fühlte sich schlecht, weil sie ihm in die Parade gefahren war.

»Das muss dir nicht leidtun«, lächelte Rouche. »Du hast recht, aber ich *weiß* einfach, dass wir's verhindern werden.«

Baxter zwang sich, ihm zuliebe zu lächeln.

»Vielleicht ist das ein bisschen voreilig«, gab sie zu bedenken. »Kann sein, dass wir uns vorher noch mit einem Mord beschäftigen müssen. Es gibt noch keine Paralleltat zu dem zusammengeflickten Zwillingsmenschen, und wenn es eine gibt, dann wird sie absolut grauenhaft sein.«

»Es sei denn, wir haben die betreffende Puppe schon verhaftet.«

»Weil wir einfach zur Abwechslung mal Glück hatten? Ganz bestimmt«, spottete Baxter verbittert.

Der Verkehr floss jetzt wieder. Rouche schwieg, während Baxter die Spur wechselte und eine Reihe von Bussen überholte. Die Scheibenwischer hatten an den Rändern so dicke Klumpen zusammengeschoben, dass sie einem Schneemann als Fundament hätten dienen können.

»Wir könnten …« Rouche zögerte, wusste nicht, wie er es sagen sollte. »Wir könnten bis fünf vor fünf warten und dann die Station evakuieren.«

»Ich wünschte, wir könnten«, sagte Baxter. »Aber das geht nicht.«

»Aber wenn wir …«

»Das geht nicht. Wenn wir das machen, riskieren wir, dass die sich erneut in der ganzen Stadt verteilen, und dann könnten sie überall zuschlagen. So wissen wir wenigstens, wo sie sich befinden, und sind vorbereitet.«

»Wir benutzen unschuldige Menschen als *Köder* … wieso kommt mir das so bekannt vor?«, fragte er. Er klang nicht vorwurfsvoll, nur voller Bedauern.

»Das stimmt, aber ich sehe keine andere Möglichkeit.«

»Ich frage mich, ob 2005 jemand so was über mich und meine Familie gesagt hat.«

»Kann sein«, erwiderte Baxter traurig.

Sie verachtete sich ein wenig selbst wegen ihrer gefühllosen Einschätzung der Situation. Sie fürchtete, dass Rouche der bevorstehende Tag zusetzen würde, es standen Strategiebesprechungen an, bei denen Menschenleben nicht mehr waren als Zahlen und Tabellen. Hier wurde einer geopfert, um dort drüben zwei zu retten.

Sie hatte so eine Ahnung, dass auch ihr das alles nicht leichtfallen würde.

* * *

Um 18.04 Uhr war Baxter erledigt. Wie erwartet hatte sich eine Besprechung an die andere gereiht. In den Londoner U-Bahnhöfen und im Umkreis aller großen Sehenswürdigkeiten waren die Sicherheitsmaßnahmen verdoppelt worden. Die fünf größten Notfallstationen der Stadt waren in erhöhter Bereitschaft, und der Londoner Krankenwagendienst wurde durch private Anbieter unterstützt.

Die Vernehmungen der Puppen hatten sich über den gesamten Tag gezogen, ohne dass sich dabei etwas Nennenswertes ergeben hätte. Greens fanatischen Anhängern zu drohen oder ihnen Tauschgeschäfte anzubieten hatte sich als sinnlos erwiesen, da sie keinerlei Interesse am Selbsterhalt zeigten. Green war über Nacht beim MI5 gewesen. Trotz verschärfter Vernehmungsmethoden, die man dort anzuwenden befugt war, musste man davon ausgehen, dass es den Kollegen nicht gelungen war, den Psychiater zum Reden zu bringen.

Die Abteilung hatte den gesamten Tag unter Hochspannung gestanden, doch nirgendwo war ein letzter, grotesker Mord gemeldet worden. Nach ein paar Stunden ohne weitere Störung fühlte Baxter sich so gut wie möglich für den letzten Akt der Puppen gewappnet.

Sie empfand es als sehr eigenartig, selbst zu wissen, was passieren könnte, es aber niemandem verraten zu dürfen – als würde sie jeden Einzelnen, dem sie auf der Straße begegnete, hintergehen, indem sie ihn nicht warnte. Am liebsten hätte sie alle in ihrem Adressbuch verständigt und es von den Dächern gerufen, dass sich die Menschen von der Stadt fernhalten sollten, aber hätte sie es getan, hätte sie das Unvermeidliche nur hinausgezögert und den einzigen Vorteil, den sie besaßen, geopfert.

Sie war noch dabei, ein paar Unterlagen abzuheften, als sie Rouche sah, der darauf wartete, gute Nacht zu sagen. Da sie eh das Gefühl hatte, alles Mögliche getan zu haben, packte sie ihre Tasche und ging zu ihm.

»Komm«, gähnte sie. »Ich fahr dich nach Hause. Ich muss sowieso noch ein paar Sachen holen.«

* * *

Sie waren bis zum Vincent Square gekommen, als beide Handys gleichzeitig klingelten. Erschöpft sahen sie einander an, ahnten bereits, was bevorstand. Rouche schaltete den Anruf auf Lautsprecher.

»Agent Rouche«, antwortete er. »Ich bin mit DCI Baxter unterwegs.«

Baxters Handy in ihrer Tasche hörte sofort auf zu brummen.

»Verzeihung, Agent Rouche, ich weiß, dass Sie beide bereits Feierabend haben«, fing die Frau am Telefon an.

»Schon gut. Was gibt's?«

»Einer von Dr. Hoffmans Patienten, ein Isaac Johns, hat gerade ein Taxi mit seiner Kreditkarte bezahlt.«

»Okay«, sagte er in der Annahme, dass es noch mehr zu berichten gab.

»Ich habe das Taxiunternehmen angerufen und mich zu dem Fahrer durchstellen lassen. Er hat gesagt, der Mann habe sehr eindringlich auf ihn eingeredet, habe ihm erklärt, er sei sowieso tot und wolle sich verabschieden, solange er sich noch im Vollbesitz seiner geistigen Kräfte befände, und zwar auf denkwürdige Weise. Laut Hoffmans Aussage war bei Johns kürzlich ein inoperabler Hirntumor festgestellt worden. Der Fahrer hat den Vorfall gemeldet. Wir haben ein Team aus Southwark hingeschickt.«

»Ort?«, fragte Baxter, schaltete die Sirene ein und schob sich aus dem Verkehr heraus.

»Sky Garden«, erwiderte die Frau.

»Im Walkie-Talkie?«, fragte Baxter, die den Spitznamen des Gebäudes kannte.

»Genau da. Anscheinend wollte er in die Bar im 35. Stock.«

Die Räder drehten auf der matschigen Straße durch, als Baxter die Rochester Row in nördlicher Richtung entlangraste.

»Pfeift sie zurück«, überschrie sie den Lärm, »und schicken Sie uns eine bewaffnete Einheit zur Verstärkung. Wir sind in sieben Minuten da.«

»Verstanden.«

»Hast du die Beschreibung?«, fragte Rouche.

»Weiß, ein Schrank von einem Kerl, kurze Haare, dunkler Anzug.«

Rouche legte auf. Während die Stadt vorbeiraste, zog er seine Schusswaffe und überprüfte sie:

»Los geht's.«

Baxter unterdrücke ein Gähnen: »Die Bösen schlafen nicht.«

KAPITEL 34

Montag, 21. Dezember 2015
18.29 Uhr

»Komm schon, komm schon«, flüsterte Baxter leise, als die LED-Ziffern auf dem Weg nach oben hochzählten.

Rouche, mit der Dienstwaffe in der Hand, bezweifelte, dass diese jüngste Puppe illegale Gegenstände an der Sicherheitskontrolle unten hatte vorbeischmuggeln können, die in ihrer Gründlichkeit denen an Flughäfen ähnelte.

31 … 32 … 33 … 34 …

Der Lift verlangsamte und hielt.

»Bereit?«, fragte Rouche.

Die Türen gingen auf, Musik und das leise Plätschern intellektueller Gespräche begrüßte sie. Sie sahen sich angenehm überrascht und schulterzuckend an, Rouche steckte seine Waffe weg. Sie traten in einen geräumigen Flur, um sich in die Schlange der elegant gekleideten Menschen zu stellen, die darauf warteten, einen Tisch zugewiesen zu bekommen.

Der riesige Stahlkäfig war in ebenso stimmungsvolles zartrosa Licht getaucht wie die im Hintergrund funkelnde Stadt. Eine riesige Kuppel aus Glas und Metall reichte fünfzehn Meter höher, noch ein kleines bisschen näher an den Himmel heran.

Während sie warteten, sahen sie sich in dem geschäftigen Raum nach jemandem um, auf den die Beschreibung passte, stellten aber fest, dass mindestens ein Drittel der Besucher hier dunkle Anzüge trug und man bei Sitzenden schlecht beurteilen konnte, ob sie schrankgroß waren.

Ein elegant gekleideter Mann bedeutete ihnen vorzutreten. Ein nicht ganz so diskreter Blick an Baxters praktischem Winteroutfit herunter und an Rouches zerknittertem Anzug wieder hinauf endete mit einem herablassenden Lächeln.

»Guten Abend. Haben Sie reserviert?«, fragte der Mann skeptisch.

Rouche zeigte unauffällig seinen Dienstausweis.

Baxter beugte sich vor, sprach leise:

»Detective Chief Inspector Baxter.« Als er sich der Situation bewusst wurde und sich nach einem Vorgesetzten umsah, sagte sie: »Lassen Sie sich nichts anmerken! Ich muss Ihre Liste durchgehen. Hat heute ein gewisser Isaac Johns reserviert?«

Kurze Pause, dann fuhr der Mann mit dem Finger über sein Clipboard mit der Namensliste:

»Johns ... Johns ... Johns ...«

»Meinst du wirklich, der würde seinen richtigen Namen verwenden?«, fragte Rouche.

»Er hat ja auch seine eigene Kreditkarte verwendet«, erwiderte Baxter. »Jetzt hat er nichts mehr zu verlieren. Ich glaube, ihm ist das egal.«

»Johns! Hab ihn!«, rief der Mann. Mehrere Leute drehten sich zu ihnen um.

»Noch mal«, sagte Baxter geduldig, »lassen Sie sich nichts anmerken.«

»Tut mir leid.«

»An welchem Tisch? Nicht umdrehen! Nicht mit dem Finger zeigen!«

»Verzeihung. Am Fenster. Auf der rechten Seite. Wie gewünscht möglichst nah an der Tür.«

Baxter blickte den Mann weiterhin an, während Rouche in den Raum sah:

»Der ist nicht besetzt.«

»Haben Sie gesehen, wie er aussah?«, fragte sie den Mann.

»Er war groß, kräftig und muskulös, trug einen schwarzen Anzug mit Krawatte, als wollte er zu einer Beerdigung.«

Baxter und Rouche sahen sich an.

»Okay«, sagte sie. »Ich möchte, dass Sie ganz normal weitermachen. Wenn Sie ihn sehen, kommen Sie sehr, sehr langsam zu uns und flüstern mir ins Ohr, wo er ist. Verstanden?«

Er nickte.

»Auf der Terrasse anfangen?«, schlug sie Rouche vor.

Unerwartet schob sie ihren Arm unter seinen. Als glückliches Liebespaar getarnt, gingen sie nach draußen, The Shard funkelte hell in der Ferne, wie ein schneebedeckter Berg. Als sie zum Geländer schlenderten, bliesen ihnen aus allen Richtungen Schneeflocken um die Ohren, die sich anschließend über der funkelnden Metropole unten verteilten.

Die Einzigen anderen, die der Kälte trotzten, waren ein zitterndes Pärchen, das sich mit Champagner zuprostete, und einige Eltern, die von ihren aufgeregten kleinen Mädchen nach draußen geführt worden waren. Von der dunklen Terrasse aus konnten sie den von außen neonpink beleuchteten vollbesetzten Raum absuchen, ohne Aufmerksamkeit bei den Gästen zu erregen.

»Vielleicht ist er nach Hause gefahren«, sagte Rouche optimistisch, doch dann entdeckte er ihren gutgekleideten Assistenten, der aufgeregt herumlief und sie suchte. »Oder vielleicht auch nicht.«

Sie eilten nach drinnen und folgten den Erklärungen des Mannes zurück an den Aufzügen vorbei zum Toilettenraum. Die glänzenden schwarzen Türen der Kabinen darin versprachen angenehmere Verhältnisse als bei ihrem letzten gemeinsamen Toilettenbesuch.

Rouche zog seine Waffe: »Ich geh rein. Du passt auf.«

Baxter sah aus, als wollte sie ihn schlagen.

»Wir wissen nicht, ob er wirklich da drin ist«, erklärte Rouche, froh, bewaffnet zu sein. »Außerdem ist es ja vielleicht auch nicht nur einer. Du musst mir den Rücken freihalten.«

»Gut«, schnaubte Baxter, lehnte sich an die Wand, um den vorbeieilenden Kellnern nicht im Weg zu stehen, die Mühe hatten, all die verschiedenen Weihnachtsfeiern gleichzeitig zu bedienen.

Rouche ging drinnen den schmalen Gang mit den Kabinen ab, die ersten beiden waren leer.

»Besetzt!«, rief eine Frauenstimme aus der dritten, als er die Klinke herunterdrücken wollte.

»Tut mir leid!«, überschrie er den Lärm eines Handtrockners, als die nächste Tür in der Reihe aufging.

Die Finger fest um den Griff seiner Waffe gelegt, entspannte er sie wieder, als ein alter Herr herausgewatschelt kam und ihn mit rosigen Wangen anlächelte.

Rouche ging an einer weiteren freien Kabine vorbei, bis er schließlich an der letzten schwarzen Tür angelangt war – sie war zu, wenn auch offensichtlich unverschlossen. Mit erhobener Waffe trat er die dünnwandige Tür auf, laut knallte sie an die Wand der leeren Kabine.

Der Deckel der Wasserspülung lehnte an der Wand, daneben lag eine Plastiktüte, von der Wasser auf den Boden triefte. An der Innenseite der Tür hing ein großes schwarzes Anzugsjackett mit Krawatte. Rouche drehte sich um, wollte schon gehen, als er etwas Metallisches über den Boden kickte. Er ging darauf zu und hob eine 9-mm-Messingpatrone auf.

»Scheiße«, sagte er und rannte zurück zu Baxter.

»Er ist nicht da dr…«, setzte Rouche gerade an, als er mit einem Kellner zusammenstieß. Ein gefährlich volles Tablett mit Gläsern ging zu Boden. »Tut mir leid«, entschuldigte Rouche sich und sah sich nach Baxter um.

»Meine Schuld«, erwiderte der junge Mann höflich, obwohl es keineswegs seine Schuld gewesen war.

»Haben Sie hier eine Frau warten sehen?«

Dann hörte man Stuhlbeine scharren, als Menschen erschrocken von den Tischen aufsprangen und zur Fensterfront rannten.

Rouche eilte in Richtung Terrasse und bahnte sich einen Weg durch die Menge, die inzwischen von der Fensterfront zurückwich.

Er hielt inne.

Draußen in der Dunkelheit konnte er Baxter erkennen. Sie stand am Geländer, ihr Haar wehte wild im Wind. Wenige Meter von ihr entfernt drängte sich die junge Familie von außen an die Scheibe, der Vater hatte sich schützend vor seine beiden Töchter gekauert.

Mit vorgestreckter Waffe trat Rouche langsam nach draußen. Jetzt, wo das Licht sich nicht mehr in der Scheibe spiegelte, begriff er endlich die Situation. Auf der Terrasse befand sich noch eine weitere Person, hinter Baxter.

Ein muskulöser Arm hielt sie fest, eine Waffe klemmte ihr unter dem Kinn.

Eine zweite Waffe war auf die Familie in der Ecke gerichtet.

»Rouche, nehme ich an«, sagte eine unpassend hohe Stimme, und ein kleines Stück von einem Gesicht wurde hinter dem menschlichen Schild sichtbar.

Er hatte den Namen korrekt ausgesprochen, was bedeutete, dass Baxter ihn ihm verraten oder, was wahrscheinlicher war, Rouche gerufen hatte.

»Was dagegen, das wegzulegen?«, bat der Mann freundlich und spannte den Hahn der Waffe unter Baxters Kinn.

Sie schüttelte fast unmerklich den Kopf, Rouche ließ die Waffe trotzdem langsam sinken.

»Isaac Johns, nehme *ich* an«, sagte Rouche und hoffte, dass sein ruhiger Ton sich auf den anderen übertrug. »Alles in Ordnung, Baxter?«

»Ihr geht es gut«, antwortete Johns für sie.

»Da lass ich dich mal eine Minute lang allein …«, lachte Rouche und trat beiläufig einen Schritt näher.

»Hey! Hey! Hey!«, schrie Johns und zerrte Baxter zurück, so dass Rouche die gerade gewonnene Nähe wieder verlor.

Johns war wie beschrieben von stattlicher Statur. Obwohl Baxter mit ihrer schlanken Gestalt den Mann nicht vollständig verdeckte, befanden sich seine lebenswichtigen Organe nicht in der Schusslinie, und damit war auch jede Hoffnung vergeblich, ihn auf Anhieb zu töten.

»Also, wie lautet der Plan, Isaac?«, fragte Rouche launig. Ihm war bereits ein Unterschied zwischen diesem Mann und den anderen Killern aufgefallen: Er wirkte ruhig und beherrscht. Er genoss seinen Auftritt im Scheinwerferlicht.

»Eigentlich wollte ich selbst entscheiden, wer aus unserem Publikum …«, er zeigte auf die in die Ecke gedrängte Familie, »… leben und wer sterben soll. Aber dann habe ich Detective Baxter hier entdeckt und konnte nicht widerstehen. Jetzt fällt Ihnen diese Aufgabe zu.«

Der Mann wurde vorübergehend von seinem Publikum in der Bar abgelenkt. Rouche hob die Waffe langsam ein paar Zentimeter an, nur für den Fall, dass sich doch noch eine Gelegenheit ergab.

»Nein!«, schrie Johns, darauf achtend, dass Baxter immer genau zwischen ihnen stand. »Sagen Sie den Leuten, wenn irgendjemand weg geht, werde ich schießen. Die haben genau die richtige Idee: Holt eure Handys raus. Schon okay. Ich *will,* dass ihr das filmt. Ich will, dass alle Welt hört, wie Rouche sich entscheidet.«

Zufrieden darüber, dass ausreichend Kameras vor Ort waren, um den Augenblick seines Triumphes mitzufilmen, schenkte Johns nun erneut Rouche seine Aufmerksamkeit.

»Also, wer soll es sein, Rouche? Wen soll ich töten: Ihre Kollegin oder eine ganze unschuldige Familie?«

Rouche schaute Baxter beklommen an.

Sie gab ihm keinen Hinweis.

Mit dem Pistolenlauf unter dem Kinn konnte sie sich nicht bewegen, geschweige denn ihm Gelegenheit verschaffen, einen Schuss zu platzieren. Rouche sah zu der Familie, er kannte den verzweifelten Blick des Vaters nur zu gut.

Als das erste bewaffnete Einsatzkommando eintraf, wurden drinnen Rufe laut.

»Halt!«, warnte Rouche. »Nicht näher kommen!«

Als einer der Beamten sich dem Befehl widersetzte, gab Johns einen Warnschuss ab, der unweit des Kopfes des jüngeren Mädchens von der Mauer abprallte und anschließend die gläserne Wand bersten ließ, die sie vom Himmel trennte. Die Beamten drinnen hoben die Hände und verharrten bei der gaffenden Menge.

In der nun folgenden Stille konnte Rouche das kleine Mädchen mit den Zähnen klappern hören. Sie war erst fünf oder sechs, erfror beinahe, während Johns so tat, als gäbe es Hoffnung, und die Tortur in die Länge zog.

In Wirklichkeit gab es keine Entscheidung zu treffen. Das war kein Spiel. Johns wollte sie alle töten, und Baxter wusste das.

Nach dem ganzen Theater, den medienwirksamen Schrecken, die stets ambitionierter und spektakulärer wurden, fehlte noch eine ebenso schlichte wie widerwärtige Tat, etwas, das schlimmer war als alle verstümmelten Leichen zusammengenommen – die öffentliche Hinrichtung eines unschuldigen Kindes. Dass sie dazu in der Lage waren, hatten sie bereits gezeigt, als sie die gesamte Familie Bantham hinter verschlossenen Türen ermordet hatten. Rouche war sich sicher, dass Johns nicht zögern würde abzudrücken.

Der Schnee behinderte seine Sicht. Er wusste, dass er seinen Abzugsfinger bewegen musste, damit er in der Kälte nicht steif und langsam wurde.

»Zeit, sich zu entscheiden!«, schrie Johns seinem Publikum zu. »Sprechen Sie laut, damit die Welt Sie hören kann«, verlangte er von Rouche. »Wer soll sterben? Antworten Sie, sonst töte ich alle.«

Rouche schwieg.

Johns stöhnte frustriert auf: »Okay, wie Sie wollen. Noch fünf Sekunden!«

Rouche sah Baxter in die Augen. Es gab keinen Ausweg.

»Vier!«

Er schaute zu der Familie. Der Vater hielt seiner jüngsten Tochter die Augen zu.

»Drei!«

Rouche konnte den Raum voller Handykameras in seinem Rücken spüren.

Er brauchte mehr Zeit.

»Zwei!«

»Rouche …«, sagte Baxter.

Er sah sie verzweifelt an.

»Eins!«

»Ich vertraue dir«, sagte sie und schloss die Augen.

Sie hörte eine Bewegung, einen Schuss, etwas zischte an ihrem Ohr vorbei, Glas splitterte, ein dumpfer Einschlag, alles gleichzeitig. Dann spürte sie, dass der Druck an ihrem Kinn nachließ, der sie umklammernde Arm fiel herunter … der Mann hinter ihr verschwand.

Als sie die Augen wieder öffnete, wirkte Rouche erschüttert, er stand immer noch mit der Waffe auf sie gerichtet da. Zwischen ihnen tanzte eine blutige Schneeflocke in der Luft, dann schwebte sie über die Dachkante hinweg, hundertfünfzig Meter tief zu den anderen.

Ihre Schläfe pochte jetzt dort, wo die Kugel sie gestreift hatte. Verstärkung kam zu ihnen nach draußen gerannt, die fassungslosen Eltern schluchzten untröstlich vor Erleichterung und Schock. Dringend benötigten sie beruhigende Worte, jemanden, der ihnen sagte, dass sie und ihre Kinder nun in Sicherheit waren.

Rouche ließ langsam die Waffe sinken.

Ohne ein Wort zu jemandem zu sagen, ging Baxter nach drinnen, nahm im Vorbeigehen eine Flasche Wein von einem der verlassenen Tische, setzte sich an den menschenleeren Tresen und schenkte sich ein großzügiges Glas ein.

KAPITEL 35

Montag, 21. Dezember 2015
23.20 Uhr

Rouche parkte den Audi vor der Nummer 56, einem taubenblauen Reihenhaus in einer wohlhabenden Seitenstraße. Die Designerkränze an den Türen erinnerten eher an ein modisches Statement als an Weihnachtsdeko. Draußen leuchteten die Lichterketten weiß und golden, zufrieden in dem Wissen, dass weit und breit kein einziger Weihnachtsmann aus Plastik zu finden war. Altmodische Laternenpfähle säumten die Straße, hoben sich wie schwarze Säulen vom Schnee ab, wie urbane Leuchttürme, die vor Gefahren warnten, die sich unter der verschneiten Oberfläche verbargen. Ihr warmes, orangefarbenes Licht wirkte charmant, erinnerte aber auch daran, weshalb man sich anderswo in der Stadt für hässlichere Varianten entschieden hatte, die tatsächlich Licht spendeten.

Rouche trat in eine Matschpfütze, als er aus dem Wagen stieg und zur Beifahrerseite lief und sie öffnete. Baxter fiel ihm entgegen. Er fing sie auf und zog sie über den Bürgersteig an den Fuß der Treppe, die zur Haustür führte. Rouches Wunden brannten unter dem Verband, als er sie hochhob und die Klingel betätigte, indem er Baxters Füße dagegenschwingen ließ.

Kraftzehrende vierzig Sekunden später hörte er jemanden die Treppe herunterrennen. Die Schlösser knackten, ein Mann schaute durch den Spalt, der offensichtlich Badminton im Schlafanzug gespielt hatte. Dann flog die Tür weit auf.

»Mein Gott, sie ist tot!«, keuchte Thomas, als er Baxters leblosen Körper in Rouches Armen sah.

»Hm? Nein! Ach Gott, nein! Nur betrunken«, erklärte Rouche und drehte zum Beweis Baxters Oberkörper zu Thomas. Dabei klappte ihr Kopf nach vorne, und ihr Mund öffnete sich.

Einigermaßen zuversichtlich, dass sie tatsächlich noch lebte, schüttelte er sie. Sie stöhnte. »*Sehr* betrunken«, setzte er hinzu.

»Oh, na klar«, sagte Thomas gleichermaßen erleichtert wie erstaunt. »Gott, tut mir leid. Kommen Sie doch rein. Ich bin wirklich unhöflich. Sollen wir sie dann mal hoch ins Schlafzimmer bringen?«

»Ins Bad«, schlug Rouche vor. Er hatte Mühe, sie zu halten, vermutete aber, dass Thomas mit »wir« meinte, dass er nicht vorhatte, sie ihm abzunehmen.

»Ins Bad. Selbstverständlich«, nickte Thomas und schloss die Tür hinter sich. »Das ist oben.«

»Na toll«, schnaufte Rouche und torkelte durch den Flur.

Er staunte ein bisschen über Thomas. Er sah schon gut aus, aber eher wie ein Strickjacken-Model aus dem Katalog. Rouche hatte jemand anderen erwartet. Jetzt, da er es sich überlegte, hatte er eigentlich keine Ahnung, wen er erwartet hatte.

Er folgte Thomas durch das Schlafzimmer in das En-suite-Bad, wo er Baxter endlich neben dem Klo ablegen konnte. Sie kam praktisch sofort zu sich und zog sich zur Schüssel hoch. Rouche hielt ihr die Haare zurück, während sie kotzte. Thomas hockte mit einem Glas Wasser auf der anderen Seite.

»Übrigens, ich bin Thomas«, stellte er sich vor, streckte Rouche aus Gewohnheit eine Hand hin, in die dieser ganz offensichtlich nicht einschlagen konnte. »Ach so, ja, 'tschuldigung«, sagte er und zog sie wieder zurück.

»Rouche.«

»Ah, Sie sind Rouche«, lächelte er und schaute besorgt, als Baxter sich auf den Boden zwischen ihnen fallen ließ. »So hab ich sie noch nie gesehen«, gestand er und zog die Spülung.

Rouche gelang es gerade so, seine Verwunderung darüber zu verbergen, dass Baxter zwar ihm, aber nicht ihrem Freund, mit dem sie seit acht Monaten zusammen war, von ihrem Alkoholproblem erzählt und Thomas offenbar auch noch nichts davon mitbekommen hatte.

Jetzt war es an Thomas, eine Handvoll Haare zu halten, während Baxter sich erneut am Klo hochzog.

»Was ist passiert?«, fragte er.

Rouche hatte nicht das Gefühl, dass es ihm zustand, das zu erzählen. Was Baxter Thomas mitteilen wollte und was nicht, war ihre Sache. Rouche zuckte entschuldigend mit den Schultern: »Laufende Ermittlungen.«

Thomas nickte, was darauf schließen ließ, dass er den Spruch schon von Baxter kannte. Er wechselte das Thema:

»Emily und Sie müssen sich sehr nahe sein.«

»Wer?«

Baxter hob eine schlaffe Hand.

»Oh, Baxter! Ich denke mal, wir ... ja«, sagte Rouche. Ihm wurde jetzt erst klar, wie viel sie in der kurzen Zeit, in der sie an dem Fall gearbeitet hatten, bereits durchgemacht hatten. Die Schrecken reichten für ein ganzes Leben. »Ja«, sagte er entschieden. »Sie ist was ganz Besonderes.«

Baxter kotzte laut.

Jetzt war wieder Rouche mit Haare halten dran.

Als sie fertig war, stand er auf.

»Sieht aus, als hätten Sie hier alles im Griff«, sagte Rouche zu Thomas. »Ich finde den Weg alleine.« Dann fiel ihm noch etwas ein. »Ich habe noch ein albernes Geschenk für Baxter draußen im Auto.«

»Sie dürfen es gerne zu den anderen unter den Baum legen«, sagte Thomas. »Und bitte, nehmen Sie den Wagen. Ich kann Emily morgen früh zur Arbeit fahren.«

Rouche nickte dankbar, drehte sich um und wollte gehen.

»Rouche.«

Er wandte sich noch einmal zu ihm um.

»Sie erzählt mir nicht alles, was so passiert«, fing Thomas an und qualifizierte sich damit für das Understatement des Jahres. »Nur, wissen Sie, falls Sie einfach … auf sie aufpassen könnten.«

Rouche zögerte. Er wollte Thomas nichts versprechen, das er nicht halten konnte.

»Noch ein Tag«, sagte er ausweichend, dann ging er.

* * *

Baxter wachte in Thomas' Armen auf. Sie spürte die Badezimmerfliesen kalt an ihren nackten Beinen, und sofort war sie sich ihrer Wunde bewusst, auch ohne hinzusehen. Ihre Hose lag verkrumpelt in der Ecke, aber sie trug noch immer ihr verschwitztes Hemd. Thomas und sie waren beide in ein Badehandtuch gewickelt, er saß unbequem und eingeklemmt zwischen Klo und Wand.

»Scheiße«, flüsterte sie. Sie ärgerte sich über sich selbst.

Sie löste sich aus seiner Umarmung und stand langsam schwankend auf, sie musste sich an die neue Höhe erst gewöhnen. Vorsichtig ging sie die Treppe runter.

Die Lichter am Weihnachtsbaum blinkten, eine einsame Licht- und Wärmequelle in dem dunklen Haus. Sie durchquerte den Raum und setzte sich im Schneidersitz davor, betrachtete die bunten Birnen, wie sie abwechselnd leuchteten. Nach ein paar Minuten wie in Hypnose fiel ihr der hübsche Engel auf, der von der Baumspitze zu ihr heruntersah. Unwillkürlich war Lennox' Stimme in ihrem Kopf und deren tröstende Worte über ihre gefallene Kollegin: »Wahrscheinlich hat Gott noch einen Engel gebraucht.«

Baxter stand wieder auf, nahm den zerbrechlichen Baumschmuck und warf ihn aufs Sofa. Jetzt ging es ihr besser, und sie durchwühlte den Stapel an Geschenken, zu dem sie noch nichts beigesteuert hatte.

Als sie noch jünger war, hatte sie Weihnachten geliebt, das Fest in den letzten Jahren aber nur damit begangen, dass sie die in dieser Jahreszeit üblichen Filmwiederholungen im Fernsehen angesehen und vielleicht irgendwo am ersten Feiertag bei Bekannten gegessen hatte, vorausgesetzt, sie hatte es rechtzeitig aus dem Büro geschafft.

Sie griff nach der Fernbedienung und schaltete den Fernseher ein. Sie drehte die Lautstärke herunter, bis kaum mehr als ein Brummen zu hören war. Absurderweise freute sie sich über die Wiederholung einer speziellen Weihnachtsfolge von *Frasier* und sortierte dabei, unwillkürlich lächelnd, die Geschenke in drei Stapel. Die meisten waren natürlich für sie. Echo kam auch gar nicht schlecht weg, aber Thomas' Bilanz war jämmerlich.

Sie nahm ein eigenartig geformtes Geschenk und las, was auf dem Anhänger stand:

Frohe Weihnachten, Baxter. Er heißt Frankie.
– Rouche x

Neugierig, getrieben von der Freude über ihr persönliches Mini-Weihnachten und auch weil sie eine Preisvorstellung haben wollte, um weder geizig noch übertrieben bemüht zu wirken, wenn sie die Geste erwiderte, riss sie das Geschenkpapier auf und betrachtete den Pinguin mit der orangefarbenen Mütze, das Stofftier, das sie bei Rouche im Haus gesehen hatte ... es hatte seiner Tochter gehört.

Sie starrte den dümmlich dreinschauenden Vogel an. Ihre Freude darüber, dass Rouche ihr etwas so Wichtiges überlassen wollte, wurde von einem unguten Gefühl überschattet – der Vermutung, dass er glaubte, es nicht länger zu brauchen, weil er damit rechnete, die letzten Herausforderungen, die ihnen bevorstanden, nicht zu überleben.

Sie setzte sich Frankie auf die gekreuzten Beine und zog die große Geschenketüte von Edmunds und Tia näher an sich heran. Sie griff hinein und fand den leeren weißen Umschlag ganz oben.

Sie hatte ihn vergessen.

Sie nahm ihn heraus und hielt ihn in den Händen, dachte an ihr unbegründetes Misstrauen gegenüber Rouche und wie genervt sie anfangs von Edmunds gewesen war – ihrem besten Freund, der sie jedes Mal bat, seine illegalen Berichte über Thomas nicht entgegenzunehmen. Sie stellte sich Thomas vor, mit dem Handtuch um die Schultern, wahrscheinlich saß er immer noch im Badezimmer oben, wo er die Nacht verbracht und sich um sie gekümmert hatte.

Schon beim bloßen Gedanken an ihren unbeholfenen Freund musste sie lächeln. Sie nahm den Umschlag, zerriss ihn und ließ die Schnipsel über das zerknüllte Geschenkpapier regnen.

KAPITEL 36

Dienstag, 22. Dezember 2015
9.34 Uhr

Tief unter der Stadt, in der U-Bahn-Station Piccadilly Circus, folgte Baxter den Schildern zur Bakerloo Line. Sie hatte die Haare zum Pferdeschwanz zusammengebunden und sich mit dem wenigen getarnt, das sie über die Jahre an Make-up geschenkt bekommen hatte – das meiste waren nicht sehr diskrete Hinweise ihrer Mutter gewesen, »endlich nicht mehr auszusehen wie ein Vampir«. Als Tarnung funktionierte es allerdings ausgezeichnet, fast hätte sie sich im Spiegel selbst nicht erkannt.

Sie folgte der Menge auf den Bahnsteig. Auf der halben Strecke entdeckte sie ihr Ziel und blieb vor einer grauen Tür mit dem Logo der London Underground stehen. Auf dem Schild war zu lesen:

Zutritt nur für Personal

Sie klopfte, hoffte, dass sie die richtige Tür erwischt hatte und nicht gerade Einlass in die Putzkammer begehrte.

»Wer ist da?«, rief eine Frauenstimme von drinnen.

Mehrere Menschen befanden sich in Hörweite, so dass sie schlecht ihren Namen brüllen konnte – dann hätte sie sich die clowneske Maskerade auch sparen können.

Sie klopfte erneut.

Vorsichtig wurde die Tür einen Spaltbreit geöffnet, und schon schob Baxter sich in den dunklen Raum. Schnell schloss die Frau die Tür hinter ihr, während die anderen beiden Kriminaltechniker Monitore, Funkgeräte, Frequenzverstärker, Computer und verschlüsselte Relaystationen aufbauten – und das karge Büro in eine voll funktionstüchtige taktische Kommandozentrale verwandelten.

Rouche war bereits da, hängte verschiedene Karten neben eine Liste mit Funkrufzeichen.

»Morgen«, begrüßte er sie.

Er griff in seine Tasche und gab ihr die Autoschlüssel, erwähnte die vorangegangenen Ereignisse, die dazu geführt hatten, dass er sie sich ausgeborgt hatte, mit keinem Wort. Auch nicht ihr verstörend farbenfrohes Gesicht.

»Danke«, erwiderte Baxter knapp und steckte sie sich in die Manteltasche. »Wie lange noch, bis alles läuft?«

»Zehn, fünfzehn Minuten?«, sagte einer der Kollegen, die unter den Tischen herumkrochen.

»Dann sind wir wieder da«, sagte sie kurz angebunden in den Raum hinein.

Rouche verstand den Hinweis und folgte ihr auf den Bahnsteig, um ungestört mit ihr zu sprechen.

Als er am vorangegangenen Abend in der Wohnung angekommen war, waren die Bilder von der Schießerei bereits von allen großen Nachrichtensendern der Welt gesendet worden. Die körnigen Aufnahmen, auf denen zu sehen war, wie er Baxter das Leben rettete, hatten ihn berühmt gemacht. Aus diesem Grund hatte er am Morgen auf das Rasieren verzichtet. Der dunkle Bartschatten veränderte das Erscheinungsbild des sonst so smarten Agenten entscheidend. Außerdem hatte er seine Tolle ausnahmsweise sorgfältig zurückgekämmt, so dass die darunterliegenden grauen Strähnen zu sehen waren, was ihm eigentlich sehr viel besser stand.

»Gehst wohl heute als Silberfuchs, was?«, grinste Baxter, als sie gemeinsam ans Ende des Bahnsteigs spazierten, vorbei an einem riesigen Plakat, das Andreas Buch bewarb.

»Danke. Und du, na ja, du …«

Er hatte Mühe.

»Ich sehe aus wie eine Bingo-Oma«, sagte Baxter todernst, was Rouche lustig fand.

»Das FBI will uns mit seiner Anwesenheit beehren«, sagte sie leise. »Man möchte uns in jedweder Hinsicht unterstützen, um den barbarischen Gräueltaten endlich ein Ende zu bereiten. Übersetzung: Ohne Green dürfen sie sich zu Hause nicht blicken lassen, aber da der MI5 ihn noch in die Mangel nimmt, dachten sie, sie bleiben noch und erschießen ein paar Leute.«

»Da bin ich auch schon drauf gekommen«, sagte Rouche mit fast unmerklichem Nicken in Richtung des stämmigen Mannes mit Pferdeschwanz, der ein Stück weiter auf dem Bahnsteig stand. »Steven Seagal da drüben kann sich seit knapp einer Stunde nicht entscheiden, welchen Schokoriegel er ziehen will.«

»O Mann.« Baxter schnaubte. »Bericht von der Nachtschicht – es wurden zwei weitere Puppen aufgegriffen.«

»Also, bleiben noch zehn?«

»Bleiben zehn«, nickte sie.

»Und unser Asasel, wer auch immer es sein mag«, setzte Rouche hinzu.

Sie blieben einen Augenblick schweigend stehen, während ein Zug hielt.

Baxter nutzte die Unterbrechung, um sich eine Formulierung zu überlegen, wobei sie nicht zugeben wollte, dass sie ihre Geschenke schon aufgemacht hatte und das unweigerlich emotionale Gespräch am liebsten ganz vermieden hätte.

»Wir überstehen das alle beide«, sagte sie zu ihm und sah dem abfahrenden Zug hinterher, nur um Rouches Blick auszuweichen. »Wir sind so kurz davor. Ich weiß, dass du glaubst, heute sei eine Art Prüfung oder so, aber ich weiß, dass wir nur tun können, was wir tun können. Geh keine dummen Risiken ein.«

»Weißt du, woran ich gestern Nacht gedacht habe?«, unterbrach Rouche sie. »Dass ich deine Frage gar nicht beantwortet habe.«

Sie sah ihn ratlos an.

»Wie jemand, der angeblich intelligent ist und sein Leben lang Beweise sichert, dazu kommt, an etwas so Haltloses und Unlogisches zu glauben wie … kleine Feen im Himmel, war's so?«, fragte er lächelnd.

»Ich will das im Moment eigentlich nicht vertiefen«, sagte Baxter und wand sich innerlich bei der Erinnerung an ihren Wutanfall im Flugzeug.

»Jetzt ist die beste Zeit, um darüber zu sprechen.«

Ein weiterer Zug hielt, und zehn chaotische Minuten lang spielten Passagiere Reise nach Jerusalem: Die Verlierer hatten die Wahl, sich an einer verkeimten Stange festzuhalten oder beim Anfahren umzufallen.

»Ich war wie du«, fing Rouche an. »Weißt du, vorher. Ich dachte, Glaube sei nur was für Schwache – eine Form von Verblendung, die ihnen hilft, das Leben zu meistern.«

Rouches Worte riefen ihr ins Gedächtnis, was sie von Psychotherapie gehalten hatte, bevor ihr diese das Leben gerettet hatte.

»Aber dann, als es passiert war, konnte ich die Vorstellung, die beiden für immer verloren zu haben, nicht verarbeiten, nicht begreifen, dass ich nie wieder bei ihnen sein sollte, sie nie wieder in die Arme nehmen durfte – dass meine beiden Mädchen und alles, was sie mir bedeuteten, einfach weg waren. Sie waren zu wichtig, etwas zu Besonderes, um einfach nicht mehr zu existieren, verstehst du?«

Baxter hatte Mühe, die Tränen zurückzuhalten, aber Rouche wirkte vollkommen gefasst:

»Und dann ergab plötzlich alles irgendwie Sinn: Sie waren nicht wirklich weg. Ich konnte es spüren, und heute bin ich wieder hier unten und … verstehst du, was ich meine?«

»Ich hab heute Morgen gebetet!«, entfuhr es Baxter, dann schlug sie die Hand vor den Mund, als hätte sie ein peinliches Geheimnis verraten.

Rouche sah sie misstrauisch an.

»Was? Ich weiß nicht mal, ob ich's richtig gemacht habe, aber ich hab gedacht – wenn ich mich irre? Was dann? Wenn es doch jemanden oder etwas da draußen gibt und ich nicht mit ihm spreche? Heute steht einfach viel zu viel auf dem Spiel, um nicht zu beten, oder?« Baxters Wangen wurden knallrot, aber glücklicherweise schmälerte das grelle Make-up den Effekt. »Ach, halt die Klappe« fuhr sie ihn an, als sie sah, dass er sie anlächelte. Schnell kam sie auf das zu sprechen, was sie eigentlich hatte sagen wollen: »Bevor ich mich hier komplett zum Idioten mache, kann ich dir auch verraten, wofür ich gebetet habe.«

»Dass wir verhindern, dass diese kranken Arschlöcher …«

»Na ja, natürlich! Aber ich hab auch für dich gebetet.«

»Für mich?«

»Ja, für dich. Ich hab das einzige Gebet, das ich jemals beten werde, auf dich verwendet. Ich hab gebetet, dass du den Tag heute mit mir zusammen überstehst.«

Die unerwartete Enthüllung schien die gewünschte Wirkung zu erzielen.

Ob Rouches Gott ihn an jenem Nachmittag leben oder sterben lassen wollte, darauf hatte sie keinen Einfluss. Aber Baxter hoffte, ihr Freund und Kollege würde jetzt zumindest einen Augenblick lang innehalten, bevor er es aktiv auf Letzteres anlegte.

* * *

»Wie spät ist es?«, ächzte Baxter vom bläulichen Licht der Monitore in der improvisierten Kommandozentrale angeleuchtet. Sie vergrub den Kopf in den Händen.

»Zehn nach«, erwiderte Rouche und ließ die Bilder der Station nicht aus den Augen.

»Zehn nach was?«

»Drei.«

Sie seufzte schwer:

»Wo zum Teufel stecken diese Arschlöcher?«, fragte sie in den Raum hinein.

Das Heraufsetzen der Terrorstufe hatte einen interessanten Tag in der Hauptstadt zur Folge gehabt. Ein Mann war festgenommen worden, weil er versucht hatte, ein Messer in den Tower of London zu schmuggeln. Alle Zeichen deuteten jedoch eher auf Dummheit denn auf Mordlust als Motiv. Bei einer Veranstaltung auf dem Messegelände in Kensington Olympia hatte es einen Bombenalarm gegeben. Doch auch dieser hatte nur damit geendet, dass ein stinkwütender, wenn auch zugegebenermaßen vergesslicher Aussteller die Mitteilung erhielt, dass die Polizei seinen verlorengegangenen Laptop kontrolliert gesprengt hatte.

Baxter und ihr zwölfköpfiges Team hatten im Lauf des Tages fünf Personen wegen verdächtigen Verhaltens festgenommen, von denen aber keine einzige etwas mit Green oder seinen Handlangern zu tun hatte. Was aber umso mehr ein Licht darauf warf, wie beunruhigend viele eigenartige Menschen sich in dieser Stadt herumtrieben.

»Wo sind die Jungs vom MI5?«, fragte Baxter. Sie hob den Kopf nicht vom Tisch.

»Beim FBI unten auf dem Bahnsteig der Piccadilly Line«, antwortete jemand.

Sie machte ein unspezifisches Geräusch.

»Spinner gesichtet!«, rief Rouche.

Baxter schaute gespannt auf. Ein Mann mit Weihnachtsmütze, der offensichtlich ein lebendiges Tier unter seiner Jacke versteckte, spazierte an einer der Kameras vorbei. Sie freute sich, etwas zu tun zu bekommen.

»Den sehen wir uns an.«

* * *

Bei New Scotland Yard war Constable Bethan Roth mit der Aufgabe betraut worden, das Filmmaterial aus den Überwachungskameras zu sichten, das von so schlechter Qualität war, dass die Gesichtserkennungssysteme versagten. Im Lauf der Woche hatte sie ein ganzes Album verschwommener Screenshots zusammengestellt, die mit Hilfe von Programmen zur Bildoptimierung schließlich die Festnahme zweier weiterer Puppen ermöglicht hatten.

Den ganzen Tag schon hatte sie sich die Aufnahmen der Kameras im Sky Garden von der nur mit knapper Not verhinderten Katastrophe dort aus allen möglichen Blickwinkeln angesehen. Das Schwarzweißvideo, vor dem sie gerade saß, war ebenso geisttötend wie die zwei Stunden vorher, in denen sie verfolgt hatte, wie Leute auf dem Weg zur Toilette ins Bild und wieder herausgelaufen waren.

Jetzt betrachtete sie Aufnahmen aus dem Barraum. Da das Geschehen auf der Terrasse hier nicht zu sehen war, konnte sie nur anhand der Reaktionen der Menschen drinnen feststellen, wann Rouche geschossen hatte. Mehrere wandten sich ab, andere filmten weiter, hielten ihre Handys hoch. Eine ältere Dame fiel in Ohnmacht, zog ihren zombieartigen Ehemann mit sich zu Boden.

Roth beugte sich vor, um die nächste Videodatei zu wählen, als ihr zwischen den monochromen Gestalten im Hintergrund etwas auffiel. Sie spulte den Film zurück und sah noch einmal, wie die Menge darauf reagierte, als vor aller Augen ein Mann erschossen wurde.

Bethan konzentrierte sich auf die dunkle Gestalt ganz hinten.

Als die Frau in Ohnmacht fiel, wandte er sich ab und ging ruhig zum Ausgang. Alles an seinem Verhalten, selbst die Art, wie er sich bewegte, ließ auf vollkommene emotionale Distanz zum Geschehen schließen.

Bethan zoomte näher heran, fand aber nur einen verpixelten Flecken, wo eigentlich das Gesicht des Mannes hätte sein müssen.

Sie hatte eine Idee.

Sie lud erneut die Aufzeichnungen, die den Gang vor den Toiletten zeigten, und schaute an der Stelle weiter, wo sie vorher aufgehört hatte. Wenig später kam der nicht identifizierte Mann um die Ecke und ging unter der Kamera vorbei, achtete darauf, den Kopf dabei gesenkt zu halten.

»Arschloch«, flüsterte Bethan, die jetzt sicher war, etwas entdeckt zu haben.

Sie spielte den Videoausschnitt noch einmal in Zeitlupe ab, fragte sich, was das glänzende runde Ding auf dem Boden sein mochte. Sie zoomte näher heran: ein Tablett, daneben Scherben. Sie zoomte noch näher heran, bis die reflektierende Oberfläche des Tabletts den gesamten Bildschirm einnahm. Dann ging sie mit weit aufgerissenen Augen jedes Standbild einzeln durch.

Ein Schatten über dem Tablett am Boden und wenige Klicks später der Schuh des Mannes. Sie klickte weiter.

»Komm schon, komm schon …«, grinste Bethan. »Hab ich dich!«

Zu sehen war, eingerahmt in einem silbern glänzenden Kreis, das verwertbare Bild eines Mannes mittleren Alters.

»Chef! Ich brauch Sie mal hier!«

KAPITEL 37

Dienstag, 22. Dezember 2015
15.43 Uhr

Blake fuhr im selben Augenblick wie das bewaffnete Einsatzkommando vor dem Gebäude vor. Unterwegs hatte er die Informationen weitergegeben, die das Team in der kurzen Zeit über den neuen Hauptverdächtigen hatte zusammentragen können:

Lucas Theodor Keaton hatte ein millionenschweres Telekommunikationsunternehmen besessen, das in den neunziger Jahren aufgekauft worden war – was ihm eine gesunde Abfindung und einen Platz im Vorstand beschert hatte. Seither konzentrierte er sich hauptsächlich auf seine Wohltätigkeitsarbeit und die Hilfe für Start-up-Unternehmen.

Es war ermutigend zu erfahren, dass S-S-Mobile, auf dessen Servern die selbstlöschenden Nachrichten lagen, eine Tochtergesellschaft von Keatons ursprünglichem Unternehmen Smoke Signal Technologies war. Außerdem gab es Verbindungen zwischen dem Warenlager, aus dem sämtliche fraglichen Handys stammten, und dem kaum bekannten Mutterunternehmen.

Keaton hatte eine Frau und zwei Kinder gehabt – alle waren verstorben.

Keaton war mit den beiden Jungs Opfer der Bombenanschläge vom Juli 2007 geworden. Er selbst war relativ unbeschadet davongekommen, einer seiner Söhne wurde allerdings sofort getötet. Der andere erlag über anderthalb Jahre später seinen Verletzungen, woraufhin seine Frau sich mit einer tödlichen Überdosis das Leben nahm.

»Danke auch«, hatte Blake zu seinen Kollegen am anderen Ende der Leitung gesagt, denn jetzt war auch er entsprechend niedergeschlagen.

»Aber es kam noch schlimmer.«

»Schlimmer, als die gesamte Familie zu verlieren?«

»Keatons Bruder«, der Constable tippte etwas auf seiner Computertastatur, »hatte 2001 statt Keaton an einer Wohltätigkeitsveranstaltung teil genommen, drüben in den Staaten …«

»Sag's nicht!«

»Am 11. September.«

»Du lieber Gott!« Blake hatte beinahe Mitleid mit dem Hauptverdächtigen. »Wie viel Pech kann ein Mensch haben?«

»Der Bruder hatte gar nichts im World Trade Center zu tun. Er lief nur zur falschen Zeit dran vorbei.«

»Meinst du, auf diesem Keaton lastet ein Fluch oder so?«

»So viel Geld und dann hat er das traurigste Leben, das man sich vorstellen kann. Da sieht man's mal wieder, oder?«, gab ihm der Constable zum Schluss noch mit auf den Weg, dann legte er auf.

Da Saunders mit dem Einsatz am Piccadilly Circus zu tun hatte, war Blake alleine losgeschickt worden, um das Team zu Keatons riesigem Wohnsitz in Chelsea zu begleiten.

Während die bewaffneten Beamten die Stufen hinaufeilten und die Haustür aufbrachen, suchte Blake hinter einem Briefkasten Schutz vor dem Wind und zündete sich eine Zigarette an. Trotz der prestigeträchtigen Postleitzahl war die baumbewachsene Straße nicht unbedingt ansprechend: Fast ein Drittel der Häuser wurde gerade umfassend modernisiert. Laster,

Transporter und sogar ein kleiner Kran verteilten sich zwischen den Sportwagen auf den Anwohnerparkplätzen. Der Lärm war ohrenbetäubend.

»Hey!«, rief Blake einem der vorbeigehenden Bauarbeiter zu und hielt dabei seinen Ausweis hoch. »Was ist hier eigentlich los? Stürzt die ganze Straße ein, oder was?«, fragte er und überlegte, ob das vielleicht in irgendeiner Weise mit dem Fall zu tun haben könnte.

»Hier?«, der rundliche Mann zeigte auf das Chaos. »Nein. Aber bei den Immobilienpreisen in so erstklassiger Lage zählt jeder Zentimeter, den man sein Eigen nennen kann. Irgendeinem milliardenschweren Unternehmer sind seine mickrigen zehn Zimmer zu eng geworden. Er hat kapiert, dass der ganze Platz unter seinem Keller bis zum Mittelpunkt der Erde völlig verschwendet ist und er ihn nutzen könnte ... und jetzt wollen das alle anderen auch.«

Blake war ein bisschen erstaunt über die Ausführlichkeit der Antwort.

»Wenn ich bei mir zu Hause zu graben anfangen würde, käme ich im Dönerladen unten wieder raus«, setzte der Mann seufzend hinzu.

»Detective!«, ein Polizist des bewaffneten Einsatzkommandos rief ihn von der Tür aus. »Wir sind drin!«

Blake bedankte sich bei dem gut informierten, nach Döner müffelnden Mann und eilte zum Haus. Allein der Eingangsbereich war größer als seine gesamte Wohnung in Twickenham. Von einem Mosaikboden führte eine ausladende Holztreppe in die Höhe. Die anderen sieben Beamten waren bereits irgendwo in Keatons weitläufigem Heim verschwunden. Frische Blumen ragten aus teuren Vasen, und an einer Wand hing ein großes Familienporträt.

»Wenn Sie's eilig haben, würde ich im dritten Stock anfangen«, rief der Teamleiter Blake mit bedeutungsschwerem Nicken zu.

Blake ging zur Treppe.

»'tschuldigung, ich meinte im dritten Kellergeschoss«, erklärte der Beamte und zeigte um die Ecke. »Der dritte Stock unter der Erde.«

Als Blake die Treppe runterstieg, piepte sein Handy leise, weil es jetzt kein Signal mehr empfing. Dort, nur ein Stockwerk unter der bürgerlichen Fassade, zeigten sich die ersten Anzeichen eines verdorbenen Gemüts.

Der Raum schien früher mal ein Büro gewesen zu sein, doch jetzt erstickten die Wände unter Bildern einer glücklichen Familie: ein professionelles Studioporträt neben Urlaubsschnappschüssen, handgemalte Skizzen neben fotografischen Vorlagen – alle gerahmt und präzise aufgehängt.

»Computer in der Ecke«, rief Blake dem Beamten zu und gab ihm damit zu verstehen, dass er diesen im Transporter verstaut wissen wollte, bis er selbst wieder nach oben kam. »Das Telefon da ... und das Bild auch«, sagte er und wählte das dem Alter der beiden Jungen nach augenscheinlich jüngste – die beiden grinsten mit Zahnlücken und identischen Haarschnitten in die Kamera.

Sie gingen weiter, die Temperatur fiel, die Stufen knarzten unter den Füßen, die abgestandene Luft wurde immer dicker. Blake hatte das Gefühl, Keatons Abgründen immer näher zu kommen.

Hier schlief er.

Ein kleines Feldbett stand ungemacht an der Wand hinten, umgeben von etwas, das aussah wie ein Schrein. Schmuck, Kleidung, Kinderzeichnungen und Spielsachen lagen in ordentlichen Haufen um das Bett herum. Kerzen waren auf dem Holzboden heruntergebrannt.

»O Gott!«, erschrak Blake, der das Bild des gekreuzigten Jesus an der Wand hinter ihnen erst jetzt entdeckt hatte: Füße und Handgelenke waren an ein Holzkreuz genagelt, die Hände baumelten nutzlos herunter, eine geflochtene Dornenkrone stach ihm in den Kopf, eine brutale Inspiration für die Gräueltaten der vorangegangenen Wochen.

Blake zog die Stirn kraus, trat zögernd einen Schritt rückwärts in den Raum und las, was jeweils links und rechts des Gottessohns geschrieben stand:

WO VERDAMMT NOCH MAL WARST DU?

Fast wäre er über ein Kissen auf dem Boden gestolpert, als er die Wand fotografierte, um das Bild seinem Bericht beizufügen.

»Weiter?«, schlug er dem Beamten vor.

Sie stiegen über die immer schmalere Treppe in das unterste Kellergeschoss, wobei die Temperatur erneut um einige Grad sank.

Zwei Schritte weit waren sie in den Raum getreten, als Blake das Herz in die Hose rutschte.

Bücher, Zeitschriften, Mappen, Diagramme, auf jeder erdenklichen Oberfläche verteilt – mehrere Meter hoch gestapelt oder auf dem Boden verstreut –, das Ergebnis jahrelanger Arbeit, die Geistesfrucht eines Zwangscharakters.

Sie hatten weniger als eine Stunde.

Zwei weitere Beamte beschäftigten sich mit dem Chaos, ein Laptop wurde bereits verpackt und für den Transport vorbereitet.

»Auf diesem Stapel befindet sich wohl so ziemlich jeder Zeitungsartikel, der je über die Ragdoll-Morde erschienen ist«, rief einer der Kollegen. »Auf dem Schreibtisch liegen Informationen über Alexei Green. Dieser Keaton scheint völlig besessen von ihm – sammelt seit Jahren Material über ihn.«

Blake ging zu einem Stapel mit Artikeln und CDs, Greens Interviews und Konferenzbeiträge waren von Hand beschriftet. Blake nahm ein Notizbuch und schlug es auf, die erste Seite trug den schlichten Titel: erste Sitzung. Darauf folgte eine wortwörtliche Mitschrift von Keatons erster Begegnung mit dem Psychiater.

Der Einsatzleiter las über seine Schulter hinweg mit:

»Anscheinend ist dieser Keaton doch nur ein Rekrut.«

»Aber das kann nicht sein«, flüsterte Blake mit einem erneuten Blick auf die geistigen Ergüsse ringsum.

Es polterte laut, als einer der Beamten aus Versehen einen wackligen Bücherstapel umstieß. Ruhig bückte er sich, um sich genauer anzusehen, was dabei zum Vorschein gekommen war:

»Chef.«

»Was?«

»Wollen Sie mal die Jungs vom Sprengstoffkommando herholen?«

Der Einsatzleiter wirkte beunruhigt: »Weiß nicht. Will ich?«

»Sieht nicht aus, als wär sie aktiv … selbstgebaut, trotzdem, doch, ich denke, schon.«

»Scheiße, alle raus!«, befahl er.

»Ich bleibe«, sagte Blake.

»Aktiv oder nicht, bei Verdacht auf Sprengstoff bringe ich erst mal alle in Sicherheit.«

»Wenn Keaton unser Mann ist …«, fing Blake an.

»Ist er nicht!«

»Aber *wenn* er's ist, *brauchen* wir das Zeug hier unten. Schaffen Sie Ihre Leute raus. Bringen Sie die Computer ins Labor, und holen Sie das Sprengstoffkommando, *bitte.*«

Der Beamte wirkte hin- und hergerissen, nahm dann aber

den Laptop und folgte seinen Männern nach oben. Blake blieb mit Keatons düsteren Gedanken alleine zurück.

Schnell nahm er das Notizbuch wieder auf, schlug die Seite mit der ersten Sitzung auf und überflog sie. Aufgrund der wenigen verbleibenden Zeit blätterte er weiter zu Keatons neunter Sitzung mit dem Psychiater. Schnell verlor er die Hoffnung, dass sie ihren Asasel gefunden hatten.

SITZUNG NEUN

Donnerstag, 1. Juli 2014
14.22 Uhr

»Und die Welt hat einfach weitergemacht, als wäre nichts geschehen«, sagte Lucas gedankenverloren. »Mir ist *nichts* geblieben. Jeden Abend fahre ich in ein leeres Haus zurück, ein Mausoleum. Ich kann nichts davon wegwerfen. Es ist alles, was mir von ihnen geblieben ist, aber ich habe das Gefühl, als würde ich in Erinnerungen ertrinken ... ich kann das Parfüm meiner Frau riechen ... geht es Ihnen gut?«

Green stand abrupt auf und schenkte sich ein Glas Wasser ein.

»Ja. Gut ... gut«, sagte er, aber dann verzerrten sich seine Gesichtszüge, und er fing an zu weinen. »Es tut mir so leid. Das ist sehr unprofessionell, ich brauche nur einen Augenblick.«

»Hab ich was Falsches gesagt?«, fragte Lucas besorgt, als Green sich wieder beruhigt hatte.

Draußen wurde der Regen immer stärker. Es musste schon den ganzen Tag geregnet haben.

»Vielleicht ist das keine so gute Idee«, sagte Lucas und stand auf. »Immer mache ich alle nur traurig.«

»Sie können nichts dafür, Lucas«, sagte Green schnell. »Ich habe meine eigenen Probleme.«

»Wieso?«, fragte Lucas unschuldig. »Haben ... haben Sie auch jemanden verloren?«

»Wir wollen uns auf Sie konzentrieren, ja?«

»Sie können es mir sagen.«

»Nein, kann ich nicht«, sagte Green bestimmt.

Lucas stand auf und wollte zur Tür.

»Lucas!«

»Alles, was Sie erzählen, ist Blödsinn! Ich schütte Ihnen zweimal die Woche mein Herz aus, aber zwischen uns gibt es kein Vertrauen«, erklärte er dem Psychiater gekränkt.

»Lucas, warten Sie! Okay. Okay. Ja!«, sagte Green. »Sie haben recht. Ich entschuldige mich. Doch, es gibt Vertrauen zwischen uns, und ja, ich habe jemanden verloren, jemanden, der mir sehr, sehr viel bedeutet hat.«

Keaton schloss die Augen und atmete siegesbewusst und erleichtert aus. Der Anflug eines Lächelns war bereits wieder verschwunden, als er langsam zum Sofa zurückkehrte. Kurz hielt er inne und stand vor Green, als der sonst so kühle und gefasste Psychotherapeut erneut in Tränen ausbrach.

Er nahm eine Handvoll Papiertaschentücher vom Schreibtisch und sagte zu dem verzweifelten Mann:

»Bitte … erzählen Sie mir von ihr.«

* * *

Blake blätterte eilig weiter bis zum letzten Eintrag – die elfte gemeinsame Sitzung von Alexei Green und Lucas Keaton.

SITZUNG ELF

Donnerstag, 8. Juli 2014

18.10 Uhr

»Wieso zum Teufel wurden wir bestraft?«, fragte Keaton und ging im Raum auf und ab, während Green zuhörte. »Und warum werden wir noch immer bestraft? Wir sind gute Menschen – meine Familie –, Ihre schöne Abby, wir sind gute Menschen!«

Er seufzte schwer und starrte aus dem Fenster, die Sonne des frühen Abends wärmte sein Gesicht:

»Diese ›Ragdoll‹-Morde«, fing Keaton beiläufig an. »Ich vermute, Sie haben die Berichterstattung verfolgt?«

»Das hat doch jeder«, erwiderte Green, den das Gespräch offensichtlich mitnahm. Er hatte seit über einer Woche nicht mehr richtig geschlafen.

»Kennen Sie die Namen der Opfer? Wir machen ein Spiel daraus. Können Sie die Namen in der richtigen Reihenfolge aufzählen?«

»Wozu, Lucas?«

»Nur … zum Spaß.«

Green stöhnte entnervt:

»Na schön. Also, zuerst Mayor Turnble, natürlich, und dann der Bruder von Khalid. Irgendwas mit Rana? … Vijay Rana. Jarred Garland und neulich, das war Andrew Ford … noch mal, warum?«

»Unsterblich – ein feiger Politiker, der Bruder eines Serienkillers und Kinderschänders, ein habgieriger und opportunistischer Journalist und schließlich ein widerlicher Alkoholiker aus der untersten Schublade. Ihre unwürdigen Namen sind der Geschichte auf ewig eingeschrieben, einfach nur, weil sie auf ›unterhaltsame‹ Weise starben.«

»Lucas, ich bin müde. Worauf wollen Sie hinaus?«

»Ich muss etwas gestehen«, verkündete Keaton, ohne sich umzudrehen. »Ich habe ein bisschen über die Anschläge von Oslo und Utoya recherchiert.«

»Warum?«, fragte Green. »Ich verstehe nicht, weshalb Sie …«

»Hauptsächlich über die Berichterstattung in den Nachrichten«, fiel Keaton ihm ins Wort. »›Siebenundsiebzig Tote‹. ›Zahlreiche Opfer‹. ›Mehrere Menschen kamen ums Leben.‹ Wollen Sie wissen, in wie vielen Artikeln Abby namentlich genannt wurde?«

Green antwortete nicht.

»In keinem. In keinem einzigen Bericht, den ich gefunden habe, hat man sich die Mühe gemacht zu erwähnen, dass Ihnen Ihre Verlobte genommen wurde.«

Green fing an zu weinen. Keaton ging zu ihm und setzte sich neben ihn:

»All diese Menschen da draußen machen einfach so mit ihrem Leben weiter, während unseres zerstört ist … und sie machen sich nicht einmal die Mühe, sich die Namen der Opfer zu merken!«, schrie Keaton leidenschaftlich, Tränen strömten ihm über die Wangen. »Keiner von denen hat so gelitten, wie wir gelitten haben, keiner von denen.«

Keaton hielt einen Augenblick inne, um Greens Ausdruck zu deuten.

»Ich mache nicht viel her, Alexei. Das weiß ich. Ich bin erfolgreich, aber wenn ich spreche, hört man mir nicht zu, nicht wirklich. Ich kann mich so gut vorbereiten und verstellen, wie ich will, aber ich werde die Menschen nicht dazu bringen, das zu tun, was ich von ihnen möchte. Ich möchte, dass sie sich mir opfern … unserem Anliegen, ganz und gar.«

»Sie wollen sie zu Marionetten machen, zu Puppen?«, fragte Green und sah zu ihm auf. Er erinnerte sich an ein früheres Gespräch, in dem es darum gegangen war, dass man einen unbelebten Gegenstand nicht für seine Taten verantwortlich machen kann.

»Puppen«, nickte Keaton ermutigend. »Ich brauche jemanden, der die Menschen inspiriert, zu dem sie aufblicken und der sie führen kann, ich brauche Sie.«

»Wie meinen Sie das?«, fragte Green.

Keaton legte ihm eine Hand auf die Schulter:

»Ich meine, was würden Sie sagen, wenn es eine Möglichkeit gäbe, für Gerechtigkeit zu sorgen? Den selbstverliebten Massen begreiflich zu machen, was uns widerfahren ist? Eine Möglichkeit, zu gewährleisten, dass jede verdammte Person auf dem Planeten die Namen meiner Frau und meiner Söhne kennt, das Gesicht der schönen Abby und weiß, was sie Ihnen bedeutet hat?«

Es entstand eine lange Pause. Green sog Keatons Worte in sich auf. Langsam legte er seine Hand auf die von Lucas und drehte sich ihm zu:

»Ich würde sagen: Erzählen Sie mir mehr.«

KAPITEL 38

Dienstag, 22. Dezember 2015
16.14 Uhr

Baxter empfing einen dringenden Funkspruch, der sie in die Kommandozentrale beziehungsweise Bobs Pausenraum zurückbeorderte. Dort drückte man ihr ein Handy in die Hand.

»Baxter«, meldete sie sich.

»Hier ist Vanita. Nur ein Höflichkeitsanruf, um Sie auf den aktuellen Stand zu bringen. Vor ungefähr einer Stunde haben die Kriminaltechniker ein Bild aus dem Sky Garden gefunden und Übereinstimmungen mit dem Material aus den New Yorker Überwachungskameras festgestellt.«

»Und wieso erfahre ich das erst jetzt?«, fragte Baxter.

»Weil Sie sich im Moment nicht mit dem Geschehen außerhalb der U-Bahn-Station befassen. Sowohl der MI5 wie auch der SO15 kennen alle Einzelheiten. Wie gesagt, war nur ein Höflichkeitsanruf. Also, ich habe Blake …«

»Was haben Sie Blake?«, unterbrach Baxter sie, als Rouche den Raum betrat. »Warten Sie. Ich stelle auf Lautsprecher.«

»Ich habe Blake zu der Adresse geschickt«, fuhr Vanita fort, »und er hat es bestätigt: Lucas Theodor Keaton. Achtundvierzig Jahre alt. Ich schicke Ihnen die Einzelheiten gleich rüber. Sie werden das Gegenteil von überwältigt sein … Ladies and Gentlemen – hier kommt unser Asasel.«

Sie drängten sich um den Computer, während einer der Techniker die E-Mail öffnete – vom Bildschirm starrte ihnen Keatons unscheinbares Gesicht entgegen, sein zweckmäßig frisiertes Haar wurde an den Schläfen dünner, so wie es bei einem Mann seines Alters zu erwarten war.

»Ist er das?«, fragte Baxter.

»Das ist er. Über sein Unternehmen wurden die versteckten Nachrichten verschickt, und er hat die Handys bereitgestellt. Zahlreiche Flüge zwischen hier und dem JFK im vergangenen Jahr, in immer kürzeren Abständen. Das letzte Mal ist er Dienstagabend zurückgeflogen«, setzte Vanita bedeutungsschwer hinzu.

Das andere Telefon klingelte. Rouche ging hastig dran und führte das Gespräch im Flüsterton.

»Auf Blakes Empfehlung hin behalten die Kollegen jetzt vorrangig Ziele mit religiösem Kontext im Auge. Anscheinend hat Keaton eine Art spirituelle Agenda, was jedenfalls auch die Kirche in New York erklären würde«, fuhr Vanita fort.

»Okay«, erwiderte Baxter abgelenkt.

»Ich lasse Sie jetzt wieder an die Arbeit«, sagte Vanita und legte auf.

Rouche riss eine Karte von der Wand und fuhr mit dem Finger über das Papier.

»Was ist?«, fragte Baxter.

»Drei von unseren vermissten Puppen wurden im Abstand von weniger als zwei Quadratkilometern voneinander entfernt gesehen.«

»Bewaffnete Einheiten sind schon dorthin unterwegs, oder?«

»Ja«, erwiderte Rouche und tippte mit dem Finger auf einen Fleck in der Mitte der markierten Stellen. »Die wollen in die U-Bahn-Station Baker Street. Ich fahre hin.«

»Nein«, sagte Baxter. »Das schaffen die Kollegen schon. Ich brauche dich hier.«

»Ich kann aber schneller dort sein als die anderen.«

»Wir müssen zusammenbleiben!«

»Baxter«, seufzte er, als es unter ihnen rumpelte, weil an einem anderen Bahnsteig ein Zug einfuhr. »Vertrau mir einfach. Ich muss da hin. Ist nur drei Stationen entfernt, ich bin rechtzeitig wieder hier.« Er nahm seine Jacke.

Baxter packte einen Ärmel.

»Du fährst nicht!«, sagte sie.

»Ich arbeite nicht für dich«, erinnerte er sie und ließ die Jacke los.

»Rouche!«, brüllte sie ihm hinterher, als sie ihm über die Stufen zu dem anderen Bahnsteig folgte.

Er sprang in einen Wagen, gerade als sich die Türen schlossen, Baxter war nur knapp hinter ihm.

»Rouche!«, schrie sie erneut, als der Zug sich bereits in Bewegung setzte. Er winkte entschuldigend von der anderen Seite der Scheibe. Frustriert schleuderte sie seine Jacke zu Boden. »Rouche! Scheiße!«

* * *

Baxter wies die Techniker an, sämtliche Angaben zu Keaton sowie sein Foto an die Teams zu verteilen, während sie seine tragische Biographie und das Material durchsah, das Blake außerdem mitgeschickt hatte. Ein Familienfoto war dabei, die lächelnden Abgebildeten ahnten nicht, welches Leid ihnen bevorstand.

»Er ist Rouche«, murmelte sie vor sich hin und schüttelte den Kopf, »oder besser – das, was aus Rouche hätte werden können.«

Die Biographien der beiden ähnelten sich frappierend, sogar

bis zu den religiösen Neigungen – und trotzdem, wo Keaton sich von Hass und Kummer hatte verzehren lassen, hatte Rouche die negative Energie umgewandelt und genutzt, um Menschen zu helfen.

Sie lächelte, vielleicht hatte ihn doch etwas anderes als der bloße Zufall wieder dorthin zurückgeführt.

* * *

Rouche trat in der Baker Street auf den Bahnsteig. Während der Fahrt dorthin hatte man ihm Fotos der drei Verdächtigen zugeschickt. Er hielt sein Handy bereit, um diese Fotos mit den Gesichtern ringsum vergleichen zu können, und folgte den schwarz-gelben Schildern Richtung Ausgang.

»Baxter, hörst du mich noch?«

»Tu ich.«

Sie klang nicht so, als wäre sie gut auf ihn zu sprechen.

»Bin in der Baker Street angekommen, auf dem Weg zum Haupteingang, um die Zielpersonen abzufangen. Mache den anrückenden Kollegen direkt Meldung, halte dich aber auf dem Laufenden.«

»Super.«

Er sprang die Rolltreppe auf der linken Seite hinauf, passierte die Fahrkartenschranke und ließ sich vom Strom der Pendler auf den Bürgersteig draußen spülen.

Der Ausgang war ein chaotischer, nach allen Seiten offener, sehr belebter Bereich, in dem sich ein Verkäufer der Obdachlosenzeitung, ein *Wham*!-Coverversionen singender Straßenmusiker und ein trauriger Penner mit einem noch viel traurigeren Hund gegenseitig Konkurrenz machten.

Rouche hatte es auf die andere Seite bis zur Mauer an der verstopften Straße geschafft und den Kanal seines Funkgeräts geändert, im Ohr hatte er jetzt das Ende einer Durchsage an die Einheit des FBI.

»Rouche hier – ich bin am Eingang auf Position. Hab ich was verpasst?«

»Verdächtiger Brookes wurde festgenommen«, teilte ihm eine Frauenstimme mit.

»Bleiben neun«, flüsterte er.

Er ging die Fotos auf seinem Handy durch, um zu sehen, welches Gesicht er jetzt abhaken konnte. Danach betrachtete er wieder den endlosen Zug von Leuten, die aus allen Richtungen heranströmten, ihre Gesichter teilweise unter Hüten, Kappen, Kapuzen und Schirmen versteckten. Die Frau fuhr fort:

»Bewaffnete Einheiten nur noch eine Minute entfernt. Die verbliebenen Verdächtigen müssten jeden Augenblick bei Ihnen eintreffen.«

Rouche schaute immer dann in die Gesichter, wenn für kurze Momente Licht auf sie fiel ... er erkannte eines.

»Ich hab den Dicken«, gab er durch.

»Richard Oldham«, wurde er durch den Ohrstöpsel aufgeklärt.

Rouche legte die Hand an die Waffe:

»Zugriff.«

Für den Bruchtteil einer Sekunde hielt er inne, wartete auf eine Lücke im Menschenstrom, dann sah er ein zweites bekanntes Gesicht aus der entgegengesetzten Richtung auf sich zukommen.

»Scheiße! Jetzt hab ich noch einen«, sagte Rouche. Er schaute von einem zum anderen, anscheinend befanden sich die beiden auf Kollisionskurs. »Wie weit ist die Verstärkung entfernt?«

»Fünfundvierzig Sekunden.«

»Wenn ich einen festnehme, verliere ich den anderen«, sagte

er und musste kaum noch den Kopf drehen, um beide gleichzeitig im Blick zu behalten.

»Vierzig Sekunden.«

Es war offensichtlich, dass die beiden Männer sich nie begegnet waren. Sie näherten sich auf wenige Meter, ohne sich auch nur anzusehen, dann bogen sie in die Station ab.

»Ich folge ihnen nach drinnen«, informierte er die Kollegen. Während er sich durch die Menge schob, hatte er Mühe, die beiden im Blick zu behalten, die jetzt nach links steuerten.

»Sie gehen runter zur Bakerloo Line Richtung Piccadilly«, gab Rouche durch. Er beschleunigte seinen Schritt die Rolltreppe runter. »Der Zug kommt!«

Die Menschen um ihn herum hatten es auch gehört. Eilige Schritte im Gang, als sich bereits die Türen des Zugs öffneten und ihnen Dutzende von Menschen entgegenströmten. Rouche zwängte sich an ihnen vorbei, als sich die Türen schon schlossen, dann entdeckte er erleichtert die beiden Männer, die ebenfalls noch auf dem Bahnsteig standen.

»Zielpersonen nicht im Zug«, murmelte er auf dem übervollen Bahnsteig. »Bitte weitergeben: Einer der Verdächtigen trägt einen großen Rucksack.«

Er fragte sich, weshalb beide Männer ihre Fahrt absichtlich hinausgezögert hatten, als ihm eine verwahrloste Frau auf einer der Bänke auffiel, die ebenfalls keinerlei Anstalten gemacht hatte, in den Zug einzusteigen.

»Sagen Sie der Verstärkung, sie soll sich möglichst nicht zeigen«, sagte Rouche und fing sich einen befremdeten Blick von einem japanischen Touristen ein, der direkt neben ihm stand. »Haben wir eine Aufnahme von einer Frau, Mitte vierzig, blaue Jacke, schwarze Jeans, sitzt ganz hinten am Bahnsteig?«

»Warten Sie kurz«, erwiderte der Officer am anderen Ende in sein Ohr.

Während er wartete, nahm die Frau ihre Plastiktüte, stand auf und stellte sich an den Rand des Bahnsteigs. Mit Blick zurück sah er, dass beide Verdächtige offenbar die Absicht hatten, den nächsten Zug zu nehmen.

»Sie wollen in den nächsten Zug. An das Team: Zugriff, jetzt.«

Kaum hatte Rouche dies gesagt, wurden die beiden Männer von einem ganzen Schwarm bewaffneter Beamter umzingelt und zu Boden gepresst. Er sah die Frau in der blauen Jacke ganz am Ende des Bahnsteigs weggehen.

Ratternd fuhr der Zug ein. Rouche hatte Mühe, über die Menschenmenge hinwegzusehen.

Er schaute auf die Uhr: 16.54 Uhr.

Er musste zurück zu Baxter.

Da er das hintere Ende des Zuges nicht rechtzeitig erreicht hätte, trat er in die Mauer von Menschen, die an der nächsten Tür standen. Zweimal öffnete sie sich klappernd und schloss sich wieder, bevor sie schließlich ganz hinter ihm zuging. Die sehr britischen Unmutsbekundungen und rollenden Augen ignorierend, zwängte er sich zwischen den Sitzreihen durch bis in einen weniger vollen Gang.

»Was war in dem Rucksack?«, fragte er die Beamtin in seinem Ohr.

Nach einer kurzen Pause erwiderte sie:

»Sprengstoff ... wird gesichert ... das Sprengkommando ist in zwei Minuten vor Ort.«

Wieder wechselte er den Funkkanal.

»Baxter, ich bin auf dem Rückweg.«

»Wie auch immer.«

»Bin in sieben Minuten da, *und* wir haben gerade einen von

vier gefasst«, erklärte er ihr umsichtig, da er in der vollen U-Bahn nicht mehr sagen konnte.

»Vielleicht sind es gleich zwei von vier«, erwiderte sie. »Die vom MI5 sind hier gerade losgerast. Komm einfach her.«

Er schaltete wieder auf den anderen Kanal zurück und hörte noch das Ende eines Funkspruchs:

»... eine Verdächtige.« Pause. »Agent Rouche, haben Sie das gehört?«

»Negativ. Bitte wiederholen.«

»Bestätigt: Die Frau in der blauen Jacke ist eine weitere Verdächtige.«

»Angekommen«, erwiderte Rouche und schlängelte sich durch die Masse der Pendler.

Dann erreichte er das Ende des Wagens und schaute in den nächsten in der Hoffnung, sie zu entdecken, kam aber nicht an den vielen Menschen vorbei, die sich dicht an der nächsten Tür drängten.

»Nächster Halt Regent's Park. Umsteigen zu ...«, gab eine Automatenstimme durch.

Alle neigten sich unisono, als der Zug langsamer fuhr. Vor den Fenstern zogen dichtgedrängt stehende Menschen vorbei, und der Zug hielt mit einem Ruck.

Rouche stolperte auf den Bahnsteig und kämpfte sich durch Trauben von Menschen, die alle in den allerletzten Wagen einsteigen wollten.

»Verzeihung. 'tschuldigung, 'tschuldigung«, brummte er, als er sich zwischen ihnen hindurchzwängte. Er schaute auf die U-Bahn-Karte, bewegte sich weiter durch den Zug. Nur noch ein Halt zwischen hier und Piccadilly Circus.

Erneut schaute er auf die Uhr: 16.57 Uhr.

»Verzeihung, 'tschuldigung.« Er war halb durch den Wagen durch, als er die blaue Jacke entdeckte. Die Frau hatte die

Hände schützend auf die Plastiktüte in ihrem Schoß gelegt. »Zielperson entdeckt.«

* * *

»Rouche, wo bist du?«, flüsterte Baxter leise, als sie den beständigen Menschenstrom auf den bereits übervollen Bahnsteig drängen sah.

Die orangefarbenen Ziffern auf der Anzeige oben zählten die Sekunden bis 17 Uhr.

»Team 3 – bitte kommen«, bellte sie zuversichtlich in ihr Funkgerät, obwohl ihr das Herz in der Brust galoppierte.

»Höre Sie laut und deutlich. Ende.«

Irgendwo mitten in der Menge ertönte ein Knall.

»Team 3 zu mir!«, befahl Baxter und eilte dem Geräusch entgegen.

Ein Geschäftsmann hielt verlegen eine kaputte Plastiktüte in der Hand und sammelte seine Weihnachtseinkäufe schnell wieder ein, bevor die zerbrechlichen Gegenstände zertrampelt wurden.

Sie seufzte erleichtert, sie war mit den Nerven völlig am Ende: »Falscher Alarm. Zurück.«

Auf dem Weg zu ihrem Posten erhielt sie ein Update von einem ihrer Constables: In einer Obdachlosenunterkunft in Clapham war ein Sprengsatz ähnlich jenen am Times Square gefunden worden, der Eigentümer der Tasche war einer derjenigen, die in der vorangegangenen Nacht verhaftet worden waren.

Zwei von vier.

* * *

Rouche war nur noch fünf Schritte von der Frau entfernt, als es in seinem Ohr rauschte und er erneut die Stimme der Kollegin vernahm.

»Agent Rouche – ein weiterer Verdächtiger hat vermutlich an der letzten Station Ihren Zug bestiegen. Verstärkung ist unterwegs.«

»Ich brauche mehr Informationen«, erwiderte Rouche und schob sich weiter vor zu der Frau in der blauen Jacke.

Er riss sie vom Sitz, presste sie mit dem Gesicht nach unten auf den Boden und drehte ihr die Arme auf den Rücken. Ein paar der entsetzten Mitreisenden wollten eingreifen.

»Schon okay! Okay! CIA«, erklärte Rouche und zog seinen Ausweis. »Sie sind verhaftet«, schrie er die Frau an, die sich am Boden wand.

Die barmherzigen Samariter kehrten zu ihren Plätzen zurück, hielten es wie die anderen Mitreisenden jetzt für das Beste, sich so weit wie in dem beengten Raum möglich zu entfernen.

Er ließ die zweite Handschelle zuschnappen und klopfte die Frau ab, dann zog er die Plastiktüte unter ihr hervor. Mit einer Hand presste er ihr die Hände auf den Rücken und griff mit der anderen in die Tüte und zog ein Fleischerbeil daraus hervor. Er wollte es gerade auf den Boden neben sich legen, als ihm bewusst wurde, wie viele Kinder sich unter den verängstigten Gesichtern befanden, die ihn beobachteten.

»Schon okay. Ich bin von der CIA«, versuchte er sie erneut zu beruhigen. Dann überlegte er kurz und zeigte auf den muskulösen Mann, der sich gerade hinter ihm gesetzt hatte. »Würden Sie mir kurz helfen?«

»Ich?«, fragte der Mann unsicher. Er kratzte sich am Bart, als müsste er sich noch daran gewöhnen, dass er einen hatte, und stand auf.

Rouche legte seine Dienstwaffe auf den Boden, verstaute

das Fleischerbeil wieder in der Tüte und drückte es ihm in die Hand:

»Halten Sie das hier für mich fest«, bat Rouche ihn.

Sein unfreiwilliger Helfer wirkte beunruhigt.

»Einfach nur festhalten und nicht anfassen, was drin ist.«

Der Bärtige nahm die grüne Tüte vorsichtig entgegen und setzte sich neben ihn, hielt sie auf seinem Schoß, genau wie die Frau zuvor.

Als sich die Türen wieder schlossen, entdeckte Rouche zwei bewaffnete Kollegen, die zu spät auf den Bahnsteig gerannt kamen.

Der Zug war bereits angefahren.

»Agent Rouche! Agent Rouche!«, rief die Stimme in seinem Ohrstecker, lauter als zuvor ... panisch.

»Ich habe die Frau festgenommen. Werde jetzt die and...«

»Agent Rouche! Drei weitere Verdächtige haben Ihren Zug bestiegen! Wiederhole: *drei* weitere Verdächtige.«

»Verstanden«, sagte Rouche langsam und blickte erneut in den Wagen voller Gesichter. »Bitte verständigen Sie umgehend DCI Baxter: Der Zug ist das Ziel, nicht die Bahnstation.«

Er spürte sein Handy wie wild in seiner Jackentasche vibrieren, als neue Informationen an ihn weitergeleitet wurden.

»Der Zug ist das Ziel«, wiederholte er und griff nach seiner Waffe.

Ohne dass Rouche es mitbekam, hatte man ihm ein Bild eines sauber rasierten muskulösen Mannes auf sein Handy geschickt.

Ohne dass Rouche es mitbekam, stand der Mann hinter ihm auf.

Ohne dass Rouche es mitbekam, holte er mit dem Fleischerbeil aus und versetzte ihm den ersten kräftigen Schlag.

KAPITEL 39

Dienstag, 22. Dezember 2015
17 Uhr

»Schafft die Leute raus!«, überbrüllte Baxter die aufgezeichneten Notfalldurchsagen.

Sie hatten sofort auf Rouches Nachricht reagiert, trotzdem war die Evakuierung allein wegen der Masse an Menschen, die sich über die Treppen nach oben schoben, zum Stillstand gekommen – während die orangefarbene Zeitanzeige über ihren Köpfen die Sekunden zählte: 17:00:34

»DCI Baxter«, surrte eine Stimme eindringlich in ihrem Ohr. »Ich kann Agent Rouche nicht erreichen.«

»Versuchen Sie's noch mal«, erwiderte sie und packte einen vorbeigehenden Mitarbeiter am Arm. »Wir müssen die Station schließen! Verhindern Sie, dass weitere Menschen hier hereinkommen.«

Der Mann nickte und eilte davon, als Baxters Funkgerät sich wieder meldete.

»Was?«, schrie sie frustriert.

»Entschuldigung, ich stelle Sie durch zu DI Lewis vom Gesichtserkennungsteam.«

»Jetzt?!«, fragte Baxter, als die männliche Automatenstimme die unmittelbar bevorstehende Einfahrt des Zuges ankündigte.

»Wir haben gerade Lucas Keaton auf den Überwachungskameras entdeckt, aufgenommen vor fünf Minuten. Wir schicken die aktuellen Informationen durch.«

»Das sind gute Neuigkeiten ... wo?«

»Er ist da ... in der Station ... er ist da unten bei Ihnen!«

Baxter sah sich besorgt in der wogenden Masse um, versuchte sich das Foto in Erinnerung zu rufen, das sie an ihr Team verteilt hatte.

»Beschreibung?«, verlangte sie.

»Dunkle Jacke, dunkler Pullover.«

Alle trugen dunkle Jacken und dunkle Pullover.

Sie wollte gerade auf den Knopf drücken und die jüngste Entwicklung durchgeben, als es eine unerträglich laute Rückkopplung gab. Instinktiv riss sie sich den Ohrstöpsel heraus und merkte, dass ihre Kollegen ähnlich reagierten, einander besorgte Blicke zuwarfen. Über Funk waren entfernte Schreie zu hören, verzerrt und verrauscht, ein Chor verstümmelter Stimmen.

»Rouche?«, murmelte sie, bekam aber nur leere Knackgeräusche als Antwort. »Rouche, kannst du mich hören?«

Die Gleise ratterten.

Baxter drehte sich zu der Menge um und starrte in den dunklen Tunneleingang. Der entsetzliche Lärm, der noch immer aus dem Ohrstöpsel in ihrer Hand drang, bildete das schaurige Vorspiel ungeahnter Schrecken.

Langsam ging sie an den Rand des Bahnsteigs. Ein zartes Spinnennetz weit über ihr fing erwartungsfroh an zu beben.

Aus der Dunkelheit war ein Klappern zu hören, ein galoppierendes Geräusch, der Boden vibrierte, als würde sich ein Ungeheuer nähern. Der warme Luftzug vorne weg, roch abgestanden, war mit etwas Metallischem versetzt, wie blutiger Atem. Dann durchstachen zwei grelle Augen die Finsternis, und der Zug kam auf sie zugerast.

Baxters lange Haare wehten ihr ins Gesicht, dann schoss das erste verschmierte Fenster vorbei, ein dunkelroter Schleier verbarg, was sich dahinter befand.

Schreie wurden laut, die Menschen verfielen in Panik, kletterten in dem verzweifelten Versuch zu entkommen übereinander, doch auch die Treppen runter zu den Bahnsteigen der Piccadilly Line waren blockiert. Alptraumhafte Bilder blitzten vorüber, Szenen aus dem Inneren der hell erleuchteten Wagen kamen jetzt immer länger in den Blick, als der Zug langsamer fuhr: Menschen rannten zu den Türen, an die Scheiben gepresste Leichen und Körper, das Gesicht eines um Hilfe Schreienden, blutverschmierte Hände, die sich gen Himmel nach einem Gott streckten, der ihnen nicht half.

Baxter merkte, dass es in ihrem Ohr still geworden war, und steckte den heruntergefallenen Stöpsel wieder fest hinein. Vor ihr kam ein Wagen zum Stehen. Hinter den verschmierten Fenstern flackerte die Zugbeleuchtung. Sie hörte den Lärm der von Angst getriebenen Menge hinter sich nicht mehr, nur das fröhliche Piepen, das scheinbar allen weismachen sollte, es würde sich um einen gewöhnlichen Halt wie jeden anderen handeln.

Dann öffneten sich die Türen.

Hunderte von panischen Passagieren platzten aus dem Zug, nur um sich noch immer gefangen zu sehen, ein Toter fiel auf den Bahnsteig, Baxter vor die Füße. Der glasige Blick des Mannes bestätigte, dass er nicht mehr zu retten war. Ein elektrisches Knacken begleitete das endgültige Versagen der Beleuchtung. Als sie in den Wagen stieg, hatte sie Mühe, die Verheerung zu erfassen.

Irgendwo auf dem Bahnsteig waren Schüsse zu hören, dann das hohle Klatschen nackter Füße auf Stein, die auf sie zugerannt kamen.

Baxter wirbelte herum, streckte abwehrend die Hände aus und erwischte durch reines Glück die Hand der Frau, die nach ihr ausholte. Sie gingen zusammen zu Boden, die Spitze des blutigen Messers schnitt ihr beim Aufprall in die Lippe.

Die animalisch wilde Frau lag jetzt auf ihr, der Ausschnitt ihres T-Shirts hing so weit herunter, dass Baxter die Narben sehen konnte, während sie mit der Kraft ihres ganzen Gewichts das Messer nach unten drückte. Baxter schrie auf, versuchte, die Frau daran zu hindern, zuzustechen, ihre Arme zitterten vor Anstrengung.

Das Messer schob sich immer näher an sie heran, kratzte an Baxters Schneidezähnen, als sie den Kopf wegdrehte. Sie erinnerte sich an Rouches Rat aus dem Gefängnis und stach blindlings mit dem Finger zu, bohrte ihn ihrer Angreiferin in ein Auge.

Die Frau schrie und wich zurück, Baxter trat nach ihr und rutschte rückwärts. Die Angreiferin schlug um sich wie ein verletztes Tier, dann stürzte sie sich wieder auf Baxter.

Erneut ertönten zwei Schüsse, jetzt sehr viel näher. Kurz darauf zeigten sich zwei klaffende Wunden auf der Narben entstellten Brust der Frau. Sie ließ das Messer los, sank sanft auf die Knie und kippte um.

»Alles klar, Chefin?« Baxter nickte und stand auf, hielt sich die Hand auf die pochende Lippe.

»Rouche!«, rief sie, schaute in die Gesichter, während sie über die Verletzten stieg.

»DCI Baxter«, sagte eine Stimme in ihrem Ohr.

»Rouche!«

»DCI Baxter!«, verlangte die Stimme erneut.

Sie hielt sich einen Finger ans Ohr:

»Ich höre«, antwortete sie und fuhr mit der Suche fort.

Zwei weitere Schüsse waren ganz in der Nähe zu hören.

Sie zuckte zusammen, hatte die Durchsage verpasst: »Wiederholen Sie!«

»DCI Baxter – wir haben Lucas Keaton aus den Augen verloren.«

* * *

Rouche rang nach Luft.

Auf dem Boden des letzten Wagens liegend, konnte er sein eigenes, warmes Blut spüren, wie es ihm von der verletzten Schulter über den Rücken lief. Er lag eingeklemmt unter dem toten Gewicht des muskulösen Angreifers, auf den er fünfmal hatte schießen müssen, um dessen wahllosem Gemetzel ein Ende zu bereiten. Nachdem die Menschen, die er hatte retten können, in ihrer Verzweiflung, zu entkommen, über ihn hinweggetrampelt waren, hatte ihn der quälende Schmerz in seiner Brust bewegungsunfähig gemacht. Jedes Mal, wenn er Luft holte, schabte etwas in ihm.

Er spürte schwere Schritte auf dem Boden.

»Sauber!«, schrie jemand.

Die Schritte kamen näher.

Rouche versuchte zu rufen, ein unhörbares Keuchen war aber alles, was er hinbekam … er versuchte es erneut.

Er hörte die schweren Stiefel direkt über sich und dann weitergehen.

»Bitte!« Jedes Mal, wenn er ausatmete, fiel es ihm schwerer, noch einmal Luft in seine Lungen hineinzuzwingen.

»Hey … hallo. Schon okay. Nehmen Sie meine Hand«, hörte er eine der Stimmen. »Machen Sie bitte die Augen zu.«

»Hier liegt jemand eingeklemmt!«, schrie ein anderer. »Ich brauche Hilfe!«

Rouche schöpfte Hoffnung und verstand nicht, was vor sich ging, als die Stimme sagte:

»Okay, ich hab sie. Ich hab sie. Los geht's.«

Er lauschte den sich entfernenden Schritten, die immer leiser wurden, als sie auf den Bahnsteig traten und er wieder mit den Toten alleine war.

»Baxter!«, versuchte er zu rufen, konnte seinen geflüsterten Hilferuf aber selbst kaum hören.

Seine Atmung wurde flacher, seine Muskeln ermüdeten unter dem Gewicht, das auf ihm lastete, und er ergab sich in dem Bewusstsein, dass er auf dem schmutzigen Boden verbluten würde, lange bevor man ihn fand.

Er hatte versagt.

* * *

Baxter rannte zurück auf den Bahnsteig und starrte in das Meer von Menschen, die sich einen Weg nach oben kämpften. Die Angst hatte sich wie ein Buschfeuer verbreitet. Halb blind vor verzweifeltem Selbsterhaltungswillen, merkte niemand, dass genau dies dem eigentlichen Vorhaben abträglich war … alle außer einem.

In einer Traube von Vorbeistolpernden entdeckte Baxter ein Gesicht. Die Augen nicht wie die aller anderen nach oben auf den Sicherheit versprechenden Ausgang gerichtet, sondern auf den Zug.

Der Mann beobachtete sie bei ihrer Suche nach Überlebenden.

Ihre Blicke begegneten sich.

Es war Keaton.

Sie hatte ihn nicht aufgrund des Fotos erkannt, sondern an der schlüsselförmigen Wunde an seiner rechten Wange, die sie ihm, ohne zu wissen, wer er war, bei dem Versuch, Phillip East und seine Familie zu retten, in East Brooklyn zugefügt hatte.

Sie gab seine Position durch.

Doch dann war er verschwunden, verschluckt von der wogenden Menge.

* * *

»Team 3 – Suche fortsetzen«, befahl Baxter durch Rouches Ohrstöpsel und zwang ihn so zurück ins Bewusstsein. »Teams 1 und 2 – Zielperson ist Lucas Keaton. Überwacht die Ausgänge. Er darf die Station nicht verlassen.«

Der Name wirkte wie eine Adrenalinspritze auf Rouches versagenden Körper, betäubte den Schmerz, so dass es ihm gelang, langsam den Arm unter dem schweren Mann hervorzuziehen und seine Finger um die aus dem Boden ragende Haltestange zu schlingen. Er spürte, wie etwas an seiner Brust riss und unter der Anstrengung knackte, er biss die Zähne zusammen und zog sich selbst heraus, trat den leblosen Körper des bärtigen Mannes von sich und holte schmerzhaft, aber euphorisch Luft.

Die mit Handschellen gefesselte Frau auf dem Boden war offensichtlich von den panisch Fliehenden zu Tode getrampelt worden. Rouche griff nach seiner Dienstwaffe und richtete sich taumelnd auf, und obwohl der Kraftaufwand eigentlich gering war, keuchte er heftig.

Er gestattete sich einen Blick gen Himmel.

Er hatte doch nicht versagt.

Er war genau dort, wo er hingehörte.

KAPITEL 40

Dienstag, 22. Dezember 2015
17.04 Uhr

»Polizei! Weitergehen!«, schrie Baxter, während sich die wogende Menge Zentimeter für Zentimeter über die völlig verstopfte Treppe schob. Sie suchte in der Masse der Gesichter nach Keaton. Wenig später hatte sie ihn entdeckt. Er war bereits am Fuß der Treppe angelangt, hatte sich ängstlich umgedreht und hielt nach ihr Ausschau.

Als er den Aufstieg begann, konnte sie erkennen, dass er etwas in Händen hielt.

»Sichtkontakt zu Keaton!«, schrie sie in ihr Funkgerät. »Bakerloo-Treppe – auf dem Weg nach oben. Achtung – der Verdächtige hat etwas in der Hand, vorläufig ist von einem Zünder oder einer Schusswaffe auszugehen.«

Vor ihr tat sich eine Lücke auf. Sie drängte hindurch, holte in wenigen Sekunden mehrere Meter auf.

»Entwaffnen, egal wie.«

* * *

»Baxter, kannst du mich hören?«, röchelte Rouche, als er die Nottreppe ganz hinten am Ende des Bahnsteigs hinaufstieg, sein kaputtes Mikrophon schrie ihn nutzlos an. Er konnte den

Funkverkehr des Teams hören, selbst aber nichts durchgeben, während er sich unter die Menschen mischte, die der frischen Luft entgegenstrebten. Die Hand auf die verletzte Schulter gepresst, kämpfte er sich durch die Masse.

In seinem Ohr knisterte es laut.

Wenig später entdeckte er eine dunkle Gestalt weiter vorne. Immer wieder verdeckt hinter eilenden Beinen, konnte er die Umrisse eines Beamten mit Panzerweste erkennen, der mit dem Gesicht nach unten oben an der Rolltreppe lag.

»Scheiße!« Er schaute zurück auf das Meer von Menschen, die ringsum durch die Ausgänge verschwanden.

Jetzt, wo sie wieder etwas mehr Bewegungsfreiheit hatten, gingen die Leute im Schritttempo der wartenden Nacht entgegen.

Die Zeit lief ihnen davon.

Er rannte blindlings in die Menge, bahnte sich einen Weg, suchte verzweifelt nach Keaton.

* * *

»Polizist getroffen! Polizist getroffen! Oben an der Bakerloo-Rolltreppe«, gab Baxter über Funk durch. Erst als sie seinen Puls suchte, bemerkte sie, dass es Special Agent Chase war.

Sie fand keinen.

An jedem Ausgang sah sich ein einzelner FBI-Agent mit der unmöglichen Aufgabe konfrontiert, in der Armee von Menschen, die ihnen entgegenkamen, ein einzelnes Gesicht auszumachen. Gleichzeitig hatten die Angestellten der Londoner U-Bahn Mühe, die verärgerten Pendler in Schach zu halten, die draußen vor dem Bahnhofseingang warteten.

Von den Hunderten von Menschen, die von ihr wegeilten, sah nur einer zu ihr zurück.

»Keaton ist zehn Meter weit von Ausgang 3 entfernt!«, informierte sie das Team. »Lasst … ihn … nicht … raus!«

Sie schob sich vorwärts. Eine Welle der Erleichterung überkam sie, als sie Rouche hinter den geöffneten Fahrkartenschranken schnurstracks auf Keaton zusteuern sah.

»Rouche!«, rief sie ihm hinterher.

Er war zu weit weg, um sie zu hören.

Auch Rouche war der Mann mit der Narbe im Gesicht aufgefallen, der sich alle paar Sekunden umdrehte.

Dieser allerdings hatte Rouche nicht gesehen.

Er folgte den Schildern Richtung Regent Street, St. James's und Anteros und war nur wenige Meter hinter ihm, kurz bevor sie nach draußen in den anschwellenden Sturm traten.

»Keaton!«, versuchte Rouche zu schreien, er zeigte auf ihn, aber sein heiseres Flüstern war kaum zu hören. »Das ist Keaton!«

Die Kollegen hatten ihn nicht gehört, aber Keaton. Er drehte sich um und sah, wie nah ihm sein Verfolger gekommen war.

Auch Rouche hatte das schwarze Ding in Keatons Hand entdeckt, als dieser den Kopf senkte und im Abstand von nur wenigen Zentimetern an dem FBI-Agenten vorbeiging und, kaum in der eiskalten Nacht draußen angekommen, losrannte.

Rouche schleppte sich die Treppe hinauf, um sich in das Chaos auf der Straße zu stürzen. Hier, wo sich die eisernen Flügel Anteros' als Silhouette vor der bekannten Neonreklame abzeichneten, hatten die Evakuierten sich auf der ganzen Straße verteilt und das Herz der Stadt zum Stillstand gebracht. So weit das Auge reichte, Autoscheinwerfer in allen Richtungen.

Unter dem sternenlosen Himmel fiel unvermindert Schnee, blau gefärbt von den aufblinkenden Lichtern der Rettungsfahrzeuge. Der plötzliche Temperaturabfall ließ seine Lungen brennen. Ein kurzer, heftiger Husten zwang ihn, wässriges Blut zu spucken, als er Keaton in südöstlicher Richtung die Regent Street hinunterlaufen sah.

Rouche rannte ihm über den Bürgersteig voller Menschen nach, schlängelte sich zwischen übergroßen Jacken und vollen Einkaufstüten hindurch, sein warmes Blut lief ihm durch seinen Ärmel, hinterließ eine Spur, der Baxter folgte.

Baxter wartete auf eine Pause in den fieberhaften Durchsagen.

Es klang, als würden Sirenen in der Stadt heulen. In ihrem Ohr knisterte es, sie bekam aktuelle Meldungen vom SO15, das einen weiteren Sprengstoffattentäter umzingelt hatte.

»Bitte um Luftunterstützung«, keuchte sie in ihr Funkgerät. »DCI Baxter bei der Verfolgung von … Lucas Keaton … über die Regent Street … Richtung Park.«

Zwanzig Meter weiter erreichte sie die Kreuzung zur Pall Mall, wäre beinahe mit einem Roller zusammengestoßen, der an dem stehenden Verkehr vorbei fuhr. Sie lief über den Waterloo Place, wo die Bronzestatuen bedrohlich aus dem Schneesturm herausragten.

Baxter rannte an ihnen vorbei, der Funkverkehr rauschte in ihrem Ohr, und sie konnte sich im pfeifenden Wind selbst kaum verständlich machen. Dann erreichte sie die Stufen, die hinunter in das dunkle Nichts führten, die der St. James's Park um diese Tageszeit im Winter war.

»Habe den Verdächtigen aus den Augen verloren«, sagte eine der zahlreichen Stimmen in ihrem Ohr. »Hat jemand Sichtkontakt? Hat jemand Sichtkontakt zu dem Verdächtigen?«

»Bestätigt – nordöstliche Ecke des Platzes. Keine klare Schusslinie.«

Rouche konnte nicht richtig atmen, und er fiel zurück – Keatons geisterhafte Silhouette flackerte an den Rändern seines Blickfelds.

Plötzlich drang das Dröhnen eines Hubschraubers durch die Nachtluft. Ein Suchscheinwerfer blendete ihn, schwenkte zum Eingang des Parks, beleuchtete ein Denkmal, das dort wachte – ein dunkler Engel in schwarze Bronze gegossen, Asasel.

Und dann war der Lichtkegel weg, der Keaton suchte. Rouche trat dunkle Fußstapfen in die unberührte Eislandschaft. Vor ihm neigten sich die schneebeladenen Trauerweiden über das eisige Wasser, als hätte der Teich sie angelockt und erstarren lassen, während sie gierig aus ihm getrunken hatten.

Die Stadt jenseits des Parks war verschwunden, hier war nichts außer Sturm. Als sie eine offene Stelle erreichten, entsicherte Rouche seine Waffe.

Die Verfolgungsjagd war zu Ende, er zielte, der himmlische Scheinwerfer war wieder da und spiegelte sich im zugefrorenen Teich.

Keaton war nicht mehr als ein Schatten und wurde mit jeder Sekunde kleiner.

Rouche versuchte, den Schmerz in seiner Brust zu unterdrücken, streckte den Arm aus, nahm den Rücken der Gestalt ins Visier und prüfte den Wind, der ihm ins Gesicht schlug, auf dessen Geschwindigkeit und Richtung, korrigierte entsprechend und wartete, bis erneut Licht auf die Zielperson fiel.

Er atmete aus, um sich zu beruhigen, dann drückte er sehr langsam den Abzug.

»Feuer!«

»Zivilist am Boden! Zielperson verwundet … kein Sichtkontakt. Wiederhole: Ich habe keinen Sichtkontakt mehr.«

Baxter war durch die Funkmitteilungen des SO15 und die rote Blutspur, der sie folgte, abgelenkt, als sie im heulenden Sturm den Schuss hörte. Jetzt entdeckte sie Rouche, der weiter vorne stehen geblieben war – aber Keaton blieb vom weißen Schneetreiben verschluckt.

Ihre Kehle brannte, sie holte Luft und lief weiter.

Keaton war sofort zu Boden gegangen, eingerahmt von dem unsteten Lichtkegel.

Rouche ging zu dem verletzten Mann, der verzweifelt versuchte, das Ding zu greifen, das kaum einen Meter von seinen Füßen entfernt lag. Lange Atemzüge stiegen wie Rauchzeichen von seiner lang ausgestreckten Gestalt auf.

»Rouche!«, schrie Baxter in der Ferne, ihre Stimme war kaum hörbar.

Er blickte auf und sah sie näher kommen.

Während Keaton sich weiterhin nach dem kleinen schwarzen Ding krümmte, bückte Rouche sich, hob es auf und stellte fest, dass es sich um ein Handy handelte.

Verdutzt schaute er auf das Display, dann warf er es weg und wandte sich mit rasender Miene zu Keaton um.

Zwei Meter weiter entfernt dudelte das hochgeladene Video, das eigentlich Millionen von Menschen weltweit hätten sehen sollen und das jetzt Flocke um Flocke immer mehr eingeschneit wurde.

Während des sechsundvierzig Sekunden langen Films übernahm ein larmoyanter, gleichzeitig unbarmherziger Keaton die Verantwortung für alle Taten und hielt dabei schlicht mit Namen und Sterbedaten versehene Fotos seiner Familie ins Bild … Alexei Green oder dessen Verlobte erwähnte er kein einziges Mal.

»Rouche! Wir brauchen ihn! Wir brauchen ihn!«, schrie Baxter, als sie sah, wie ihr Partner Keaton die Waffe an die Schläfe drückte.

Ein Starauftritt auf dunkler Bühne.

»Wo ist er?«, hörte sie Rouche das Rattern des Helikopters überschreien, woraus sie schloss, dass es sich bei dem sichergestellten Ding nicht um das handelte, was sie gehofft hatten.

Beinahe hatte sie die beiden erreicht.

»Schüsse abgefeuert! Schüsse abgefeuert!«, vibrierte es in ihrem Ohrstöpsel. »Verdächtiger am Boden.«

Rouche schlug brutal mit der schweren Waffe auf Keaton ein, aber der Mann lächelte ihn nur durch blutige Zähne an, während sich der Schnee unter ihm dunkelrot verfärbte.

»Rouche!«, schrie Baxter und schlitterte heran.

Sie ließ sich auf die Knie fallen, versank im Pulverschnee, zerrte verzweifelt an Keatons Kleidung auf der Suche nach der Wunde, die für den Blutverlust verantwortlich war. Ihre Finger fanden sie unterhalb der Schultern, noch bevor sie sie sah. Sie schob den Ärmel ihrer Jacke über ihre Hand, stopfte ihn tief in die Wunde.

»Was ist das Anschlagsziel?«, wollte Rouche wissen.

Baxter sah die nackte Verzweiflung im Gesicht ihres Kollegen, die Erkenntnis, dass ihm die letzte Chance, etwas wiedergutzumachen, entglitt:

»Er kann es uns nicht sagen, wenn er tot ist, Rouche! Hilf mir.«

* * *

Greens letzte verbliebene Puppe hockte auf dem feuchten Boden der schmutzigen U-Bahn-Toilette und fing beim Geräusch des weit über ihm kreisenden und unablässig dröhnenden Helikopters an zu weinen.

Er hatte sich noch nie so alleine gefühlt.

Aber er konnte sie über sich hören, wie sie am Eingang umhereilten, sich neu positionierten. Ihre schweren Schritte erinnerten ihn an die tapsenden Pfoten eines Hundes, dessen Beute zu Boden gegangen ist.

Frustriert schrie er auf und zog an der klobigen Weste, die man ihm anvertraut hatte, die Drähte und Einzelteile drückten ihm unbequem in den Rücken. Trotz allem, was Dr. Green ihm erklärt und beigebracht hatte, hatte er sich wie ein aufgeschrecktes Tier in eine menschenleere Straße treiben lassen, und jetzt blieb ihm nur ein einziger Ausweg … er war auf ihren Köder reingefallen.

»Aiden Fallon!«, donnerte eine Stimme über Megaphon, verzerrt und böse. »Sie sind vollständig umstellt.«

Aiden legte sich die Hände auf die Ohren, aber er wurde die Stimme nicht los:

»Ziehen Sie die Weste aus und kommen Sie langsam raus, sonst bleibt uns keine andere Wahl, als die Sprengung herbeizuführen … Sie haben dreißig Sekunden.«

Aiden sah sich in dem widerlichen Raum um, der nun sein Grab werden sollte – eine angemessene Gedenkstätte für jemanden, der so abgrundtief versagt hatte wie er. Er wünschte nur, er könnte Dr. Green noch ein letztes Mal sehen und ihm sagen, dass er der beste Freund war, den er jemals hatte, und dass es ihm leidtat, ihn enttäuscht zu haben.

»Fünfzehn Sekunden!«

Aiden stand langsam auf, wischte sich die Hände an seiner Hose ab.

»Zehn Sekunden!«

In dem schmutzigen Spiegel entdeckte er sich selbst – er war wirklich ein absolut erbärmliches Exemplar Mensch. Den Blickkontakt zu seinem gespiegelten Zwilling haltend, begann er zu lächeln und zog an der kurzen Leine, die von seiner Brust hing … dann spürte er, wie ihn das Feuer umfing.

* * *

»Rouche, hilf mir hier«, rief Baxter und stopfte immer mehr von ihrem Jackenärmel in die lebensbedrohliche Wunde.

Irgendwo in der Ferne gab es eine Explosion.

Rouche taumelte von Baxter und ihrem sterbenden Gefangenen weg und starrte hinaus über die Bäume. Der Helikopter mit dem Suchscheinwerfer wurde zu dem orangefarbenen Leuchten am Himmel umgelenkt. Fassungslosigkeit stand Rouche ins Gesicht geschrieben, er konnte nicht begreifen, dass sie versagt hatten, obwohl er nie eine wichtigere Aufgabe gehabt hatte … und jetzt gab es keinen Plan mehr.

Sie konnten nichts anderes tun als Schneeflocken fangen und zusehen, wie der Himmel einstürzte.

»Rouche!«, rief Baxter und versuchte immer noch, die Blutung unter ihrer Hand zu stoppen. Über den Stöpsel in ihrem Ohr verfolgte sie die verzerrten und einander überlagernde Durchsagen. »Rouche! Wir wissen noch nicht, was passiert ist.«

»Was hätten wir sonst noch tun sollen?«, fragte er mit dem Rücken zu ihr.

Sie wusste nicht, ob er mit ihr oder jemand anderem sprach.

Beklommen sah sie, dass er die Waffe in seiner Hand hob und wieder sinken ließ.

»Rouche«, sagte Baxter, so ruhig sie konnte, trotz des knisternden Chaos in ihrem Ohr und ihres kalten, mit Keatons Blut getränkten Ärmels. »Ich möchte, dass du jetzt bitte gehst … tu's für mich … *bitte.*«

Er drehte sich mit Tränen in den Augen zu ihr um.

»Geh einfach, Rouche … geh weg«, flehte sie.

Sie sah nervös auf die Waffe in seiner Hand.

Sie durfte ihn nicht verlieren, durfte nicht noch einen Freund an die Verlockung brutaler Vergeltung verlieren.

»Werden Sie mich töten, *Rouche*?«, röchelte Keaton leise, da er Baxter seinen Namen hatte aussprechen hören.

»Seien Sie still!«, zischte Baxter. Sie musste einen Krankenwagen rufen, konnte aber weder ihre Hände bewegen noch den dringenden Funkverkehr unterbrechen.

»Glauben Sie *wirklich*, dass mir das was ausmacht?«, fuhr Keaton fort, er lallte bereits wegen des starken Blutverlusts. »Ich habe in dieser Welt erreicht, was ich wollte. Für mich gibt es hier nichts mehr.«

»Ich hab gesagt: Seien Sie still!«, fuhr Baxter ihn an, aber Rouche kam bereits wieder auf sie zu.

»Meine Familie ist bei Gott, und wo auch immer ich hingehe, dort kann es nur besser sein als hier«, erklärte Keaton und sah Rouche erwartungsvoll an, als dieser sich neben ihn kniete.

Baxter spürte, dass sich die Situation rasant verschärfte, und riskierte es, eine Hand von Keatons Brust zu nehmen und den Sprechknopf ihres Funkgeräts zu betätigen:

»DCI Baxter – benötige Rettungswagen im St. James's Park. Ende.«

Sie sah Rouche mit flehenden Augen an und legte erneut dem verletzten Mann ihre Hand auf die Brust.

»Ich frage mich, ob er hier ist …«, röchelte Keaton, als er das silberne Kreuz um Rouches Hals entdeckte. »Jetzt … ob er uns hört«, sagte er und suchte am Nachthimmel nach Anzeichen. »Ich frage mich, ob er *endlich* verdammt noch mal aufpasst!«

Rouche fiel unweigerlich die wörtliche Übersetzung des Namens Asasel ein:

Macht über Gott.

Er verdrängte sie aus seinen Gedanken.

»Anderthalb Jahre ...«, hustete Keaton, halb lachend, halb weinend. Er rutschte im Schnee herum, machte es sich bequemer. »Anderthalb Jahre lang bin ich in dieses Krankenhaus gefahren, um am Bett meines Sohnes zu sitzen, so wie Sie jetzt. Anderthalb Jahre lang habe ich still um Hilfe gebetet ... aber ich habe keine bekommen. Er hört Sie nicht, wenn Sie flüstern, aber jetzt kann er mich hören.«

Rouche sah den Mann am Boden kalt an.

Sie waren alleine, im Park war es still, abgesehen vom leisen Rauschen des Funkverkehrs, Keatons schwerfälligem Atem und dem Wind.

»Rouche?«, flüsterte Baxter, die seinen Blick nicht deuten konnte.

Langsam griff er sich in den Nacken und nahm die Kette mit dem Kruzifix ab. Das silberne Kreuz drehte sich an der Kette, als er sie hochhielt.

»Rouche?«, wiederholte sie. »Rouche!«

Er sah sie an.

»Wir wissen immer noch nicht, was geschehen ist, aber egal, was es war – *nichts* davon ist deine Schuld. Das weißt du doch, oder?«, fragte sie.

Zu ihrer Überraschung lächelte er, als wäre ihm eine erdrückende Last von den Schultern genommen worden:

»Ich weiß.«

Er ließ die Kette durch seine Finger gleiten und in den verfärbten Schnee fallen.

»Geht das klar hier?«, fragte sie und ließ dabei den Blick zurück zu Keaton wandern.

Rouche nickte.

»Du musst es melden«, sagte sie mit erleichtertem Seufzen, da ihr Freund einmal mehr bewies, wie stark er wirklich war.

Ein letztes Mal sah er zu dem Mann, zog sein Handy aus der Tasche und richtete sich wieder auf.

Als er wegging, hatte Baxter Durchsagen des MI5 im Ohr.

»Rouche, ich glaube, es ist okay!«, rief sie ihm aufgeregt hinterher, das Blut zwischen ihren Fingern floss langsamer. »Die haben gesagt, sie haben ihn! Sie haben es unter Kontrolle! ... Nur ein Toter ... der Täter selbst!«

Baxter konnte es sich nicht verkneifen, Keaton triumphierend anzugrinsen:

»Hast du das gehört, du *Wichser*?«, flüsterte sie. »Sie haben ihn. Er ist tot.«

Keaton ließ den Kopf sinken und schloss niedergeschlagen die Augen, sagte aus reiner Gewohnheit das, was er während seiner unglückseligen Zeit auf Erden so häufig zu hören bekommen hatte:

»Wahrscheinlich hat Gott noch einen Engel gebraucht.«

Rouche erstarrte.

Baxter merkte nicht, dass sie die blutverschmierten Hände von seiner Brust genommen hatte, ihre Augen füllten sich mit Tränen – sie konnte an nichts anderes mehr denken als an Curtis' schönes Gesicht.

Sie hörte nicht das Knirschen des Schnees unter seinen Schritten.

Sie spürte nicht das warme Blut, das ihr unmittelbar nach dem gedämpften Schuss ins Gesicht spritzte, verstand nicht, weshalb der Körper unter ihr so heftig zuckte ... während er von drei weiteren Kugeln getroffen wurde.

Rouche stand über Keaton, Tränen liefen ihm über das Gesicht.

Sie sah ihn ausdruckslos an, während er immer und immer wieder abdrückte ... noch mal ... und noch mal ... bis der Leichnam nicht mehr war als ein Haufen Fleisch im schmutzigen Schnee, ein Nichts. Bis die Waffe klickte, weil keine Munition mehr darin war.

»Es gibt keinen Gott«, flüsterte er.

Baxter saß nur da, starrte ihren Freund mit offenem Mund an, er ging ein paar wackelige Schritte, dann brach er zusammen.

Rouches kaputten Lungen entfuhr ein erleichtertes Stöhnen.

Er hörte Baxter seinen Namen rufen, sah sie näher kommen.

Doch er lächelte nur traurig, hob den Kopf dem herabstürzenden Himmel entgegen ...

... und streckte die Zunge heraus.

EPILOG

Mittwoch, 6. Januar 2016
9.56 Uhr

»… gibt … keinen … Gott.«

Agent Sinclair stürmte an dem verspiegelten Fenster vorbei aus dem Vernehmungszimmer.

»Toll. Danke auch für Ihren Einsatz, Detective Chief Inspector. *Jetzt* sind wir fertig«, seufzte Atkins, tupfte sich die verschwitzte Stirn und suchte seine Sachen zusammen.

Baxter machte eine wegwerfende Handbewegung, als er dem empörten FBI-Agenten hinterhereilte, zweifellos um ihm mindestens eine Stunde lang ungeniert in den Arsch zu kriechen.

»Die Chefin war mal wieder diplomatisch wie eh und je«, schnaubte Saunders, grinste Vanita und den Mann in der Ecke an, als gerade ein wichtig aussehender Amerikaner den Raum verließ.

Vanita ächzte:

»Wieso kann sie nicht ausnahmsweise mal höflich bleiben? Nur zwanzig verdammte Minuten lang? Ist das wirklich zu viel verlangt?«

»Anscheinend schon«, erwiderte Saunders schulterzuckend.

Der Mann in der Ecke nickte zustimmend.

»Seien *Sie* lieber ruhig. Sie dürften gar nicht da sein«, sagte sie und massierte sich den immer stärkeren Kopfschmerz.

Baxter lehnte die Hilfe der Psychologin ab, versicherte, es ginge ihr absolut wunderbar und sie habe kein Interesse daran, irgendetwas »zu analysieren«.

Offensichtlich vergaß sie, dass noch immer Leute zuschauten, legte die Hände an den Kopf und diesen auf den Tisch.

»Und was haben Sie vor?«, fragte Saunders den Mann in der Ecke, der jetzt nicht mehr in der Ecke saß, sondern sich auf die Tür zubewegte.

»Ich will zu ihr«, erwiderte er schlicht.

»Ich bin nicht sicher, ob Sie das mit dem ›Gewahrsam‹ verstanden haben«, sagte Saunders.

Der Mann sah Vanita an, die fast ebenso müde und resigniert wirkte wie Baxter.

»Wir hatten eine Übereinkunft«, erinnerte er sie.

»Na schön«, sagte sie. »Schlimmer kann's ja kaum noch werden.«

Der Mann lächelte fröhlich, drehte sich um und trat in den Gang hinaus.

»Dafür werden wir alle noch gefeuert«, sagte Saunders und sah ihm hinterher.

Vanita nickte: »Ja, das werden wir.«

Baxter hörte, dass sich jemand näherte, aber es war weder der stramme Schritt des Amerikaners noch das träge Schlurfen von Atkins.

Sie stöhnte in ihre Hände.

Ein Metallstuhl scharrte über den Boden, und dann spürte sie das Wackeln des klapprigen Tisches, als erneut jemand ihr gegenüber Platz nahm. Sie stieß einen entnervten Seufzer aus und hob den Kopf. Sie bekam kaum Luft, als hätte sie einen Tritt in die Magengrube kassiert.

Der stattliche Mann lächelte sie verlegen an, lehnte sich ein kleines bisschen zurück, nur für den Fall, dass sie ausholen und ihm eine runterhauen wollte. Sein dunkles, gelocktes Haar war länger, als sie es je an ihm gesehen hatte, aber die strahlend blauen Augen waren unverändert – er konnte damit direkt in ihr Innerstes sehen, so wie damals, als er aus ihrem Leben verschwunden war.

Baxter starrte ihn ausdruckslos an, unfähig einen weiteren verheerenden Angriff auf ihre Gefühle zu verarbeiten.

»Na ... hey!«, versuchte er es lässig, als hätten sie einander erst am Vortag gesehen. Er legte seine mit Handschellen gefesselten Hände auf den Tisch, suchte nach etwas Bedeutendem, das er sagen konnte, um das anderthalbjährige Schweigen wieder wettzumachen und erneut Vertrauen herzustellen.

Schließlich versuchte Wolf es mit: »Überraschung!«

Der dritte Teil der New-Scotland-Yard-Serie von Daniel Cole

Ein toter Mann liegt in einem Zimmer, eine Pistole in der Hand. Tür und Fenster sind von innen verriegelt. Selbstmord, ganz eindeutig. Wäre der Tote nicht der ehemalige Polizist Finlay Shaw, Freund und Ziehvater von Detective William »Wolf« Fawkes. Denn Wolf will es einfach nicht glauben. Gemeinsam mit Emily Baxter kämpft er gegen das scheinbar Unumstößliche. Erfolglos, zunächst. Doch dann macht er eine Entdeckung. Finlays Tod könnte mit einem spektakulären Drogenfund in Verbindung stehen, der diesen vor vielen Jahren zum Helden werden ließ – und seinen Tod besiegelte?

Lesen Sie hier, wie der Roman beginnt.

PROLOG

Montag, 4. Januar 2016
11:13 Uhr

»Es war einmal … nicht mehr.«

Die schneebedeckte Vorstadt zog an den schmutzigen Fenstern vorbei, schwaches Sonnenlicht wärmte den lederbezogenen Innenraum, während sie ihrem Ziel entgegenzuckelten.

»Aber Sie sind es doch, oder?«, bohrte der Mann am Steuer weiter nach. »Sie *sind* William Fawkes.«

»Einer muss es ja sein«, seufzte Wolf. Der Mann beobachtete ihn im Rückspiegel und richtete den Blick nur hin und wieder zurück auf die Straße. »Gleich hier links ist es.«

Das schwarze Taxi fuhr an den Straßenrand, kam vor einer Auffahrt zum Stehen, der Fahrer ließ den Motor stotternd weiterlaufen.

Wolf zahlte bar, auch wenn es darauf jetzt auch nicht mehr ankam, und stieg aus. Der Wagen fuhr mit Tempo an, noch bevor Wolf überhaupt die Tür hinter sich zuschlagen konnte, und bespritzte ihn mit eisigem Schneematsch, dann verschwand das Taxi um die nächste Ecke. Wolf bereute es bereits, dem aufdringlichen Spitzel ein Trinkgeld gegeben zu haben und vermutete, dass es ohnehin zu optimistisch gedacht war, sich mit einem Bestechungsgeld in Höhe von einem Pfund vierunddreißig das Schweigen des Mannes für längere Zeit sichern zu wollen. Er wischte sich mit dem Ärmel des langen schwarzen Mantels, der einst Lethaniel Masse – dem Ragdoll Killer – gehört hatte, über die Hose – ein Souvenir aus einem vergangenen Leben, eine Art Trophäe, die ihn an all die Menschen erinnerte, für die er hätte da sein müssen.

Erfolgreich verschmierte er die nassen Spritzer zu noch auffälligeren schmutzigen Striemen und merkte, dass er noch immer beobachtet wurde. Obwohl er weit über zehn Kilo abgenommen hatte und sich einen beeindruckend zotteligen Bart hatte stehen lassen, verrieten ihn seine stattliche Größe und seine strahlend blauen Augen, sobald jemand aufmerksam genug war und einen zweiten Blick riskierte. Auf der anderen Straßenseite stand eine Frau, starrte ihn an und machte sich dabei an einem Kinderwagen und einem vermutlich unter einem Berg Decken versteckten Baby zu schaffen. Sie zog ihr Handy heraus und hielt es sich ans Ohr.

Wolf rang sich ein trauriges Lächeln ab, dann wandte er sich um und trat durch das Gartentor. Ein ihm unbekannter Mercedes, nur zu erkennen an dem aus der Schneeschicht herausragenden Stern, parkte majestätisch und unbeachtet in der Auffahrt. Das vertraute Haus selbst war seit seinem letzten Besuch um ein Drittel gewachsen. Da die Haustür, wie er wusste, immer unverschlossen war, machte er sich nicht die Mühe anzuklopfen, sondern stampfte sich den Schnee von den Schuhen und trat ungebeten in das schwermütige Halbdunkel, das die Diele trotz des wolkenlosen Himmels draußen erfüllte.

»Maggie?«, rief Wolf, dessen Stimme schon brach, nur weil er sich wieder in dem Haus befand und gierig einen tiefen Atemzug aufgesogen hatte – die Luft hier roch nach alten Büchern, Blumenparfüm, gemahlenem Kaffee und hundert anderen Dingen, die unaufgefordert Erinnerungen an glücklichere

Zeiten heraufbeschworen. Dies war der Ort, an dem er sich mehr zu Hause gefühlt hatte, als an jedem anderen Ort der Welt, die einzige Konstante, auf die er sich seit seinem Umzug in die Hauptstadt hatte verlassen können. »Maggie?!«

Ein Knarzen im oberen Stockwerk durchbrach die Stille.

Auf dem Weg zur Treppe hörte er leichte Schritte über die Dielen huschen.

»Maggie?!«

Eine Tür ging auf. »Will …? Will!«

Kaum hatte Wolf die oberste Stufe erreicht, als Maggie auch schon so stürmisch die Arme um ihn warf, dass sie ihr Wiedersehen beinahe unten in der Diele hätten feiern müssen.

»Oh, Gott! Du bist es wirklich!«

Sie umarmte ihn so fest, dass er kaum noch Luft bekam und nichts anderes tun konnte, als sie seinerseits zu drücken, während sie an seiner Brust weinte.

»Ich wusste, dass du kommen würdest«, schluchzte sie mit bebender Stimme. »Ich kann nicht glauben, dass er nicht mehr ist, Will. Was soll ich nur ohne ihn machen?«

Wolf löste sich aus der Umarmung, hielt Maggie auf Armeslänge Abstand, um mit ihr zu sprechen. Die sonst so makellose Frau war Mitte fünfzig und aufgrund des verschmierten Makeups und ihrer uneleganten schwarzen Kleidung sah man es ihr ausnahmsweise auch an. Ihre dunklen Locken, die sie sonst altmodisch hochsteckte, was aber natürlich längst wieder modern war, trug sie jetzt offen.

»Ich hab nicht viel Zeit. Wo … wo ist es passiert?«, fragte er, hatte schon mit der ersten der vielen unangenehmen Fragen, die er ihr stellen musste, große Mühe.

Mit zitternder Hand zeigte sie auf einen gesplitterten Türrahmen auf der Seite des Treppenabsatzes, die nicht mit einem Teppich bedeckt war. Er nickte und drückte ihr sanft einen

Kuss auf die Stirn, dann betrat er den jüngsten Anbau an das Haus, während Maggie zurückblieb und an der Schwelle zu dem kargen Zimmer wartete. Wolf betrachtete stolz das letzte Projekt seines Freundes, das dieser entsprechend der strengen Maßstäbe ausgeführt hatte, die er an alles legte, was seine Enkelkinder betraf. Es hätte ihr neues Zimmer werden sollen, wenn sie zu Besuch kamen, jetzt, da er pensioniert war und sie endlich mehr Zeit miteinander hätten verbringen können.

Mitten im Raum lag ein umgekippter Stuhl, darunter befand sich ein dunkelroter Fleck, der tief in die Bodendielen eingedrungen war.

Wolf hatte sich eingeredet, wenn er das Haus erst einmal betreten hatte, würde er ruhiger werden, unvoreingenommen und professionell mit der Situation umgehen, wie an jedem anderen Tatort auch ... Aber natürlich hatte er sich geirrt.

»Er hat dich geliebt, Will«, sagte Maggie von der Tür aus.

Wolf konnte die Tränen nicht mehr zurückhalten, rieb sich die Augen, hörte jemanden draußen auf dem Kiesweg.

»Du musst gehen«, drängte Maggie ihn, ignorierte das höfliche Klopfen. »Will?«

Die Haustür knarrte, jemand trat ein und Maggie eilte die Stufen hinunter, um ihn abzufangen. Ihre Gesichtszüge entspannten sich, als ihr ein blonder, rattengesichtiger Mann entgegenkam. »Jake!«, seufzte sie erleichtert. »Ich dachte schon, du bist ... ach egal.«

Wolf betrachtete die beiden misstrauisch, als sie sich wie alte Freunde umarmten.

»Hab dir ein paar Kleinigkeiten besorgt«, sagte der Mann zu Maggie und reichte ihr Einkaufstüten. »Lässt du uns kurz allein?«, fragte er und machte dadurch den ersten Anschein zunichte, es handele sich lediglich um einen Freundschaftsbesuch.

»Mach ruhig, Maggie«, sagte Wolf.

Besorgt ging sie die Treppe hinunter, um die Einkäufe zu verstauen.

»Saunders«, begrüßte Wolf seinen ehemaligen Kollegen, als dieser in den Raum trat.

»Wolf. Lange nicht gesehen.«

»Naja, hab ein bisschen Zeit für mich gebraucht«, erwiderte er, als draußen auf der Straße ein Wagen vorfuhr. »Wusste gar nicht, dass ihr beiden euch kennt.«

»Tun wir eigentlich auch nicht«, erwiderte Saunders schulterzuckend, hielt dabei trotz des sehr höflichen Gesprächs einen gewissen Sicherheitsabstand. »Jedenfalls haben wir's nicht getan, bevor das alles … passiert ist.« Er seufzte schwer. »Tut mir *aufrichtig* leid, das mit Finlay. Ehrlich.«

Wolf nickte dankend und blickte erneut auf den Fleck am Boden.

»Was willst du hier?«, fragte Saunders geradeheraus.

»Ich musste es selbst sehen.«

»Was?«

Wolf senkte die Stimme in Rücksicht auf Maggie. »Den Ort des Verbrechens.«

»Verbrechen?« Saunders rieb sich müde das Gesicht. »Ich war selbst dabei, mein Freund. Er wurde *alleine* gefunden … in einem verschlossenen Raum … die Waffe lag neben ihm.«

»Finlay würde sich nicht umbringen.«

Saunders schaute ihn mitleidig an. »Man steckt nie drin in einem Menschen.«

»Apropos, du warst ganz schön schnell hier.«

»Ich war schon unterwegs … als der Anruf kam.«

Als sie noch Kollegen waren, hatte Wolf nie viel für den vorlauten Detective Constable übriggehabt, aber allmählich sah er ihn in neuem Licht.

»Danke, dass du dich um sie kümmerst.«

»Nicht der Rede wert.«

»Und … wie viele seid ihr da draußen?« Wolf stellte ihm die Frage, als wollte er sich nach der Uhrzeit erkundigen. Die Atmosphäre im Raum schlug sofort um.

Saunders zögerte. »Zwei vorne, zwei hinten. Einer bei Maggie im Haus, und wenn es gut läuft, noch einer etwas über einen Meter von uns entfernt, da, hinter der Wand.« Er drehte sich zum geöffneten Türeingang um. »Gib mal Laut!«

Von der Treppe her ertönte das Geräusch eines Ladestreifens, der in ein halbautomatisches Gewehr geschoben wurde. Er lächelte entschuldigend und zog Handschellen aus der Tasche.

»Ich hab denen versprochen, dass du nicht abhaust. *Bitte* lass mich nicht wie einen Idioten dastehen.«

Wolf nickte und ließ sich langsam auf die Knie hinunter. Er hob die Arme, verschränkte die Finger hinter dem Kopf und starrte durch das verschneite Fenster – es musste das Letzte gewesen sein, was sein Mentor vor seinem Tod gesehen hatte.

»Tut mir leid, mein Freund«, sagte Saunders, trat einen Schritt vor und ließ die Handschellen um seine Gelenke zuschnappen. »Verdächtiger festgenommen!«

»Will?!« Maggie rief von der Küche herauf, als ihr Haus von bewaffneten Polizisten gestürmt wurde. Schwere Stiefel trampelten die Treppe hinauf, Maggie folgte ihnen.

»Könnt ihr was für mich tun?«, fragte Wolf, schaute von Saunders, der die üblichen Befehle bellte, zu Maggie, als der letzte der Beamten durch die kaputte Tür stürmte. »Sagt ihr noch nicht, dass ich wieder da bin.«

»Aber Will …«, rief sie verzweifelt und außerstande einen Fuß in den Raum zu setzen, in dem ihr Mann tot aufgefunden worden war.

LESEPROBE

»Schon in Ordnung, Maggie. Schon in Ordnung«, beruhigte er sie. »Ich laufe nicht mehr davon.«

LESEPROBE